TORMENTA DE NIEVE

TRÍONA WALSH

TORMENTA DE NIEVE

Traducción de
Carlos Abreu Fetter

Título original: *The Snowstorm*
Primera edición: febrero de 2024

© 2023, Tríona Walsh
Publicado por primera vez en Gran Bretaña en 2023 por Storyfire Ltd. bajo el sello de Bookouture.
© 2024, Penguin Random House Grupo Editorial, S. A. U.
Travessera de Gràcia, 47-49. 08021 Barcelona
© 2023, Carlos Abreu Fetter, por la traducción

Printed in Spain – Impreso en España

ISBN: 978-84-9129-902-8
Depósito legal: B-20261-2023

Impreso en Rotativas de Estella, S.L.
Villatuerta, (Navarra)

SL 9 9 0 2 8

Para Dan,
que no me preguntó ni una sola vez
cuándo iba a buscarme un trabajo de verdad

Prólogo

No me culpes —espetó, retrocediendo. Hacía un frío que pelaba ahí dentro. El aire gélido se colaba por la puerta abierta.

Echó un vistazo rápido por encima del hombro, intentando sortear los obstáculos de su salón. Un paso hacia atrás. Luego otro. Una danza peligrosa. Aun así, la distancia entre la otra persona y ella se acortaba. No tenía adónde ir.

El puñetazo la pilló por sorpresa. Se tambaleó.

Se golpeó la cabeza contra la mesa de centro al caer.

Permaneció tirada en el suelo, aturdida, incapaz de concentrarse en otra cosa que no fuera el dolor.

No debería haber regresado. Había sido una estupidez. El lugar estaba demasiado aislado, demasiado lejos del pueblo. Tendría que haberse quedado donde hubiera gente.

Donde alguien hubiese podido oírla gritar.

Trató de levantarse para huir, pero estaba acorralada.

¿Cómo había llegado a esa situación? Jamás había imaginado que semejante traición fuera posible.

—Podemos acabar con esto. Ya sabes lo que tienes que hacer.

Las palabras descendieron sobre ella, glaciales, hirientes. El rostro que la miraba desde arriba habría debido resultarle muy familiar, pero se le antojaba irreconocible tras aquella máscara de ira.

—No —dijo, sacudiendo la cabeza, consciente de las consecuencias que tendría su negativa.

Respiró hondo y rezó porque al menos fuera rápido.

1

Inis Mór, Islas Aran

En verano llegan los saltadores.

Hacen cola en el acantilado para lanzarse, intrépidos, desde el trampolín instalado de forma temporal. Giran, rotan y dan volteretas como fuegos artificiales invertidos que caen en vez de ascender al cielo. Saltan desde una plataforma que sobresale del borde del acantilado. Esos hombres y mujeres valientes —o inconscientes, según a quién se le pregunte— surcan el aire, uno a uno, hasta caer con elegancia y confianza en la boca de la Guarida de la Serpiente. Esta piscina, excavada en la piedra caliza de la isla al pie del acantilado, es obra de la naturaleza, no del hombre. Milenios de olas y violentas tormentas han dado forma a esta poza rectangular perfecta, prodigio que en otras épocas se explicaba con relatos de una bestia dormida, similar a una serpiente, que residía en su interior. La charca, ancha y profunda, está llena del agua de mar que irrumpe a través de canales subterráneos, impulsada por el oleaje. Ahora recibe ansiosa a los clavadistas.

Las aves marinas que habitan en el acantilado —cormoranes, araos, alcatraces envidiosos de las zambullidas ajenas— contemplan desde sus asientos de primera fila a aquellos extraños pájaros sin plumas que se arrojan a las hambrientas fauces del monstruo.

Los isleños y turistas, reunidos para disfrutar del espectáculo mientras sienten la brisa del mar en el cuello y el sol estival en el rostro, prorrumpen en gritos de entusiasmo. Es una forma estupenda de pasar un día de verano en su isla en el fin del mundo, una isla que en su costa occidental no tiene otro vecino que el inmenso y solitario Atlántico. En el borde mismo de Europa, representa la puerta de entrada al Nuevo Mundo. La gente come lo que se ha traído de casa y sujeta en alto sus teléfonos inteligentes para capturar los espectaculares saltos. Es una excursión para toda la familia.

Todos los espectadores experimentan una descarga de adrenalina cuando cada participante sube a la plataforma y dobla los dedos de los pies sobre el borde. Contienen la respiración mientras el saltador se tira desde el tablón como una cría de arao, en un acto de fe, confiando en la magia del vuelo y la acogida de las olas.

Olas que parecen menos acogedoras ahora, en la oscuridad del ocaso invernal. La luz del sol está en hibernación, como la gélida serpiente de las profundidades, amodorrada y hambrienta. Los únicos espectadores que quedan, las gaviotas ateridas, se aburren y se apiñan para brindarse calor y protección mutua frente a la nieve que vuelve a caer. Algunas se dispersan al oír el ruido, los gruñidos del esfuerzo, las maldiciones mascurradas en las sombras. Y el sonido de un objeto pesado al ser arrastrado. Sin embargo, casi todas las aves permanecen ahí, indiferentes, más preocupadas por sobrevivir al vendaval y a la tormenta de nieve, por evitar que una ráfaga se las lleve hacia el vasto océano. No prestan la menor atención hasta que ven caer un cuerpo con una postura que no se parece a la de los demás saltadores, arrojado desde lo alto del acantilado. Mientras los amenazantes vientos arrecian y las oscuras horas de la madrugada se alargan, aquel cuerpo con una pose diferente desciende por el aire, pero no con los brazos apuntando como flechas a las olas. Tiene las muñecas atadas y los ojos cerrados, no por los nervios, la tensión o la concentración, sino porque está muerto. Se desploma dando vueltas sin gracia hacia la Guarida de la Serpiente. El impacto le parte el cuello casi con toda seguridad, lesión que a estas alturas no representa más que una humillación para el cadáver. La zambullida y el estrépito al golpear el agua provocan que las sorprendidas aves se dispersen, atrapadas entre el miedo y la brutalidad de los elementos. Desde el borde del precipicio, una sombra mira hacia abajo, esperando que la corriente se lleve el cuerpo mar adentro, a través de aquellos canales subterráneos, lo más lejos posible. Sin dejar rastro. Tras echar un último vistazo, da media vuelta y se aleja, luchando contra la ventisca como los pájaros asustados.

2

¡La leche! —jadeó Cara mientras cerraba la puerta. Se sacudió como un perro mojado. Hacía un tiempo horrible ahí fuera. Zarandeada por el viento como un niño marginado en el pasillo de un colegio, Cara se había abierto paso entre empujones desde la puerta de la estación hasta su coche. Miró a través del parabrisas el muelle envuelto en la penumbra del anochecer. Aunque solo eran las cinco de la tarde, el sol se había puesto casi por completo. Las titilantes luces navideñas tendidas entre las farolas del puerto saltaban y se agitaban a causa del viento, como si se estuvieran electrocutando. Cara vio que unas olas enormes rompían contra el embarcadero y los barcos de pesca de la bahía se veían zarandeados de un lado a otro, cual juguetes en una bañera con un niño revoltoso. La tormenta había golpeado toda la isla con la misma saña que si la moviese un rencor personal. Desde primera hora de la tarde, Cara había perdido de vista la tierra firme. Daba la impresión de que su pequeña isla, impulsada por el viento, se había adentrado todavía más en el Atlántico, alejándose aún más del mundo.

Para colmo, se avecinaba una nevada, según los pronósticos.

Cara esperaba que estuvieran equivocados.

Arrancó el coche y atravesó el pueblo por la carretera principal, en dirección a Derrane's, el pub de Daithí. Las calles estaban desiertas, pues los isleños, atendiendo a las alertas, se habían recogido en la seguridad de su hogar. A Cara también le habría

14

gustado estar en casa. Pero era la única *garda* de la isla. Tenía responsabilidades. En comparación con sus colegas de tierra firme, llevaba una vida tranquila velando por el orden en una isla de ochocientos habitantes, en su mayoría respetuosos con la ley. Sin embargo, cuando una tormenta los dejaba aislados se ganaba hasta el último céntimo de su sueldo. Se había pasado el día ayudando a los residentes más vulnerables de la isla a prepararse para la tempestad.

Cara aparcó delante del pub y respiró hondo, mentalizándose para enfrentarse de nuevo al vendaval. Se apeó del coche y echó a correr camino arriba. A través de las ventanas adornadas con espumillón, entrevió el suave resplandor de un fuego crepitante. El espacio parecía haberse encogido en torno al puñado de curtidos isleños que se habían atrevido a salir para tomarse una pinta. Empujó la puerta y entró tambaleándose.

Los parroquianos se quedaron inmóviles, con las jarras a medio camino de los labios y las conversaciones en suspenso. El silencio se impuso en el pub. Cara se sintió como la nueva sheriff del pueblo. Con la diferencia de que ella llevaba diez años allí. Además, no entendía por qué se tomaban la molestia de callarse. Habrían podido seguir charlando y ella se habría sentido igual de excluida que con aquel mutismo. La lengua materna de la mayoría de los isleños era el irlandés, y ellos sabían que Cara no lo hablaba. Como la mayoría de los irlandeses, ella tenía una relación vacilante con el idioma, cosa que no había ayudado mucho a congraciarla con los lugareños.

—Sargento —mascullaron uno o dos de los bebedores a su paso, acompañando el saludo con una inclinación de cabeza casi imperceptible y sin apenas mirarla.

Se dirigió hacia la barra. Avistó a Daithí, que conversaba con uno de los clientes habituales, un viejo con una gorra de lana. Cara pasó junto a un grupo de desconocidos que hablaban animadamente entre ellos en un rincón. Hasta en aquella época del año había turistas. La isla, con su pasado mítico y su ubicación en el fin del mundo, atraía gente sin cesar.

Se detuvo frente a la barra y, apoyando los codos sobre la superficie de roble pulido, se inclinó hacia delante. No quiso interrumpir a Daithí y al hombre. Pese a que el idioma representaba un motivo de discordia entre ella y los ciudadanos a los que servía, fluía de la boca de Daithí con un lirismo que era música para sus oídos. Cara echó un vistazo furtivo hacia atrás para comprobar si los parroquianos seguían pendientes de ella. Más de uno se apresuró a girar el rostro. Cara sabía que la aversión que le tenían no se debía solo a la cuestión de la lengua. A ella también la consideraban una forastera. Sí, su padre había nacido en la isla y ella llevaba una década viviendo ahí con su *mamó*, su abuela, que era isleña, una autóctona, pero cuando Cara había llegado al mundo, sus pulmones de bebé habían aspirado aire contaminado de ciudad, no la gélida pureza de la brisa atlántica. Y todos se aseguraban de recordárselo.

A veces, cuando sus hijos y Mamó dormían, Cara se quedaba tumbada en la cama, escuchando las olas romper en la playa, y se preguntaba si tal vez el problema no tenía nada que ver con el idioma, ni con el hecho de que ella no hubiera nacido en la isla. Quizá lo que sucedía en realidad es que le guardaban rencor por el accidente. Tal vez la culpaban de lo que le había ocurrido a Cillian.

—Hola, ¿va todo bien? Estás muy seria.

La voz de Daithí se coló entre sus pensamientos. Cara alzó la vista y sonrió.

—Tenía la cabeza en otro sitio, nada más. Ha sido un día largo.

—Todos se mueren de ganas de verte esta noche.

La sonrisa de Cara se ensanchó un poco más.

—Yo también lo estoy deseando.

Daithí, alto y fuerte como un pescador, no necesitaba un gorila en la puerta de su establecimiento. En las pocas ocasiones en que se armaba algún lío, ni siquiera le hacía falta levantar la voz. Le bastaba con lanzar una mirada. Era un hombre callado y reflexivo, y uno de los mejores amigos de Cara. Junto con Maura Conneely, maestra de la escuela primaria local, formaban un trío muy unido. Eran amigos desde que, con ocho años, se habían conocido en la playa de arena blanca de Kilmurvey. Cara, la niña de ciudad que estaba de visita, se había encontrado con la pequeña y salvaje isleña Maura y el sensato Daithí. Los tres maravillosos meses de verano que pasaban juntos cada año habían cimentado una relación que aún perduraba.

—¿Son huéspedes tuyos? —Cara inclinó la cabeza en dirección al grupo del rincón.

—Sí, están alojados aquí a media pensión.

—Te vendrá bien el dinerillo extra en temporada baja.

—Ya te digo. En fin —prosiguió Daithí—, es un alivio verte. La peña temía que la tormenta te impidiera volver de Galway esta mañana.

—Sí, yo también. Imagínate, todo el mundo por fin en casa, después de tanto tiempo, y yo varada en tierra firme.

Daithí sacudió la cabeza.

—Y encima era el último barco. He tenido mucha suerte. —La travesía de regreso desde la isla principal aquella mañana había sido espeluznante. Ella tenía la sensación de que en cualquier momento el viento volcaría la embarcación. Después de llevar a los mareados pasajeros a su destino en un tiempo récord, el capitán había puesto proa hacia tierra firme antes de que la tormenta lo obligara a pasar la Nochevieja en la isla.

—Estaremos incomunicados hasta que pase la tormenta.

—Como siempre. —Cara detestaba cuando los barcos quedaban inmovilizados en el puerto y el pequeño avión de diez plazas no podía realizar su vuelo de diez minutos a tierra firme, tan lejos y tan cerca a la vez. La realidad era que, a pesar de que estaban en pleno siglo XXI, se encontraban tan aislados como los monjes que habían vivido y rezado ahí hace medio milenio, y cuyos monasterios en ruinas trufaban la isla. Cara dudaba que fuera a acostumbrarse nunca a aquella vulnerabilidad, al hecho de que, si ocurría algo malo, no recibirían ayuda exterior. Tal vez en eso estribaba la principal diferencia entre ella y los isleños. Ellos tenían más que asimilado ese aislamiento. Formaba parte de su esencia. Los forasteros como Cara jamás lo entenderían.

—¿Cómo están los demás? Anoche Maura me mandó un vídeo en el que salíais todos. Daba la impresión de que os las estabais apañando bastante bien para pasarlo en grande sin mí.

—No sufras, la verdad es que te echamos de menos. —Daithí

sonrió—. Al principio fue un poco raro. Seamus habla con un poco de acento americano. En cuanto a Ferdia y Sorcha…, bueno, no han cambiado tanto, aunque se han convertido un poco en sofisticados londinenses, ¿sabes?

Seamus, Ferdia y Sorcha, los otros miembros de la panda con la que había compartido aquellos maravillosos veranos. Los que no se habían quedado en la isla cuando se habían hecho mayores, después del accidente.

—Me sorprende que no estéis con una resaca de campeonato —comentó.

—Yo me pasé casi todo el rato detrás de la barra. La verdad es que no fue una juerga tan desenfrenada como parecía en el vídeo.

—Deberíais haber bajado la persiana para quedaros hasta las tantas, aprovechando que la única *garda* de la isla no estaba.

—Ja, qué va… ¡Sabía que se te activaría el sentido arácnido al otro lado de la bahía!

—No me habría importado. —Cara arqueó una ceja, con una sonrisita jugueteándole en los labios.

—Ah, en realidad nadie lo propuso. Maura se agobió hacia las once y media, y decidió marcharse.

—¿En serio? Eso es raro en ella. —Aunque la ceja permaneció arqueada, la sonrisa se desvaneció.

—Lo sé. La acompañé hasta su casa. Decía que estaba bien, pero preferí ir con ella, por si acaso.

—Hasta la salvaje y desmadrada Maura Conneely se está haciendo mayor.

—Treinta y cuatro años no son tantos, Cara.

—Cierto, aunque a veces lo parecen. —Cara se frotó el rostro con las manos.

—En fin. —Daithí pasó un trapo por la barra—. ¿Los has visto desde que has vuelto esta mañana?

—No. Me he pasado por la casa después de desembarcar, pero no me ha abierto nadie cuando he llamado al timbre.

—Estarán durmiendo la mona.

—¿Por una juerga que terminó a las once y media de la noche? Tal vez sí que nos estemos haciendo mayores.

—Sospecho que se tomaron unas cuantas copas más cuando regresaron. Seamus me contó que la calefacción de la casa no funciona, así que, si les hacía falta alguna excusa para echar un trago de Jameson antes de irse a la cama, la tenían.

—Sí, eso parece bastante probable. —Cara consultó el reloj colgado encima de la barra—. ¿A partir de qué hora estás libre?

—Courtney ya viene de camino para empezar su turno. Podré irme en cuanto llegue.

—Genial. Vale, te espero en el coche. Ya saldrás cuando acabes.

—Qué coche ni qué coche. Pilla una mesa, te llevaré algo.

Cara echó un vistazo por encima del hombro a los clientes del pub.

—Pasa de ellos, Cara.

—No es fácil.

El hombre mayor que estaba en la otra punta de la barra se volvió hacia ellos, con los ojos algo desenfocados. Señaló a Cara.

—*Féach ar do chuid gruaige rua* —dijo—. *Ní maith liom an piseog sin i láthair na huaire!*

—En inglés, para que te entienda la sargento, Liam —le pidió Daithí.

El hombre tardó unos instantes en comprender, pero entonces sonrió y se aclaró la garganta.

—Perdona, cielo. —Tosió de nuevo—. Digo que no me gusta la pinta de tu pelo rojo, por la *piseog*…, esto…, la superstición… que hay sobre esta época del año.

Cara no respondió.

Con una sonrisa, el hombre se bajó del taburete y se dirigió con paso tambaleante hacia el aseo de caballeros.

—Ah, esa *piseog* de mierda, esa estúpida, estúpida superstición —dijo Cara, mirando de nuevo a Daithí—. Siempre me ha parecido extraño que en una región supuestamente llena de pelirrojos exista la superstición de que, si la primera persona que ves en Año Nuevo es una mujer de cabello rojo, tendrás mala suerte todo el año. ¡Si se lo creyeran de verdad, nadie se atrevería a salir de casa durante todo ese día!

—Se lo habrá inventado alguien que estaba harto de la gente después de las fiestas navideñas —dijo Daithí—. «Lo siento, no puedo salir de casa, podría cruzarme con una pelirroja. Pásame la caja de bombones y el mando a distancia».

—Ja, seguro que no vas muy desencaminado —se rio Cara. Luego suspiró—. Qué ganas tengo de que me traten aún más como a una apestada durante los próximos días.

Daithí fijó la vista en ella.

—Sé que ya te lo he dicho antes, pero ¿por qué no haces otro intento de aprender el idioma? La gente agradecería el gesto —dijo con cariño—. Tal vez te ayudaría a limar asperezas.

—Trato de usar las dos o tres palabras que me sé, pero no se muestran muy impresionados.

Daithí frunció el ceño, pero se quedó callado.

—Bueno —dijo Cara—, me voy al coche. Nos vemos cuando llegue Courtney.

—Supongo que no serán más de diez minutos, ¿vale?

La puerta del pub se abrió y entró un parroquiano despeinado por el temporal. Lo siguió una racha de viento que sacudió los cuadros de la pared. Uno de ellos incluso osciló un momento y cayó al suelo, de modo que el cristal se rompió y los pedazos se dispersaron por el suelo de madera. El suave rumor de la conversación también se rompió. Por segunda vez, se impuso el silencio en el establecimiento. Todos los ojos se volvieron hacia el hueco que había dejado el cuadro.

—Vaya, esa *piseog* no me gusta —dijo el viejo, que acababa de salir del baño, inspirando con brusquedad—. No me gusta nada. —Chasqueando la lengua, sacudió la cabeza.

Daithí se agachó para entrar en la trastienda en busca de una escoba.

—¿Qué significa? —preguntó Cara, molesta por su propia curiosidad.

—¿Que un cuadro se caiga de la pared? Significa que alguien va a morir.

3

Cara empujó la puerta para abrirla y salió del pub. Estaba ansiosa por largarse de ahí. No quería saber nada de sus supersticiones o presagios de muerte. Bastante había tenido que lidiar con ella en la vida real como para encima aguantar esas tonterías.

Una ráfaga de viento traicionera lanzó su gorra al aire, y una corriente cómplice se la llevó hasta depositarla en uno de los árboles que bordeaban la carretera.

—¡Devuélvemela! —le gritó Cara al cielo de la tarde. Aquel era el único lugar en todo Inis Mór lo bastante resguardado para que pudieran crecer árboles. En el resto de la isla, los vientos implacables que soplaban desde el mar solo permitían que sobrevivieran unos pocos ejemplares raquíticos. El noventa y nueve por ciento del territorio no era más que un caótico mosaico de campos intercalados con zonas de piedra caliza. Un paisaje llano y monótono. Se encontraba en el único sitio donde no podría recuperar su gorra.

Alzó la vista hacia las ramas en las que se había quedado atrapada. A duras penas alcanzaba a verla contra el cielo encapotado y oscuro. Con un suspiro, se resignó a dejarla ahí. Si se desprendía durante la tormenta, ya volvería a sus manos. Todo el mundo sabría exactamente dónde entregarla.

Se sentó al volante y estudió su reflejo en el retrovisor. Los breves instantes que había pasado con la cabeza descubierta habían causado estragos en su cuidado moño. Se le habían escapado varios mechones de la abundante cabellera caoba que apuntaban en todas direcciones, ondulantes como las serpientes de Medusa. Se pasó los dedos por el pelo para intentar alisárselo y se miró con más detenimiento en el espejo. Se deslizó la mano por la mejilla hasta el mentón. ¿Seguiría siendo la misma Cara de hace diez años a ojos de la pandilla?

Sacó su teléfono y buscó el mensaje de vídeo que Maura le había enviado por WhatsApp la noche anterior. Cuando lo había visto en su habitación, en un hotel barato y no muy alegre de Galway —adonde había viajado de mala gana, por trabajo—, la había animado bastante. Y, en honor a la verdad, también le había dado un poco de envidia. Pulsó de nuevo el botón de reproducir. El coche se llenó de una algarabía de voces y música tradicional irlandesa; la banda sonora de una buena farra nocturna.

«¡Te echamos de meeeeenos, sargento Cara-ra-ra-ra! —chilló la voz de Maura mientras su rostro subía y bajaba en la pantalla. Llevaba el largo cabello castaño claro remetido detrás de las orejas y unos grandes pendientes de aro en los que se habían enredado algunos mechones sueltos. Se ajustó en el hombro un tirante del top de rayas blancas y negras, momentáneamente distraída por su propia imagen. Tenía los ojos azules dilatados, la mirada vidriosa y las mejillas teñidas de rosa. Todo ello atestiguaba lo bien que lo estaba pasando. Sonrió de oreja a oreja. Entonces la cámara del móvil experimentó una sacudida violenta y enfocó el techo por unos instantes antes de centrarse de nuevo en el rostro de Maura, que ahora sujetaba una copa en la mano—. Uy, perdona, ¿qué te estaba diciendo? ¡Ah, sí, que te echamos de menos, *cailín*! Nos gustaría que, en vez de estar en ese estercolero de Galway, estuvieras aquí, en Derrane's, con…, redoble de tambores…, ¡la panda!».

En ese momento la cámara se giraba con una brusquedad que le revolvía el estómago a Cara, y aparecían cuatro rostros más en pantalla, al lado de Maura, todos tan acalorados y alegres como el suyo: Ferdia, Sorcha, Seamus y Daithí.

Ferdia había visitado la isla el verano anterior para esparcir las cenizas de su madre. Antes de eso, Cara había estado nueve años sin verlo. Y casi habían pasado diez desde la última vez que había visto a los otros dos. Desde el accidente. Cuando el grupo se había desmoronado. Los lazos que todos creían irrompibles habían resultado ser tan frágiles como las alas de una mariposa. Ella los había visto a todos vestidos de negro. Luego, se habían desperdigado por el mundo, movidos por el dolor.

Sin embargo, conforme se aproximaba el décimo aniversario de Cillian, habían ido recuperando el contacto. Primero Sorcha había escrito un correo electrónico en el que explicaba que había estado hablando con Ferdia y ambos querían volver a casa para conmemorarlo. Luego Seamus había llamado, por primera vez en mucho tiempo, lo que había dado pie a una conversación sobre su intención de regresar también. Poco a poco, el plan había cobrado forma. Y allí estaban todos, con sus rostros sudorosos y contentos; algo más maduros, no tan lozanos como cuando eran jóvenes, sino más propios de adultos hechos y derechos.

«*A Chara! Tar ar ais anois!* —balbució Sorcha, pasándose a su lengua materna, borracha. ¡Amiga, regresa ya! Se quedó contemplando la cámara, desenfocada. Aunque Daithí la había descrito como una londinense sofisticada, aún llevaba el cabello teñido de rubio oscuro, con las raíces bien visibles, un estilo que le encantaba. Saltaba a la vista que seguía obsesionada con la Madonna de principios de los ochenta—. *Airímid uainn thú, a stór!*». ¡Te echamos de menos, guapa!

«¡En inglés, Sorcha, en inglés!», la reprendió Ferdia, su marido, que estaba detrás de ella, en el tono cortado de los pijos. Ella alzó la mirada hacia él con el pelo cayéndole hacia atrás sobre los hombros y el entendimiento embotado por el alcohol. Ferdia sacudió la cabeza. Entonces intervino Seamus.

«¡Nos vemos mañana, Cara! ¡Te hemos echado de menos hoy!». Había arrastrado la ese de «menos», pero esta era la única señal que delataba que había bebido tanto como los demás. Estaba estupendo. Quedaba claro que el sol y el estilo de vida californianos le sentaban de maravilla. Llevaba el pelo castaño claro muy corto a los lados y peinado hacia atrás, le centelleaban los ojos —azules, como tantos otros en ese grupo— y tenía aquellas pecas… como las de su hermano. Se le parecía tanto que casi dolía mirarlo. A continuación, Maura giró la cámara para enfocar de lleno a Daithí, que agitó la mano a modo de saludo, sonriente. Maura volvió a ocupar toda la pantalla, con los ojos brillantes y las mejillas sonrosadas. Tenía pequeños rizos del nacimiento del pelo pegados a la frente a causa del calor que hacía en el pub.

«¡Nos vemos mañana, Cara!», gorjeó. Maura alargó el brazo para encuadrar a todos los miembros de la panda, abrazados, con el violín, el bodhrán y la flauta irlandesa sonando al fondo junto con el animado parloteo de la gente, mientras las bombillas horteras que a Daithí le gustaba colgar en su pub por Navidad titilaban a sus espaldas, rodeándolos de halos en tecnicolor.

«¡Hasta mañana, Cara!», gritaron todos al unísono, incluido Daithí, que estaba en segundo término. Maura le tiró un beso enorme y, después de articular con los labios las palabras «Te quiero, tía», acercó los dedos gigantescos a la pantalla para finalizar la grabación.

El revelador golpeteo de la aguanieve hizo que Cara alzara la vista del teléfono. Estaba empezando. Con un suspiro, apagó su móvil y lo dejó al lado de la palanca de cambios. Caía más aguanieve que hacía unos instantes, con mayor intensidad. A través de la ventanilla, Cara divisó a Courtney, la camarera de Daithí. Arrebujada en una chaqueta de plumas que le venía grande, avanzaba por la calle, luchando contra el viento. Cara bajó el cristal.

—¡Hola, Courtney! —gritó. Unos copos se colaron en el interior del coche y se derritieron en el pantalón de uniforme azul marino de Cara, dejando unas manchas oscuras y húmedas.

La chica morena levantó la mirada y sonrió.

—¡Agente Cara! —respondió con su marcado acento neoyorquino. Se acercó al coche—. Estoy a punto de comenzar mi turno. Seguro que Daithí saldrá enseguida a reunirse con usted. —Cara se fijó en cómo pronunciaba el nombre de Daithí. «Deeeyjí». No estaba mal, sobre todo considerando que se trataba de uno de esos nombres irlandeses que se les atascaban a todos los extranjeros. En realidad, el sonido era más suave, algo similar a «Dohí», con la hache aspirada. Suave y reposado, como el hombre en sí.

—Gracias, Courtney. Y gracias por dejar que se escape esta noche.

—No hay problema. Podré arreglármelas sola. Con este día

de perros... —Levantó los ojos al cielo—. No creo que venga mucha gente. Esto estará muy tranquilo. ¡Me las apañaré!

—De todos modos, si necesitas algo, estaremos en casa de Seamus Flaherty. Anda, vete dentro de una vez y ponte a resguardo de este tiempo tan horroroso.

—Gracias. Que pase una buena noche. ¡Adiós!

La chica sonrió y agitó la mano mientras se alejaba a toda prisa. Cara cerró la ventanilla. Cinco minutos después, apareció el hombre en sí, bien abrigado y caminando hacia ella. Subió al coche.

—Buenas —dijo ella.

—Buenas —respondió él—. Bonito peinado.

—Anda y que te den. —Cara se miró en el retrovisor y volvió a atusarse el pelo—. Es el viento de las narices. Mi gorra ha acabado ahí, en lo alto de ese árbol, no sé si la ves.

—Caray.

—Le escribiré un correo electrónico al comisario para pedirle otra. Bueno, ¿hay que pasar a recoger a Maura o hemos quedado en verla allí?

—No lo sé. Ha dicho que me llamaría, pero no ha dado señales de vida. —Daithí sacó su teléfono para comprobarlo—. No, nada todavía. Aunque, ahora que lo pienso, creo que no le funciona el wifi. —Como prácticamente no había cobertura de datos móviles en toda la isla, el wifi era la única opción para conectarse.

—¿En serio? ¿No tiene wifi?

—Sí. Ayer por la mañana, cuando llegaron, Ferdia y Sorcha se acercaron a su casa para saludarla y ella les dijo que se le había estropeado.

—No conseguirá que se lo arreglen antes de Año Nuevo.

—No, ni de coña. Las alegrías de la vida isleña.

Cara sonrió.

—Bueno, eso significa que no lo tiene fácil para contactarnos. Pasemos por su casa. Nos viene de camino para ir a la de Seamus.

Cara arrancó el coche. Comprobó que los espejos estuvieran bien colocados y puso el intermitente, una costumbre que no había perdido a pesar de que en la isla había un total de trescientos coches y el tráfico era casi inexistente. Tras encender los faros y los limpiaparabrisas, enfiló la carretera. A las afueras del pueblo avistó a un valiente peatón que avanzaba a un lado de la calzada. Redujo la velocidad hasta detenerse y bajó la ventanilla.

—Tenga cuidado, Tomás. Hace un tiempo de locos.

El hombre se paró y se quedó mirando a Cara.

—Estoy tan acostumbrado a las tormentas como usted a cenar caliente, sargento. No se preocupe por mí, no me pasará nada.

Cara le dedicó un gesto a medio camino entre una sonrisa y una mueca.

—Solo intento ayudar, Tomás. Que pase una buena noche. —Empezó a cerrar la ventana—. *Slán*.

—Adiós —contestó el hombre, antes de reanudar la marcha bajo el viento y el aguanieve. Cara se volvió hacia Daithí con una sonrisa tensa.

—Ya lo ves, Daithí. Me he despedido en irlandés, pero él me ha contestado en inglés.

—No todo el mundo es como el cascarrabias de Tomás.

—No sé qué decirte. Aun así, sospecho que, más que un curso acelerado de idiomas, lo que necesito es una máquina del tiempo que traiga de vuelta a mi madre… —Cara consultó el reloj imaginario de su muñeca—. Hace treinta y cuatro años, cinco meses y, esto…, dos días, más o menos. Con eso bastaría.

—No estoy de acuerdo, Cara, pero no vamos a discutir.

—No, no vamos a discutir —respondió ella.

Dos minutos después, se detuvieron frente a la casita de Maura. De inmediato les resultó evidente que no había nadie. Estaba totalmente a oscuras.

—Voy a llamar a la puerta, por si acaso —dijo Daithí, apeándose.

Mientras esperaba, Cara lo vio dar saltitos de un pie a otro. Luego regresó a paso veloz, solo. Subió de un salto y cerró de un portazo. Palmoteó varias veces para calentarse las manos.

—Vale, aquí no está —dijo Daithí—. Debe de haber ido directamente allí.

—Bueno, pues vamos a casa de Seamus. Al hogar de los Flaherty.

Cara salió marcha atrás del camino de entrada y puso rumbo al oeste. Circuló serpenteando por el perímetro de la isla hasta tomar la carretera de la costa. La conversación se redujo al mínimo, pues ella iba concentrada en la conducción. Al tratarse de una zona más expuesta, las ráfagas procedentes del mar embestían el costado del coche como rinocerontes furiosos. Cara tenía que aferrar el volante con todas sus fuerzas para no salirse de la calzada. A su alrededor, la isla parecía encogerse de miedo ante la tormenta. Por lo general, las enormes extensiones azules del cielo y del mar ayudaban a descansar la vista del implacable gris del paisaje, el manto de piedra caliza que asomaba a través de la tierra de la superficie, el laberinto de paredes rocosas y las ruinas prehistóricas desperdigadas. Pero ese día no. Ese día, advirtió que la grisura se prolongaba de forma ininterrumpida desde el suelo hasta el firmamento. No había horizonte ni tregua. Ella se sentía rodeada por todas partes.

Siguió adelante, a lo largo de la línea del litoral. Las olas voraces atacaban la orilla como si estuvieran empeñadas en devorar la isla. La aguanieve que había empezado a caer cuando esperaba frente a Derrane's estaba amainando mientras una nevada de verdad emergía de su sombra.

Pronto, la casa de los Flaherty apareció ante ellos. Más pronto de lo que Cara habría querido. Su aspecto era muy similar al de muchas otras viviendas de la isla. No tenía nada de especial.

Hacía diez años que Cara no ponía un pie en esa casa. Hasta esa mañana, había estado diez años sin pisar siquiera su camino de entrada. A lo largo de esa década, se había forzado a mantener la vista al frente cada vez que se veía obligada a pasar por delante en coche. Diez años había sido demasiado tiempo para evitar una casa en una isla tan pequeña.

4

Cara detuvo el coche en el camino de entrada de aquella casita normal y corriente, un edificio de una sola planta, de ladrillo, con un tejado de pizarra inclinado y las paredes encaladas, como las de casi todas las viviendas de la isla.

Se volvió hacia Daithí, que miraba al frente, inmóvil. Pese a que se encontraban al abrigo de la casa, la tormenta sacudía el vehículo mientras permanecían sentados en su interior.

—¿Estás bien? —preguntó Cara.

—Sí. No te preocupes… Oye, fui a recogerlos al puerto y los traje aquí.

—Todo un detalle por tu parte.

—Creo que tal vez deberías… prepararte.

—¿Para qué?

—La casa… Está… —Exhaló un suspiro y acto seguido inspiró a fondo—. Sabes que aquí todo se deteriora muy deprisa cuando no se le da mantenimiento, ¿no? Por el clima tan extremo y esas cosas. La casa es fría, húmeda y la calefacción no funciona. Da una impresión de lo más decadente.

—Tranquilo, Daithí, aguantaré. Nos apiñaremos frente a esa chimenea enorme que tienen.

—No se trata solo de eso. —Daithí se quedó callado. Cara lo observó mientras ponía en orden sus pensamientos—. Creo que Seamus simplemente lo dejó todo cerrado y se marchó después del funeral. Creo que no ha tocado nada de la casa desde entonces. Me recuerda un poco al personaje de Miss Havisham de *Grandes esperanzas*, Cara. En el fondo, ese es el problema. No se llevó ni tiró nada. Supongo que es porque le resultaba muy duro. Todo está exactamente igual que hace diez años; los cuadros de las paredes, los libros de las estanterías y todo lo demás.

—Ah.

Cara agachó la cabeza.

—¿Estarás cómoda? No tenemos que entrar si no quieres. Podemos ir todos al pub y acotar un rincón solo para nosotros.

Cara alzó la vista.

—No. Lo soportaré.

—¿Estás segura?

—He estado evitando este lugar durante demasiado tiempo. Seamus no es el único que no encara las cosas de frente.

Daithí clavó la vista en ella.

—De verdad, Daithí, estaré bien. Y si no, siempre podemos salir por piernas y regresar al pub. ¿Trato hecho?

—Trato hecho.

Cara se puso la capucha, abrió la puerta del coche y salió a la tormenta. Una ráfaga de nieve la golpeó e hizo que le escociesen los ojos. La temperatura había descendido aún más, y el frío cortaba como un cuchillo. A pesar del pronóstico del tiempo, Cara esperaba que no nevara demasiado. Corrieron hasta el umbral. Ella alzó la mano para llamar, pero la puerta se abrió de golpe antes de que llegara a tocarla.

—¡CARA! —gritó al unísono un coro de voces cargadas de emoción. Aquel ser de tres cabezas bloqueaba la puerta entre empujones, extendiendo los brazos, un montón de brazos, para agarrarla. Al fondo, alcanzó a entrever por encima de los hombros un papel pintado verde con relieve de terciopelo que había olvidado hacía mucho tiempo. Eufóricos, Seamus, Ferdia y Sorcha la llevaron en volandas al interior de la casa.

—¡Has venido! —exclamó Sorcha, atrayéndola hacia sí para darle un efusivo abrazo.

Daithí, a quien nadie le había dirigido siquiera la palabra, cruzó la puerta y la cerró tras de sí.

—Oh, cuánto me alegro de verte, Cara —jadeó Sorcha, sujetándola con los brazos estirados para mirarla bien de arriba abajo—. Siento que haya pasado tanto tiempo, pero es que ha sido tan… difícil. Fue duro irse, pero más duro ha sido regresar, ¿sabes?

Cara contempló fascinada a su vieja amiga, que apenas había cambiado. Llevaba la rubia cabellera recogida en un moño alborotado. Parecía cansada, pero nadie estaba como una rosa después de haber salido hasta tarde la noche anterior. Bajita y delgada, seguía tan guapa como siempre.

—Es comprensible —dijo Cara. Sorcha tiró de ella para estrecharla de nuevo en sus brazos.

—Déjale espacio para respirar, Sorcha. —Ferdia dio un paso al frente. Era tan alto como Daithí, pero ahí terminaba toda semejanza. Esbelto, cetrino y algo canalla, Ferdia tenía el cabello castaño oscuro, casi negro. Sus iris, oficialmente de color avellana, se fundían con las pupilas, lo que confería a sus ojos el aspecto de pozos tenebrosos e insondables. Le posó las manos en los hombros a la recién llegada y bajó la vista hacia ella. Cara se percató de que llevaba las pulseras de cuero que había empezado a usar durante su fase de roquero, cuando era adolescente. Las puntas raídas del nudo asomaban bajo el puño de la camisa.

—No has envejecido tan bien como yo —comentó con una gran sonrisa—. En realidad, ya me había dado cuenta aquel último verano, pero no quise decírtelo. —Le relucieron los oscuros ojos.

—¡Gracias! —dijo Cara, riéndose.

—He de reconocer, eso sí, que ese uniforme de *garda* me pone. ¡Estás que crujes! —Con una carcajada, la atrajo hacia sí mientras ella le pegaba un manotazo en el pecho con indignación fingida.

—Cuidado o te llevo preso —advirtió ella, riéndose contra su torso. Lo achuchó en un abrazo de oso.

—¡Calma, sargento!

Cara notó que alguien le desenlazaba los dedos y le tiraba del brazo, apartándolo de Ferdia. Seamus reclamaba su atención. Se detuvieron y se miraron en silencio. Ella no lo había visto desde que se había marchado a Estados Unidos. Y allí estaba, en todo su esplendor hollywoodiense. Sonriendo sin decir nada, se abrazaron. Cara sintió su calor, como si hubiera traído consigo el dorado sol de California. Se inclinó hacia atrás.

—Espero que no pase tanto tiempo la próxima vez, chaval —dijo.

—Lo siento. Es que…

—No, no digas nada. No hay nada que justificar.

Seamus asintió. Cara advirtió que las lágrimas que ella estaba conteniendo se reflejaban en los ojos de su amigo. Le tocó la mejilla. Él sonrió, y los ojos azules le brillaron.

—¡Venga, larguémonos de este recibidor helado! —gritó Ferdia—. ¡Vamos a la cocina, que está más calentita! —A Cara le pareció una buena idea. Ahí hacía un frío que pelaba, casi tanto como en el exterior. La reunión podía continuar junto al fuego.

—¿Ha llegado ya Maura? —le preguntó a Seamus mientras se dirigían hacia la puerta de la cocina.

—No. —Negó con la cabeza—. Pensábamos que tal vez estaba con vosotros.

—No, con nosotros no. —Cara sentía la presión de su teléfono en el bolsillo del pantalón. Palpó el contorno con los dedos y estuvo a punto de sacarlo.

—Estará al llegar, seguro —dijo Seamus—. ¡Me alegra ver que está igualita que hace diez años! —se rio. Cara, sonriendo, apartó la mano de su móvil. De todos modos, lo más probable era que no hubiera cobertura.

Todos entraron en la amplia cocina. La pared, junto a la puerta trasera, estaba cubierta de alacenas de los años setenta. Las puertas de color mostaza con molduras plateadas colgaban todas en ángulos distintos. Frente a ellas había una hilera de armarios bajo una encimera laminada que separaba la cocina del resto del espacio. Se respiraba un olor a humedad. Cara contempló el lugar. Aquella horrenda decoración ya había pasado de moda hacía dos décadas cuando ella entró ahí por primera vez, siendo una tímida muchacha de catorce años.

El resto de la habitación resultaba un poco más aceptable. Cara deslizó la mano sobre la áspera superficie de la vieja y rústica mesa de roble, cubierta de marcas y cicatrices dejadas por la historia. Alzó la vista hacia la chimenea que dominaba el centro de la pared del fondo. Como se estilaba en las antiguas casitas de campo de la isla, donde aquellas salas constituían la totalidad de la vivienda de las familias, era lo bastante ancha y grande para cocinar en ella y caldear todo el espacio. Cara se sentía un poco mareada por aquel vertiginoso salto atrás en el tiempo. No supo si reír o llorar al reparar en el viejo sofá y los sillones dispuestos frente al fuego. De color marrón y mostaza, estaban tapizados con una tela que supuso que solo guardaba una relación superficial con las fibras naturales. Tenía un estampado que nadie con resaca habría debido estar obligado a ver. Era tan espantoso y anticuado que Cara sospechaba que se había puesto de moda otra vez. Había muchos hogares así en la isla. El transporte de cualquier cosa más grande que una maleta era tan caro que la gente no tiraba nada. Conservaban todo lo que estuviera en condiciones de usarse.

Cara tocó el sofá, aunque temía recibir un calambrazo de electricidad estática, una sacudida similar a la que había experimentado al volver a ese lugar. Daithí había hecho bien en advertírselo.

Levantó la mirada hacia las paredes en busca de la foto enmarcada que sabía que estaría allí. Cillian…

Notó que un brazo la rodeaba.

—¿Estás bien? —le dijo la suave voz de Daithí al oído.

Ella asintió.

—Tenías razón —dijo—. No ha cambiado nada. Es una cápsula del tiempo. —Se inclinó contra él.

—Si ves que es demasiado para ti, avísame.

—Gracias.

Seamus rodeó el sofá arrastrando una canasta llena de turba. Les sonrió a los dos.

—Es turba de hace diez años que he encontrado en la carbonera. ¿Creéis que arderá? —Tiró una briqueta a la chimenea; las llamas lamieron a la recién llegada, poniendo a prueba su inflamabilidad. Con un estampido tan fuerte como el de un petardo, la turba húmeda despidió una lluvia de chispas.

—¡Hostia puta! —exclamó Ferdia, lo que sonó extraño en su boca. Su acento de colegio privado no encajaba con las palabrotas de clase obrera. Un olor a chamuscado los alertó de que una chispa perdida había prendido la alfombra. Los tufos a polvo, humedad y quemado formaban una combinación nauseabunda.

—¡Joder! —gritó Seamus mientras la apagaba a pisotones—. Tranquilos, no pasa nada. Yo me encargo. No os preocupéis, chicos, os he salvado a todos.

—Gracias, Seamus —canturreó Sorcha desde la cocina.

—Nuestro héroe —terció Cara.

—¿Echo otro? —preguntó él, sujetando un segundo bloque de turba en la mano.

—Venga, hay que vivir al límite.

Seamus lo tiró, lo que provocó otra erupción de chispas. Bailando, Seamus las pisó todas hasta extinguirlas.

—¿Alguien me ayuda a cortar las verduras? —gritó Sorcha.

—Claro —dijo Daithí. Tras darle un apretón en el brazo a Cara, fue a reunirse con Sorcha. Cara volvió la vista atrás para observarlos. Daithí cogió un puñado de zanahorias y un cuchillo. Entonces ella vio a la señora Flaherty junto a ellos, como si su memoria insertara fotogramas del pasado en la escena. La madre de Cillian y Seamus, ahí de pie, proyectada por su mente. Se encontraba junto al fogón, sacando platos de los armarios de color mostaza, cuando las puertas aún no estaban tan torcidas.

—¿Sabes cuándo llegará Maura? —Ferdia se sentó en una butaca y alzó la vista hacia Cara, arrancándola de sus recuerdos.

—¿Maura? No. Está un poco desaparecida en combate.

Seamus se acercó con dos copas de vino entrecruzadas en la mano izquierda y una botella de tinto en la derecha.

—Venga, coged una. —Les tendió la mano con la que sujetaba las copas. Saltándose el protocolo para servir vino, llenó hasta el tope la de Ferdia, que era bastante grande. Luego se volvió hacia Cara.

—¿Quieres vino o prefieres ir a cambiarte de ropa antes? Supongo que algo habrás traído, ¿no? ¿Te quedarás esta noche?

Cara se miró el uniforme. No parecía lo más indicado para una fiesta. Habría podido pasar por casa antes para mudarse, pero ya se había perdido toda una noche con la panda, así que no quería desperdiciar un minuto más.

—Vino —respondió, bajándose la cremallera del anorak y colgándolo en el respaldo de una silla de roble. Alargó la mano para coger la copa—. Y sí, me quedaré. He dejado a los niños con Mamó. Ya es hora de que participe un poco de la diversión.

—Genial. —Con una enorme sonrisa, Seamus le llenó la copa—. Bueno, siéntate, siéntate. ¡Te echamos de menos anoche! Tenemos mucho de qué hablar para ponernos al día.

—Y tanto —dijo Cara. Cuando se acomodó en el sillón más cercano, un olor a moho emanó de la tela. Metió la nariz en su copa de vino y aspiró a fondo su fragancia.

—¿Cómo está tu *mamó*? —preguntó Seamus—. ¿Y los críos? ¿Cómo les va a mis sobrinos? Soy un tío penoso. Tú te lo curras, enviándome fotos y noticias por correo electrónico, y en cambio yo apenas te contesto.

—No sufras por eso. Estamos todos bien. Voy tirando, como tú. Mamó es mi principal apoyo. A sus setenta y ocho años, aún está como un roble. En cuanto a Saoirse y Cathal, les va genial. Ya los verás algún día antes de marcharte.

—Qué ganas tengo. Deben de estar enormes.

—Vas a flipar; están casi domesticados. —Cara sonrió—. ¿Y tú cómo estás? ¿Cómo va todo en Hollywood?

—¡Ahí estoy, viviendo el sueño americano, Cara! —dijo Seamus con una carcajada y los ojos centelleantes—. En realidad, es fantástico. Me encanta escribir guiones. ¿Sabes cuánto recaudó mi última película?

—¿Cuánto?

—¡Ciento cincuenta millones de dólares! ¿Te haces una idea de lo que es eso?

—No, creo que no. —Cara sacudió la cabeza con los ojos desorbitados.

—Fantasmón —bramó Ferdia.

—Que te den —repuso Seamus con una sonrisa.

—Pero esas pelis se escriben entre varios guionistas, ¿no? —dijo Ferdia—. O sea que, en el fondo, no es «tu película», ¿verdad?

Seamus negó con un gesto.

—Estás pensando en las series de televisión. Esas las escribe un grupo de gente sentada alrededor de una mesa. Pero mis guiones son solo míos. Bueno, de vez en cuando contratan a alguien para que los pula un poco... ¡Por lo visto se me dan fatal los finales! Pero siempre son míos en un noventa por ciento, como mínimo.

—Qué chulo —comentó Cara.

—No tanto —dijo Ferdia—. Todo el mundo sabe que los guionistas son el último mono en Hollywood.

—No te pongas celoso —dijo Cara, risueña—. A ver, ¿acaso no os estáis pegando la gran vida en Londres?

—Hombre, tanto como la gran vida... Pero vamos sobreviviendo. Llegamos a fin de mes.

—¿A qué os dedicáis? —preguntó Cara.

—Bueno, ya sabes. A esto y aquello.

—Qué esclarecedor.

—Estoy a punto de cerrar un buen negocio después de mucho tiempo, así que estoy contento. No serán ciento cincuenta millones, pero no todos podemos ser tan afortunados como Seamus, ¿no? —Ferdia le sacó la lengua al aludido.

Con el ceño fruncido, Seamus abrió la boca para replicar, pero se contuvo. Miró de nuevo a Cara.

—Bueno, ¿y a ti cómo te trata la vida isleña? —inquirió.

—Pues... —comenzó a decir. No era el día más indicado para quejarse, pero la pregunta no tenía fácil respuesta. Ferdia la salvó al interrumpirla.

—¿Ya han empezado a dar la murga con eso? —dijo, inclinándose hacia delante, armándose de entusiasmo.

—¿Quiénes han empezado a dar la murga con qué?

—Los lugareños, con lo del pelo rojo, esa superstición de Año Nuevo.

—Me parece increíble que te acuerdes de eso —dijo Cara.

—¿Cómo iba a olvidarlo? ¡Ver como la gente huía despavorida de ti era el momento cumbre de la Nochevieja para mí!

—Me alegra que lo encontraras divertido.

—¿Recuerdas que te encerrábamos con Cillian en su cuarto

desde las cinco hasta la medianoche para que él absorbiera toda tu mala suerte? —dijo Ferdia con una risotada. La sonrisa de Seamus se desvaneció.

—Joder, Ferdy. Usa un poco el cerebro —siseó Sorcha desde la cocina.

—Ostras, chicos, lo siento mucho —dijo él al tomar conciencia de su metedura de pata.

Cara bajó la vista a sus pies. Tras quedarse callada un momento, se volvió hacia Ferdia.

—Sí que lo recuerdo. Me temo que, por desgracia, la absorbió toda.

5

—Y entonces le dije: «¡Como puede comprobar, ese es mi asiento, señor DiCaprio!».

—¡Sí, hombre! —exclamó Sorcha, incrédula, con la cuchara a medio camino de la boca.

—¡Y una mierda! —dijo Ferdia. Sorcha le propinó un codazo en el costado—. ¡Oye! ¿A qué viene eso? —espetó.

—Ya está bien, Ferdia. Creo que la grosería sobraba. —Sorcha bajó la voz a pesar de que las cinco personas sentadas a la mesa oían perfectamente sus palabras.

—Sorcha, este tiramisú está de muerte. Tienes que darme la receta para el pub —dijo Daithí, rebañando el plato con la cuchara para recoger hasta la última migaja.

—Ah, gracias, cielo —respondió ella, agradecida por la distracción—. ¿Ahora sirves comida ahí?

—Lo que sea para sacar unos eurillos extra.

—Sí, hay espectáculo de estriptis los lunes por la noche —comentó Ferdia, riendo.

—Eso seguramente le provocaría un infarto a buena parte de la clientela. —Daithí sonrió, pensando en los abuelos que empinaban el codo en su bar todos los días, así lloviera o tronara.

Seamus se levantó de un salto y, tras sacar otra botella de vino de debajo de la encimera, les llenó la copa a todos.

—Oye, ¿y tú qué? —dijo Cara al percatarse de que la copa de Seamus estaba medio vacía.

—Ah, me temo que estoy un poco desentrenado últimamente.

—Pero ¡qué dices! —exclamó Ferdia—. ¿Seamie, el Diecisiete Pintas, desentrenado? ¿Qué te han hecho esos americanos?

—Los californianos, para ser más exactos. No es como aquí. Ahí uno sale a correr, no a ponerse hasta el culo.

—Qué vida más triste —comentó Ferdia, tomando un buen trago de vino.

—Y todo el mundo va a reuniones de A. A.

—¿Tú has ido? —preguntó Sorcha con los ojos como platos.

—¡Solo para hacer contactos!

—¡Ja! —dijo Daithí.

Cara se levantó de la mesa y se dirigió hacia la chimenea para echar con cuidado otra briqueta de turba al fuego. En el camino de vuelta a la mesa, se detuvo frente a la estantería, y su mirada se posó en un libro de lomo negro. Lo sacó y le dio vueltas entre las manos. Veía las manchas de moho en los bordes y percibía su olor. Seamus se le acercó, copa de vino en mano.

—¿Escribirás otro algún día? —Cara lo miró.

Él se encogió de hombros.

—No lo sé. Esa era la historia que necesitaba contar. No sé si llevo otra dentro.

Cara bajó la vista al libro. Leyó el título en voz baja: *Yo soy la isla: memorias de Seamus Flaherty.* Eran unas memorias que habían empezado como un diario. Se habían convertido en un gran éxito de ventas que había sorprendido a todo el mundo, incluido su editor, que se había apresurado a imprimir otra tirada. Y otra. Y luego otra. Llegó un momento en que parecía que no había un solo hogar en el mundo sin un ejemplar del libro en el que Seamus relataba cómo había sido criarse en una isla diminuta, al borde del Atlántico, con un padre que bebía, una madre que luchaba por ellos y un hermano al que quería y que había fallecido. Cara lo abrió y leyó la dedicatoria. «Para Cillian, por todo». Aunque sabía que no debía, pasó de forma instintiva al final, a las páginas que referían lo sucedido aquella Nochevieja, diez años atrás, en el pesquero. Los dos hermanos, Seamus y Cillian, iban a bordo. Una borrasca, una ola violenta. Cillian había caído al agua y se había perdido en el mar.

Cillian, su marido.

Ella y sus hijos lo habían perdido para siempre. Cara había leído enteras las memorias. Gracias a aquella prosa exquisita, Cillian volvía a cobrar vida. Pero había sido muy duro para ella, porque, en realidad, nada podía devolvérselo. Había leído el libro una vez y luego lo había guardado. Ahora, lo cerró sin decir palabra y lo colocó de nuevo en el estante.

—Es una obra maravillosa, incluso en la versión traducida. Supongo que es porque tú mismo la tradujiste del irlandés.

—Gracias. Sí, creo que eso fue un factor importante. *Is Mise An tOileán* siempre será el texto auténtico, el que me gustaría que leyera la gente, si pudiera. Pero si me hubiera ceñido solo a eso, habría tenido muy pocos lectores. —Se sentaron en el sofá. Seamus se inclinó hacia Cara—. Oye —agregó por lo bajo—, siento el estado en el que se encuentra esto. Tendría que haberle pedido a alguien que lo arreglara antes de que viniéramos.

—Me parece que aparte de prenderle fuego, poco arreglo tiene esta casucha —dijo Ferdia, que a pesar de todo había alcanzado a oír la voz de Seamus desde la mesa.

—¡Ferdia! —lo reprendió Sorcha—. ¡No la llames casucha! Seamus se encogió de hombros y se volvió hacia ellos.

—¡No, tranquila, si es lo que es!

—No tienes por qué disculparte —dijo Cara—. No está tan mal, de verdad.

Seamus paseó la vista por la habitación.

—Me incomoda que sigan estando aquí todas estas cosas —dijo, bajando de nuevo la voz—. Debería haber venido unos días antes y haber recogido un poco... Yo qué sé, para que esto dejara de parecerse tanto a... ¿cómo se llamaba ese misterioso barco abandonado?

—¿El Mary Celeste?

—Ese. Es como un fantasma viviente. Sé lo que sentí yo al ver que todo está... exactamente igual que entonces... Así que me imagino que tú sientes lo mismo.

—Se me hace raro, para serte sincera. Pero no tienes por qué pedir perdón. Esta mañana, cuando he pasado por aquí para ver si había alguien despierto, he tenido que forzarme a acercarme a la entrada. No me extraña que tú tampoco estuvieras ansioso por regresar.

—¿Te has pasado esta mañana?

—Sí, nada más desembarcar. Os eché de menos anoche.

—¿O sea que ya habías estado aquí?

—Pero no he entrado. Nadie me ha abierto cuando he llamado a la puerta. Como había visto ese vídeo… —Cara se rio, sacudiendo la cabeza—, me he imaginado que estabais todos tan resacosos que no me habíais oído. Que estabais durmiendo la mona.

—Y así fue. Lo siento, no pensaba que vendrías. Ha sido muy desconsiderado por nuestra parte.

Seamus dirigió la vista a la mesa.

—¡Chicos, Cara se ha pasado esta mañana, y ni uno solo de nosotros estaba despierto para abrirle la puerta! ¡Somos lo peor!

—¡Ay, Cara!, ¡cuánto lo siento, guapa! —dijo Sorcha.

—Lo siento, Cars —dijo Ferdia. El matrimonio y Daithí se levantaron de la mesa y fueron a sentarse con Seamus y Cara en el sofá. Esta les dedicó una sonrisa.

—Ya está, dejad de fustigaros, de verdad que no pasa nada. De todos modos, no habría podido quedarme mucho rato.

Se oyeron unos golpes en la puerta trasera.

La conversación se interrumpió y, como suricatas, todos giraron la cabeza para mirar a la puerta por encima del respaldo del sofá. Se vislumbraba una figura desdibujada tras el cristal esmerilado. La luz de encima de la puerta bañaba al visitante en un resplandor fantasmagórico.

—Debe de ser Maura —dijo Ferdia, disponiéndose a ponerse en pie. Sorcha lo detuvo posándole la mano en la pierna. Él puso los ojos en blanco. Daithí se levantó en su lugar.

Atravesó la sala.

—Me alegro de que hayas podido venir —murmuró mientras descorría el cerrojo.

Sin embargo, al otro lado de la puerta, en vez de Maura, alegre y rebosante de energía como el conejo de Duracell, desgranando explicaciones sobre su tardanza, con mil anécdotas que contar y dando botes de impaciencia por entrar, había un hombre de baja estatura con barba y gorra de béisbol, arrebujado en un abrigo como los que llevaban los exploradores del Ártico.

Cuando alzó la vista hacia Daithí, desplegó una sonrisa.

—¡Hola otra vez, señor Derrane! —dijo el hombre con un marcado acento estadounidense.

—¿Señor Jackson? —dijo Daithí con el entrecejo arrugado, pero lo hizo pasar.

Cara lo reconoció. Era uno de los turistas que había visto antes en un rincón del pub.

—¿Tiene algún problema con su habitación? —preguntó Daithí, aún con un deje de perplejidad en la voz.

—No, no, en absoluto. Todo está perfecto. No, he venido a ver a Seamie.

El americano lanzó una mirada al fondo de la habitación, donde Seamus ya se había puesto en pie y se dirigía a su encuentro.

—¡Noah! —saludó, alargándole la mano y recibiéndolo a mitad de camino con un caluroso apretón y una enérgica palmada en la espalda—. Cuánto me alegro de que estés satisfecho con el alojamiento en Derrane's. Es un buen anfitrión.

Daithí desplazó la vista de su amigo al estadounidense que se había registrado en su establecimiento aquella mañana.

—¿Os conocéis? —preguntó—. *Cad atá ar súil*, Seamus? —«¿Qué está pasando, Seamus?», añadió, pasándose de forma deliberada al irlandés.

Seamus no respondió.

—Noah, ven, que te presento a Cara, Ferdia y Sorcha. Maura aún no ha llegado. Y, bueno, a Daithí ya lo conoces, claro.

Cara miró a Sorcha y Ferdia, que, por toda respuesta, se encogieron de hombros.

El recién llegado se acercó al sofá con paso decidido y la mano tendida.

—¡Cara, Ferdia y Sorcha! ¿Los auténticos Cara, Ferdia y Sorcha? ¡Vaya! —exclamó. Cara miró al americano chiflado por encima del hombro de Seamus, que disimulaba su nerviosismo con una sonrisa de mil megavatios. Cara, que lo conocía desde que tenía siete años, sabía distinguir cuando él pedía perdón en vez de permiso.

—¿Quién es tu amigo, Seamus?

—Cara. —Seamus apoyó una mano en la espalda de Noah—. Os presento al afamado director de cine independiente Noah Jackson.

Noah Jackson contempló a las tres personas sentadas ante él.

—Es todo un honor conoceros al fin.

—¿«Al fin»? —repitió Ferdia, escamado—. ¿De qué hablas?

—¡Noah y yo vamos a producir una película basada en mis memorias! ¿A que es emocionante? —dijo Seamus—. Será una visión muy auténtica, con clase. Un poco experimental, pues no narrará la historia de forma lineal y habrá algunas partes surrealistas…

—Eso todavía tenemos que discutirlo, Seamie —dijo Noah.

—Ya, ya. —Seamus restó importancia a las palabras del director con un gesto—. Sí, hay detalles que aún no están decididos del todo. Pero lo increíble es que yo soy el productor, y el equipo ha venido hasta aquí para empezar a rodar, y es alucinante…

—¿Vais a rodar una película sobre tu libro aquí, en la isla? ¿Ahora? —dijo Cara.

—Sí, exacto… Eso es —respondió, con los ojos desorbitados por su deseo de aprobación.

—No sé qué decir —murmuró Cara.

—Di que te alegras por mí.

Ella consiguió esbozar una sonrisa, incapaz de resistir su mirada ansiosa.

—Y, bueno, supongo que no está de más comentar que el equipo (los actores y técnicos) estará entrando y saliendo a lo largo de la semana.

—¿Aquí? —preguntó Daithí.

—Sí, pero no todo el rato. Eso no afectará a nuestros planes de pasar tiempo juntos, lo prometo.

Nadie se mostró muy convencido.

—¿Le sirvo una copa de vino, señor Jackson? —preguntó Daithí.

—Gracias, pero no. He dejado la furgoneta fuera. Prefiero no beber cuando voy a conducir.

—Sí, es lo mejor.

—De hecho, no me entretendré más. Seamus me sugirió que

me acercara para presentarme. Así que solo he venido a saludar. Sé que estáis pasando unos días especiales y no quiero importunar.

—Gracias, Noah —dijo Seamus.

—Ha sido un placer conoceros. Espero veros más en los próximos días. —Tras dirigirles un saludo estilo militar, el director giró sobre los talones, se encaminó hacia la puerta de atrás, acompañado por Seamus y se marchó tan deprisa como había llegado.

Seamus regresó junto a sus amigos, al amor del fuego.

—Siento que os hayáis enterado así, de sopetón. Quería contároslo, pero no encontraba el momento oportuno.

—Serás trepa… —farfulló Ferdia.

—¡Me ha hecho mucha ilusión, Seamus! —dijo Sorcha—. ¿Alguien hará de mí?

—Pues sí —dijo Seamus, radiante al ver que al menos a ella no le había molestado la sorpresa. Se sentó en el sofá—. Se llama Ari y es un encanto. Te caerá bien. No es tan guapa como tú, eso sí.

—Anda ya —dijo ella, sonriendo.

—¿Hay una actriz para el papel de Maura? —preguntó Ferdia—. Podrías decirle que venga, ya que al parecer la original nos ha dejado plantados.

Seamus estiró el cuello para consultar el reloj de la cocina, que, milagrosamente, aún funcionaba.

—Todavía es posible que venga —dijo—. A lo mejor se ha confundido y ha pensado que no nos reuniríamos esta noche, ¿no?

—Todo es posible cuando se trata de la señorita Conneely —dijo Ferdia—. ¡Tal vez ha recibido una oferta mejor!

Cara y Daithí se miraron al oír este comentario, gesto que no pasó desapercibido para Sorcha.

—¿A qué ha venido eso?

—¿A qué ha venido qué? —preguntó Cara.

—Esa miradita entre vosotros dos.

Cara se volvió hacia Daithí, que se encogió de hombros.

—Hummm. Bueno, no sé si estoy autorizado para revelarlo, pero en fin: Maura tiene un novio secreto. No sabemos quién es, ni dónde vive; no sabemos nada, salvo que ella desaparece a veces y cuando regresa se la ve contenta, pero no nos dice una palabra sobre él. Es todo muy misterioso. A lo mejor su galán está en la ciudad y ella ha recibido, en efecto, una oferta mejor.

—Ah —dijo Sorcha. Su expresión de alegría se esfumó—. Así que pasa de nosotros por un tío misterioso, ¿no? Qué guay.

6

Cara estaba recogiendo la mesa.

—Vosotros habéis cocinado, así que a mí me toca lavar.

—Yo te ayudo —se ofreció Ferdia, poniéndose en pie.

—¿En serio? —dijo Cara—. Eso sí que es un milagro.

Llevaron todos los platos al fregadero, y Cara llenó el hervidor y lo encendió para disponer de agua caliente. Ferdia, reclinado sobre la encimera, se sacó el móvil y echó un vistazo a la pantalla.

—Vaya cobertura de mierda. Eso es algo que no echo de menos de estas islas. Mis amigos de Londres se quedarían horrorizados. ¿Tú tienes señal?

—Nunca tengo señal, Ferdia. Aquí nadie tiene.

—¿Cómo es que no tienes wifi, Seamus? —preguntó Ferdia en voz muy alta, volviéndose hacia el sofá.

—Ya no vivo aquí, Ferdia. No voy a instalar wifi para un fin de semana.

—Menudo anfitrión estás hecho.

—¿No te gustaría desconectar durante unos días? —preguntó Seamus, sonriente.

—¿Y a ti no te gustaría cerrar la boca?

Cara tiró a la basura los restos de comida de varios platos más. Cuando el hervidor se apagó, llenó el fregadero y sumergió los cacharros.

—Coge ese trapo, ¿quieres? —dijo. Ferdia alzó la vista de su teléfono.

—No, tranquila. Creo que te estás apañando genial tú sola. —Rodeó la encimera para regresar al sofá.

—Caray, qué amable —farfulló Cara.

—Cara —dijo Sorcha—, ¿qué querrás hacer el domingo, cuando vayamos al cementerio?

Cara se quedó inmóvil frente al fregadero, con las manos cubiertas de espuma, meditando la pregunta. Llevaba meses dándole vueltas. Bajó la mirada y contempló los arcoíris que se deslizaban a través de las burbujas antes de que reventaran.

—Me gustaría que fuera algo bonito, ¿sabes? —dijo, subiendo los ojos—. Ya ha habido suficiente tristeza. Prefiero una celebración. —Daithí se levantó del sofá para acercarse y pilló el paño de cocina por el camino. Esperó a que Cara le pasara el primer plato limpio después de meter de nuevo las manos en el agua caliente—. He pensado que podríamos poner algunas de sus canciones favoritas, y que alguien podría leer algo…, tal vez algunos pasajes alegres de tu libro, Seamus.

—No hay muchos —murmuró Ferdia.

—Cuenta con ello —dijo Seamus sin darse por aludido—. Me gusta la idea.

—Y tal vez tú, Sorcha, podrías cantar algo, ¿no? ¿Te parece bien?

—Por supuesto, cielo, será un honor. ¿Qué te gustaría que cantara?

—¿Te sabes *My Love Returns*?

—Ay, claro, es una preciosidad. ¿Me acompañarás al violín? —le preguntó Sorcha a Cara.

—¿Sigues torturando a la gente con esos chillidos de gato estrangulado? —preguntó Ferdia.

—Un poco —contestó Cara.

—Esperad un momento. —Seamus se levantó de improviso y salió de la sala. Todos los que estaban sentados a la mesa posaron la vista en el hueco que había dejado, y luego en Cara.

—No sé… —dijo, respondiendo a la pregunta implícita.

Seamus reapareció un momento después, con una funda de violín entre las manos.

—Mira. Me había olvidado de que teníamos esto. Cuando

cumplí los diez años, a mi abuela se le metió en la cabeza que debía empezar a tomar clases. Por lo visto, el abuelo había sido un gran violinista en su juventud o algo así… No sé si está mínimamente en condiciones, pero, si lo está, ¿nos tocas algo?

—Ay, sí, Cara, por favor —dijo Sorcha.

Ferdia se inclinó hacia delante para servirle más vino.

—Ten. —Daithí le entregó a Cara el trapo y ella se secó las manos. Salió de la cocina, cogió la funda que le tendía Seamus y se sentó en un sillón. Tras abrir el estuche, extrajo un violín hermoso, casi impecable.

—Una ventaja de que no hayas arrasado este sitio —dijo, sonriéndole a Seamus. Daithí se acercó y se sentó. Sorcha agarró la botella abierta que estaba en la mesa y la colocó al lado de la chimenea. Echada hacia delante en su asiento, Cara se apoyó el instrumento en el hombro como los músicos tradicionales, y no bajo el mentón, como los violinistas clásicos. Pulsó las cuerdas, tocó unas notas y apretó las clavijas en el extremo del mástil. A continuación, posicionó el arco sobre las cuerdas. Deslizándolo con suavidad, empezó a dar forma a una melodía. Sorcha enderezó la espalda, con las piernas cruzadas, y entonó una letra tierna y triste. El aire se llenó de notas lastimeras y bellas. Las volutas cristalinas y puras de las palabras de Sorcha se elevaban al cielo, entretejidas con las quejumbrosas cuerdas de Cara, en una expresión de dolor profundo y dulce, un lamento muy familiar para las generaciones que se habían reunido en aquellas islas para llorar sus pérdidas. Cara notó que unas lágrimas traicioneras se le escapaban y resbalaban por sus mejillas.

Al finalizar la canción, apoyó el violín y el arco en su regazo. Todos los presentes se quedaron callados. Cara se pasó la mano por el rostro y se frotó los párpados. Al oír que alguien se sorbía la nariz, dirigió la vista hacia el sofá. Seamus tenía los ojos enrojecidos, y Daithí contemplaba la noche moteada de nieve a través de la ventana, sin mirar a nadie a la cara.

—Joder —dijo Ferdia desde el sillón de enfrente—, que no ha sido tan terrible.

Sorcha, embargada también por la emoción del momento, clavó la vista en su marido. Cara advirtió que entornaba los ojos y le temblaba el labio inferior.

—Por favor…, ¿podrías tomarte las cosas en serio por una vez, Ferdia? ¿Es mucho pedir?

Ferdia no respondió.

Seamus se inclinó hacia delante, alargando la mano, y le dio un apretón a Sorcha en el brazo.

—Precioso. Ha sido precioso. —Sonrió y miró a Cara—. Caray, Cara, siempre has tocado muy bien, pero eso…, eso ha sido algo especial.

Cara le devolvió la sonrisa. Notó que las mejillas se le encendían un poco.

—He estado practicando. Mucho. Dispongo de demasiado tiempo libre últimamente. No soy precisamente la reina del baile para la gente de la isla.

—Pues peor para ellos y mejor para nosotros.

—Gracias, Seamie.

Ferdia se levantó de repente y se inclinó sobre Sorcha para coger el vino que estaba junto al hogar. Después de llenarse la copa, volvió a sentarse y dejó la botella a sus pies.

—No, gracias, estoy servido —dijo Seamus, irritado.

Ferdia le dedicó una sonrisa, pero no se molestó en llenarle la copa de nuevo.

—Tócanos otra, Car —ordenó—. Pero que sea alegre, esta vez.

Cara miró a Sorcha.

—Sígueme —le indicó.

Marcando el ritmo con el pie, se llevó otra vez el violín al hombro. Después de las primeras notas, Sorcha sonrió y comenzó a cantar. Enseguida, todos sumaron sus voces. Hasta Ferdia esbozó una sonrisa y se unió al estribillo con entusiasmo. Seamus se levantó como un resorte y tomó a Sorcha de las manos para ponerla en pie. Le hizo describir un círculo y, mientras ambos bailaban y cantaban, la risa le iluminó el rostro a Sorcha. Saltando sobre sus copas de vino, dieron vueltas por la habitación entre carcajadas y cantos.

—¡Más! —gritó Seamus cuando Cara tocó las últimas notas. Complaciente, ella se arrancó con otra melodía y, cinco minutos más tarde, el tímido Daithí sacó una flauta irlandesa de algún sitio

48

y empezó a acompañarla. Ferdia fue a buscar otra botella de vino de la cocina, esquivando a Sorcha y Seamus, que seguían dando brincos. Él la hacía girar, aferrándole los codos al estilo tradicional de la danza irlandesa, y juntos volaban por la sala a velocidad de vértigo. Esta vez Ferdia sirvió vino a todos y soltó una risita al ver a Sorcha y Seamus, con el rostro colorado, chocar contra la mesa. Estuvieron a punto de tirar al suelo las fotografías enmarcadas de la pared mientras rebotaban por la habitación, jadeando y riendo, al borde de la hiperventilación por lo divertido de la situación. Cara observó como los marcos oscilaban cada vez más despacio hasta quedar inmóviles. Se sintió aliviada, a su pesar, al comprobar que no iban a caerse.

Seamus echó otro bloque de turba vieja a las llamas agonizantes, lo que las reavivó un poco. La única lámpara que funcionaba bañaba la sala en una claridad cálida. Era la única fuente de luz aparte del fuego. Las cortinas habían permanecido abiertas durante toda la velada. Como no había vecinos cercanos de los que ocultarse, habían decidido dejar la nevada como telón de fondo. Daithí recogió una brazada de botellas vacías y las llevó a la cocina.

—Espera, tráeme una —le pidió Sorcha, sentándose en el suelo y recostando la cabeza contra las rodillas de Ferdia, que comenzó a acariciarle el cabello con aire distraído. Se detenía de vez en cuando para enrollarse mechones sueltos en los dedos. Perdido en sus pensamientos, miraba por la ventana.

Daithí regresó con una botella entre las manos. Se la alargó a Sorcha.

—¿Para qué la quieres? —preguntó.

—¿Os acordáis de todos aquellos juegos de cuando éramos críos? Verdad o reto, yo nunca… Y nuestro favorito: ¡la botella!

Con una sonrisa de ligera embriaguez, colocó la botella tumbada sobre la alfombra.

—Uy, no sé —dijo Daithí, sentándose de nuevo en el sofá, junto a Seamus.

—Venga, Cara, Seamus. Nos echaremos unas risas.

Seamus, el más sobrio de todos, le sonrió.

—¿No estamos ya un poco creciditos para eso?

Sorcha hizo girar la botella, que esparció sobre la alfombra las gotas de vino que le quedaban.

—Ahí va —dijo con una risita antes darle vueltas de nuevo—. Venga, animaos todos, será divertido.

La botella se detuvo. Apuntaba a Daithí. Con movimientos vacilantes, Sorcha, que estaba arrodillada, se puso a cuatro patas. Gateó por la alfombra hasta detenerse frente a Daithí. Seamus soltó una risa nerviosa. Ferdia, como si despertara de un sueño, se volvió para mirar a su esposa. Sorcha apoyó las manos sobre las rodillas de Daithí y se postró de hinojos ante él.

—Hola, Daithí —dijo, guiñándole un ojo.

Cara observó como Daithí posaba la mano sobre la de Sorcha y la contemplaba con ternura.

—Tal vez habría sido mejor jugar a verdad o reto.

—Por Dios, Sorcha. —Ferdia fulminó a su mujer con la mirada—. ¿No ves que estás borracha? ¡Deja de hacer el ridículo!

Sorcha se torció hacia atrás para mirarlo.

—¿El ridículo, yo? ¿Dónde habré aprendido a hacer eso? —espetó. Dirigió de nuevo la vista hacia Daithí—. Lo siento, Daithí. Creo que no podemos jugar a verdad o reto porque hay alguien aquí que no entiende el significado de la verdad.

—Ay, qué graciosa. Es que me parto contigo —dijo Ferdia—. Levántate, haz el favor. Respétate un poco.

Sorcha se enderezó sobre pies tambaleantes. Señaló a Ferdia, con el rostro crispado de rabia.

—¡Qué…, qué gilipollas eres! —Tragándose un gran sollozo, salió corriendo de la habitación, después de topar con la mesa y la encimera.

Ferdia se incorporó y suspiró, frotándose la cara con las manos. Alzó la vista hacia Seamus, Daithí y Cara.

—Lo siento. Hemos bebido demasiado. —Se puso en pie, también con un equilibrio precario—. Voy a hablar con ella. Buenas noches, chicos.

Cuando se marchó, Cara se volvió hacia Seamus y Daithí.

—Vaya. No ha sido una escena muy agradable.

Daithí y Seamus negaron con un gesto.

—No han parado de discutir desde que llegaron —comentó Seamus—. Es triste.

—Y un poco violento —añadió Daithí.

—Espero que lo solucionen —dijo Cara—. ¿Cuánto tiempo llevarán así? Seamus, ¿hablas a menudo con Ferdia?

Seamus sacudió la cabeza con expresión melancólica.

—No, hablamos muy poco.

—Pues es una verdadera lástima. Cómo ha cambiado todo… Supongo que no es ninguna sorpresa. Pero esos dos eran muy felices. Y tú y Ferdia estabais muy unidos.

—Lo sé. Pero, bueno, ya no somos unos críos. Las cosas cambian.

—Pues sí. —Cara suspiró. Se quedó callada un momento, sumida en sus recuerdos. Recuerdos de Ferdia y Sorcha cuando eran más jóvenes. De unos jóvenes Ferdia y Seamus, amigos inseparables.

—Vosotros dos estabais obsesionados con ese mito —dijo Daithí. Cara desplazó la vista de él a Seamus, sonriendo de nuevo.

—¡Madre mía, vaya si lo estabais! —exclamó—. «Setanta y Ferdia», la leyenda de dos hermanos guerreros. La madre hippy de Ferdia le puso ese nombre porque era el de uno de los miembros del mítico dúo.

—Pero no sé por qué estábamos tan obsesionados —dijo Seamus con una risotada—. ¿De verdad pasamos por alto la parte de la leyenda en que esos dos acababan luchando a muerte?

—¡Esa parte no os parecía tan guay! —exclamó Cara, riendo.

—Durante un tiempo, deseé que mi madre me hubiera puesto Setanta. —Seamus meneó la cabeza.

—Un verano nos obligaste a todos a llamarte Setanta, ¿ya no te acuerdas? —dijo Daithí.

A Seamus se le escapó un gemido.

—Ay, señor, qué vergüenza —dijo, carcajeándose—. ¡Sí, por desgracia sí que me acuerdo!

—Parece que haya pasado una eternidad —dijo Cara.

—Es que ha pasado una eternidad. Éramos adolescentes hace veinte años, Cara.

—Ya, pero eso no quita que podáis seguir siendo amigos. Fíjate en Daithí, en Maura y en mí. ¿Qué os pasó a Ferdia y a ti?

Seamus se encogió de hombros.

—La distancia, la edad adulta, qué sé yo. Justo después de lo de Cillian..., creo que quise dejar atrás todo lo que me recordaba esa noche. Y eso incluía a Ferdia, supongo. De todos modos, se había montado una vida nueva con Sorcha en Londres. Y creo que a él le pasaba lo mismo, quería volver a empezar de cero.

—¿Tienes idea de a qué se dedica allí? —preguntó Daithí—. Ha sido un poco vago al respecto.

—Creo que Sorcha ha mencionado algo relacionado con conciertos y grupos, ¿no? —dijo Seamus.

—Parece divertido —dijo Cara.

—Por unas palabras tensas que cruzaron Ferdia y Sorcha —comentó Daithí—, me da la impresión de que quizá no se trate de algo tan glamuroso o bien pagado como parece.

—Ay, madre —dijo Cara.

—Tal vez esa sea una de las causas de la tensión —dijo Seamus.

—Tal vez —contestó ella. Recostándose en el sofá, se entregó a un gran bostezo. Sacudió la cabeza y se frotó los ojos.

—Chicos, ha sido un auténtico placer… Bueno, salvo por la última parte. Creo que necesito dormir.

—Claro —dijo Seamus.

Cara se levantó y se desperezó. A continuación, se agachó para recoger las copas de vino que habían dejado Sorcha y Ferdia. Se dirigió a la cocina siguiendo una trayectoria que, con un poco de generosidad, habría podido calificarse de recta. Depositó las copas vacías sobre la encimera con una cautela exagerada.

—Seamus, ¿dónde me toca dormir?

El aludido se puso en pie.

—He pensado que el antiguo cuarto de Cillian era lo más lógico. Si no te da cosa.

Cara asintió. En efecto, habría sido inapropiado meter a otra persona en esa habitación.

—Seamus, me ha encantado volver a verte.

Él se le acercó. Abrió los brazos y la estrechó contra sí.

—Ha sido maravilloso para mí también. Llevaba demasiado tiempo sin venir. Ahora me doy cuenta.

Cara le acarició la mejilla.

—Ha sido difícil para todos. No seas tan duro contigo mismo.

—Gracias, bonita.

—Buenas noches, Daithí —le dijo Cara en voz más alta a este, que estaba en el sofá.

—Que descanses.

Cara se dirigió hacia la puerta de la cocina.

—Ya conoces el camino, de todos modos —dijo Seamus.

Ella sonrió.

—Sip. No me perderé.

7

Seamus estaba en lo cierto; no había peligro de que se perdiera. Hundiendo los pies en la moqueta verde oscuro del pasillo, pasó por delante de la entrada principal. La habitación de Cillian era la primera a la izquierda. Todavía estaban en la puerta las letras de madera que formaban su nombre. Cara deslizó los dedos sobre ellas, con una sonrisa agridulce bailándole en los labios al palpar la lisa superficie y los bordes. En casa, Cathal tenía unas parecidas pegadas a su puerta. Justo al otro lado del pasillo estaba la que había sido la habitación de Seamus durante su infancia. Un letrero de PROHIBIDA LA ENTRADA, con un círculo atravesado por una raya roja, seguía ahí colgado. Ahora que ella también tenía hijos, Cara entendía por qué la madre de Seamus no se había apresurado a quitar todas aquellas cosas de las puertas, ni siquiera cuando, ya de adultos, se habían marchado de casa. No resulta fácil ver como tus retoños crecen y abandonan el nido. Cara lo entendía. Y ambas tenían razones adicionales para temer ese momento y aferrarse al pasado. A Cara le esperaba una solitaria viudedad. A la señora Flaherty le esperaba un futuro aún más sombrío: quedarse sola con un marido violento. Cillian había intentado convencerla de que lo dejara muchas veces, pero ella nunca había conseguido reunir el valor suficiente. Al final, el deterioro físico causado por la afición a la bebida del hombre, una versión personal y kármica de la destrucción que sembraba entre los demás, acabó con su vida poco después de la boda de Cillian y Cara. Había supuesto un alivio para todos.

Después de la habitación de Seamus venía el baño. Y, tras la puerta del final del pasillo, se encontraba el dormitorio de sus padres, donde estaban alojados Ferdia y Sorcha. Cara percibió unos ronquidos suaves procedentes del interior, lo que significaba que al menos uno de ellos se había dormido ya. Se sintió confortada al no oír los sonidos amortiguados de una discusión.

Cuando giró el pomo de la puerta de la habitación de Cillian, retrocedió veinte años de golpe. Abrazándose el torso para protegerse del frío, rotó sobre sí misma, fijándose en cada detalle. Todo estaba tal como lo recordaba. Los pósteres de Nirvana y Eminem en las paredes ocultaban una capa más antigua de papel pintado de dinosaurios; la cama individual (que, por fortuna, estaba recién hecha, lo que despejó sus incipientes preocupaciones), arrimada a la pared; el escritorio, bajo la ventana; los libros, desde los infantiles hasta los de texto de su último año de instituto, compartían espacio en los estantes blancos ligeramente combados; y las puertas de listones del armario empotrado. Cara llevó la mano al pequeño tirador de latón y las abrió. Aunque el armario no estaba lleno, había algunas prendas colgadas allí, prendas que Cara recordaba haber visto usar a Cillian. Alargó el brazo para acariciar una chaqueta militar de segunda mano que le encantaba cuando tenía dieciséis años. También estaba el horrendo jersey de punto que su *mamó* le había tejido y que él se ponía como un buen nieto. Cara también lo tocó y, al notar el picor en la piel, recordó con una sonrisa que, según Cillian, lo soportaba solo para tener contenta a la abuela. Sus dedos encontraron varios agujeros en la tela, y de pronto unas cuantas polillas salieron volando asustadas del armario. Decididamente, Seamus tenía que meterle mano a esa casa. Y ella debería haberse ofrecido a ayudar hace años. El estado desastroso del lugar era responsabilidad de los dos.

Tras cerrar el armario, se acercó al escritorio y corrió una de las cortinas. Se horrorizó al ver lo alta que estaba ya la nieve. El camino de entrada se divisaba desde ahí, y su coche estaba quedando sepultado poco a poco bajo aquella masa blanca. La ventisca parecía descender desde el espacio exterior, como si estuviera cayéndoles encima la Vía Láctea. Cara no recordaba cuándo había nevado así por última vez en la isla. Tal vez había sido hacía mucho tiempo, en la época en que el Cillian adolescente había fijado esos pósteres a la pared.

Cerró la otra cortina y se volvió hacia la cama. Daithí había dejado ahí su bolsa de viaje. Abrió la cremallera y sacó su pijama polar. Supuso que tendría frío incluso con él puesto. Tras una visita rápida al baño, se metió bajo las mantas, en la habitación de infancia de su difunto esposo, en una cama en la que a menudo se pegaban el lote deprisa y corriendo cuando eran adolescentes. Donde se sentaban a escuchar música. Donde charlaban tomados de la mano. Apagó la lámpara de la mesilla y, tiritando, esperó a que sus ojos se acostumbraran a la oscuridad y los recuerdos se desvanecieran. Sin embargo, la oscuridad confería un aire grotesco a la habitación. Los dinosaurios del papel pintado parecían sedientos de sangre, y se imaginaba que unos ojos invisibles la acechaban desde detrás de los listones de la puerta del armario. Las estanterías se le antojaban demasiado pesadas, la cama demasiado pequeña. Cerró los párpados con la esperanza de conciliar el sueño pronto, de que el buen vino y el cansancio fueran sus aliados.

Cara abrió un ojo soñoliento. Estaba confundida. Sus pies eran témpanos de hielo, y no sabía muy bien dónde se encontraba. Un tiranosaurio le refrescó la memoria. Los restos de un sueño se esfumaron. No lo lamentó. Eran imágenes difusas de Cillian, el barco y el mar; de ella con el brazo extendido, gritando. Como en muchas otras ocasiones, deseó que Cillian se le apareciera en sueños más alegres, sobre los buenos ratos que habían pasado juntos, no sobre aquellos terribles momentos finales.

Se incorporó. Notaba un martilleo en la cabeza y tenía la boca pastosa y seca. Se sentía fatal. ¿Por qué había tomado tanto vino? Al igual que Seamus, estaba desentrenada. Solo bebía cuando salía con Daithí y Maura, pues temía que beber sola durante aquellas tardes interminables acabara por causarle un problema.

Seguía estando oscuro, lo que, en esa época del año significaba que podía ser cualquier hora, entre las dos y las nueve de la mañana. Sin embargo, una claridad mortecina se colaba por la ventana, pero por debajo de las cortinas, como si procediera del suelo y no del cielo. Jadeando de frío, Cara se levantó de la cama y se acercó a la ventana. Apartó el borde de la cortina y miró al exterior. La fuente del resplandor tenue era la nieve. Estaba por todas partes. Los montículos acumulados contra las paredes parecían tener una altura de más de medio metro. Aunque en aquel momento nevaba poco, no se vislumbraba el menor atisbo de cielo, pues el interminable manto de las nubes lo cubría todo.

¿Qué hora era? ¿Cuánto tiempo había dormido? Al menos el suficiente para que le diera resaca. Regresó a la cama y echó un vistazo a su teléfono: las seis y cuarto de la mañana. Se envolvió en las mantas para entrar en calor y, tendida boca arriba, cerró los ojos, pero el sueño la había abandonado por completo. Le palpitaba la cabeza y tenía sed. ¿Habría paracetamol en algún rincón de aquella casa, aunque fuera de diez años de antigüedad? Ella se habría tomado uno de buen grado. Se levantó de nuevo y agarró el jersey que llevaba antes para contar con una capa extra.

Abrió la puerta de la habitación. Aún salían ronquidos leves del cuarto de Ferdia y Sorcha. La puerta de Seamus estaba cerrada. Avanzó de puntillas por el pasillo intentando no hacer ruido y abrió la puerta de la cocina. Cada chirrido y cada crujido se le antojaban tan estridentes como un concierto de rock en medio de aquel silencio.

Todavía brillaban algunas ascuas en la chimenea, y Cara oía las suaves inspiraciones y espiraciones de Daithí, que dormía en el sofá. Alcanzó a vislumbrar los dedos de sus pies, que sobresalían por un extremo. Rebuscó en los armarios lo más silenciosamente posible hasta dar con un blíster de pastillas que llevaba solo doce años caducado. Llenó de agua un vaso, con un chorro que sonó como las cataratas del Niágara en la quietud. Lanzó una mirada al sofá, pero no percibió movimiento alguno.

Dobló la esquina, con la intención de echar un poco de turba en la chimenea; Daithí se lo agradecería, y ella podría sentarse un rato en uno de los sillones para calentarse.

Algo se movió. Cara se volvió de golpe.

Estaba tan inmóvil que no había reparado en él: Seamus, sentado en una de las butacas.

—Hostia —siseó Cara, con el corazón retumbándole en los oídos, un sonido más fuerte que todos los que ella había hecho tras salir de la habitación. Había estado a punto de soltar la copa del susto, lo que sin duda alguna habría despertado a todos los ocupantes de la casa.

—Perdona, Cara, te he visto entrar —susurró Seamus—, pero no quería sobresaltarte.

—¡Pues lo has hecho fatal! —susurró Cara a su vez—. Joder.

—Perdón —repitió Seamus en voz baja.

Cara se volvió hacia Daithí. Aunque veía su silueta un poco más definida, apenas distinguía sus facciones en la oscuridad. No había farolas fuera ni contaminación lumínica que alumbraran la habitación, solo el tenue resplandor de la nieve matizaba las tinieblas. Daithí dormía como un tronco. Tras dejar su copa, Cara tiró con cuidado una briqueta de turba al fuego. Aunque saltaron algunas chispas, un fulgor esperanzador parecía indicar que prendería.

—Buena idea —musitó Seamus.

—Hace un frío que pela —dijo Cara en un tono igual de quedo. Cogió un vetusto cobertor doblado sobre el respaldo del sillón y se acercó al dormido Daithí con pasos lentos y sigilosos para no chocar contra algún mueble. Después de taparlo con él para que estuviera un poco más abrigado, se sentó en el suelo frente al hogar y se arrebujó en el jersey. Unas llamas pequeñas empezaron a cobrar vida. Su brillo mortecino arrojaba un poco de luz a la sala. Alcanzaba a vislumbrar el rostro de Seamus con un poco más de claridad.

—¿Va todo bien? —preguntó ella. El hombre tenía la mirada triste; la sonrisa perfecta de la víspera había desaparecido.

Se encogió de hombros.

—No mucho.

—¿Demasiados recuerdos?

—Sí. Demasiados. He soñado con… esa noche. Por eso me he despertado.

—Yo también —dijo Cara.

—Es por haber regresado a este lugar. Creo que hacíamos

bien en evitarlo. Me…, me han vuelto todos esos sentimientos de tristeza, pérdida, culpa…

—No tienes ningún motivo para sentirte culpable, Seamus.

—Ah, ¿no? —preguntó, alzando la voz por encima de un susurro. Sacudió la cabeza. A pesar de la penumbra, Cara entrevió las lágrimas que asomaban en las comisuras de sus ojos azul claro—. Yo era el que estaba ahí, Cara. En el barco. Si no hubiera vuelto a entrar en la cabina, lo habría visto caer por la borda, habría podido llamar a la guardia costera antes, haberme tirado tras él, haberle lanzado un salvavidas…, cualquier cosa además de virar en redondo con la esperanza de avistarlo. Ay, Cara… —Se le quebró la voz.

Ella gateó sobre la alfombra de delante del hogar hasta quedar de rodillas frente a Seamus. Se inclinó hacia él y lo rodeó con los brazos. Fue como abrazar un témpano. Estaba incluso más helado que ella. ¿Cuánto tiempo llevaba ahí sentado?

—No fue culpa tuya, Seamie, en absoluto. No fue culpa de nadie. No hay nadie sobre quien volcar nuestra rabia.

—Seguro que había algo que podría haber hecho mejor… Él me protegió durante muchos años. Cuando papá se ponía violento, con la barriga llena de alcohol y los puños llenos de ira, sin importarle a quién hiciera daño, Cillian me escondía en el armario o debajo de su cama, y encajaba los golpes por mí… —Seamus se desmoronó. Cara notó que su pecho se agitaba en silencio con sollozos intensos e incontrolables—. Y no pude salvarlo cuando me necesitaba.

Unos fuertes golpes en la puerta de atrás despertaron a Cara.

Había más luz, lo que debía de significar que ya había amanecido. Ella seguía en la cocina, en un sillón, con las piernas encogidas y una manta que sin duda Seamus le había puesto encima. Estirándose, miró en derredor para intentar entender lo que ocurría. Recordaba vagamente que él se había vuelto a la cama después de pasarse un rato llorando a lágrima viva. Había sido terrible. Cara conocía el dolor que lo desgarraba por dentro, pues ella convivía con uno parecido. Sin embargo, él había estado presente aquella noche en que Cillian se había golpeado la cabeza al caer al agua y se había ahogado. A pesar de la fachada alegre que mostraba al mundo, resultaba evidente que el recuerdo lo atormentaba.

Los golpes volvieron a sonar, esta vez de forma más apremiante.

Cara, ya despabilada del todo, se volvió hacia la puerta trasera. Vislumbró una figura borrosa tras el cristal. Daithí se rebulló en el sofá, con los ojos adormilados y una expresión desorientada en su cara de resacoso.

—¿Qué ha sido eso? —murmuró, frotándose los párpados mientras se incorporaba.

—Alguien llama a la puerta.

Cara se levantó, se arropó con la manta y se encaminó hacia la puerta.

En cuanto la abrió, quedó cegada por el blanco resplandor de la nieve y el impacto del viento gélido que irrumpió en la cocina. Ante ella, cubierta con abrigo, bufanda y gorro, pero aun así transida de frío, estaba Courtney, la camarera de Daithí. Parecía muy nerviosa.

—Courtney, ¿te encuentras bien? Anda, pasa —dijo Cara, apartándose para franquearle la entrada.

—Gracias —dijo la chica, y entró.

—¿Hay algún problema? —preguntó Daithí con voz ronca, apoyado en el respaldo del sofá, al fondo de la sala—. ¿Va todo bien en el pub?

—Sí, no te preocupes, todo está en orden en el pub. En realidad, quería hablar con Cara.

La aludida frunció el ceño. ¿Qué podía necesitar Courtney de ella? En ese momento, Seamus y Sorcha aparecieron en la cocina, completando un cuarteto de personas con los ojos vidriosos por la resaca.

—¿Qué pasa? ¿Qué eran esos golpes? —preguntó Sorcha con el cabello desgreñado.

—Ha venido Courtney —dijo Daithí.

—¿De qué se trata? —le preguntó Cara a la joven de aspecto preocupado.

—Le traigo un mensaje. Han estado intentando contactarla, pero no han conseguido localizarla en el móvil.

—Ya, la cobertura es penosa aquí.

—Y como no la localizaban en el móvil, han ido a buscarla a su casa. Su *mamó* les ha dicho que estaba usted aquí y ha llamado al pub para tratar de hablar con Daithí, pero ya veo que también está aquí...

—Gracias por venir desde tan lejos. ¿Qué mensaje me traes? ¿Quién intentaba contactar conmigo?

Courtney respiró hondo.

—La policía, sus colegas de Galway. Han recibido una llamada anónima... de alguien que dice que hay un cadáver en la Guarida de la Serpiente.

8

—¡Es demasiado peligroso! —exclamó Daithí, y el viento se llevó sus palabras en cuanto salieron de su boca.

La ventisca se había reanudado y los azotaba a ambos, al borde del acantilado, sacudiéndolos y reduciendo la visibilidad a solo unos pocos palmos, o al menos eso parecía. Sin embargo, había algo que alcanzaban a ver a pesar de todo: el cuerpo en la Guarida de la Serpiente. Quienquiera que hubiera realizado la llamada tenía razón.

—¡No podemos bajar ahí! —gritó Daithí de nuevo. Se había empeñado en subir hasta ahí con Cara, que no se había esforzado demasiado en disuadirlo. Como voluntario local de la organización de rescate RNLI, a la que se había unido tras la muerte de Cillian, conocía bien los riesgos.

Sin embargo, Cara apenas oía lo que decía. Sílabas sueltas le alcanzaban los oídos como fragmentos de metralla. Aun así, entendía lo que él intentaba comunicarle. Su rostro lo expresaba a las claras. Cara se pasó un brazo tembloroso y empapado por la frente para apartarse los mechones apelmazados que le caían sobre los ojos. Tenía que conservar por lo menos uno de sus sentidos.

Apoyó los pies en sendas depresiones en la nieve con la mayor firmeza posible, temerosa de irse precipicio abajo, como las palabras de Daithí. Bajó la vista por la escarpada pared hasta la Guarida de la Serpiente. El agua que irrumpía a través de canales subterráneos inundaba la charca de bordes rectos, formada al pie del acantilado durante milenios por tormentas como aquella. La energía cinética estrellaba las olas contra sus costados, arrojando de un lado a otro el cuerpo atrapado en su interior.

—¡Si no bajamos —contestó Cara a gritos, haciendo bocina con las manos—, la contracorriente arrastrará el cadáver al mar!

Daithí sacudió la cabeza. Ella lo vio articular con los labios la palabra «no».

Cara miró en torno a sí, sin hacer caso de la renuencia de Daithí. Contempló el sendero que descendía hasta la charca a lo largo de los acantilados. Conocía el camino. Cuando eran adolescentes, bajaban a menudo a nadar a la Guarida de la Serpiente en aquellos maravillosos días de verano que solo parecían existir en el pasado; días que se le antojaban imposibles en momentos como aquel. En los últimos años, habían acudido allí en varias ocasiones para ver competir a los saltadores. Pero ese no era un día de verano.

Comenzó a andar.

Echó un vistazo hacia atrás. Daithí la seguía por la nieve, pisando sobre sus huellas. Sintió una punzada momentánea de culpa por poner a su amigo en peligro, pero no le quedaba más remedio. Si ella no se encargaba de aquello, nadie más lo haría. El equipo de salvamento al que habría podido pedir ayuda estaba liado en otra parte, ya que había tenido que acudir en auxilio de un pesquero siniestrado durante la noche. Solo estaban ella y Daithí.

Cara inició el descenso. Se trataba de una bajada lenta y vacilante, pues sus pies se posaban tan pronto en terreno firme como en suelo resbaladizo. Se agarraba a los salientes rocosos para mantener el equilibrio, seguida por Daithí, que imitaba sus movimientos. Cuando volvió la vista atrás de nuevo, vio que una ráfaga especialmente fuerte lo golpeaba contra el borde de una roca. La nieve y el viento, como usuarios del transporte público con prisas, les propinaban empujones desde atrás, amenazando con precipitarlos en el vacío.

Tardaron una frustrante media hora en llegar al nivel de la charca. Con cada paso, Cara pensaba en Seamus, Ferdia y Sorcha, que se habían quedado en casa y debían de estar desayunando en la cocina caldeada por el fuego. Estaba ansiosa por regresar ahí, resguardarse de aquel tiempo de perros y disfrutar la mañana con sus amigos, como había planeado. Pero ya sabía a qué se estaba comprometiendo al aceptar aquel trabajo. No podía quejarse. Pese a las ganas que tenía de volver al hogar de los Flaherty, a una parte de ella le resultaba estimulante realizar aquella tarea, saber que estaba cumpliendo una misión importante.

En la base del precipicio, las condiciones eran aún más precarias. El suelo estaba salpicado de cráteres diminutos, por lo que el paisaje parecía más propio de un planeta lejano que de la costa occidental de Irlanda. Por lo menos el agua salada de las olas que reventaban ahí había impedido que la nieve se acumulara. Ya era algo. Por otro lado, debido a la violenta ventisca, la visibilidad era mínima y con cada paso se exponían a fracturarse un tobillo. Cara agradecía que las rocas mojadas no estuviesen congeladas, también debido a la sal.

Allí abajo se encontraban mucho más cerca del mar enfurecido. Su rugido era más ensordecedor. Cara temía que una ola grande los acometiera en cualquier momento, les estampara la cabeza contra los peñascos y se los llevara mar adentro. A Daithí no le faltaba razón: aquello era demasiado peligroso. Además, la persona que flotaba en la charca hacía horas que estaba muerta; no iban a salvarle la vida a nadie. Pero ella quería tratar de recuperar el cadáver, por lo menos. Demasiados isleños habían perdido la vida en el Atlántico sin que sus restos pudieran recibir sepultura. En cualquier momento, una corriente subterránea expulsaría el cuerpo al mar, o una ola se abatiría sobre él. Tenía que intentarlo. ¿Y si ella no hubiera conseguido llevar a Cillian de vuelta a casa? No quería que le ocurriera eso a una familia mientras estuviera en su mano evitarlo.

Daithí la asió del brazo y la atrajo hacia sí. Le gritó al oído. Su aliento en la piel era el único calor que ella había sentido desde que habían salido de casa de Seamus.

—¡No conseguiremos sacar el cuerpo ni de coña! —bramó—. ¡Antes acabaremos muertos!

Cara contempló sus ojos encendidos de miedo y se pasó de

nuevo el brazo por la frente. Dirigió la vista a la poza embravecida. Estaban tan cerca... La espuma saltaba al ritmo del oleaje al romper.

—¡Encontraremos la manera! —gritó ella a su vez.

—¡Necesitamos un plan ya mismo! ¡No quiero ahogarme!

—¡Yo tampoco!

Una ola gigantesca surgió del mar y reventó contra ellos, lanzándolos contra la pared de piedra caliza que tenían detrás. Cara, sumergida verticalmente y luego liberada por la cortina de agua, tragó y escupió, pugnando por recuperar la respiración. Daithí jadeaba a su lado, también sin aliento. Cualquier parte de su cuerpo que no estuviera mojada antes había quedado calada por completo. Reconoció la derrota. Daithí estaba en lo cierto, aquello era imprudente en extremo. Tenía una responsabilidad hacia la comunidad, pero la caprichosa mar ya les había arrebatado un padre a sus hijos. Su responsabilidad hacia ellos era aún más grande. Quienquiera que estuviese en la charca tendría que quedar a merced del destino.

Sacudió la cabeza. Abrió la boca y gritó:

—¡Tú ganas! ¡Es demasiado peligroso!

De pronto, zas. Otra ola descomunal los embistió. Ensañándose con Cara aún más que la anterior, la sujetó por los tobillos y tiró de ella. Daithí se abalanzó hacia ella, la agarró del brazo y consiguió por muy poco mantenerla en tierra.

Cara se quedó temblando medio encogida junto a su amigo mientras el agua retrocedía. El corazón le latía a mil por hora. Le dolía el hombro a causa del fuerte tirón que él le había asestado para salvarla. Tosió y jadeó, escupiendo agua salada. Le ardía la boca. Alzó la vista hacia su amigo y, más que oírlo, lo vio decir: «Uf, por los pelos». Ella asintió, agotada. Daithí volvió la cabeza. Ella siguió la dirección de su mirada.

Una cáscara vacía, un cartucho gastado yacía a unos metros de distancia, expulsado por el agua.

Las olas les habían dejado un regalo: el cuerpo que flotaba en la Guarida de la Serpiente se había visto arrojado de las fauces de la bestia, como un bocado amargo.

Cara, que seguía agachada, se puso a cuatro patas. Notó la

aspereza de la superficie rocosa contra las palmas de las manos. Las rodillas del pantalón se le empaparon aún más. Con el brazo levantado a manera de escudo por encima de los ojos entornados, escrutó el océano bajo la implacable cellisca, en busca de señales de peligro. No quería correr el riesgo de que el mar la arrastrara de nuevo. Avanzó gateando muy despacio hacia el cuerpo. Le pareció que se trataba de una mujer, aunque no estaba segura, porque el cadáver se encontraba de espaldas a ella, hecho un ovillo. Su cabellera larga y oscura estaba apelmazada por el agua, con algunos mechones pegados a los hombros y otros desparramados sobre las rocas.

Tras lanzar una última mirada al Atlántico, Cara aceleró para recorrer los últimos palmos de suelo picado de cráteres. Alargó la mano, le atrapó un hombro y tiró de él. Los brazos, atados por las muñecas, acompañaron el impulso e hicieron rodar el cuerpo entero, que quedó tendido de cara a ella. Oyó tras de sí un súbito sollozo cargado de espanto.

—Oh, Dios, no… —La voz de Daithí, antes ahogada por el viento, le llegaba con una claridad desgarradora, como si los elementos hubieran percibido su dolor y hubieran decidido callar en señal de respeto.

Cara contemplaba el cuerpo, enmudecida.

Entrecerró los ojos, como si mirarlo de otra manera fuera a cambiar lo que estaba viendo. Se inclinó sobre él y examinó cada rasgo del rostro inerte. ¿Corroboraban las partes la impresión que daba el conjunto?

Esos ojos, aunque cerrados. La nariz, la boca, las orejas. Los pendientes de aro, todavía en su sitio.

Maura.

Su Maura. Maura Conneely, la de sangre salvaje en las venas y pura alegría de vivir en el corazón, yacía allí, sin vida.

Increíble…

… e inconcebiblemente…

… muerta.

Llevaba las muñecas atadas, y Cara advirtió que algo le abultaba bajo la mejilla y una punta de tela asomaba entre las mandíbulas cerradas. Le habían metido una mordaza en la boca.

—No —susurró Cara.

Se echó hacia atrás, en cuclillas, y se quedó contemplándola. Los copos de nieve se posaban sobre el rostro de durmiente de Maura, pero no se derretían, porque su piel gris no irradiaba calor. Permanecían tan fríos como ella.

Daithí se acercó y se arrodilló a su lado, como si fueran dos penitentes en actitud de oración. Cara miró a Maura de arriba abajo. Vio que, debajo de la cazadora tejana, llevaba el mismo top blanco y negro que en el vídeo grabado en Derrane's. Los pendientes de aro. Los vaqueros azules, sus favoritos.

—Pero si la vi ayer mismo, por la mañana… —musitó Daithí. Extendió la mano hacia el cuerpo.

—No hagas eso.

No debían tocarla. A Cara le costaba pensar. Tenía que determinar lo que haría la sargento Cara Folan. En ese momento, no era más que Cara, la amiga incrédula, confundida y horrorizada. Daithí retiró el brazo.

Ella comprendía su gesto instintivo; también anhelaba tocar a su amiga, envolverla entre sus brazos, estrecharla contra sí. Apretó los puños con tanta fuerza que se clavó las uñas en las palmas. Trató de aprovechar el dolor para sobreponerse de la impresión.

Daithí intentaba decirle algo. Cara se inclinó hacia él.

—Cara, ¿qué ha pasado? Sus manos… Fíjate en su cara… —Luchaba por encontrar las palabras—. La vi ayer mismo, por la mañana —repitió.

Sacudiendo la cabeza, ella le dio un apretón en el brazo. Era un intento de tranquilizarlo, pero también una prueba para confirmar que aquello estaba sucediendo de verdad. Él la abrazó por los hombros y Cara se reclinó sobre él, agradecida por aquel consuelo mutuo. La tormenta había cobrado sentido. La tierra había perdido a uno de los suyos y estaba furiosa con toda razón.

Cara levantó la mirada hacia el cielo cada vez más oscuro. No sentía el golpeteo de la nieve en los ojos y el rostro. Aunque no eran más que las nueve de la mañana, parecía el cielo de una tarde de invierno, un cielo que daba la impresión de acercarse a medida que se oscurecía. A Cara se le antojaba casi al alcance de la mano.

Notó que las lágrimas amenazaban con brotar.

Pese a su confusión, sabía que llorar no los ayudaría en aquel momento. No podía venirse abajo. Ya habría tiempo para eso más tarde. En esos instantes tenía que actuar, que sacarlos a los tres de allí. Se echó hacia delante y comenzó a andar a gatas alrededor de Maura, intentando distanciarse, fingir que se trataba de otra persona, mientras tomaba nota de cada magulladura, de cada rasguño. Poniendo en práctica la formación que había recibido en Templemore. Y aunque la tempestad no daba tregua, le parecía que el tiempo se había ralentizado en torno a ella, que la nieve que hacía solo un momento la azotaba como un instrumento de tortura medieval obedecía ahora a unas leyes de la física distintas. Se movía alrededor de ella, sin tocarla. Cara estaba sola allí, a cuatro patas, examinando lo que quedaba de su amiga.

Poco a poco, a medida que tomaba distancia y se concentraba, descubrió que las señales contaban dos historias distintas. Por un lado, estaban los daños infligidos por la naturaleza al cuerpo indefenso; unos cortes largos y brutales. Reparó en un desgarrón especialmente profundo e irregular que el top arrugado hacia arriba dejaba al descubierto en el costado. Pero había otros detalles más pequeños y sutiles. El corte limpio en el labio, el ojo morado sin escoriación alrededor; lesiones demasiado delicadas para ser obra de la poderosa furia de la piedra caliza y las violentas olas.

Se volvió hacia el angustiado Daithí para asegurarse de que estuviera bien. Detrás de él, en lo alto del acantilado, un movimiento fugaz captó su atención. Un borrón negro contra el omnipresente blanco. Se apresuró a ponerse en pie. Resbaló y se golpeó la rodilla. Soltó un grito ahogado y se le crispó el rostro de dolor, pero se levantó de nuevo. Se abalanzó hacia el mar, se giró para mirar, y corrió un poco más hasta obtener una vista más panorámica de la cima del acantilado. ¿Qué había sido aquello?

Entornó los ojos, intentando ver algo a través de la tormenta.

—¡Cara! —bramó Daithí.

Al volverse, advirtió que una ola se aproximaba. Regresó a toda velocidad junto a Daithí, salvándose otra vez por muy poco de verse arrastrada. El mar retrocedió y ella lo siguió de nuevo, desesperada por avistar aquella cosa —¿o persona?— que había divisado allí arriba. Pero no había nada. Si no había sido un efecto óptico de la ventisca, había desaparecido.

Cara tendió la mirada sobre aquel paisaje lunar, y luego hacia la tempestad que rugía sobre el océano. Había que largarse de allí. Tendrían que llevarse a Maura entre los dos, por mucho que le horripilara la idea, y por muy difícil que les resultara en aquellas circunstancias.

Y después, ¿qué? Estaban aislados del todo. Ella había llegado en el último ferry, el día anterior. Y, por supuesto, los aviones no podían volar. Hasta la lancha de salvamento de la RNLI estaba detenida en otro sitio. El viento amainó durante un rato, como un niño que interrumpía su rabieta para recuperar el aliento. Cara intentó pensar en el siguiente paso. Bajó la vista hacia Maura.

Según el pronóstico, el temporal no remitiría sino hasta tres días después.

Hasta entonces, no llegaría nadie para ayudarlos.

Nadie acudiría en su rescate.

9

Cara finalizó la llamada. Con los codos apoyados en el volante, se quedó mirando su móvil. Cathal y Saoirse le sonreían desde la foto de bloqueo de pantalla. Se desconectó del «wifi_casa_Powell», no por temor a que se molestara la señora Powell, que vivía en la casita cercana al lugar donde habían dejado el coche, sino porque le parecía lo correcto y estaba en modo de piloto automático.

—¿Qué te han dicho? —preguntó Daithí desde el asiento del copiloto.

—He hablado con el comisario. Tal como imaginábamos, es demasiado peligroso. La caballería no vendrá…, simplemente porque no puede. Ni siquiera se arriesgarán a enviar el helicóptero de la guardia costera. —Cara respiró hondo—. Me han pedido que aísle la escena en la medida de lo posible hasta que les sea posible venir.

—¿Y eso qué significa?

—Vete tú a saber. No creo que pueda precintar la Guarida de la Serpiente, ¿tú sí?

Daithí negó con un gesto.

—Ni siquiera quieren que investigue. Es una tarea que no me incumbe a mí, una humilde sargento… No vaya a ser que la cague o algo.

—Seguramente solo quieren seguir el protocolo. No es un desaire personal hacia ti.

—Así que esperan que me quede cruzada de brazos hasta que

la tormenta amaine mientras anda suelto por ahí el monstruo, la bestia que le hizo eso a..., a... —Se le entrecortó la voz. Conteniendo un sollozo, aporreó el volante con el puño.

Daithí se encogió ante aquella muestra de violencia.

—Cara, no...

Se quedaron un rato sentados en silencio. De pronto, Cara abrió la puerta del coche, sujetando con fuerza el reposabrazos para que una racha de aire no la arrancara de sus bisagras.

—¿Qué haces? —preguntó Daithí, alarmado.

—Necesito estar sola un momento.

Cara se apeó y caminó hacia la parte de atrás del vehículo, dejando que el viento y la nieve la sacudieran y la azotaran. Luego, dándole la espalda al sendero que descendía a la Guarida de la Serpiente, dirigió la vista hacia la playa de Kilmurvey, donde había conocido a Maura, hacía mucho tiempo, un día muy diferente de aquel. Ambas tenían ocho años, y el sol relucía en la blanca arena. Maura, morena de ojos azules, era toda una diablilla. Y Cara, con su despeinada cabellera de color castaño rojizo, tez pálida y ojos también azules, parecía nacida para salir en las fotos de la oficina de turismo de Irlanda, según solía decir su padre. Era una muchacha que no estaba muy segura del lugar que le correspondía en el mundo, pero su nueva amiga Maura le daba mucha vida. Al final de cada verano, cuando Cara se disponía a regresar a Dublín, al otro lugar donde no encajaba, las dos lloraban abrazadas y se hacían promesas para el año siguiente, que siempre se les antojaba muy lejano.

Era Maura quien le había presentado a los demás. La había incluido en el grupo como si no fuera una recién llegada. Le había regalado la sensación de pertenencia, de formar parte de una pandilla que la aceptaba tal como era, aunque solo fuera durante tres meses al año. En junio, después de la travesía en barco desde Galway —a veces con Ferdia también a bordo—, la recibían como si nunca se hubiera marchado. Y fue Maura quien, a los catorce años, le susurró al oído entre risitas que Seamus le había dicho que Cillian le había dicho que Cara le gustaba.

Los demás. Tendría que darles la noticia. Se le cayó el alma a los pies. El comisario le había dicho que se encargarían de contactar con la familia; los padres de Maura habían viajado a Australia para pasar las Navidades con su hermano y su familia. Por lo menos le ahorrarían a Cara ese mal trago. El alivio que experimentaba por haberse librado la hacía sentir como una cobarde. Pero ¿cómo reaccionarían Seamus, Sorcha y Ferdia? El pobre Seamus era el que más le preocupaba. Sí, había pasado mucho tiempo, pero en una época parecía que Maura y él estaban destinados a permanecer juntos para siempre, como Cillian y Cara. Aunque se habían separado tras la muerte de este, como si ambas relaciones coexistieran en una simbiosis, Cara sabía que la triste noticia supondría un duro golpe para Seamus.

Mientras la ventisca se arremolinaba en torno a ella, la asaltó una sensación aún más angustiosa. No tenía idea de qué le había ocurrido a su amiga. Solo sabía que había sido algo terrible. Pero era consciente de que la víspera, cuando se encontraban todos juntos, habrían debido estar preocupados. Habrían debido levantarse de la mesa y salir a buscar a Maura, en vez de dar por sentado que no se había molestado en presentarse, que su ausencia se debía simplemente a que era un bicho raro. Y a que había recibido una oferta mejor. Estas palabras le ardían en el alma. Una oferta mejor. Aquella había sido la «oferta mejor». Algo en lo más profundo de su ser se resquebrajó y saltó en pedazos. Se reclinó sobre el coche para no caer al suelo, esta vez a causa de la tormenta que llevaba dentro.

Quitó la nieve que cubría el parabrisas trasero. Echó un vistazo al interior, al asiento de atrás, donde Daithí y ella habían tendido a Maura con delicadeza. Por su aspecto, parecía como si se hubiera quedado dormida en la parte trasera de un taxi después de una de sus noches locas en Galway.

Cara regresó al asiento del conductor, frotándose los ojos con la base de la mano.

—¿Estás bien? —preguntó Daithí.

—No, y no creo que tú lo estés tampoco.

—No, nada bien —reconoció él.

Un escalofrío la recorrió. Tenía la ropa pegada a la piel. Gotas de nieve derretida le resbalaban por el rostro. Arrancó el coche y se puso en marcha hacia Kilronan. Circulaban en silencio.

—Alguien le hizo eso —dijo Daithí en voz baja.

—Eso parece —dijo Cara con los dientes apretados. El vehículo se estremecía por el viento, y los limpiaparabrisas apenas daban abasto con la cantidad de nieve que caía. Ella alargó el brazo para intentar poner al máximo la calefacción. El frío la estaba calando hasta los huesos. Daithí debía de estar helado también, allí sentado con la ropa empapada y el agua penetrando en el asiento. La humedad se condensaba en todas las ventanas más deprisa de lo que el aire caliente podía desempañarlas. Cara se inclinó aún más hacia delante y se arriesgó a quitar una mano del volante para limpiar el parabrisas por dentro, desesperada por mejorar la visibilidad, aunque solo fuera un poco.

—¿Qué vas a hacer? —inquirió Daithí.

—Pues no lo sé, pero estar mano sobre mano seguro que no.

—Cara, te han dicho que no hagas nada.

—No hicimos nada anoche, cuando ella nos necesitaba. Ni de coña voy a quedarme sin hacer nada ahora.

—No pienses así.

—¿Cómo quieres que piense?

Volvieron a sumirse en el silencio.

—Bueno, ¿tienes algo en mente? —preguntó Daithí al cabo de un rato.

Cara se encogió de hombros.

—No sé. Recoger todas las pruebas forenses que pueda, tal vez. No dispongo de un laboratorio, pero a lo mejor la doctora De Barra puede ayudarme. —Suspiró—. Por otro lado, no sé, no estoy conservando el cuerpo en un ambiente muy aséptico que digamos… Llevé a los putos hermanos O'Reilly y su perro ahí detrás la semana pasada, y desde luego no desinfecté el coche después.

—Lo de la doctora De Barra me parece una buena idea.

—¿En serio? —Cara lo miró de reojo.

—Sí.

—No estoy capacitada para esto, Daithí. No soy inspectora

de policía. No soy más que una sargento de pacotilla en una isla de mala muerte en medio del océano.

—No te infravalores...

Cara respiró profunda y pausadamente.

—Está bien —dijo—. Pondremos rumbo a la clínica y la llamaremos en cuanto tengamos cobertura en Kilronan.

Cara sabía que podía simplemente quedarse sentada aguardando a que llegaran los inspectores y la maquinaria de la policía de homicidios, pero también poseía la formación suficiente para saber que aquellas condiciones meteorológicas destruirían muchas pruebas y que el tiempo apremiaba. Una espera de solo tres días hasta que el temporal remitiera podía resultar determinante para que un asesino se fuera de rositas. Ella no haría nada que pudiera empeorar la situación, pero tampoco escatimaría esfuerzos. Por Maura.

Atravesaron la isla hasta enfilar la carretera de la costa en dirección a Kilronan, que discurría por delante de la casa de Seamus. Fiel a su inveterada costumbre, Cara iba a desviar la mirada, como cada vez que pasaba frente al hogar de los Flaherty, pero justo en ese momento divisó al propio Seamus, sin afeitar, con una taza de café en la mano, mirando por la ventana con aire ausente y ojos soñolientos. Se hallaban demasiado lejos de la casa para que alcanzara a ver a su infortunada pasajera, aun suponiendo que hubiera reconocido el coche patrulla. Su atención estaba tan adormilada que ni siquiera pareció reaccionar a su paso.

—Va a ser una conversación muy difícil —dijo Daithí, apartando la vista, al igual que Cara, y fijándola al frente.

—Sí —dijo ella con un suspiro.

Un par de minutos después, se encontraban a las afueras del pueblo. Cara serpenteó por las calles hasta detenerse frente a la clínica. Aparcó.

—Daithí, ya me ocuparé yo de hablar con la doctora De Barra. Necesito que me eches una mano para llevar el cuerpo dentro, pero luego quiero que te vayas a casa y te pongas ropa seca, ¿de acuerdo?

—No, deja que me quede. Deja que te ayude.

—Ya has hecho más de lo que se le podría pedir a nadie.

Daithí la miró; Cara notó que estaba sopesando hasta dónde podía presionarla.

—Está bien —dijo, dándose por vencido—. ¿Puedo al menos traerte una muda limpia?

—No, tranquilo, ya me las apañaré. Tú preocúpate de ti.

—Si insistes… Pero nos vemos aquí cuando me haya cambiado y tú hayas terminado de hablar con la doctora. Le pediré a Courtney que vuelva a echar unas horas en el pub esta noche. Ahora mismo no estoy para eso, y además tenemos que comunicar la mala noticia. —Tenía el rostro ceniciento y los ojos empañados por la emoción—. Se lo diremos entre los dos.

—De acuerdo. Te mandaré un mensaje cuando acabe —dijo Cara.

—Gracias.

Daithí abrió la puerta del acompañante, bajó y se quedó de pie en la calle, bajo la borrasca.

Cara se apeó por el otro lado.

—Daithí —dijo, pensativa, pues se le acababa de ocurrir algo—. Antes has dicho una cosa…

—¿Sí?

—En la Guarida de la Serpiente…, has dicho que viste a Maura ayer por la mañana, ¿no?

—Sí. Estaba limpiando mesas y colocando posavasos en el pub cuando ella pasó por delante en bicicleta. Pero no me saludó con un gesto, como de costumbre.

—¿Recuerdas más o menos a qué hora?

—Como las diez y media. Eché una ojeada al reloj después de verla pasar.

Cara asintió con aire reflexivo.

—¿Por qué lo preguntas?

—No ha habido servicio de ferry ni de avión después de esa hora. Los vuelos se suspendieron el martes por la noche, y yo llegué en el último transbordador ayer a las nueve de la mañana.

—Lo sé. ¿Y?

—Eso significa que la mataron después de que se interrumpiera el transporte por mar y aire.

Daithí frunció el ceño.

—La persona que le hizo esto sigue en la isla, Daithí. Nadie ha podido marcharse desde ayer por la mañana. Y esa persona continuará atrapada aquí hasta que la tormenta cese. No tiene forma de escapar.

10

—Tome, bébase esto, le ayudará a entrar en calor. —La doctora le pasó a Cara un vaso de poliestireno lleno de té humeante.

—Gracias —contestó Cara, aceptando el vaso con manos agradecidas. A continuación, la médica abrió un armario y, tras revolver en su interior, sacó una toalla que le puso a Cara sobre los hombros.

—De verdad creo que debería cambiarse esa ropa mojada.

—Ya habrá tiempo para eso más tarde —dijo Cara—. Primero, lo primero.

—Bueno, como quiera.

Cara asintió. La doctora De Barra se volvió y rodeó la mesa de reconocimiento con una cojera leve pero perceptible debida a su cadera artrítica.

Las luces parpadearon. Cara y la médica levantaron la mirada hacia ellas y luego la dirigieron hacia la tormenta, a través de la ventana. Pese a que el cristal estaba esmerilado por motivos de privacidad, la perturbación del exterior resultaba evidente. Las siluetas de los árboles deformados se torcían en ángulos antinaturales. El aullido del vendaval se alcanzaba a oír a pesar del triple acristalamiento.

—Espero que no nos quedemos sin luz —dijo la doctora.

Cara se quedó callada. No quería ni pensar en ello.

De Barra se sentó en su silla giratoria. Se volvió, dándole la espalda al escritorio, sobre el que estaban su estetoscopio, su talonario de recetas y varios folletos informativos sobre la vacuna de la gripe y los análisis de colesterol. Además de un árbol de Navidad en miniatura con unas lucecitas que parpadeaban, ajenas a cuanto las rodeaba.

Sus ojos estaban a la altura del cuerpo de Maura.

—Mi primer diagnóstico, lamentablemente, es que es una auténtica tragedia.

Cara suspiró.

—Sí, lo es.

—Era un encanto de chica. Fue maestra de mis nietos. La adoraban.

—Era estupenda. —El verbo en pasado se le atragantó a Cara.

—Veo que esto se lo ha hecho alguien. No ha sido un accidente.

—Nop.

—¿Sabe quién ha sido?

—Me temo que no. Al menos por el momento. —La isla medía doce kilómetros de largo y tres de ancho. Contaba con ochocientos habitantes. Estos números encerraban el secreto de quién lo había hecho y por qué—. Por eso he venido. No es solo para que certifique usted la muerte. Quiero que la examine y me avise si descubre algo que cree que puede serme útil. Si le es posible.

—Echaré un vistazo. No le prometo nada, no soy patóloga forense ni mucho menos. —Se inclinó para observar el cuerpo a través de sus gruesas gafas—. Solo soy médica de familia. Lo mío es la tos, los resfriados, la presión arterial y los chequeos prenatales.

—Sé que se dedica a esas cosas en el día a día, doctora, pero ambas sabemos que usted es mucho más que eso. Desde hace cuarenta años, ha sido la única facultativa en la isla, sin más apoyo que el que podía llegar vía helicóptero de emergencia. No es una médica de cabecera normal y corriente.

—Cierto, cierto.

—Además, solo la tengo a usted.

—¡Ja! —vociferó la doctora—. Eso también es cierto.

—Si puede echarle una ojeada y comunicarme lo que descubra, se lo agradeceré.

La médica sacó un par de guantes de látex de una caja que tenía sobre el escritorio y se los puso con sendos chasquidos. Se levantó y caminó de nuevo alrededor de la mesa de reconocimiento, esta vez levantando partes del cuerpo con delicadeza para estudiarlas. Sujetando los párpados con los pulgares, dirigió el haz de una linterna a los ojos inertes de Maura. Examinó los largos tajos en la espalda, así como los cortes y las magulladuras en el rostro.

Señaló las cuerdas que llevaba atadas a las muñecas.

—¿Podemos quitárselas?

Cara caviló sobre lo que opinarían sus superiores al respecto. Seguramente no les haría mucha gracia.

—¿Puedo preguntarle por qué?

—Me ayudará a determinar aproximadamente la hora de la muerte. Un dato que me imagino que le sería útil a usted.

—¿Si tuviera que esperar tres días para averiguarlo, cambiaría algo?

—Dentro de tres días, las señales que busco habrán desaparecido.

Eso era todo lo que Cara necesitaba oír.

—Está bien, desátela. Pero antes sacaré unas fotos, si me permite. —Tras dejar a un lado su té, Cara extrajo su teléfono y documentó las ataduras desde todos los ángulos. A continuación, cogió un par de guantes, se los enfundó y agarró una de las bolsas para muestras que había en el escritorio—. Vale, vamos a meter esto aquí y a etiquetarlo.

La doctora tiró de una punta del nudo, que se deshizo con una facilidad que Cara notó que sorprendía a la doctora tanto como a ella. De Barra dejó caer la cuerda en la bolsa. La sargento la colocó de nuevo sobre la mesa y escribió algo en ella con un rotulador permanente.

—Qué curioso —murmuró la médica. Cara contuvo el impulso de pedirle explicaciones sobre su comentario.

La mujer se volvió hacia Cara.

—Me gustaría echar un vistazo a las piernas. ¿Hay algún inconveniente en que le quite los vaqueros? —¿Había algún inconveniente? Cara tenía la sensación de que seguramente sí, de que los inspectores de Galway quedarían horrorizados y le gritarían que no lo hiciera. Pero no estaban allí en ese instante.

—¿Por algo relacionado también con la hora de la muerte?

—Sí.

—Vale. Deje que tome unas fotos más. —Cara fotografió el pantalón desde todos los puntos de vista que se le ocurrieron. La doctora le ofreció una bolsa de plástico.

—No le garantizo que esté bien esterilizada, pero he hecho lo que he podido y es lo mejor que tengo para algo del tamaño de esos vaqueros.

—No se preocupe, gracias.

—Creo que necesitaré que me eche una mano también.

—Claro, faltaría más. —Tras situarse junto a la doctora frente a la mesa, respiró hondo y desabrochó los botones de los tejanos de Maura. Esto le recordó una antigua tradición isleña. Cuando alguien moría, las mujeres se reunían con el fin de preparar el cadáver para el entierro. Habían aprendido a ser autosuficientes, a hacerlo todo por sí mismas. Mamó le contaba que ella también había participado en el ritual cuando era niña. Si en aquel momento Cara se sentía incomunicada de tierra firme y de la civilización, ¿cómo debían de ser las cosas cien años antes, sin ferris ni aviones? Disponían de unas embarcaciones pequeñas y cubiertas de pieles de animales con las que se desplazaban entre la isla y tierra firme. Debía de ser casi insoportable vivir así.

Cara ayudó a la doctora a bajar los pantalones desde las inmóviles caderas de Maura, batallando con la rigidez de la tela vaquera empapada. Las piernas desnudas estaban frías, más que cualquier cosa que hubiera tocado jamás. Aunque ella misma estaba aterida, pues aún llevaba la misma ropa que cuando había recuperado el cuerpo, su gelidez no era comparable a la de la piel de Maura. Vio el pequeño delfín azul que su amiga tenía tatuado en la cadera izquierda, con los bordes ligeramente difuminados. Cara bajó la mano hacia su propia cadera, donde le había quedado un punto cuando se disponía a tatuarse un delfín igual, pero se había rajado al sentir el primer pinchazo. Recordó lo mucho que se había enfadado Maura en un primer momento y luego el ataque de risa que le había dado al percatarse de que luciría ese estúpido tatuaje en solitario.

—¿Está usted bien? —De Barra la miró por encima de sus gafas y del cadáver. Cara habría querido responderle la verdad: que no, que aquello era una pesadilla espantosa.

—Tendré que estarlo —dijo en cambio. Cogió los vaqueros y los plegó con cuidado. Antes de meterlos en la bolsa, se fijó en los bolsillos. ¿Debía registrarlos? Le dio la vuelta al pantalón hacia un lado y hacia el otro. Introdujo la mano en los bolsillos de atrás. Extrajo el móvil de Maura. Pulsó el botón de encendido, pero nada ocurrió. El agua de mar lo había dejado inservible. Lo guardó en una bolsa aparte. A continuación, hurgó en el bolsillo frontal izquierdo y encontró las llaves de la casa de Maura. Las puso junto al teléfono. Luego llevó la mano al último bolsillo, el frontal derecho. Había algo ahí. Extrajo el contenido: un gurruño de pétalos blancos, hojas y tallos.

—Ay, Maura... —susurró Cara, bajando la vista hacia las florecillas blancas y las vainas en forma de corazón que descansaban sobre su palma cubierta de látex. Bolsas de pastor. Aunque se las consideraba flores silvestres, en realidad no eran más que malas hierbas. Cuando eran adolescentes, a Maura y a ella les encantaban las vainas, que arrancaban entre risitas tontas para coleccionar los corazones en miniatura.

—¿Se encuentra bien? —le preguntó de nuevo la doctora. Cara la miró por encima del hombro y asintió, sin atreverse a hablar. Guardó las flores en una pequeña bolsa de autocierre. Tras revisar los tejanos de nuevo, por si había pasado algo por alto, los metió en la bolsa de plástico grande, que colocó al lado de la cuerda y la flor.

Se quedó un momento mirando esta última. ¿Por qué llevaba Maura un puñado de hierbajos en el bolsillo? ¿Y por qué no había nada más en los otros bolsillos, un pañuelo desechable usado, un recibo arrugado o cualquier otra cosa? Solo esos restos vegetales que aún tenían tierra en las raíces.

—Sargento...

Cara se giró.

—¿Sí?

—¿Quiere saber mi opinión?

—Sí, por favor.

La doctora se sentó en su silla giratoria. Cogió un lápiz del escritorio y se volvió de nuevo hacia el cuerpo.

—Para empezar, debo recalcar que no soy una experta. Buena parte de lo que voy a decirle se basa en cosas que recuerdo de mi época en la universidad. Y ya ha llovido desde entonces.

—Entiendo. Le agradeceré cualquier información que pueda proporcionarme.

—Bueno, si las dos tenemos claro este punto…, empezaré con algunas observaciones de carácter general.

Cara desbloqueó su teléfono, lista para tomar notas.

—En primer lugar, realizar un cálculo aproximado del momento de la muerte no es tarea fácil, ni siquiera para un patólogo experimentado.

—Alguien la vio con vida ayer por la mañana, hacia las diez y media. Es la última vez que fue vista, hasta donde yo sé.

—Entiendo. Bueno, me temo que no puedo ayudarla a afinar mucho más. Como el *rigor mortis* no está muy avanzado, calculo que la muerte tuvo lugar entre las tres y las diez de la tarde de ayer. Pero podría haberse producido antes, incluso a mediodía, ya que el frío retrasa la aparición de la rigidez.

—Así que la asesinaron en esa horquilla de diez horas, probablemente no mucho después de la última vez que la vio mi testigo.

—Sí, es la mejor explicación que se me ocurre.

—¿No cree que es posible que la asesinaran después de las diez de la noche?

—Estoy segura de que hay un margen de error que quizá se extienda hasta la medianoche, pero, por su estado, dudo mucho que sucediera más tarde que eso.

Cara tomó algunas notas en su móvil, intentando no pensar en lo que ella había hecho durante ese tiempo, en lo bien que lo había pasado con los demás.

—¿Hay algo más que le haya llamado la atención?

—Sí, varias cosas. Le hablaré de sus heridas. —Alzó la vista hacia Cara—. Por desgracia, he presenciado suficientes peleas a puñetazos en mi vida para reconocer que las lesiones del rostro son fruto de una agresión.

Tal como Cara sospechaba.

La médica acercó la silla al cuerpo.

—Me parece bastante claro que los demás daños se deben al entorno en el que fue encontrada.

—Sí, estoy de acuerdo —dijo Cara.

—Pero fíjese en esto. —De Barra colocó con delicadeza el cuerpo de Maura de costado y señaló con el lápiz la parte baja de la espalda, que estaba al aire. Luego apuntó a la parte posterior del cuello. Ambas presentaban un color muy oscuro, como si estuvieran cubiertas de cardenales—. ¿Ve estas dos zonas? Aquí es donde la cosa se pone rara. —Cara observó lo que la médica le indicaba—. Veo señales de lividez fija. —Dejó a Maura tendida boca arriba y levantó la vista hacia Cara—. Supongo que no está familiarizada con el término, ¿verdad?

Cara movió la cabeza afirmativamente.

—Es lo que sucede cuando el corazón deja de latir y, por efecto de la gravedad, la sangre se acumula en las zonas más bajas del cuerpo —explicó la doctora. Señaló de nuevo el cuello y la parte baja de la espalda de Maura—. Allí donde se acumula, adquiere un tono más oscuro. La lividez que se aprecia aquí, a lo largo de toda la superficie inferior, parece demostrar que permaneció tumbada sobre la espalda durante un rato después de morir.

—¿En serio? —preguntó Cara—. ¿Significa eso que no se ahogó?

—No puedo determinar cómo murió sin una autopsia, pero el hecho de que haya aparecido esta lividez en la parte inferior del cuerpo implica que pasó varias horas en decúbito supino tras su fallecimiento, sin cambiar de posición, sobre una superficie dura, como un suelo pavimentado, por ejemplo.

—¿Así que cuando la tiraron a la Guarida de la Serpiente ya estaba muerta?

—Es la única explicación posible.

—Me imagino que estaban buscando la manera de deshacerse del cuerpo. Tiene sentido, ¿no?

—Tal vez, pero hay otros detalles que no lo tienen.

—Ah, ¿sí?

—Mire aquí… —La médica le mostró la parte superior de los muslos de Maura. Estaban pálidos, sin la menor señal de sangre acumulada—. Allí donde ha habido presión sobre el cuerpo, ya sea por contacto directo con el suelo o porque la ropa aprieta… —señaló la zona que había estado ceñida por la cintura de los vaqueros—, no se aprecian livideces oscuras. La presión impide la acumulación de sangre. Esta se ha producido más bien en la parte posterior del cuello o la región lumbar, zonas que no estaban tocando el suelo. Es ahí donde se acumula la sangre. Por eso tiene ahí esas manchas parecidas a moretones.

—Vale… —dijo Cara.

A continuación, apuntó con el lápiz a los brazos de Maura.

—Quería desatarla para comprobar el grado de *rigor mortis*. Pero fíjese; tiene las muñecas oscuras.

Cara echó una ojeada y asintió.

—Sí, ya lo veo.

—Si hubiera tenido las manos atadas antes de morir, la presión de la cuerda habría impedido que aparecieran estas livideces. El hecho de que estén ahí atestigua que tenía los brazos sueltos y a los costados del cuerpo durante el tiempo que permaneció tendida tras su muerte. —La doctora giró en su silla y apoyó su propio brazo en el escritorio—. Ahora mismo la señorita Conneely tiene las extremidades bastante rígidas. Pero vea esto: ¿se da cuenta de que mi muñeca queda despegada de la mesa? No hay presión. Sus brazos debían de reposar en una posición parecida, y esa es la única explicación que se me ocurre para estas livideces.

—¿O sea que la ataron *después* de matarla?

—No veo otra razón posible.

—Pero ¿por qué demonios…? —Cara arrugó el entrecejo. Bajó la vista hacia su amiga, y su horror ante aquella imagen se vio eclipsado momentáneamente por su desconcierto. La médica se encogió de hombros.

—No tengo respuesta para eso. —Se volvió hacia atrás en su silla.

—¿Lo habrán hecho para que resultara más fácil cargar con ella hasta el acantilado?

—Me parecería una buena hipótesis, salvo por otra anomalía.

—¿Hay más…?

La doctora se acercó a la cabeza de Maura y le señaló la mandíbula. Con un dedo de la mano enguantada le abrió y le cerró la boca. Cara vio la mordaza apretujada en el interior. Apartó la mirada.

—Cuando morimos, el *rigor mortis* empieza a manifestarse al cabo de unas horas. Pero no se desarrolla de manera uniforme; se presenta primero en los músculos más pequeños, y poco a poco se extiende a los más grandes. —La doctora pasó un brazo por encima del cadáver—. Así que los brazos, por su mayor masa muscular, debieron de resultar más fáciles de manipular durante un buen rato después del fallecimiento. No habrían tenido dificultades para atarle las manos en las horas posteriores a la muerte. En cambio, la rigidez se apodera del rostro con rapidez, por todos los músculos pequeños que tenemos ahí. Y, por eso, el hecho de que yo haya podido abrirle y cerrarle la boca, con la facilidad con que lo acabo de hacer, significa que alguien le separó las mandíbulas por la fuerza una vez muerta y rompió la rigidez, seguramente para meter la mordaza. Dios sabe por qué.

—Joder —dijo Cara.

—Estoy de acuerdo, es espantoso.

Cara se quedó mirando a su pobre amiga, medio desnuda, con el cuerpo magullado y maltrecho sobre la mesa de reconocimiento de la doctora. ¿Qué le habían hecho? ¿La habían atado y amordazado *después* de arrebatarle la vida? La habían lanzado a la Guarida de la Serpiente ya cadáver. ¿Por qué haría alguien algo así?

11

Ya estoy.

Cara le dio a «enviar» y alzó la vista cuando De Barra cerró tras de sí la puerta de la clínica.

—Gracias de nuevo, doctora.

—No hay de qué, solo he hecho mi trabajo. —Asintió con aire solemne—. Maura estará a buen recaudo los próximos días en la sala de terapia, detrás de la consulta. Me imagino que, por la tormenta, la temperatura ahí dentro será bastante baja. No es lo ideal ni lo más digno, pero es lo mejor que puedo conseguir ahora mismo.

—Y se lo agradezco mucho.

—Téngame informada, sargento.

—Así lo haré —dijo Cara—. Y si usted detecta algo sospechoso en su consulta, me avisará, ¿verdad?

—Por supuesto.

—Y mantendrá discreción sobre este asunto...

—Eso huelga decirlo, sargento.

—Gracias.

La doctora agitó el brazo a modo de despedida y echó a andar, con el cabello azotado por las rachas, y la espalda encorvada para protegerse de la nieve. Cara la observó alejarse hasta la puerta delantera de su vecina casa, y forcejear unos instantes con el viento para abrirla. Tras dedicarle otro gesto, se refugió en la seguridad de su hogar. Cara dirigió la mirada a ambos lados de la calle. La gente permanecía bajo techo, como dictaba la prudencia. A lo lejos se oían los gritos de entusiasmo de unos adolescentes idiotas. Se marcharían a casa en cuanto les entrara frío, cosa que no tardaría en pasar.

Abrió la puerta de su coche. El interior estaba húmedo y frío. Cara se agachó y palpó la tapicería. Estaba húmeda. Sacó del maletero varias bolsas de plástico con las que forró el asiento del copiloto. Como ella aún estaba mojada, le daba igual. De hecho, en aquel instante no le importaba nada más que Maura, pero Daithí agradecería el detalle. Se sentó y cerró la puerta. La nevada empezaba a amainar, pero el manto blanco lo cubría todo. En otra época, la isla le había parecido hermosa. Mágica. Pero ese día no. En ese momento se le antojaba una venda, una gasa que cubría una herida. Se quedó sentada sin girar la llave de contacto. Tendió la vista hacia el puerto. Las nubes, preñadas con más nieve, se aglomeraban henchidas sobre el mar, aguardando, aguantando, hasta que decidieran lanzar una segunda descarga. La ventisca no iba a retirarse tan pronto. El asedio continuaría.

El móvil de Cara emitió un pitido. Era un mensaje de texto de Daithí.

Voy para allá.

Unos minutos después, lo vio llegar. Aunque parecía más abrigado con la ropa seca que se había puesto, su expresión era tan sombría como antes.

—Hola —dijo cuando se sentó a su lado.

—Hola.

Cara se inclinó hacia él con una contorsión incómoda para abrazarlo. Sintió su respiración entrecortada en el oído. Al igual que ella, luchaba por contener una emoción que amenazaba con erupcionar como una bolsa de magma unos palmos por debajo de la corteza.

—Cara, estás helada —dijo, enderezándose en el asiento—. Como no pasemos por tu casa para que te cambies, pillarás una pulmonía.

—No, quiero regresar a casa de Seamus y contárselo. Tienen que saberlo.

—Cara, eso puede esperar. No hay peligro de que se enteren por otra vía antes de que se lo digamos nosotros. Como dicen en los aviones, debes ponerte la mascarilla tú antes de ayudar a otros. Vamos.

—¿Y qué le digo a Mamó? —A Cara le tembló la voz solo de pensar en compartir la noticia con su cariñosa y bonachona … abuela. Una mujer que quería a Maura tanto como ella.

—Lo sé —suspiró Daithí—. Esto no va a ser fácil.

Cara sacudió la cabeza y encendió el coche. Tomó la carretera principal camino a casa. Seguiría el consejo de Daithí y se ocuparía de sí misma antes de nada. Él tenía razón: debía recuperar fuerzas y estar en las mejores condiciones posibles para cumplir con su deber por Maura.

—¿Cómo te ha ido con De Barra? —preguntó Daithí mientras avanzaban entre muros bajos de piedra y los limpiaparabrisas barrían, a izquierda y derecha, la nieve que caía con menor intensidad que antes.

—Ha sido muy extraño. —Le refirió a Daithí lo que le había explicado la doctora. Los detalles sobre el *rigor mortis* y las livideces. Que había cosas que no encajaban. Se quedaron callados mientras digerían la información, ambos perdidos en sus pensamientos; tantos, que Cara sentía que estaría perdida durante mucho tiempo, sin encontrar la salida. Al fin, Daithí rompió el silencio.

—Todo el mundo quería a Maura. No dejo de darle vueltas a eso. No había ningún motivo para que alguien deseara hacerle daño. Y ni siquiera la persona más detestada de la isla tiene que preocuparse de que le pase algo tan terrible.

Empezaba a oscurecer, pese a que era solo mediodía. La segunda ofensiva de la nieve parecía cada vez más agresiva. Cara tenía frío y estaba agotada, física y emocionalmente. No tenía idea de quién le había hecho aquello a Maura, pero alguien lo hizo.

La casa que Cara compartía con sus hijos y su *mamó* se encontraba hacia el norte de la isla, donde el terreno era más elevado.

Gozaban de unas vistas impresionantes, pero estaban aún más expuestos a los elementos. El imponente Dún Aengus, un fuerte prehistórico en ruinas asentado en la ladera orientada al Atlántico, también se divisaba desde su hogar.

El viento casi levantó a Cara y a Daithí en el aire mientras ella forcejeaba con la cerradura de la puerta principal y luego los impulsó hacia el interior. Una vez dentro, Cara tuvo que empujar la puerta con el hombro para cerrarla. La de la cocina, al otro lado del recibidor, se abrió de golpe a causa de la corriente que había irrumpido al entrar ellos. Al mirar a través del vano, vio a su abuela trajinando en la cocina, entre el traqueteo de las tapas de las cacerolas sobre el fogón, el olor a estofado que emanaba del horno y el aroma terroso de un fuego de turba procedente del salón, al fondo. Si hubieran existido velas aromáticas que reunieran esas fragancias al completo, Cara las habría comprado todas.

—Ah, hola, mamá, estás aquí. ¿Ha venido también tío Seamus? —Cathal, su hijo de once años, se acercó por el pasillo, iPad en mano, esquivando las postales navideñas que el viento había hecho caer de la mesa del recibidor—. *Dia duit*, Daithí —saludó, dedicándole una sonrisa esplendorosa a su tío honorario favorito.

—*Dia duit*, Cathal —respondió Daithí, guiñándole el ojo.

Cara le sonrió al muchacho. Rubio y pecoso, era una réplica en miniatura de su difunto padre. Cara le alborotó el pelo, lo que pareció molestar al chiquillo, pero no empañar su buen humor. El horror que la había embargado durante las últimas horas remitió por unos momentos.

—No, el tío Seamus no ha venido, pero pronto lo verás. Me parece que ya has superado tu tiempo de pantalla diario. Venga, dame eso.

—¡Jo, mamá! —Cara tendió la mano y Cathal le entregó la tableta. Este le lanzó una mirada suplicante a Daithí, pero este se limitó a encogerse de hombros.

—Espero que anoche os portarais bien con Mamó.

—Comimos palomitas y vimos una peli. Mamó nos dejó ver la de *Los vengadores*. Es muy chula.

—Suena divertido.

—Lo fue. —Cathal hizo una pausa para respirar—. Estás como una sopa, mamá. Tienes una pinta horrible.

—Qué encantador. Pero es verdad que estoy chorreando. Si apartaras los ojos de esa pantalla de vez en cuando, sabrías que está cayendo una buena ahí fuera.

—Ja, ja. Pues sí que lo había notado, para que lo sepas. ¿Qué has estado haciendo?

—Cosas de *garda*.

—¿Sí? ¡No me digas!

—Ya ves, colegui.

—Uf, por Dios, mamá, no trates de hacerte la moderna.

—Jamás se me pasaría por la cabeza, Cathal.

Poniendo cara de exasperación, el chico se dirigió hacia la puerta de la cocina. Cara y Daithí lo siguieron.

—Ah, hola, cielo, no sabía a qué hora llegarías. —Mamó alzó la vista de su amasado y miró a la pareja por encima del hombro—. Y el señor Derrane. Siempre es un placer. ¿Qué tal anoche? Espero que os divirtierais mucho. ¿Alguna novedad de Londres o California? Ojalá el tal Ferdia Hennessy no haya vuelto convertido en un paleto…

Limpiándose las manos enharinadas en el delantal, Mamó —cuyo nombre real era Áine— se volvió de cara a ellos. Al igual que su nieta, tenía los ojos azules y el rostro en forma de corazón. Su cabellera había sido del mismo tono castaño rojizo cálido antes de encanecer.

Escudriñó a Cara con más detenimiento.

—Oh, pero ¿tú te has visto? ¡Estás empapada! ¿Qué ha pasado? ¡Sé que hace un día horrible, pero parece que vengas de nadar! Vas a pillar un resfriado de aúpa.

—Para eso he venido, para adecentarme un poco.

—Te veo hecha polvo. ¿Te encuentras bien?

Exhalando un suspiro de cansancio, Cara asintió.

Miró a Daithí y luego a su abuela. Acto seguido, dirigió la vista hacia Cathal, que comía una tartaleta de frutas sentado a la mesa de la cocina mientras devoraba el número anual de un cómic infantil.

—Eh, Cathal, ¿qué lees? —preguntó Daithí, dándole un apretón en el brazo a Cara y sentándose a la mesa con el muchacho.

Cara oyó el televisor encendido en la habitación contigua. Su hija Saoirse, de doce años, apareció en el vano. Pelirroja y de ojos azules, era la matrioska pequeña de las tres. Sostenía en brazos a Madra («perro» en irlandés), su gata blanca y negra.

—*Dia duit, a mhamaí* —dijo. Criada en la isla desde los dos años, dominaba el irlandés, al igual que su hermano. Mamó les hablaba en ese idioma en vez de en inglés. Había ocasiones en que Cara se sentía forastera también en su propio hogar. Pero debía cambiar el chip. Si a la chica le apetecía decirle «hola, mami» en el idioma que empleaba durante el noventa y nueve por ciento del día, estaba en todo su derecho.

—*Dia duit, a stór* —respondió Cara. «Hola, cariño». Sabía que eran palabras de afecto. Tras despedirse con la mano, Saoirse regresó al salón para seguir viendo la tele.

Cara posó de nuevo la vista en Mamó. No eran el lugar ni el momento adecuados para hablar de lo que había sucedido ese día. Eso podía esperar.

—Ya te lo contaré, Mamó —dijo, girando sobre los talones para salir de la cocina—. Voy a darme esa ducha.

—Sí, anda, ve. —Áine siguió amasando, y Cara se alejó por el pasillo hacia el baño—. Ah, oye, Cara —dijo, asomando la cabeza por la puerta de la cocina.

—¿Sí? —Cara se detuvo en mitad del pasillo.

—Acabo de acordarme de una cosa. Maura se presentó aquí ayer por la mañana y preguntó por ti. Parecía bastante ansiosa por hablar contigo. ¿Consiguió localizarte?

12

Cara se paró en seco, y su corazón dejó de latir unos instantes. Se volvió hacia su abuela.

—¿Maura?

—Sí. —Áine salió al pasillo—. Era temprano, hacia las once. Sabía que volvías en el barco de las nueve. Le dije que estabas en algún lugar de la isla, ayudando con los preparativos para la ventisca.

—Un segundo, Mamó. Quiero asegurarme de haberte oído bien. ¿Maura vino buscándome ayer, hacia las once de la mañana?

—Sí, exacto. Parecía impaciente por hablar contigo. Preocupada, incluso. ¿Te contactó?

Sin duda eso había sucedido no mucho después de que Daithí la avistara a través de la ventana del pub.

—Pues no. —Cara se acercó a Mamó por el corredor—. Tampoco se presentó en casa de Seamus.

—¿En serio?

Ante la expresión de curiosidad de Mamó, Cara le restó importancia con un gesto.

—¿Te comentó de qué quería hablar conmigo?

—No, la verdad es que no. Esa chica va siempre con una sonrisa en la boca, pero ayer, no. A lo mejor lo suyo con Seamus no ha funcionado.

—¿Lo suyo con Seamus? Eso fue hace más de una década, Mamó.

—Ah, ¿sí? Entonces ¿por qué fue esa la segunda vez que la vi ayer? Cuando salí a dar un paseo ayer a primera hora de la mañana, ¿no me la encontré saliendo de la casa de los Flaherty? Seamus estaba en el umbral. —Cara se disponía a decirle que seguramente Maura se había quedado a dormir allí después de la juerga en el pub. Pero ¿no le había dicho Daithí que él la había acompañado a casa?

—Mamó, no es un buen momento para cotilleos, de verdad.

—Como tú digas, cielo. El caso es que llevaba un paquete y no paraba de toquetearlo y girarlo entre las manos. Le pregunté si lo había traído para ti. Le dije que podía dejártelo aquí. Se lo pensó, pero al final decidió que no, que iría a buscarte.

—¿Un paquete? ¿Tienes idea de qué era?

—Como estaba envuelto en papel marrón barato, supuse que no se trataba de un regalo de Navidad ni nada parecido. No paraba de darle vueltas y de mirarlo, como para asegurarse de que todavía lo tenía.

—¿De qué tamaño era, más o menos?

—Hummm… Como así de grande. —Áine separó las manos unos treinta centímetros—. Fuera lo que fuese, no era muy grueso. Tal vez solo unos cinco centímetros. —Le mostró el grosor con los dedos.

—¿Y no te dijo qué era?

—No, la verdad es que no.

Su nieta se quedó callada mientras intentaba asimilarlo.

—¿Qué pasa, Cara? ¿Qué está ocurriendo? —Esta alzó la vista hacia el rostro alarmado de su abuela. Tendría que explicárselo. Había planeado esperar, pero seguramente sería mejor así.

—Cierra esa puerta, Mamó. No quiero que los niños se enteren todavía.

La mujer mayor obedeció, con el semblante tenso.

—¿Que se enteren de qué, Cara?

Respiró hondo. Aquello era un avance de lo que estaba por venir, de cómo reaccionaría la gente cuando ella revelara la espantosa noticia.

—Mamó, ha sucedido algo terrible.

Cara advirtió que a la anciana se le transformaba el rostro, como preparándose para el golpe. La vida en la isla era dura y lo había sido aún más durante la infancia de Áine. Sus habitantes aprendían a afrontar la tragedia, a asumir que era la norma más que la excepción.

—¿De qué se trata? ¿Tiene algo que ver con Maura?

—Sí. —Cara enmudeció unos instantes mientras su mente iba eligiendo y descartando palabras.

—¿Se… encuentra bien? —inquirió Mamó, aunque ya sabía la respuesta.

Cara negó con la cabeza, y las lágrimas que llevaba horas reprimiendo brotaron de pronto. Áine se acercó a su nieta y la estrechó con fuerza.

—*Oh mo stór, mo croí*, chis, chis. —La mujer la meció con suavidad, abrazándola y susurrándole al oído palabras tranquilizadoras. «Ay, cariño, ay, corazón mío», musitaba una y otra vez mientras Cara daba rienda suelta a todo el dolor que había mantenido oculto en su interior.

—¿Qué ha pasado? ¿Un accidente debido a la tormenta? —preguntó Áine.

Cara se apartó del abrazo y se enjugó las lágrimas. Debía tapar aquella brecha antes de que la presa reventara sin que ella pudiera evitarlo. Se guardó el dolor para más tarde. Era algo en lo que no le faltaba práctica, pues había tenido que consolar a dos criaturas porque su papá ya no les respondía cuando lo llamaban y había pasado por el duro trance de comunicarle a una madre que su hijo había fallecido en la flor de la vida. Le había hecho un hueco junto al dolor con el que despertaba cada mañana, al lado de un espacio en la cama tan frío como el lecho marino donde había muerto el amor de su vida. Lo había metido ahí y había cerrado con llave otra puerta de su alma.

—Hemos encontrado el cuerpo de Maura hace unas horas, en la Guarida de la Serpiente.

—Ay, Dios mío. —Áine se santiguó—. ¿Cómo pudo ser tan imprudente? ¿Qué hacía ahí fuera durante la tormenta? ¡Siempre fue una cabra loca, esa chica!

—No fue por imprudencia, Mamó. Alguien le hizo daño y la dejó ahí.

Áine se quedó horrorizada.

—No… No puede ser.

Cara asintió.

—Me temo que sí. Sé que parece inconcebible, pero alguien en esta isla le ha hecho eso.

—Me niego a creerlo.

—Yo también preferiría no creerlo.

—¿Qué vas a hacer?

Cara alzó las manos con impotencia.

—No lo sé. No pueden enviar a nadie desde Galway mientras dure la tormenta. Tendré que arreglármelas yo sola hasta entonces. No sé ni por dónde empezar.

—¿Estamos a salvo?

—Para serte sincera, Mamó, no lo sé. No sé por qué le ha pasado esto a Maura y, sin esa información, no puedo determinar hasta qué punto los demás corremos o no peligro. Cierra todas las puertas con llave. Y tal vez deberías pedirles a Maurice y Conor que se alojen aquí unas noches, para que no te quedes sola con los niños. Me imagino que estaré yendo y viniendo bastante, y me sentiría mucho más tranquila sabiendo que están aquí. —Se refería a unos amigos de la familia y, aunque Maurice, ya entrado en años, no estaba muy en condiciones de proteger a nadie, su hijo Conor sí—. Ah, y por favor no les digas nada a los niños. Antes quiero intentar averiguar qué narices está pasando.

—¿Qué vas a hacer ahora?

—Voy a cambiarme. Luego tengo que ir a casa de los Flaherty y darles la noticia a todos.

—Cariño, qué tragedia. —Mamó sacudió la cabeza con los ojos llorosos—. Ahora que la pandilla se había reunido de nuevo para rendir homenaje a Cillian, pierdes a otro ser querido, pobrecita mía.

Tras dedicarle una sonrisa triste a Mamó, Cara dio media vuelta para dirigirse a la ducha. Entró en el baño, echó el pestillo y abrió el grifo de la bañera para que se calentara el agua. Empezó a desvestirse. Se desprendió de los calcetines empapados. Se arrancó el pantalón, que tenía pegado a la piel. Cruzó los brazos por delante del cuerpo para quitarse el jersey por encima de la cabeza. Cuando lo tiró a un lado sobre el montón de ropa mojada, vio que una diminuta vaina en forma de corazón, que había quedado oculta bajo un pliegue del jersey en la consulta de la doctora, caía y se posaba silenciosamente a sus pies, sobre el frío suelo de baldosas. Mientras el baño se llenaba de vapor, Cara entreabrió la puerta de su corazón, y las lágrimas afloraron de nuevo.

13

—¿Estás bien? —preguntó Daithí cuando Cara abrió la puerta del coche, echó una toalla encima del asiento del conductor y se sentó. A continuación, introdujo la llave en el contacto y arrancó el motor.

—He tenido que decírselo a Mamó —respondió mientras encendía los faros y los limpiaparabrisas.

—¿Le ha afectado mucho?

—Se lo ha tomado con estoicismo.

Daithí asintió.

Cara enfiló el camino de entrada. La nieve acumulada en el techo y los parabrisas se desprendía del coche en grandes placas que caían al suelo con un golpe sordo mientras avanzaba. Se detuvo frente a la verja, con el pie en el freno. Se volvió hacia Daithí.

—Pero me ha contado algo interesante.

—¿El qué?

—Maura se pasó por aquí ayer…, seguramente después de que tú la vieras. Quería hablar conmigo, estaba nerviosa por algo y, lo que es más curioso, llevaba un paquete. Algo que quería enseñarme.

—¿Un paquete? —Daithí entornó los ojos.

—Sí. Mamó no tiene idea de qué era. ¿A ti te dice algo?

—No, me temo que no.

—Estaba pensando que podíamos acercarnos a casa de Maura, precintarla en caso necesario, y tal vez echar una ojeada para comprobar que esté todo en orden y ver si encontramos el paquete misterioso. Deberíamos ir ahora. La mala noticia puede esperar un poco más.

—Por mí, bien. Me parece una sabia decisión.

Cara levantó el pie del freno y, tras atravesar la verja, giró a la izquierda, en dirección a la casa de Maura. Al igual que la de Cara y la de los Flaherty, se encontraba a las afueras de uno de los pueblos de la isla. Maura había heredado la casita de su abuela, que se alzaba en el mismo terreno que el hogar de sus padres. Aunque aún no había comenzado la segunda oleada de nieve, el viento seguía soplando con fuerza. Cara tendría que sujetar el volante con firmeza para no salirse de la carretera.

—¿Y si descubrimos algo ahí? —preguntó Daithí.

—Nos ocuparemos de ello. De hecho, espero que descubramos algo, Daithí, me encantaría enterarme de qué demonios está pasando. ¿A ti no?

Se atrevió a mirarlo de reojo.

—¡PARA! —rugió él. Cara volvió rápidamente la vista al frente. Había una figura en medio de la calzada. Pisó el freno a fondo. El coche derrapó e hizo un trompo en un río de nieve, hielo y grava, sin dejar de precipitarse hacia el desconocido. El vehículo se detuvo a solo unos palmos de la inmutable aparición.

Cara se apeó de un salto y cerró de un portazo.

—PERO ¿SERÁS GILIPOLLAS...? —bramó, rodeando el coche para encararse con la figura en la carretera.

Un joven, tan empapado como lo había estado ella, le devolvió la mirada, con los ojos desorbitados de susto, como si acabara de reparar en que un automóvil había estado a punto de atropellarlo y se había parado a unos pocos centímetros. Como todos se conocían en la isla, Cara lo reconoció enseguida. Patrick Kelly, un joven difícil y retraído. Cara le había llamado la atención alguna vez por consumo de drogas, pero ya hacía varios años de eso. Maura, que había sido profesora suya —como de casi todos los chicos de menos de cierta edad— le había dicho que en el fondo el muchacho tenía buen corazón; aunque era de esperar, pues ella creía que en el fondo todo el mundo tenía buen corazón. Qué equivocada estaba.

—¡Patrick! ¿Qué narices haces? No deberías estar fuera con este tiempo. ¡Por poco nos matas a todos!

El joven guardaba silencio.

—Patrick, ¿me has oído?

Él continuó callado.

—¿Te encuentras bien? ¿Quieres que te lleve a casa?

—Sisea, pero solo yo la oigo —murmuró él, con la mirada perdida.

—¿De qué hablas, Patrick?

—Si escuchas con atención, la oyes sisear. —Con la vista clavada en Cara, empezó a retroceder unos pasos.

—¿Qué sisea? —preguntó Cara. Advirtió que el chico tenía las pupilas dilatadas. Al parecer, volvía a tener problemas de drogas.

En un recoveco de su exhausta y angustiada mente, una vocecilla le susurró: «¿Sabes qué sisea? Una serpiente».

—Patrick, ¿estabas esta mañana en la Guarida de la Serpiente? —Recordó el movimiento fugaz que había vislumbrado unas horas atrás, en la ladera del acantilado—. ¿Ese eras tú? ¿Sabes algo?

Él la miró a la cara, enfocando los ojos por unos instantes.

—No se me acerque. —Patrick dio media vuelta y huyó a paso veloz, entre patinazos y resbalones sobre las rocas. Se lanzó por encima de un muro bajo de piedra y se alejó corriendo más deprisa de lo que parecía capaz.

Cara salió disparada tras él.

—¡Ven aquí! ¡Vuelve! —Cara resbaló sobre las mismas rocas y cayó al suelo, debilitada por los esfuerzos de las últimas horas. Se levantó con dificultad y siguió adelante, hasta detenerse frente al muro. Desesperada, oteó los campos, aquella inmensa llanura blanca, pero no logró avistar a Patrick por ninguna parte.

Oyó que la puerta del coche se cerraba y unos pasos se acercaban a toda prisa. Daithí apareció a su lado.

—¿Qué pasa?

—Patrick Kelly. Creo que estaba colocado, porque se comportaba de un modo muy extraño. Y no paraba de hablar de algo que siseaba… Le he preguntado si había ido a la Guarida de la Serpiente esta mañana. Y entonces ha echado a correr.

—Ese va todo el día puesto hasta las cejas, Cara.

—Lo sé, pero me ha parecido ver a alguien en el acantilado, en la Guarida de la Serpiente, Daithí…

—¿Y dónde está ahora? ¿Dónde se ha metido?

—Ha salido por piernas hacia allí y ha saltado el muro. Pero lo he perdido. ¡No logro localizarlo! Con lo monótono que es el paisaje en esta puta isla yerma, y aun así se las ha apañado para desaparecer sin dejar rastro. —Cara alzó las manos en un gesto de impotencia, con lo que solo consiguió que unos pequeños carámbanos de nieve resbalaran por la manga de su anorak hasta caer sobre la piel expuesta. Sintió un escalofrío.

Escrutó los campos con la mirada. Apoyó las manos sobre el muro bajo, para comprobar su estabilidad.

—No vayas tras él, Cara. No se irá a ninguna parte, como el resto de nosotros. Vive en esa autocaravana que está cerca de la casa de Seamus. Puedes ir a buscarlo ahí cuando tengas un momento.

—Pero…

—Cara, acabas de ducharte y cambiarte. Sigamos hasta la casa de Maura. Además, es un chaval muy raro, pero no lo veo capaz de matar a nadie. Debía de estar delirando, y tú, comprensiblemente, les has dado a sus delirios más importancia de la que tienen.

—Esta mañana he visto a alguien ahí arriba, Daithí.

—Te creo, pero perseguirlo por los campos…, fíjate en el tamaño de esos ventisqueros…, sería una locura. Piensa bien lo que haces. Debes tener claras tus prioridades. Anda, volvamos al coche. Si nos quedamos aquí, acabaremos con hipotermia.

Cara lanzó una última mirada hacia los campos. Daithí tenía razón. Perseguir al chico por la nieve no sería la decisión más inteligente.

—Está bien. Vamos.

Cara detuvo el coche frente a la casa de Maura. Bajaron y echaron a andar por el camino de entrada.

—No toques nada a menos que sea imprescindible —le indicó Cara a su amigo, mientras este se ponía la capucha.

—Entendido.

—Tal vez podrías reconocer un poco el terreno mientras yo echo una ojeada a la casa, ¿te parece bien?

—Vale, eso haré.

Un ruido captó su atención. Cara volvió la cabeza de golpe: un susurro de pasos cerca de la tapia del jardín.

—Pero ¿qué...? —jadeó.

De debajo de una aulaga coronada de nieve, un conejo marrón cruzó el jardín a toda velocidad hasta desaparecer en la maleza.

—Joder —siseó Cara.

Daithí le posó la mano en la espalda.

—Respira.

Ella asintió.

—Me cago en el conejo. Tengo el corazón... a mil.

—Yo también.

Cara dirigió la vista hacia el arbusto del que había salido disparado el conejo. Inspiró profundamente. Tenía la sensación de que les esperaban sorpresas aún más grandes.

—Bueno, vamos allá.

Daithí se encaminó hacia la izquierda y procedió a inspeccionar el jardín. Cara le dio una vuelta completa a la casa. Era una construcción pequeña y antigua que había pertenecido a la abuela de Maura. En verano, brotaban alrededor abundantes fucsias rosas y crocosmias de un naranja encendido. Sin embargo, en aquel momento no se apreciaba nada bajo los bancos de nieve. La única nota de color la aportaban los alféizares pintados de rojo. Las nubes amenazantes habían empezado a descargar copos. Cara se alegraba del relativo cobijo que le proporcionaba la parte de atrás de la casa. Antes de regresar ahí, había examinado la puerta delantera y todas las ventanas. No advirtió señales de que las hubieran forzado. Ahora se encontraba frente a la puerta trasera. Tampoco ahí había indicios sospechosos. Si había pisadas, habían quedado ocultas bajo la nieve recién caída. Lo único que estaba fuera de lugar era la bicicleta de Maura. Estaba apoyada contra la pared, junto a la puerta. Lo normal habría sido que Maura la guardara en el cobertizo, sobre todo si sabía que se avecinaba una tormenta. Como era su medio de transporte principal por la isla, la cuidaba bastante.

Que la hubiera dejado ahí parecía indicar que tenía prisa o que la habían interrumpido.

Cara echó un vistazo por la ventana de la puerta de atrás. Desde aquel ángulo, le dio la impresión de que todo estaba en orden. Se sacó del bolsillo interior del anorak un par de guantes de látex nuevos que se había llevado de la consulta de la doctora y probó a girar el pomo. No se movió. Bajó la vista al suelo, a la izquierda de la puerta trasera. Tras localizar el bulto de una maceta sepultada bajo la nieve, escarbó hasta encontrarla. Le dio la vuelta, revelando la llave que estaba oculta debajo.

El ritmo cardíaco, que se le había acelerado del susto por la aparición del conejo, no había vuelto a la normalidad. Y ahora, con la llave en la mano, sentía los latidos por todo el cuerpo. Le temblaba el pulso y notaba un hormigueo en la punta de los dedos.

—Hey. —Daithí llegó trotando desde la parte delantera de la casa—. No he descubierto nada raro.

—Vale, gracias —respondió Cara.

—¿Vamos a entrar? —preguntó él, señalando con la cabeza la llave que ella sostenía.

—No exactamente. Solo voy a abrir la puerta y a cruzar el umbral, pero no me adentraré más. Podría ser la escena de un crimen. Si fue aquí donde… —Hizo una pausa, incapaz de pronunciar las palabras «si fue aquí donde la asesinaron».

Con mano temblorosa, introdujo la llave y abrió la puerta. Dio un paso hacia el interior y se detuvo. Desplazó la mirada por aquel bonito espacio diáfano, luminoso y amplio, con una decoración moderna que contrastaba con el rústico exterior. Cara lo veía todo igual, pese a su sensación de que algo habría debido cambiar, de que, ahora que Maura ya no estaba, el lugar no podía conservar el mismo aspecto ni la misma atmósfera. No obstante, el muy traicionero estaba como siempre.

—¿Ves algo extraño? —preguntó Daithí a través de la ventana de la cocina.

Cara escudriñó toda la estancia desde la puerta, donde permanecía clavada. Describió un arco de ciento ochenta grados con la mirada, pero nada le llamó la atención. No había muebles volcados, ningún objeto fuera de su sitio, todo estaba como de costumbre. En el rincón, el rúter del wifi no parpadeaba, pero ¿acaso Maura no les había dicho a Ferdia y Sorcha que no funcionaba? Por eso Maura se había quedado incomunicada. Sin cobertura móvil y sin wifi, su teléfono se había convertido en un trasto inútil. Y ella se había encontrado en una situación vulnerable. A Cara la recorrió un escalofrío. Pobre Maura. Si era allí donde había ocurrido, no había podido llamar a nadie para pedir ayuda. ¿Había sido algo intencionado?

—No, todo está en orden —le respondió.

Cara miró a la izquierda, al alféizar que tenía al lado. Sobre una pila de cartas y periódicos había una bola de nieve. Al verla, se le encorvó la espalda y el estómago le dio un vuelco. Se la había regalado a Maura hace años, cuando eran niñas, y por lo general su amiga tenía el adorno sobre la repisa de su baño. Cara lo cogió con la mano enguantada y la agitó. Una nube de nieve centelleante se arremolinó y descendió flotando en su interior, donde había dos figuras atrapadas. Era una ventisca encerrada en una esfera de vidrio, contenida, a diferencia de la tormenta real que se había desatado fuera. Poco a poco, los copos se asentaron, y las dos figuras, unas amigas abrazadas —el motivo por el que Cara había obsequiado a su amiga con ese recuerdo de vacaciones barato—, quedaron al descubierto de nuevo. Habría deseado que las cosas fueran así de sencillas y que, cuando la tempestad amainara, su amiga reapareciera y las dos volvieran a estar juntas.

La depositó de nuevo sobre el periódico doblado, pero no despegó los ojos de ella. ¿Por qué estaba ahí y no en el baño? Le dio la sensación de que se trataba de una especie de mensaje. Quizá Maura pretendía decirle algo con eso. Pero ¿qué? ¿Algo sobre la tormenta? No se le ocurría cuál podía ser el mensaje.

—Ah, hola, chicos. ¿Qué hacéis aquí?

Cara pegó un brinco al oír la voz a su espalda.

—Hostia puta —jadeó, volviéndose.

Era Ferdia, envuelto en un extraño batiburrillo de capas que parecían donadas a la caridad por un campesino veinte años atrás. Iba calzado con unas viejas botas de lluvia verdes. Su camarada, por lo general un dechado de elegancia, presentaba una pinta tan estrafalaria que, a pesar de todo, Cara se rio.

—Caray, muchas gracias, Cara, por hacer leña del árbol caído.

—Es que estás tan…

—Ridículo, ya lo sé. Pero es que Sorcha y yo no hemos traído ropa adecuada para este apocalipsis de nieve. He encontrado todo esto en el fondo del armario. Me imagino que pertenecía al viejo Flaherty.

—Supongo —dijo Daithí.

—¿Por qué estás aquí? —preguntó Cara—. Hace un día horroroso.

—He pensado en venir a buscar a esa holgazana impresentable de Maura, para ver si averiguo por qué nos está haciendo el vacío.

Al oír nombrar a Maura, el asomo de buen humor que había surgido en su interior ante el grotesco atuendo de Ferdia se evaporó. Cara cerró la puerta, echó el cerrojo y se guardó la llave en el bolsillo. Posó la vista en Daithí y luego otra vez en Ferdia.

—Tengo una pregunta para ti, Ferdia. Cuando Sorcha y tú os pasasteis por aquí el día que llegasteis a la isla y descubristeis que el wifi no funcionaba, ¿os comentó algo Maura al respecto? ¿Os explicó por qué?

Ferdia se rio.

—Sí, fue bastante gracioso. Al parecer, el gato del vecino se coló en la casa y se meó encima del aparato. Según Maura, saltaron chispas y todo.

—Madre mía —dijo Cara. Bueno, eso aclaraba el misterio. No se trataba de algo siniestro. Pero Cara tenía más dudas—. ¿Qué impresión os dio ese día? ¿La visteis bien?

Ferdia la miró, desconcertado.

—¿Por qué lo preguntas?

—Enseguida te lo explico.

—De acuerdo. —Ferdia la observó con recelo—. Era la Maura de siempre. Pero no estuvimos aquí mucho rato. Fue una visita relámpago. Y habría sido incluso más corta si no nos hubiéramos quedado a escuchar la anécdota del gato saboteador. —Una sonrisa le asomó a los labios al recordarlo.

—Vale, gracias.

Cara se apartó unos pasos de la casa.

—¿No está dentro? —inquirió Ferdia.

—No —dijo Daithí.

—¿Y a qué venía el interrogatorio?

—Hummm —murmuró Cara—. ¿Por qué no te vienes con nosotros en el coche? Nos disponíamos a ir a casa de los Flaherty de todos modos.

—Cara, ¿dónde está Maura? —preguntó él sin moverse.

—Vamos —dijo ella, y echó a andar alrededor de la casa—. Te lo explicaré por el camino. —Si le refería lo ocurrido durante el trayecto hacia el hogar de los Flaherty, tendría que volver a contarlo todo cuando viera a Seamus y Sorcha, pero Ferdia no merecía que lo distrajera con una conversación trivial.

—Está bien —dijo él, siguiéndolos—. ¿Qué ha pasado esta mañana, entonces? Ha sido una broma, ¿verdad? Me he apostado cinco euros con Seamus a que era broma.

14

Como la ventisca se había recrudecido, Cara necesitaba concentrarse al máximo en la carretera. Sin embargo, pese a lo arduo de la tarea, prefería la idea de conducir, de permanecer sentada al volante, dando vueltas y vueltas por la isla. Bregar con la tormenta ahuyentaba los demás pensamientos de su cabeza, los que no quería que estuvieran ahí. Tal vez, si seguía conduciendo hasta que cesara la tempestad dos días después, el dolor ya no le resultaría tan insoportable.

Mientras avanzaban por la carretera de la costa, ella sabía que pasarían frente a la pequeña y destartalada autocaravana de Patrick Kelly antes de llegar a la casa de los Flaherty. Redujo la velocidad conforme se acercaban y volvió la cabeza para mirar la diminuta vivienda, pero no se detuvo. Ahora que tenía a Ferdia horrorizado y callado en el asiento de atrás, quería quitarse de encima lo antes posible el mal trago de dar la noticia a los demás. Ya le haría una visita a Patrick más tarde, cuando tuviera un hueco.

Enfiló el camino de entrada de los Flaherty y aparcó, pero no frente a la puerta principal, pues un monovolumen azul marino que no le sonaba estaba estacionado ahí.

—¿De quién es? —preguntó Cara.

—Creo que es el coche de alquiler de Noah Jackson —dijo Daithí.

—Genial, justo lo que nos faltaba ahora mismo.

Cara y Daithí se apearon y miraron a través de la ventanilla a

Ferdia, que seguía en el asiento posterior con el rostro ceniciento. Cara abrió la puerta de atrás más cercana.

—Vamos, Ferdia. Tenemos que entrar.

Sin una palabra, bajó del coche y los siguió en dirección a la puerta trasera de la casa. Al pasar junto a la ventana del salón, se detuvieron.

Seamus se encontraba al otro lado. De pie junto a un segundo Seamus idéntico. Cara volvió la vista hacia un Daithí tan perplejo como ella antes de posarla de nuevo en la ventana. Uno de los Seamus sonrió y los saludó con un gesto. Su doble frunció el ceño y giró el rostro hacia él.

—Pero ¿qué narices...? —dijo Cara.

Se encaminaron hacia la parte de atrás de la casa y abrieron la puerta. Los recibieron unas voces con acento americano. En la habitación había mucho ruido y muchas personas. Entre ellas, Cara reconoció un rostro cerca de la chimenea, el de Noah Jackson, el director. Este alzó la mirada cuando entraron en la cocina.

—¡Ah, hola! —dijo, y una sonrisa le iluminó el rostro cuando se fijó en Cara—. Me alegro de verla de nuevo, sargento.

Seamus... y su doble... apartaron la vista de la ventana y se volvieron hacia ellos.

—Cara —dijo Seamus—. Has vuelto.

Ella se quedó mirando al hombre que tenía al lado.

—Creo que no te había presentado a Aiden. —Los dos se aproximaron. De cerca, las diferencias entre ellos resultaban más notorias. El otro tío era por lo menos una década más joven que Seamus, pero la semejanza seguía siendo asombrosa—. ¿Cómo te quedas? ¿A que parece mi hermano gemelo? Aiden va a interpretarme en la película.

—Es un poco... inquietante.

Daithí tendió la mano.

—Un placer conocerte, Aiden.

—Gracias —dijo el joven—. Yo también estoy encantado de conoceros a todos. Es un honor participar en este proyecto.

—Los demás actores no son tan clavados a vosotros —dijo Seamus—, pero quiero que los conozcáis. —Se dirigió al equipo de rodaje—. Lexi, Ari, Kyle, Will, venid, que os presento al resto de la panda. —Cuatro personas se separaron del grupo y se acercaron a la cocina—. Cara, esta es Lexi, que va a hacer de ti. —Cara contempló a la actriz. Era pelirroja, pero ahí se acababa el parecido. Su tez cetrina y ojos de color avellana le conferían un aspecto de lo más mediterráneo. Y, si Cara era guapa, Lexi estaba a otro nivel. La policía advirtió que la actriz tomaba a Aiden de la mano—. Y ellos son Will y Kyle. Encarnarán a Ferdia y Daithí, respectivamente.

—¿No se pronuncia «Daití»? —preguntó Kyle, mirando a Seamus con el entrecejo arrugado.

—«Dooohí», Kyle, «Dohí», con hache aspirada... Ya te lo he dicho unas cuantas veces.

—Y, por último, os presento a Ari, que interpreta el papel de Sorcha.

—¡Hola! —La rubia menuda les sonrió.

—¿Y Sorcha? —preguntó Cara.

—Acaba de subir a su habitación para alejarse del caos —dijo Seamus.

—Ya —dijo Cara, desplazando la vista por la sala. Ese no era el panorama con el que esperaba encontrarse al regresar a la casa. Necesitaba algo de tranquilidad.

—¿Nadie hace de Maura? —preguntó Ferdia por lo bajo. Era la primera vez que abría la boca desde que Cara y Daithí le habían comunicado la noticia. Cara se volvió a mirarlo.

—Aún no hemos asignado el papel, y en las escenas que queremos rodar esta semana su personaje no aparece...

Ferdia asintió.

Noah se acercó al trote.

—Estábamos a punto de ensayar una escena. ¿Te gustaría verlo? —Les dio unos golpecitos en el brazo a Will y Aiden y les hizo señas para que regresaran frente a la chimenea.

—No, en realidad... —empezó a replicar Cara, pero Noah no la escuchaba. Tras farfullar instrucciones a los dos intérpretes, los colocó en posición, retrocedió y bramó—: ¡Acción!

Los actores interrumpieron el ensayo cuando la puerta de la cocina se abrió. Todos los ojos se fijaron en Sorcha mientras entraba.

—Ay, perdón —dijo.

—Tranquila —dijo Noah con una sonrisa tensa—. Vamos a repetirlo. —Todos volvieron a sus puestos—. Y... ¡acción!

Aiden —el Seamus de hace diez años— comenzó a recitar su diálogo.

—«Oye, Ferdia, lo siento, pero voy a pedirle salir a Maura y no puedes impedírmelo. Soy yo quien le gusta, no tú». —Aiden dio un paso al frente y señaló a Will con el dedo, que alzó las manos y reculó.

—«Lo siento, Seamus. No era mi intención pasarme de la raya. Perdóname». —Will desvió la vista, con la angustia reflejada en el semblante.

—Ay, Dios —murmuró Daithí. Cara se acercó, abriendo la boca para decir algo, para poner fin a aquello, pero Ferdia se le adelantó.

—Eso nunca ocurrió —dijo. Todos se pararon a mirarlo. Esta segunda interrupción pareció irritar sobremanera a Noah.

—Es una licencia artística, Ferdia —dijo Seamus desde el otro extremo de la habitación.

—Hacerme quedar como un idiota no es una licencia artística. Cambiad eso.

—¿Eso te parece importante ahora mismo, Ferdia? —preguntó Cara—. ¿En serio?

Ferdia la fulminó con la mirada.

—A ver —titubeó Noah—, no vamos a trastocar el guion solo porque a alguien no le gusten algunas partes.

—La cara te voy a trastocar yo —dijo Ferdia, dando un paso hacia el director.

—Basta, Ferdia —dijo Sorcha, atravesando la sala y agarrándolo del brazo. Él se la quitó de encima.

—Déjame —le gruñó a su esposa.

—Callaos todos —rugió Daithí. Se impuso el silencio. El arrebato, tan impropio de él, acaparó la atención de todos.

—Sorcha, Seamus, tenemos algo que deciros. —Cara miró a sus amigos. Clavó los ojos en el equipo de rodaje. No le apetecía demasiado cumplir con ese trámite delante de ellos.

—¿Sería posible que nos dejarais a solas un momento, por favor?

Esto pareció desconcertar a Noah.

—¿Nos estás pidiendo que nos vayamos?

—Sí, por favor —dijo Cara.

—Pero, Cara, ¿cómo quieres que se vayan con la que está cayendo? —dijo Seamus, señalando la intensa nevada al otro lado de la ventana. Se volvió hacia el equipo—. Tranquilos, no hace falta que os marchéis. —Se dirigió de nuevo a Cara—. Sea lo que sea lo que vais a decirnos, ellos están aquí para documentar la realidad de mi vida, así que lo mejor es que se queden a escucharlo.

—Seamus, te aseguro que no es buena idea.

—De verdad, no pasa nada. No te preocupes.

Cara suspiró. Ya no le quedaban fuerzas para discutir. Inspiró profundamente.

—Es sobre la llamada de esta mañana.

—¿Sobre el cadáver en la Guarida de la Serpiente? —inquirió Sorcha en un tono menos displicente que el de Seamus.

—No te comas la cabeza, Sorcha, que ha sido una llamada de broma, ¿verdad, Cara?

—Me temo que no —respondió la policía en voz baja.

—¿Qué? —dijo Seamus.

—¿En serio? —dijo Sorcha, con los ojos desorbitados de incredulidad.

Cara asintió. Miró a Daithí. «No soporto esta situación —pensó—. El momento en que todo cambia para todos. Cuando surge un antes y un después, y se entra en un universo alternativo menos amable. Un ser querido deja de existir, y la realidad en la que creías vivir desaparece para siempre». Ella ya se había visto arrastrada de un universo a otro. Detestaba hacerles eso a sus amigos, pero no quedaba otro remedio. Aunque estuvieran presentes en segundo plano esos estúpidos actores a quienes aquello no les iba ni les venía. Seguramente se alimentarían de su dolor como vampiros emocionales para utilizarlo en su siguiente actuación.

—Es verdad que había un cadáver —dijo—. Y ahora viene el mensaje más difícil que he tenido que comunicar. —Hizo una pausa y recorrió con la mirada los rostros expectantes de sus amigos—. Ella ya no está. —Cara respiró hondo—. El cuerpo… era el de Maura.

Se hizo el silencio. Todos los ojos estaban puestos en ella. La comprensión asomó al semblante de Seamus y Sorcha poco a poco, como un glaciar que modificaba el paisaje de todos a su paso, para siempre.

—¿Cuál de las amigas era...? —empezó a preguntar Aiden junto a la chimenea, pero Will lo hizo callar con un codazo rápido.

Seamus acercó una silla de la cocina y, más que sentarse, se dejó caer en ella. Sorcha alternaba la vista entre ellos y Cara. Ferdia se dirigió hacia uno de los sillones y se desplomó en él, sin importarle los actores que lo rodeaban, incómodos.

—¿Qué? —dijo Sorcha, la primera en hablar.

—Maura ha muerto —dijo Daithí—. No hay una forma más sencilla de expresarlo.

El sollozo de Seamus los pilló a todos por sorpresa. Fue un sonido entrecortado, gutural, desgarrador. Hundió el rostro entre las manos.

—¿Cómo ocurrió? —susurró Sorcha.

—Aún no lo sabemos. —Sus amigos debían enterarse de que Maura había fallecido, pero no convenía que conocieran más detalles, no solo porque así lo dictaba el protocolo policial, sino porque así conservarían mejor su recuerdo. Cara no quería hablarles del cuerpo maltrecho, golpeado, magullado y congelado, la última imagen de Maura que había quedado grabada en su memoria. Era una carga que solo compartiría con Daithí, y lamentaba que él se hubiera involucrado en el asunto. No era responsabilidad suya.

Sorcha arrastró una silla hacia sí y se sentó.

—Qué fuerte.

—¿«Qué fuerte»? ¿Qué clase de reacción es esa? —dijo Ferdia, que seguía pálido como un papel—. «Qué fuerte».

—¡Estoy conmocionada! —repuso Sorcha, volviéndose hacia él.

—¿Conmocionada? Si apenas parece haberte afectado.

—¡Claro que me ha afectado! Aunque obviamente no tanto como a ti —espetó.

—Pues no da esa impresión.

—La vi por primera vez en diez años hace un par de días. Ya no éramos íntimas precisamente. Pero siento mucho que haya muerto, ¿me oyes? ¿Te vale con eso?

—Pero ¿de qué vas? —Ferdia se echó hacia delante, y sus ojos, antes apagados, relampaguearon—. ¡Era una de nuestras mejores amigas! ¿Cómo puedes reaccionar con esa frialdad?

—¡Pero qué frialdad! —Sorcha alzó las manos, exasperada—. ¡Y te equivocas, no era una de nuestras mejores amigas! Los buenos amigos son personas a las que ves a menudo. Personas con las que sales. Personas a quienes les importas de verdad. Stace y Lucy, del trabajo, son mis mejores amigas. Maura Conneely era una conocida de hace mucho tiempo, que no se portaba muy bien conmigo entonces y que después no hizo nada por arreglar las cosas, sino más bien al contrario.

—Por Dios santo, Sorcha —dijo Cara, como si la hubieran dejado sin aire de un puñetazo—. Hemos encontrado su cadáver hace solo unas horas.

—¡Ah, ya salió la ferviente admiradora de Maura! Maura y Cara, Cara y Maura. La tenías en un puto pedestal. ¡Ella pasaba de mí como de la mierda!

—Maura os tiene…, os tenía cariño a todos —dijo Cara, esforzándose por no elevar el tono—. No es verdad que pasara de ti, Sorcha. Para nada.

—Vaya, ¡qué sorpresa! La estás defendiendo, claro. Crees que santa Maura de Inis Mór era totalmente incapaz de hacer nada malo… Te sorprenderías, Cara. Te sorprenderías mucho si supieras todo lo que yo sé de ella. Los secretos…, la verdad que podría contarte sobre Maura Conneely.

15

Seamus le pasó a Cara un vaso con un dedo de whisky. Ella tomó un sorbo, agradecida. Daithí se acercó desde el recibidor y se sentó en el sofá, junto a ellos.

—¿Se han marchado los del rodaje? —preguntó.

Seamus asintió con gesto adusto.

—Les he pedido que recogieran sus cosas.

—Muy bien, gracias. Sorcha dice que se va a quedar ahí, por el momento. Va a echarse un rato. Se ha tomado algo que dice que le recetó el médico, ¿puede ser? —Daithí miró a Ferdia, que asintió. Acto seguido, se volvió hacia ella—. Ha sido el golpe emocional, Cara. No se lo tengas en cuenta. Sé que no decía nada de eso en serio.

—Estoy de acuerdo con Daithí —dijo Seamus—. Ha sido la impresión. Es que… En fin… —Se limitó a negar con la cabeza. Ni siquiera él, el escritor del grupo, encontraba las palabras adecuadas para expresar el horror que los embargaba a todos. Le alargó un vaso a Daithí y se lo llenó de whisky.

—¿Se encuentra bien, en general? —preguntó Daithí, dirigiéndose a Ferdia—. ¿Por qué le recetó eso su médico? No os he visto muy contentos estos días.

—Está bien —dijo Ferdia—. Estamos bien. —La frase «y no hay más que hablar» quedó flotando en el aire.

Cara se levantó y se dirigió hacia la nevera. Sacó algunas sobras, una barra de pan, un poco de queso y lo llevó todo frente a la chimenea, junto con platos y cubiertos. Arrodillada sobre la alfombra, comenzó a preparar una cena sencilla. El sol ya se estaba poniendo y empezaba a oscurecer. El olor a turba húmeda ardiendo inundaba la habitación. La luz del techo parpadeó. Todos miraron hacia arriba.

—Ya solo nos faltaría que fallara la electricidad también —dijo Seamus.

—Me sorprende que haya aguantado hasta ahora —dijo Daithí—. ¿Tientes linternas o velas, por si acaso?

—Estoy seguro de que hay velas, por lo menos.

—¿Qué le pasó? —La voz seca de Ferdia interrumpió la chá-chara sobre temas prácticos—. No nos lo habéis explicado.

—Fue un accidente —dijo Seamus por lo bajo, mirando a Cara con ojos desconsolados—, ¿verdad?

—Bueno, puede que no.

—¿Qué? —dijo Ferdia, articulando despacio, con la boca pastosa—. Claro que fue un accidente, Cara, porque…, porque si no… —Dejó la frase inconclusa. Nadie quería oír esas palabras pronunciadas en alto.

—Pero ¿de qué vas, Cara? —dijo Seamus, con la mano que sostenía el vaso paralizada a medio camino de sus labios.

—Chicos, no os puedo dar más detalles. Tenéis que enten-derlo —suplicó ella.

—No puedes soltarnos esa bomba sin más y luego dejarnos en la inopia. —Ferdia se levantó y miró a Cara con una intensidad aterradora.

—Cálmate —dijo Daithí—. No es culpa de Cara. Ella solo cumple con su trabajo.

Con expresión airada, Ferdia se sentó y se sumió de nuevo en un mutismo sombrío.

—¿Quieres comer algo, Seamus?

—Sí, gracias; eres un sol. —Ella le pasó un plato. Daithí fue el siguiente y aceptó la comida, agradecido. Los sonidos de gente comiendo en silencio llenaron la sala. Nadie sabía qué decir. Cara sintió envidia de Sorcha, que disfrutaba de un sueño indu-cido por fármacos, ajena a la dura realidad de lo que había ocu-rrido.

—¿Hay algo que podamos hacer para ayudar? —preguntó

Seamus al cabo de un rato. Cara se puso en cuclillas y colocó una rebanada de pan en el plato que tenía al lado.

—Supongo que ella no os comentó nada a ninguno de vosotros la otra noche, en el pub, ¿no? —Cara recorrió la sala con la mirada para fijar su atención en Daithí, Ferdia y Seamus—. ¿Y qué impresión os dio?

—La encontré bien, normal —dijo Seamus—, pero hacía tanto que no la veíamos que, si hubiera estado rara por alguna razón, tal vez no lo habríamos notado.

Cara se volvió hacia Daithí.

—Y tú, ¿cómo la viste?

Daithí meditó la pregunta.

—Bien. Me pareció la misma de siempre. Tal vez iba un poco callada durante el camino a su casa, pero, como estaba cansada, eso no me resultó nada extraño ni preocupante.

—¿Y qué me dices de ayer, Seamus? ¿Cómo estaba?

—¿Ayer? —Seamus frunció el ceño—. Ayer no la vimos.

—Según mi *mamó*, la vio aquí, por la mañana. Hablando contigo.

—¿En serio? —Seamus arqueó las cejas y negó con un gesto—. No, no se pasó por aquí. La última vez que vi a Maura fue en casa de Daithí, la noche anterior. Con todos los demás.

—¿De veras? Vale, tendré que volver a preguntarle a Mamó qué vio exactamente. —La abuela ya no era ninguna jovencita y tenía la mala costumbre de no ponerse las gafas—. Quería preguntaros una cosa más —añadió—. Maura fue a buscarme a casa ayer por la mañana. Daithí, tú la viste pasar en bici por delante del pub hacia esa hora y, según me dijiste, parecía distraída y no te saludó como habría hecho normalmente, ¿verdad? Pues a Mamó le dio la sensación de estar preocupada. Llevaba un paquete envuelto en papel barato. Por alguna razón, quería mostrármelo. ¿Te dice algo eso? ¿Se te ocurre qué podía contener ese paquete o por qué estaba preocupada? Como no consiguió localizarme, no tengo la menor idea.

Seamus sacudió la cabeza.

—Lo siento, yo tampoco.

—¿Y tú, Ferdia? —inquirió Cara, mirando al interpelado, que

mantenía la vista fija en el fuego y luego la alzó hacia ella sin decir nada—. Ferdia, ¿te dice algo eso? —le repitió Cara, por si no había escuchado bien la pregunta—. ¿Puedes ayudarme?

Ferdia cogió el plato que tenía sobre las rodillas y del que no había probado bocado, y lo dejó sobre la mesa de centro. Se puso en pie y, al pasar por delante de Seamus, topó con sus piernas, lo que ocasionó que le cayera comida del plato sobre el regazo y el cojín del sofá.

—Mira por dónde vas —espetó Seamus, pero Ferdia salió de la habitación sin decir una palabra.

Un minuto después, oyeron el ruido de un motor al arrancar.

—¿Eso es mi coche? ¿El coche patrulla? —preguntó Cara, levantándose de un salto. No había otros vehículos en la finca. Llegó frente a la ventana justo a tiempo para ver a Ferdia salir del camino de entrada en su automóvil—. ¡Pues sí que lo es!

Los otros dos se situaron a su lado.

—¿Qué está haciendo? —dijo Seamus.

—A saber —dijo Daithí.

El crujir de la nieve bajo los neumáticos les avisó del regreso de Ferdia. Daithí y Cara, que estaban de rodillas buscando velas en el fondo de los armarios bajos, se enderezaron. Seamus entró de nuevo en la cocina.

—¿Eso era un coche? ¿Ha vuelto? —preguntó.

—Eso parece —respondió Cara, rodeando la encimera. Echó una ojeada al reloj. Ferdia había estado casi una hora fuera.

Oyeron que la puerta delantera se abría y luego se cerraba de golpe, y acto seguido sonaron unos pasos furiosos que recorrían el pasillo en dirección a la habitación de Ferdia. Unos momentos después sonó su voz destemplada, aunque no se alcanzaban a distinguir las palabras.

—¿Y ahora qué hace? —dijo Daithí—. ¿Le está gritando a Sorcha? Por ahí sí que no paso. —Se encaminó hacia la puerta de la cocina.

—No, deja, Daithí. Ya voy yo —dijo Cara, sujetándole el brazo. Daithí cedió de mala gana. Ella sacudió la cabeza.

Avanzó por el pasillo hasta detenerse frente a la puerta cerrada de la habitación de la pareja. Alzó la mano para llamar, pero se quedó inmóvil. La voz descompuesta de Ferdia se oía con mayor claridad ahí, y buena parte de lo que decía le resultaba inteligible a Cara.

—¿Se lo has dicho tú? No sé quién más podría haber sido, ¿tú sí? No tienes idea de en qué te estás metiendo. —¿A qué venía aquello? Cara acercó el oído a la puerta.

—No sé de qué me hablas —gimió una Sorcha adormilada y confundida al otro lado.

—Claro que no —contestó Ferdia en un tono un poco más bajo—. A Maura la asesinaron, ¿lo sabías? No fue un accidente. —Cara no entendió lo que dijo después, pero entonces oyó unas pisadas que se acercaban rápidamente. Retrocedió de un brinco. La puerta se abrió con brusquedad. Ferdia, tan airado como sorprendido, se paró en seco, pero al momento esquivó a Cara y se alejó por el pasillo con paso furioso. Sorcha, con el rostro arrasado en lágrimas, estaba incorporada en la cama, frotándose los ojos.

—¿Estás bien? —preguntó Cara.

Sorcha la miró, abatida.

—¿Puedo pasar? —preguntó la policía, y su amiga asintió. Cara se acercó al lecho y se sentó en la punta.

Sorcha se sorbió la nariz.

—Estoy bien.

—Ferdia ha perdido los papeles. ¿Quieres que le pida que se marche? ¿Te sientes a salvo estando él aquí?

Sorcha movió la cabeza de un lado a otro.

—No pasa nada, de verdad. Solo está un poco alterado, pero ya se tranquilizará.

—¿Estás segura?

Ella asintió.

—No he podido evitar oír parte de lo que ha dicho —declaró Cara, como de pasada—. ¿Qué te estaba preguntando? Parecía bastante enfadado.

—Ojalá lo supiera. Me ha soltado un rollo que para mí no tiene pies ni cabeza. —Sorcha sacudió la cabeza—. Solo está un poco alterado —reiteró.

—Todos lo estamos —afirmó Cara. Sorcha destilaba una perplejidad auténtica. Recogió las piernas y se pasó los dedos por el cabello. Clavó la mirada en su amiga.

—¿De verdad la han asesinado?, ¿a Maura?

Cara respondió con un gesto afirmativo.

—Eso me temo.

—¿Sabes quién lo hizo?

—No. No tengo la menor idea de lo que está pasando, para serte sincera.

—¿Corremos peligro, Cara? —Sorcha lanzó una mirada rápida a la ventana. La tarde estaba cayendo—. Esto no me gusta. No me gusta nada. Aquí somos presas fáciles.

—Sorcha, no hay ningún indicio de que debamos estar preocupados. Ese tipo de crímenes suelen deberse a causas personales. Las víctimas no se eligen al azar.

—Si se trata de algo personal, Cara, es posible que estemos en riesgo. ¡Somos sus amigos! —Sorcha desplazó rápidamente los ojos de la puerta a la ventana.

—Me parece que hace un rato has dejado bastante claro que ella y tú no estabais muy unidas. No tienes por qué preocuparte.

Sorcha apartó la vista, retorciendo y tirando de un mechón de su alborotada melena.

—Oye, Cara —dijo sin mirarla a los ojos—. Siento lo que he dicho antes. No debería… —Sorcha respiró hondo y alzó la mirada—. Siempre había estado celosa de las dos, y me daba envidia lo contentas que estabais ambas con Cillian y Seamus. Y aunque Maura rompía con Seamus continuamente, su relación me parecía muy de *Cumbres borrascosas*. Era todo tan romántico… No como lo mío con Ferdia. A veces me pregunto si solo nos emparejamos porque éramos los únicos que seguíamos solos. A él siempre le gustó más Maura que yo, ¿sabes?

—¿En serio? —preguntó Cara, sorprendida—. No lo creo, nunca me dio esa impresión.

Sorcha fijó en ella una mirada severa y prolongada.

—Hay muchas cosas de las que no te dabas cuenta.

—No volvamos a empezar.

—Lo siento, Cara. Ella no era perfecta.

—Nunca he afirmado lo contrario. —Cara se levantó—. Si de verdad te encuentras bien, te dejo tranquila para que sigas durmiendo.

La lámpara de la mesilla y la del techo oscilaron. Una ráfaga intensa sacudió las ventanas. Las luces titilaron una vez más y, tras un último parpadeo, se apagaron, sumiendo la habitación en las tinieblas.

—Mierda —dijo Sorcha, levantándose de la cama como un resorte—. ¡Alguien ha cortado la electricidad! ¿Dónde estás?

Cara alargó el brazo para tomarla de la mano, pero su amiga se sobresaltó al sentir su contacto en la oscuridad y soltó un chillido.

—¡Sorcha! Sorcha, no pasa nada, soy yo. Respira hondo. Ha sido la tormenta. Nadie ha cortado la luz. Tú, que viviste aquí bastante tiempo, deberías acordarte de todos los apagones que hay. Esto es normal.

—¡Eso no lo sabes! Has dicho que era algo personal. ¡Tal vez hay alguien rondando por aquí que viene a por nosotras!

—Acércate. —Cara la atrajo hacia sí y la giró hacia donde debía de estar la ventana, aunque ninguna de las dos veía nada—. Mira, tampoco hay luces fuera. La isla entera está a oscuras. Es por la tormenta. No te preocupes.

—Bueno…, puede ser, pero, por Dios, Cara… —Sorcha rompió a llorar—. Estamos atrapados en esta isla, y anda suelto por ahí un psicópata que ha matado…, ma-ma-matado a Maura. —El resto de sus palabras se perdió entre jadeos y sollozos. Su respiración era irregular y poco profunda.

Les llegó el sonido de la puerta de la cocina al abrirse, seguido de unos pasos apresurados por el pasillo.

—¿Todo bien ahí dentro? Nos ha parecido oír un grito. —Seamus, Daithí y Ferdia aparecieron en la puerta de la habitación, sujetando velas que proyectaban un brillo fantasmagórico sobre sus rostros.

—¿Estáis bien? —Daithí le pasó una vela a Cara. Seamus abrazó por los hombros a la trémula Sorcha.

—Creo que ha sufrido un ligero ataque de pánico, lo que no es de extrañar —dijo Cara.

—Ven, Sorcha, vamos a la cocina —dijo Seamus—. Daithí ha preparado un poco de té justo antes de que se fuera la luz. Te pondremos una taza.

—Bueno, o también puedes tomarte otra pastilla —le dijo Ferdia a su mujer con una mueca desdeñosa.

—Ferdia, por favor —dijo Cara.

—Tiene que tranquilizarse de una vez. —Daithí miró a Ferdia con fijeza en la penumbra, retándolo. El otro dio media vuelta y salió de la habitación. Como en una procesión de la misa del gallo, los demás lo siguieron hasta la cocina.

Estaba bañada en el suave y reconfortante resplandor de las velas. Había varias apiñadas frente a la chimenea sobre la mesa de la cocina, y otras más dispersas por la habitación, lo que le confería una atmósfera como de iglesia y una solemnidad bastante acorde con las circunstancias. Unas sombras alargadas y tenues se extendían por el salón. Cara se sentó en el sofá, junto a Daithí. Seamus se acomodó en un sillón. Cara siguió con la vista a Sorcha mientras se aproximaba a Ferdia, que se había entretenido en la zona de la cocina. Aunque su lenguaje no verbal destilaba tensión, le dio la impresión de que sellaban una tregua tácita. Se dirigieron juntos al salón.

—¿Adónde has ido en mi coche, Ferdia? —preguntó Cara, escrutándolo en la semioscuridad.

—A un sitio.

—Ya.

—Tío, que te has llevado su coche. Un poco de respeto, ¿no? —dijo Seamus—. Además, nos has dejado aquí, indefensos ante el psicópata que está detrás de esto.

—El coche no os habría servido de mucho —replicó Ferdia.

—Habría estado bien tener la opción de escapar en algún vehículo.

—Callaos. Dejadlo estar. Todos estamos alterados. Solo falta que encima nos peleemos —dijo Cara.

—Porque tenemos cosas más importantes de que preocuparnos, ¿no? —dijo Sorcha—. Has dicho que no debíamos temer que viniera a por nosotros.

—No, Sorcha, no debemos… Sea quien sea, probablemente no nos molestará.

—¿Probablemente? —saltó Ferdia—. ¿Probablemente? Saber eso será un alivio cuando tenga un puto puñal clavado en la espalda.

—Serenaos. Por favor, chicos. Esto no ayuda a nadie. Mantened las puertas bien cerradas, cuidaos y estad pendientes unos de otros. Tranquilos, que, en cuanto sepa algo más, os avisaré y me aseguraré de que estéis a salvo. Pero ahora mismo necesitamos recuperar la calma.

—¿Quién ha sido, Cara? —preguntó Seamus, deshaciéndose en lágrimas de nuevo—. ¿Quién le ha hecho esto?

—No lo sé, Seamus, pero voy a averiguarlo. Y quienquiera que sea, lo lamentará, te lo aseguro.

Sorbiéndose la nariz, él se puso en pie y fue a buscar la botella de whisky y siete vasos. Regresó junto al fuego con todo ello y le entregó un vaso a cada uno. Depositó dos frente a la chimenea, los llenó primero y, a continuación, fue sirviendo un par de dedos de whisky a cada amigo. De pie en el centro del círculo formado por el sofá y los sillones al amor de las llamas, alzó su vaso.

—Por Maura y por Cillian. —Se le quebró la voz. Se volvió y chocó con suavidad el vaso contra los dos que había dejado junto al hogar.

—Por Maura, por Cillian —brindó el resto de la panda.

Sorcha se puso a cantar con voz queda.

La última rosa estival
se ha quedado solita,
pues sus bellas compañeras
están muertas y marchitas.
¡No quedan otras como ella,
ya no hay rosal florido
que refleje sus sonrojos
ni responda a sus suspiros!

No quiero dejarte así,
sin nadie que alivie tu pena.
Puesto que las otras duermen,

tú vas a dormir con ellas.
Por eso esparzo tus pétalos
sobre la tierra vacía
donde yacen tus camaradas
ya sin olor y sin vida.

Pronto seguiré tus pasos,
a medida que se extingan
y se pierdan para siempre
las amistades queridas.
Cuando el corazón se agosta
y los que amamos se van,
¿para qué seguir viviendo
en un mundo en que ya no están?

Las palabras de la última estrofa se le quedaron grabadas a Cara. «Cuando el corazón se agosta y los que amamos se van...». «Y se pierdan para siempre las amistades queridas...».

16

Cara entró en la habitación de Cillian, a oscuras. El brillo de la vela no llegaba muy lejos. La depositó en la mesilla. Habría podido usar la linterna de su móvil, pero, al no haber electricidad, necesitaba ahorrar batería al máximo.

Estaba muy cansada, tanto que ni siquiera era capaz de sentir tristeza. Ni temor. Estaba agotada. Se descalzó con un par de patadas al aire y se despojó de las mallas, pero no se quitó una sola prenda más antes de tumbarse en la cama. Miró la puerta y se planteó levantarse para arrastrar la silla desde el escritorio y apoyarla debajo del pomo. Sin embargo, considerando el estado de los muebles en aquella casa, la silla seguramente se rompería al menor empujón. Además, ¿no se estaría contagiando del pánico de Sorcha? Decidió quedarse acostada. Tampoco se había molestado en cerrar las cortinas. ¿Qué sentido tenía, si no había ni un triste rayo de luz que entrara o saliera por la ventana?

Todos se habían retirado a dormir en silencio menos Daithí, que había decidido correr el riesgo de regresar a su pub. Como contaba con un generador propio, había permanecido abierto. No quería dejar a Courtney más tiempo a cargo; ya le había pedido demasiado.

Tras apagar la vela de un soplido, Cara recostó la cabeza en la almohada. Unos hilillos de humo acre se elevaron en el aire mientras sus ojos se acostumbraban a la oscuridad. Dirigió la mirada hacia la ventana. En una noche despejada, la vista habría sido preciosa, pues allí, en la isla, las estrellas refulgían en el cielo nocturno con más fuerza. Sin embargo, esa noche imperaba una oscuridad turbia y se entreveían formas de nubes amenazadoras. No se distinguía un solo elemento del paisaje, solo las tinieblas de un pasado remoto. La exigua claridad que había en la habitación revelaba una topografía censurada: el escritorio bajo la ventana, las estanterías en las paredes, las puertas de listones del armario. Todo resultaba apenas visible en aquella negrura casi absoluta.

Pronto empezaron a pesarle los párpados, y mientras se quedaba dormida, sus últimos pensamientos fueron un ruego al subconsciente para que no soñara.

Tardó un momento en regresar al reino de los vivos. El sueño se había apoderado de ella con rapidez y ahora que la conciencia recuperaba el control, no le venían recuerdos de sueños inquietantes. Pero aún no había amanecido. La ausencia de pesadillas parecía más un síntoma de que había dormido demasiado poco para haber entrado en ese ciclo de los ritmos circadianos que un favor por parte de un subconsciente compasivo. Alargó el brazo para coger el teléfono, que sabía que había dejado sobre la mesilla de noche. Sus dedos buscaron a tientas hasta dar con él. Pulsó el botón de encendido hasta que cobró vida como una granada aturdidora en la profunda oscuridad. En el nanosegundo previo a que su luminosidad restringiera su ya limitada visión a la pantalla del móvil, Cara había vislumbrado algo.

Su adormilado subconsciente se lo tradujo.

Había algo en la ventana.

Algo, no: alguien.

Dos ojos que la miraban con fijeza desde fuera. Pese a la falta de luz, sabía lo que había visto.

Se levantó de la cama de un salto. Se abalanzó hacia la ventana y se golpeó la pierna contra el escritorio.

—Mierda —siseó, frotándose la espinilla. Miró a la izquierda y volvió la cabeza rápidamente hacia la derecha, escudriñando la oscuridad. Pero no había nada. Al menos en ese momento.

Cara se echó a temblar, y el pulso se le aceleró. Les había

indicado a todos que cerraran con pestillo, pero ¿le habían hecho caso? Recogió sus mallas y se las enfundó con tanta prisa que estuvo a punto de caer de bruces. Se subió la capucha y cogió la vela que estaba sobre la mesilla. Después de encenderla, abrió la puerta de su habitación, asomó la cabeza al pasillo y aguzó el oído. No percibió sonido alguno, ni siquiera ronquidos procedentes del cuarto de Ferdia y Sorcha. Salió con sigilo. Al igual que la noche anterior, sus pisadas le parecían cacofónicas y su respiración ensordecedora.

Llegó a la puerta principal. Intentó girar el pomo. Estaba cerrada con llave. Ya era algo. Cara siguió su camino hacia la cocina. Empujó la puerta despacio para abrirla. El fuego aún despedía un suave resplandor naranja que proporcionaba cierta claridad a la habitación. Ella miró alrededor. No vio nada fuera de lugar. Esta vez no había nadie sentado en uno de los sillones, listo para pegarle un susto. Echó un vistazo al interior de la cocina.

La puerta de atrás estaba abierta. Era solo una rendija, pero no cabía duda de que estaba abierta.

Giró en redondo y escrutó de nuevo la habitación mientras la llama de la vela parpadeaba a causa del movimiento brusco. Se detuvo. Estaba claro que no había nadie allí. Cuando se acercó a la puerta trasera, la brisa fresca le puso la carne de gallina en las piernas, a pesar de que llevaba las mallas.

Oyó una voz y luego otra.

Voces apagadas y atropelladas que discutían acaloradamente en irlandés. Las escuchó con atención. ¿Quién estaba ahí fuera? ¿Qué estaba pasando? Entonces reconoció tres palabras que hasta el estudiante más novato de irlandés habría identificado: *le do thoil*. «Por favor». Y luego otra vez, «por favor», en voz más alta que antes. ¿Alguien estaba suplicando por su vida? Cara se arrojó hacia la puerta, pero esta se abrió de pronto, de modo que tuvo que echarse hacia atrás para evitar que la golpeara. La repentina ráfaga de aire frío apagó su vela, y ella notó que la cera caliente le salpicaba las manos al tiempo que el viento glacial la abofeteaba.

—¡MADRE DE DIOS! —rugió una voz masculina a pocos centímetros de ella. Cara, a punto de verse arrollada, se tambaleó hacia atrás hasta chocar contra la encimera. De pronto, una linterna le enfocó el rostro, y ella alzó la mano para protegerse los ojos, deslumbrada—. ¡Deja de rondar por ahí a oscuras, Cara! —gimió la voz de Seamus. La empujó para apartarla de su camino, y ella alcanzó a ver una silueta difusa mientras él salía en tromba de la cocina y cerraba de un portazo.

El corazón de Cara, que ya estaba desbocado, comenzó a martillearle el pecho con fuerza, como si intentara escapar. Se inclinó hasta apoyar las manos en las rodillas, e intentó obligar a su respiración a normalizarse. Tras inspirar a fondo, se enderezó y se forzó a caminar hacia la puerta. Se puso unas botas que alguien había dejado ahí.

Miró al exterior.

¿Quién estaba ahí fuera?

Un brillo rojizo, un punto de luz en las tinieblas, le indicó que ahí había alguien fumando. Como una baliza en una de las boyas que cabeceaban con violencia en el puerto en aquellos momentos, revelaba su posición. Con cada aspiración, la punta encendida del cigarrillo resplandecía con mayor intensidad. El olor a marihuana flotaba en el aire gélido. Cuando salió de la casa, Cara apenas notó el cambio de temperatura.

—¿Quién anda ahí? —preguntó, molesta por el temblor de su voz.

La figura se movió.

—Eh, Cara. ¿Qué haces levantada?

Ferdia.

Cara sintió que todas las células de su cuerpo se relajaban. No era más que Ferdia.

—Me he despertado porque alguien me miraba desde la ventana.

—¿Qué? ¿Lo dices en serio?

—¿Era Seamus o eras tú?

—Ninguno de los dos. Acabamos de salir para que yo pudiera fumarme esto.

Apagó el canuto.

—Y también para discutir, por lo visto. Ya te interrogaré al respecto más tarde, pero ahora mismo tengo que buscar al intruso que tal vez aún ande suelto por la finca. —Cara se volvió hacia la esquina de la casa.

—Espérame, Cara. Te acompaño. No me quedan fuerzas para asimilar otro asesinato.

Ferdia se sacó el teléfono y activó la linterna para iluminar el sendero que discurría ante él. El porro sin duda lo había puesto de mejor humor, pensó Cara mientras miraba a derecha e izquierda, oteando la zona en busca de señales de vida. No sabía muy bien qué pensar al respecto. Su actitud desenfadada le parecía vulgar, irrespetuosa. Por lo menos el taciturno Ferdia estaba comportándose como tocaba. Ni siquiera el rifirrafe con Seamus parecía haberlo alterado.

Se dirigieron hacia la parte delantera de la casa, caminando con dificultad por la nieve. Cuando doblaron la esquina, el viento los azotó, y Cara se subió la capucha y tiró de los cordones. Ferdia se arrimó a ella.

—¿A qué venía esa discusión con Seamus? —le preguntó mientras avanzaban.

—¿Qué discusión? —dijo él entre castañeteos de dientes.

—No te hagas el tonto, Ferdia. Estabais discutiendo aquí fuera. Os he oído.

—Es largo de contar.

—Ya me lo imagino.

—Y es algo entre él y yo. Nada importante.

—Ah, ¿no?

—Tal vez deberíamos concentrarnos en encontrar al asesino que merodea cerca de la ventana de tu cuarto, Cara.

El tonillo con que dijo esto último no le gustó a Cara, pero lo dejó correr. Por el momento.

Pasaron por delante de la puerta principal y se alejaron por el camino de entrada, buscando, intentando ver algo en el negror de la noche.

—Cara, lo siento, esto es imposible —exclamó Ferdia—. Vamos totalmente a ciegas.

—Tienes razón —contestó ella. Regresaron a la puerta principal.

—A lo mejor son imaginaciones tuyas. Tu cerebro te está jugando malas pasadas. Te hace creer que has visto el monstruo de debajo de la cama.

—Tal vez —respondió Cara, poco convencida, sin dejar de escrutar la oscuridad. La recorrió un escalofrío.

—Has tenido un día de mierda y estás agotada.

Cara miró a Ferdia. Escuchó sus palabras. Tal vez era verdad que lo que había visto era un mero producto de su fatigada imaginación. Quizá las voces exaltadas de Ferdia y Seamus habían llegado hasta sus oídos y habían perturbado su mente.

—Venga, hace un frío que pela. Volvamos dentro —dijo Ferdia.

Cara recorrió con la vista el largo de la fachada hasta su ventana. En vez de seguir a su amigo, se encaminó hacia allí.

—Ay, Cara —gimoteó Ferdia, pero echó a andar tras ella. Cuando Cara llegó a la altura de su habitación, se volvió hacia él.

—Alumbra aquí con tu teléfono, ¿quieres? —Señalo el suelo, al pie de la ventana. Él obedeció. Ambos miraron hacia abajo. Y allí, en el pequeño montículo de nieve, estaban las marcas inconfundibles, profundas y definidas de dos pisadas recientes.

17

—¿Conseguiste conciliar de nuevo el sueño anoche? —preguntó Ferdia, de pie frente a la encimera, pálido y con los ojos enrojecidos, como si hubiera pasado la noche en blanco.

—Me costó, pero sí —dijo Cara, poniéndose el anorak.

Sorcha, que se encontraba de rodillas en el suelo delante del fuego, untando mantequilla en unas tostadas, bajó el cuchillo y alzó la vista.

—¿Pasó algo? —inquirió, moviendo rápidamente los ojos de uno a otro.

—Anoche alguien estuvo fisgoneando por la ventana de Cara —dijo él con naturalidad. Sin embargo, Cara percibió un ligero deje de ansiedad en su voz. Sacudió la cabeza, irritada con Ferdia por no haber ido con más tacto para no alarmar a Sorcha.

—¿Había alguien rondando por ahí fuera anoche? —exclamó Sorcha, elevando el tono una octava—. ¿De verdad?

—A lo mejor me equivoqué... —titubeó Cara.

—No creo que las huellas que había bajo tu ventana aparecieran por arte de magia —dijo Ferdia.

—Ay, Señor —jadeó Sorcha.

—¡Ferdia! —saltó Cara. Él se limitó a encogerse de hombros. Sorcha se levantó. Alternó la mirada entre Ferdia y Cara.

—Tenemos que irnos —dijo de forma atropellada—. Voy a hacer las maletas y luego nos iremos de vuelta, de vuelta a casa, lejos de este sitio. No deberíamos haber venido.

—No hay manera de salir de la isla, querida —repuso Ferdia con desprecio.

—¡Tiene que haber alguna! Cara, seguro que hay un helicóptero de emergencias o algo así, ¿no? ¡No podemos quedarnos aquí esperando a que nos maten mientras dormimos!

—Por Dios, cálmate —dijo Ferdia.

Cara negó con un gesto.

—Lo siento, Sorcha, con este temporal, es demasiado peligroso viajar por aire o por mar.

—Pero si les explicas que hay alguien aquí que intenta matarnos…

—¿Quieres dejar de comportarte como el prototipo de mujer histérica? Nadie intenta matarnos —dijo Ferdia.

—No estoy histérica, Ferdia. ¡Estoy asustada con razón! ¿Cómo sabes que no intentan matarnos? ¿Quién estaba frente a la ventana? ¿Estaba buscando una manera de entrar para cargarse a otro de nosotros?

—Madre mía, ¡qué lástima que no empezara por ti!

—¡Ferdia! —espetó Cara—. No estás ayudando en absoluto. —Se volvió—. Sorcha, me temo que estaremos atrapados en la isla mientras dure la tormenta, pero pasará pronto.

—¿Cómo de pronto? —preguntó Ferdia. Aunque se mofaba de los temores de su esposa, disimulaba muy mal los suyos propios.

—Mañana, a última hora de la tarde. En Nochevieja. Eso dice el pronóstico oficial. —Cara contempló la nieve y el viento a través de la ventana. Le costaba imaginar que la situación fuera a cambiar tan deprisa.

—¡Eso es demasiado tiempo! Ferdy, quiero irme a casa ya. —Miró a su marido con los ojos llorosos. Por toda respuesta, él sacudió la cabeza. Ella se dirigió de nuevo a Cara—. A lo mejor alguno de los pescadores se atrevería a llevarnos. Podría preguntárselo…

—Seguramente tú y el pobre idiota al que lograras convencer acabaríais muertos. Y me parece que eso es justo lo que pretendes evitar, ¿no? Solo tienes que quedarte aquí, mantener las puertas cerradas con llave y no salir sola. Es lo mejor que podemos hacer ahora mismo.

—No parece gran cosa —replicó Sorcha, sorbiéndose la nariz.

La puerta de la cocina se abrió, provocando que Sorcha diera un respingo y Ferdia pusiera los ojos en blanco. Era Seamus. Como a los demás, se le veía más avejentado a la luz de la mañana. Lívido a pesar de su bronceado californiano y con bolsas oscuras bajo los ojos, tenía pinta de haber sumado pocas horas a las que había dormido la noche anterior en la casa.

—¿Tú también sabías lo del asesino? —preguntó Sorcha.

—¿Qué? —dijo Seamus, confundido y adormilado.

—¡Estuvo frente a la ventana de Cara anoche!

—Perdona…, ¿de qué va esto? —Seamus se volvió hacia Cara.

—Alguien (no tenemos idea de si era o no el asesino, Sorcha) estuvo merodeando alrededor de la casa anoche. Lo pillé mirándome, y había unas pisadas en la nieve al otro lado de mi ventana.

—Joder —dijo Seamus, pasándose los dedos por el cabello y ya despabilado del todo—. ¿En serio?

—Sí, me temo que sí.

—¿Estáis todos bien? —Seamus desplazó la mirada por los rostros de los presentes. Cara advirtió que no establecía contacto visual con Ferdia. Fuera cual fuese el motivo de la discusión de la víspera, esta aún coleaba, si bien había quedado eclipsada por sucesos más preocupantes.

—No, no estoy bien —gimió Sorcha—. ¡Solo quiero irme a casa! —Seamus se le acercó y la estrechó en un abrazo, acariciándole el cabello con delicadeza.

—Todo saldrá bien —le aseguró con voz suave—. Todo saldrá bien.

Sin dejar de abrazar a la alterada Sorcha, se volvió hacia Cara.

—¿Por qué te has puesto la chaqueta?

—Voy a salir para reconstruir los pasos de Maura. Y quiero visitar a Patrick Kelly para preguntarle por qué se comportó de un modo tan extraño.

—No puedes ir sola, y menos si vas a hablar con ese tío.

—No me pasará nada.

—Anoche alguien te espió por la ventana y han asesinado a una de nuestras amigas hace menos de cuarenta y ocho horas. No puedes estar segura de que no te pasará nada. Deja que desayune algo y te acompaño.

—No hace falta, Seamus.

—Siento discrepar.

—¿Podríais llevaros también a su alteza? —dijo Ferdia, señalando a Sorcha con la cabeza—. Yo iré a pie a Kilronan. Tengo que hacer algunas llamadas de trabajo y necesito usar el wifi de Derrane's, así que, lamentablemente, no estaré aquí para impedir que el asesino isleño la mate.

—Por Dios, no me dejéis aquí sola. —Sorcha le lanzó una mirada suplicante a Cara.

—Está bien, de acuerdo, podéis acompañarme los dos.

—Entonces ¿qué se supone que estamos haciendo? —preguntó Seamus, dando palmadas para calentarse las manos enguantadas—. Y, ¿podéis recordarme por qué vamos andando?

Aunque la ventisca se había tomado un respiro, no era tarea fácil avanzar a través de la gruesa capa de nieve. El viento levantaba copos sueltos, finos como motas de polvo, que danzaban en el aire. Cara se encasquetó el gorro lanudo. Dado que los escasos vehículos de la isla no circulaban, y las comodidades modernas como las quitanieves —Cara se rio solo de imaginarlo— brillaban por su ausencia, las carreteras seguían convertidas en un mar blanco que llegaba hasta la rodilla. En las zonas donde el viento se había abierto camino, la nieve estaba desviada hacia un lado, y los ventisqueros inclinados formaban pistas de esquí en miniatura. En algunos puntos a lo largo de la carretera, detrás de los muros, se alzaban monumentos mortuorios, pequeñas columnas de piedra coronadas con cruces sencillas, y en aquellos momentos solo se alcanzaba a ver la mitad superior. Las espinosas ramas de brezo de los setos asomaban por encima de los montones de nieve, lo que permitía intuir dónde estaban los límites ocultos de los campos.

—Vamos a reconstruir sus pasos…, o al menos los que creo que fueron sus pasos. Y no hemos cogido el coche porque quiero inspeccionar bien el camino, ¿vale?

Seamus y Sorcha asintieron.

—Daithí la vio hacia las diez y media de la mañana, cuando pasó en bici por delante del pub —dijo Cara. Los pies se le hundían con cada paso—. Se acercó a mi casa y habló con mi *mamó* alrededor de las once. Daithí y yo fuimos a su casa ayer y vimos que su bicicleta estaba ahí, lo que parece indicar que consiguió regresar. Creo que tal vez el asesino la alcanzó allí. —Se volvió hacia la masa de nieve que tenía al lado. Hizo un agujero en ella con el dedo y miró a Seamus y Sorcha—. Derrane's —dijo. Acto seguido, trazó una raya y luego otro punto—. La casa de Maura. El trayecto es bastante recto. Quería recorrerlo por si algo captara mi atención por el camino. Llamar a la puerta de las casas que me encontrara para preguntar si alguien la había visto, y otras cosas por el estilo, con la esperanza de arrojar un poco de luz sobre el asunto. —A continuación, hizo otro agujero a cierta distancia del segundo.

—¿Y eso qué representa?

—La casa de Patrick Kelly —dijo Cara, reanudando la penosa marcha por la nieve. Los otros dos la siguieron.

—¿Patrick Kelly? No te referirás a Paddy Kelly, ese hombre tan nefasto que vivía en una chabola no muy lejos de mi casa, ¿verdad? —dijo Seamus.

A Cara a veces se le olvidaba que Seamus se había marchado de la isla hacía mucho tiempo. Para ella, su amigo formaba una parte tan intrínseca del ADN de Inis Mór que le costaba recordar que se había mudado a otra parte y la vida había seguido sin él. El aturullado Patrick Kelly que había estado a punto de atropellar el día anterior era un chiquillo de unos once años cuando Seamus había partido hacia Estados Unidos.

Negó con la cabeza.

—Es el hijo de Paddy Kelly.

—Ah, ¿ese pobre chaval cuya madre lo abandonó? —dijo Sorcha, apretando el paso para alcanzarla—. Ese tan rarito ¿no?

—Sí, ese. Ya no es tan pequeño.

—¿Sigue siendo raro?

—Sí, un poco, supongo.

—¿Por qué quieres hablar con él? —preguntó Seamus, que caminaba por detrás de las otras dos, pues la nieve a ambos lados de la carretera había estrechado esta.

Cara le refirió su avistamiento de la figura en el borde del acantilado y el posterior encuentro en medio de la calzada. Seamus se paró en seco. Ella volvió la vista hacia él.

—¿Por qué no me lo habías contado antes? Parece la hostia de sospechoso, ¿no?

Sorcha también clavó la vista en ella.

—Desde luego. En esto estoy con Seamus.

Cara echó a andar de nuevo.

—¿No? —insistió su amigo, situándose a su lado.

—Procuro mantener una actitud abierta.

—¡Y las puertas cerradas, espero! La casa de los Kelly no está tan lejos de la nuestra.

Cara guardó silencio. Intentaba no prejuzgar a nadie ni sacar conclusiones precipitadas. El hecho de que alguien fuera un poco extraño no lo situaba automáticamente en el primer puesto de la lista de sospechosos.

—Ya veremos lo peligroso que nos parece después de hacerle algunas preguntas. Venga, no nos entretengamos más, o moriremos congelados.

18

Enfilaron Cottage Road para salir del pueblo en dirección al centro de la isla. En todo momento, Cara intentaba imaginar por dónde había ido Maura, qué había visto, qué pistas podía haber dejado. Sin embargo, el terreno de aquella isla era demasiado yermo y monótono, salvo por las ruinas dispersas por su geografía. Por lo demás, solo había un sinnúmero de muros de piedra caliza. Por otro lado, incluso aunque Maura hubiera dejado algún rastro, la nieve guardaba sus secretos.

Llegaron frente a una hilera de casas apiñadas.

—Voy a llamar aquí, para preguntar si alguien vio algo.

—Yo te espero frente a la verja, si no te importa —dijo Sorcha—. Aquí vive la señora Joyce, y nunca he sido muy fan suya.

—Tranquila. Será solo un momento.

Cara se acercó por el sendero y golpeó con los nudillos. Seamus la siguió hasta la mitad del camino, volviendo de vez en cuando la vista atrás hacia Sorcha.

La puerta se abrió unos centímetros, con recelo.

—Buenos días, señora Joyce. Siento molestarla —empezó a decir Cara. La puerta no se abrió más. El hocico de un perro diminuto y ansioso emitía ladridos y ronquidos agudos a través de la pequeña rendija. Sus patitas repiqueteaban y arañaban las baldosas del recibidor en su empeño por abalanzarse hacia ella—. Solo quería pedirle un poco de colaboración en un asunto —añadió, elevando la voz por encima de los ruidos del animal.

—Hace demasiado frío, sargento. Vuelva cuando el tiempo mejore.

La puerta empezó a cerrarse.

—Hola, señora Joyce. —La voz de Seamus sonó a la espalda de Cara. Se acercó trotando hasta detenerse tras ella. El rostro reapareció. Seamus se asomó por detrás de Cara y le sonrió a la mujer—. ¿Qué tal, señora Joyce? Estoy acompañando a la sargento Folan para hablar con algunos vecinos.

—¡Seamie Flaherty! ¿Eres tú? —La puerta se abrió del todo. La señora Joyce se agachó para recoger a su furibundo can. Con la mano libre, se alisó el tweed verde musgo de su falda. Sus pálidas mejillas se ruborizaron ligeramente. Se apartó unos mechones sueltos y encanecidos de la frente con los dedos. Le dedicó una amplia sonrisa a Seamus mientras el chucho luchaba como una fiera por soltarse de sus brazos.

Seamus se atrevió a acariciarlo.

—El mismo, señora Joyce. —El perrillo quiso propinarle una dentellada en el dedo.

—¿Y cómo te va? ¡No sabía que habías vuelto! ¿Qué tal Hollywood?

—No tiene ni punto de comparación con Inis Mór.

—¡Y yo que me lo creo, con todas las grandes estrellas con las que te debes de codear! Seguro que es de lo más emocionante. —La señora Joyce soltó una risita aniñada.

—Quería preguntarle… —lo intentó de nuevo Cara, pero solo obtuvo una irritada mirada de reojo.

—Señora Joyce —dijo Seamus, fijando los ojos en los de Cara—, ¿me permite preguntarle si por casualidad vio a Maura Conneely pasar por aquí en bicicleta el miércoles por la mañana? La nevada empezó esa tarde.

—Hummm —dijo la mujer, frunciendo los labios y alzando la mirada—. Deja que piense.

Con los ojos en blanco y los brazos cruzados, Cara le volvió la espalda a medias.

—No… No, lo siento. Me parece que no la vi.

—¿Notó algo fuera de lo normal esa mañana? ¿Pasó por aquí alguien a quien no conociera?

La señora Joyce sacudió la cabeza.

—Me temo que no.

—No se preocupe, señora Joyce —dijo Seamus—. Salude a Proinsias de nuestra parte.

—Así lo haré —aseguró ella, desplegando otra sonrisa radiante—. Me he alegrado mucho de verte.

Agitando la mano a modo de despedida, Seamus y Cara se alejaron por el camino de entrada.

A continuación, los tres pasaron a la siguiente casa. Sorcha volvió a quedarse esperando en la verja, y esta vez Seamus no se detuvo a medio camino, sino que acompañó a Cara hasta la puerta. Se desarrolló una escena similar al encuentro con la señora Joyce. Y lo mismo ocurrió en la visita siguiente.

Frente a la casa de Cáit Óg O'Riordan, Cara llamó a la puerta.

—Sargento Flaherty —dijo—, dejo esto en sus manos.

—Es solo por la fama, Cara. Me ven como al chico isleño que ha triunfado fuera. Sabes que no hay más.

—Seamus, no seas condescendiente. Si hubiera venido sola, nadie me abriría la puerta. Contigo no tendrían problema, aunque no fueras famoso. Tranquilo, ya estoy acostumbrada.

—Siento oír eso. No deberías.

Ella se encogió de hombros.

La puerta se abrió.

—Buenos días, señora O'Riordan. Estoy recabando información entre los vecinos. Necesito hacerle un par de preguntas. —Para su gran sorpresa, la puerta permaneció abierta—. ¿Recuerda si vio pasar a Maura Conneely por aquí el miércoles por la mañana? Seguramente iba en bicicleta.

—Sí que la vi —respondió Cáit Óg, sujetando la puerta sin abrirla del todo—. Andaba en esa bici suya, como alma que lleva el diablo.

—¿Podría darme más detalles?

—¿Como qué? Estaba limpiando el salón, como todos los miércoles, cuando pasó pedaleando. La había visto montar a menudo en bici, así que no me extrañó.

—¿Se fijó en si había alguien más por los alrededores?

—Como se estaba formando la tormenta, no había nadie más

fuera —dijo en un tono que dejaba claro lo tonta que le parecía la pregunta—. ¿Por qué lo pregunta? ¿Le ha pasado algo a Maura?

—Ahora mismo no me está permitido decírselo.

—Ah, ¿sí? No le está permitido, ya. —Pronunció «permitido» a regañadientes, como si fuera la palabrota más ofensiva del mundo. En ese momento reparó en la presencia de Seamus.

—No me diga que ese es Seamus Flaherty. —Lo estudió con detenimiento, buscando confirmación bajo el gorro y la bufanda.

—Hola, Cáit. Pues sí, soy yo. —La obsequió con su sonrisa más deslumbrante.

—Pues tu casa está hecha un auténtico desastre. Ahora que has vuelto, ¿piensas hacer algo al respecto? Hace daño a la vista.

—Ah, ya. Lo siento. Sí, voy a arreglar…

—Muy bien, gracias, señora O'Riordan —dijo Cara, dirigiéndole una mueca sutil a Seamus—. Si le viene algo a la memo… —La puerta se le cerró en las narices antes de que terminara la frase.

Sacudiendo la cabeza y sacudiéndose la desazón, como de costumbre, Cara regresó por el camino, seguida por Seamus. Los tres continuaron su trayecto hacia el norte, caminando por el medio de la carretera, donde, debido al peralte, la capa de nieve era un poco menos profunda.

—Siento que tengas que aguantar eso —dijo de nuevo Seamus, encorvado para protegerse del frío. Cara contempló como el vapor de su aliento se disipaba en el aire.

—¿Tan bordes han estado todos con Cara? —preguntó Sorcha.

—Un poquito —dijo Seamus.

—Como te he dicho —murmuró ella—, ya me he acostumbrado.

—Pero no está bien.

—Ya lo sé… A veces pienso que el problema no es que sea forastera, sino una forastera que se casó con Cillian y se lo llevó de aquí, primero a Galway y luego… Si crees que tú eres popular, acuérdate de cómo adoraban a tu hermano.

—Pero ¿cómo pueden responsabilizarte de lo que pasó? —dijo Sorcha—. Eso no tiene sentido.

—Ya —dijo Seamus—. Si quieren culpar a alguien, deberían culparme a mí. Yo era el que estaba ahí esa noche.

—No le busques la lógica.

Continuaron andando hasta que los gritos y chillidos de diversión de unos niños llegaron hasta sus oídos. Doblaron la esquina allí donde la carretera pasaba por delante del patio anterior de Cara. Abrigados de la cabeza a los pies con gorros, guantes, bufandas y lo que parecían más gorros, guantes y bufandas, Saoirse y Cathal estaban en el jardín construyendo un muñeco de nieve bajo la atenta vigilancia de Mamó.

Cathal fue el primero en verla.

—¡Mamá! —Agitó un guante recubierto de nieve a modo de saludo.

—Hola, cariño. ¡Hola, Saoirse! —Cara se dirigió hacia Mamó, que estaba a la orilla del jardín, viendo jugar a los niños. La abrazó, se giró hacia Seamus y Sorcha, y les hizo señas para que se acercaran.

—Mamó, mira quiénes han venido.

Sorcha le sonrió a la anciana, agitando ligeramente la mano. Seamus dio un paso al frente, tendiendo la suya.

—Áine, dichosos los ojos.

La mujer le estrechó la mano.

—Me parece que la última vez que te vimos fue como una semana después del funeral. Aparte de en la tele, claro.

Se volvió hacia Sorcha y abrió los brazos.

—Sorcha McDonough, qué gusto verte, querida. Te veo más guapa que nunca.

—Ay, gracias, Mamó.

—No deberías dejar pasar tanto tiempo sin venir.

—Lo sé, lo sé.

—Bueno, ¿y cómo os trata la vida a los dos?

—No me quejo —dijo Sorcha.

—Yo tampoco —dijo Seamus.

—Qué horror lo de la pobre Maura. —Mamó sacudió la cabeza con el entrecejo arrugado—. Supongo que hacía mucho que no la veíais, ¿no?

Seamus se quedó callado unos instantes.

—Así es, pero no deja de ser terrible. Ella y yo estuvimos muy unidos en su día.

—Es verdad —dijo Mamó.

—Seamus —dijo Cara—, ven a saludar a los niños. Notarás que han cambiado un poquito. Sorcha, ¿vienes también?

Cara los guio hasta donde estaban los chicos y procedió a hacer las presentaciones. Mientras Cathal y Saoirse los liaban para que ayudaran con los muñecos de nieve, Cara regresó junto a Mamó. Se quedó un rato contemplando cómo reían y bromeaban Seamus, Sorcha y los críos.

—¿Cómo están los ánimos en la casa de los Flaherty? —preguntó Mamó.

—Un poco exaltados.

—Me lo imagino. ¿Y tú cómo lo llevas? —Mamó alargó la mano para apartarle un mechón color caoba de la sonrosada mejilla y acomodárselo detrás de la oreja. Luego le bajó el borde del gorro de lana rojo para taparle mejor las orejas. Cara le sonrió a su abuela.

—Pues lo mejor posible, qué remedio. Estoy investigando.

—Ten cuidado.

—Lo tendré, no te preocupes.

Cara vio a Saoirse encajar una zanahoria en la cabeza del muñeco de nieve, con la punta hacia dentro. Oyó a Cathal soltar una carcajada y criticar con buen humor su forma poco convencional de colocarle la nariz. Riéndose, Seamus ajustó la bufanda al cuello del muñeco. Madra, la gata, los observaba a todos desde la seguridad de la ventana del salón. Sorcha le dirigió una sonrisa a Cara. Señalando a Saoirse, dijo «¡miniyó!» sin voz, solo moviendo los labios. Su amiga asintió, risueña, y levantó el pulgar.

—¿Os habéis apañado bien sin luz? —preguntó Cara.

—Perfectamente. Como recordarás, en otras épocas ni siquiera había electricidad en esta isla.

—¿Habéis echado llave a las puertas?

—Sí, y no hemos visto nada raro. No te preocupes. Además, Maurice y Conor han estado con nosotros. Se quedarán durante todo el tiempo que haga falta. Y, aunque yo tenga setenta y ocho años, soy una isleña. Estoy hecha de otra pasta. Soy una abuela dura de pelar, como creo que diría esa chica, Courtney.

—Lo diría, y lo eres.

—Quédate en la casa de los Flaherty todo el tiempo que necesites. Yo me ocuparé de todo aquí.

—No sé... Alguien que ha hecho algo monstruoso anda suelto por ahí. No me gusta la idea de que los niños y tú estéis aquí solos, incluso con Maurice y Conor.

—Conor es un hombretón, un pescador curtido. Me siento tranquila con él por aquí.

—Lo siento, Mamó, no puedo evitar preocuparme.

—Cielo, lo entiendo perfectamente.

—Creo que deberíamos ir tirando.

—Está bien. Te deseo mucha suerte. Espero de verdad que consigas resolver esto.

Cara se despidió con un gesto de sus hijos y se agachó para esquivar la bola de nieve que le lanzó Cathal con una risita.

—Vamos, Seamus, Sorcha —dijo, llamando en voz muy alta a sus dos amigos sonrientes y de mejillas coloradas.

Seamus saludó con la mano a sus sobrinos y echó a correr para reunirse con Cara, que aguardaba al final del camino de entrada. Sorcha se desvió para darle un abrazo de despedida a Mamó antes de alcanzarlos. Reemprendieron la marcha y enfilaron de nuevo la carretera que cruzaba el centro de la isla. Eran cerca de las once de la mañana y las temperaturas, en vez de subir, bajaban conforme se acercaba el mediodía. Cuando llegaron a la casa de Maura, las nubes empezaban a combarse bajo el peso de las inminentes precipitaciones.

Sorcha se detuvo a contemplar la casa vacía. Los ojos se le llenaron de lágrimas. Seamus la abrazó por los hombros y la atrajo hacia sí.

—Oh, es tan..., tan... —Sorcha no fue capaz de terminar la frase. Cara los miró.

—Lo sé. Y por eso voy a averiguar quién ha hecho esto. Por ella.

Su amiga asintió, sorbiéndose la nariz. Se frotó los ojos.

—Esperadme aquí. No hace falta que os acerquéis más, solo

voy a echar un vistazo rápido. Ayer vine con Daithí, simplemente quiero asegurarme de que no hayamos pasado algo por alto.

Cara rodeó el edificio comprobando las puertas y ventanas. Al llegar a la parte trasera, examinó con más detenimiento la bicicleta, que seguía apoyada contra la pared. Aunque había nevado después de su visita del día anterior, advirtió que la cesta aún estaba vacía. No vio ninguna otra cosa fuera de lo común en ella. Se volvió hacia la puerta de atrás, avanzó unos pasos y se detuvo.

Regresó a toda prisa a la parte delantera de la casa y llamó a los otros dos.

—¿Qué pasa? —preguntó Seamus.

Cara le indicó con un gesto que la siguiera alrededor de la casa. Señaló la puerta trasera. Estaba abierta.

—Alguien ha estado aquí.

19

—No os separéis, ¿de acuerdo?

—¿Qué ocurre? —dijo Seamus.

—No lo sé, pero alguien ha forzado la cerradura después de que yo estuviera aquí ayer. Quedaos donde pueda veros a los dos.

Cara abrió la puerta empujándola con el codo. El corazón le latía con fuerza en el pecho. Seamus la asió del brazo, y ella se dio la vuelta.

—¿Qué haces? —inquirió él con los ojos desorbitados.

—Quiero investigar qué ha pasado aquí. —Bajó la vista hacia la mano de su amigo, que seguía aferrándola.

—Perdona —dijo él, soltándola—. Me has asustado. Pero no entres. Podría haber alguien peligroso dentro, ¿no?

—No lo sabremos si no echamos un vistazo. —Dio un paso hacia dentro, pero, al igual que el día anterior, se quedó donde el felpudo en la parte interior de la puerta.

—¿Qué ves? —preguntó Sorcha.

Cara inspeccionó toda el área de la vivienda que se abarcaba desde donde estaba. No cabía duda de que alguien había entrado allí. Aunque el sitio no se encontraba patas arriba, apreciaba varios cambios. Los libros no estaban bien alineados en la estantería. Los cojines aparecían tirados de cualquier manera sobre el sofá. Alcanzaba a ver una parte del pasillo y advirtió que la puerta del dormitorio estaba abierta. El día anterior estaba cerrada.

—Alguien ha registrado la casa.

—¿Hay alguna señal de que sigan aquí? —Seamus intentó mirar al interior desde detrás de ella.

—No lo sé. —Cara se volvió hacia él—. ¿Qué tal si das una vuelta rápida alrededor del edificio y miras por las ventanas por si ves a alguien? Sorcha y yo te esperamos aquí.

—Vale. —Giró sobre los talones y comenzó a caminar por el perímetro de la casa, acercándose a las ventanas con las manos en torno a los ojos para dirigir la vista al interior.

Cara miró a su izquierda. Allí, sobre el alféizar, se encontraba todavía la bola de nieve, encima del montón de periódicos y cartas. Como tenía los guantes mojados, no la tocó. Contempló las figuras de las dos risueñas amigas, aliviada de que no les hubiera pasado nada. Fijó la mirada en ella otra vez. De nuevo la asaltó la sensación de que Maura la había colocado allí para intentar decirle algo. Le había dejado un mensaje que no podía enviarle por el móvil. Sin embargo, no tenía idea de cómo interpretarlo.

Seamus se acercó trotando tras completar la vuelta a la casa.

—Nada. Diría que está vacía.

—Entonces quienquiera que haya entrado se ha ido.

—¿Y qué hacía aquí?

—Sospecho que intentar encontrar el paquete.

—¿Qué paquete? —preguntó Sorcha.

—Me parece que dormías cuando salió el tema —dijo Seamus.

—Maura le mostró a Mamó un paquete misterioso que la tenía preocupada —explicó Cara.

—¿Crees que eso es lo que buscaba el intruso? —dijo Seamus.

—Sí. Eso me imagino. A ver, yo lo estoy buscando. Quiero saber qué es. Para Maura era importante que yo lo viera. Así que no me sorprendería que fuera algo que alguien *no* quiere que vea.

—A lo mejor ya lo tienen. —Seamus recorrió la sala con la mirada por encima del hombro de Cara.

—Creo que se han marchado con las manos vacías.

—¿Qué te hace pensar eso?

Cara señaló una maceta rota a pocos metros de distancia, cerca de una planta desarraigada. La tierra desparramada se entremezclaba con los fragmentos de cerámica de color naranja vivo.

El tiesto siempre había estado en el suelo. Era imposible que se hubiera caído y hecho añicos por accidente. ¿Y si el intruso, llevado por la frustración, le había propinado una patada al salir de la casa?

—Puede que me equivoque, pero me da la impresión de que alguien salió de aquí en un estado de irritación. Creo que el paquete sigue por ahí.

Reanudaron el camino, más callados que antes. El fantasma de Maura los seguía mientras dejaban atrás su casita. Seamus, con los puños metidos en los bolsillos y la cabeza agachada para resguardarse del frío, fue el primero en romper el silencio.

—¿Quién ha sido, Cara? ¿Tienes alguna idea?

Ella negó con un gesto.

—Ni la más remota. Si hablamos de estadísticas, la mayoría de las mujeres asesinadas son víctimas de su pareja.

—Entonces ¿quién era su hombre misterioso? Es algo que tendrías que averiguar, ¿no?

—Eso ayudaría, sí. Pero no estoy segura de que fuera alguien de la isla. Por lo visto, ella se desplazaba a menudo a tierra firme.

—¿Por qué nunca te reveló quién era? —preguntó Sorcha, entornando los párpados—. Si estabais tan unidas y todo eso…

Cara le sostuvo la mirada a Sorcha. El deje de resentimiento hacia Maura seguía ahí.

—Sorcha, por favor, no empieces otra vez.

La aludida alzó las manos enguantadas.

—No iba con segundas, de verdad. Es pura curiosidad. Ella te lo contaba todo. ¿Por qué te ocultaba lo de ese tío?

—Supongo que había algo en él que me habría producido rechazo. Es la única explicación que se me ocurre. No lo mencioné el otro día, pero ella me había comentado que estaba pensando en dejarlo. Había descubierto algunas cosas de él que no le gustaban.

—¿Iba a cortar? —inquirió Sorcha.

—Eso me dijo la semana pasada. Creía que la relación no iba a funcionar. Pero no sé, a lo mejor cambió de idea.

—Me pregunto qué fue lo que descubrió —dijo Seamus—. Tal vez no era buena persona, lo que encajaría con que quisiera hacerle daño.

—Bien visto.

Se detuvieron un momento, y Cara tendió la vista sobre los campos. La pequeña y desvencijada autocaravana de Patrick Kelly se divisaba a lo lejos. Seamus siguió la dirección de su mirada.

—Aunque también está ese majara, claro. A lo mejor iba puesto hasta las cejas de algo y la atacó, ¿no?

—No lo llames así, ¿vale? Es una persona vulnerable —replicó Cara.

—Como quieras. Pero si agredió a Maura, me da igual lo vulnerable que sea.

Sin decir nada, Cara prosiguió el penoso avance por la nieve. Siguieron la carretera en su suave descenso, con el embravecido mar gris a su izquierda. La casa de los Flaherty se vislumbraba apenas, no mucho más lejos que la de los Kelly.

Se detuvieron frente a esta. Crecía hiedra en las rajas de las ventanas. El musgo asomaba entre la nieve que cubría lo que quedaba del tejado. Unas pocas ovejas que habían escapado del prado vecino se guarecían en lo que en otro tiempo había sido la cocina. Hacía mucho tiempo que nadie vivía en aquel esqueleto de hogar familiar con el techo hundido. Solo quedaba Patrick, que había preferido la reducida y desvencijada autocaravana verde y blanca aparcada al fondo del jardín. Las ramas, desnudas en invierno, de un árbol raquítico, torcido y fulminado por las incesantes tormentas, se cernían sobre la caravana como una mano huesuda y posesiva.

—¿Queréis ir regresando a la casa? Estamos cerca y hace mucho frío. Me parece que los dos os estáis congelando.

—No quiero que vayas a hablar con ese tío tú sola. Podría ser peligroso. Tal vez fue él quien entró por la fuerza en casa de Maura.

—Ah, lo dudo mucho, Seamus. A mí no me preocupa tanto. Solo creo que tal vez vio algo.

Seamus miró a Sorcha.

—Creo que nos quedaremos. ¿Te parece bien, Sorcha? No quiero dejar a Cara sola, diga lo que diga.

—A mí, mientras no me dejéis sola, me da igual —dijo Sorcha.

—Está bien —dijo Cara—, pero quedaos detrás de mí y procurad no asustarlo. Creo que una comitiva le resultará un poco intimidante.

—Estaremos calladitos como ratones, ¿a que sí, Sorcha?

—Por supuesto —susurró ella.

—Muy bien. Vamos allá, pues.

Cara los guio más allá de la fachada de la casa, cuyo enlucido color crema tenía grietas y desconchones que dejaban al descubierto los bloques de cemento que había debajo. Siguieron un sendero marcado en la nieve hasta la puerta de la autocaravana.

Cara se inclinó hacia delante y llamó. Seamus y Sorcha guardaron las distancias.

Un rostro apareció tras la pequeña y mugrienta ventana de la caravana tras apartar el raído y amarillento visillo de encaje, y se quedó mirándola.

Cara llamó de nuevo y la puerta se abrió ligeramente.

—Buenos días, Patrick. Soy yo, la sargento Folan. Me gustaría charlar un momento contigo sobre lo que pasó ayer.

—¿Ayer? —dijo una vocecilla desde detrás de la puerta.

—Sí, estuve a punto de atropellarte, ¿no te acuerdas?

La puerta se abrió unos centímetros más. Cara pudo ver el rostro pálido del hombre. Parecía confundido.

—Estabas en mitad de la carretera. Tuve que frenar con un chirrido y todo... ¿Te suena? ¿Podrías abrir un poco más la puerta, por favor? —Patrick obedeció. Pese a que estaba bajo techo, llevaba puesto un largo abrigo negro de lana que había conocido tiempos mejores. A Cara no le habría sorprendido que hubiera pertenecido al padre de Patrick. Tenía el cabello negro y lacio, y daba la impresión de habérselo cortado él mismo. A juzgar por lo poco que Cara alcanzaba a vislumbrar del interior de su casa, se encontraba hecha un desastre. Por otro lado, el olor que emanaba no era muy prometedor.

—Seguramente no se acuerda porque estaba fumado —masculló Seamus en voz lo bastante alta para que Cara lo oyera y para que Patrick abriera del todo la puerta con brusquedad y asomara la cabeza por el vano pequeño y curvo. Al ver a Seamus, clavó en él los ojos con una expresión tan intensa que inquietó a Cara. Su amigo retrocedió un paso y la miró de reojo.

Sorcha se colocó detrás de Seamus y le dirigió una mirada nerviosa a la sargento.

—Cara… —dijo. La aludida negó con la cabeza.

Patrick salió de la autocaravana y, esquivando a Cara, se fue directo hacia Seamus. Sorcha se apartó a toda prisa y corrió a situarse al lado de su amiga. Patrick no le prestó la menor atención. Solo tenía ojos para Seamus. Le sacaba una cabeza, y aunque su complexión escuálida no era comparable con la figura de Seamus, moldeada en gimnasios californianos, Patrick despedía una energía poderosa. Cara advirtió que Seamus se encogía perceptiblemente.

—Te vi —dijo Patrick, sin despegar la vista de Seamus y elevando la voz con cada palabra y cada paso que daba hacia él, rociándolo con gotas de saliva. Le temblaba todo el cuerpo con una rabia que le nacía en la punta de los pies y lo recorría hasta la cabeza. Cara notaba que las oleadas lo envolvían y se propagaban hacia el exterior en una onda expansiva de furia. Patrick Kelly le hincó el dedo en el pecho a Seamus—. Te vi. ¡Sé lo que hiciste! —Le propinó otro empujón con el dedo. Seamus dio otro paso atrás.

—¿De qué hablas? —Lanzó una mirada fugaz a Cara y Sorcha antes de posarla de nuevo en su acusador. Alzó las manos como para defenderse—. No he hecho nada.

—¡Yo te vi! —espetó Patrick—. ¿Cómo pudiste? ¿Cómo pudiste hacerle eso a la señorita Conneely?

20

—¡Eh, no me toques, tío! —exclamó Seamus, reculando, sacando pecho y apretando los puños, preparado para contra-atacar—. No tengo idea de qué estás diciendo.

—Patrick, déjalo —ordenó Cara, interponiéndose entre los dos hombres enfurecidos. Patrick la empujó para apartarla y se abalanzó sobre Seamus.

Como lo pilló a contrapié, no le costó derribarlo, y se puso encima de él, lanzando puñetazos a diestro y siniestro. Sorcha soltó un grito de espanto.

—Te vi, te vi, hijo de puta —chilló el joven mientras rodaban por el suelo hechos una maraña de brazos y piernas, Patrick intentando conectar un golpe y Seamus tratando de impedírselo.

—¡Basta! —bramó Cara. Saltó sobre la espalda de Patrick, le agarró un brazo y se lo torció hacia atrás. Él profirió un grito de dolor, y Seamus aprovechó para quitárselo de encima con un empujón que ocasionó que Cara y Patrick, con los brazos sujetos por ella, cayeran hacia un lado. Seamus se puso en pie de un salto, jadeando, sin aliento. Se le había movido el gorro de lana, y tenía el cabello mojado por el contacto con el suelo. Sorcha, asustada, lo asió del brazo y tiró de él hacia atrás. Él se quitó la nieve de la ropa, dándose palmaditas en la chaqueta y el pantalón, pero sin despegar la mirada recelosa de su agresor. Este forcejeaba por zafarse de Cara, pero ella lo aferraba con firmeza—. ¡TRANQUILO! —le rugió a Patrick—. No pienso soltarte hasta que te calmes.

—¡Está loco! —jadeó Seamus con las mejillas enrojecidas por el esfuerzo y el frío—. ¡Como una cabra! ¡Yo no tuve nada que ver con eso!

Patrick trató de desembarazarse de Cara otra vez y, al no conseguirlo, ella notó que aflojaba los músculos. Sin embargo, aún veía la ira que ardía en sus ojos.

—Si me prometes que no volverás a atacar al señor Flaherty, dejaré que te levantes.

Patrick permaneció callado.

—O puedo llevarte a comisaría y acusarte de agresión. ¿Prefieres eso?

—No —masculló.

—Voy a soltarte. No intentes nada raro. —Cara le liberó los brazos, se enderezó y se puso en pie. Sentía que la nieve húmeda y glacial le traspasaba la ropa. Se le puso la carne de gallina debajo. Patrick se levantó, frotándose el hombro. Seamus retrocedió otro paso.

—¿Qué sucede, Patrick? ¿Qué es lo que crees haber visto? —preguntó Cara. Seamus le lanzó una mirada iracunda.

—¿Qué? —barboteó—. ¿Te lo estás tomando en serio?

—Seamus, dame un momento, por favor. —Cara alzó la palma hacia él, sin apartar su atención del joven airado—. Patrick, te escucho…

—Vi a este tío —dijo Patrick, repitiendo su mantra— con una mujer en el pueblo.

Cara y Seamus se miraron con el ceño fruncido. Sorcha se arrimó a su amiga, con idéntica expresión de desconcierto.

—¿De qué habla? —le susurró a Cara al oído.

—¿Qué? —le preguntó Cara a Patrick.

Este dirigió la vista hacia ella, irritado.

—Una mujer que no era la señorita Conneely —dijo Patrick despacio, como explicándole algo a un tonto—. Los vi besarse. —Clavó los ojos en Seamus—. A lo mejor la señorita Conneely no lo sabe, pero se lo diré cuando me encuentre con ella.

Cara le posó la mano en el brazo para recordarle que se controlara.

—¡Se lo diré! ¡No pueden impedírmelo!

—Patrick —dijo Cara con lentitud y serenidad—, lo que Seamus haga en su vida privada no le concierne a la señorita Conneely.

—¡No tengo vida privada! —exclamó Seamus—. No he besado a nadie en el pueblo, ¿de qué hablas? Ya te he dicho que está pirado, Cara.

—Mentiroso —escupió Patrick.

Cara contempló al grupo. Patrick se esforzaba por no arremeter de nuevo contra Seamus. Seamus miraba al muchacho con hostilidad mientras se frotaba el brazo dolorido. Sorcha le acariciaba la espalda con delicadeza.

—¿Qué viste, Patrick?

—¿De verdad, Cara? —dijo Seamus indignado—. ¡No le hagas caso a este zumbado! —Cara volvió a alzar la mano abierta para acallarlo y fijó la vista en Patrick.

—Continúa, Patrick —le indicó.

—Vi a este tío —dijo, señalando a Seamus— en Derrane's, con una chica y con un grupito, y se los veía muy acaramelados. ¡Los vi besarse, ahí mismo, en el pub!

—¿Los acompañaba un hombre con barba y gorra de béisbol?

Patrick la miró, sorprendido.

—Sí.

—¿Y la chica era pelirroja, como yo, pero estaba bronceada, como Seamus? ¿Era muy delgada y muy guapa?

—Sí —contestó Patrick, bajando el tono.

Cara se volvió hacia Seamus.

—Me parece que ya sé lo que pasa. Creo que se refiere a Aiden, el actor que hace de ti. Me fijé en que Lexi y él iban de la mano cuando nos presentaron. No le di mayor importancia en el momento. Pero es clavado a ti. Sería un error comprensible.

—¡Ah! —dijo Seamus—. ¡Claro! —Se encorvó al notar que la tensión abandonaba su cuerpo. Cara se dirigió a Patrick.

—Creo que lo que pasó es que viste a un actor que se le parece mucho, pero mucho, y que estaba con su novia. Ha venido un equipo de rodaje para filmar una peli sobre el libro de Seamus. Seguro que lo confundiste con ese otro.

—¿Un actor?

—Sí, y te aseguro que es el doble de Seamus. No me extrañaría que cualquiera cometiera esa equivocación.

—Pero ¿por qué pensabas que Maura y yo estábamos juntos? —le preguntó Seamus al muchacho—. ¿Creías que estaba poniéndole los cuernos o qué?

Patrick se quedó mirándolo en silencio.

Cara se acercó a Seamus y Sorcha y se los llevó aparte para que el joven no los oyera.

—Escuchad, ¿por qué no regresáis a la casa? Voy a tener que llevármelo dentro y sentarme a hablar con él. Salta a la vista que está ansioso y tenso. Y aún necesito tener una charla con él sobre lo de ayer. Para eso habíamos venido, de hecho.

—No me gusta la idea de dejarte sola con ese tipo —dijo Seamus.

—Te lo agradezco, pero no creo que quiera hablar conmigo delante de ti. Tal vez lo haya convencido de que se ha equivocado, pero sigue bastante alterado.

Seamus caviló sobre la situación.

—Te esperaremos junto a la carretera. ¿Te parece una solución razonable?

Cara dirigió la mirada a los pilares coronados de nieve que se alzaban al final del camino.

—Os congelaréis.

—Estaremos bien, ¿verdad, Sorcha?

—Sí, claro. —No parecía muy convencida. Al final, suspiró—. De acuerdo.

Patrick entró en la autocaravana y dejó la puerta abierta tras de sí.

Cara lo siguió.

Era un espacio reducido y compacto, con una cama en un extremo, y unos bancos apretujados y una mesa atornillada al suelo en el otro. Todas las superficies estaban abarrotadas de ropa, libros, papeles, comida y desechos de todo tipo. El hecho de que la puerta estuviera abierta mitigaba solo un poco el olor. A pesar del frío, Cara no hizo el menor ademán de cerrarla.

Patrick se sentó en la cama y miró a Cara con desconfianza.

Ella se volvió y examinó los bancos. Tenían la tapicería sucia y rasgada. Tomó asiento de mala gana y apoyó el codo sobre la mesa. Sin embargo, aun a través del grueso anorak que llevaba, notó que la superficie estaba pringosa, de modo que retiró el brazo. Descansó las manos sobre su regazo, con los codos pegados al cuerpo.

—¿Cómo te va todo, Patrick? —preguntó con suavidad—. ¿Alguien cuida de ti?

—Sé cuidarme solo. No soy un crío.

—Perdona. Sé que no lo eres, pero vives aquí solo; por eso te lo pregunto.

Él no respondió.

—Pareces muy preocupado por los sentimientos de la señorita Conneely.

—La señorita Conneely es buena persona. No merece que la traten mal.

Cara respiró hondo.

—Sí que lo es. —Hablar en presente le dolía—. Es estupenda. Mi mejor amiga.

—Es la única que… —Patrick se interrumpió y clavó los ojos en Cara, molesto porque había estado a punto de sonsacarle algo.

—¿La única que qué, Patrick?

Él se limitó a mirarla con rabia.

—¿Tienes la sensación de que Maura es la única persona que se ha preocupado por ti? —Cara suponía que la frase iba a terminar así.

Patrick asintió con tristeza.

—Ella me habló de ti, cuando te detuve por aquel lío en el que te habías metido. Me pidió que no fuera muy dura contigo, porque lo habías pasado mal y merecías una oportunidad.

Cara paseó la vista por el interior de la miserable autocaravana. Reconoció un jersey verde que estaba en la punta de la cama de Patrick. Cara se lo había regalado a Maura el año anterior por su cumpleaños. Había desaparecido, y Cara se había disgustado ligeramente con su amiga por haber sido tan descuidada. También identificó un pequeño búho de piedra que antes adornaba el jardín delantero de Maura. Al parecer, se había excedido un poco en su generosidad.

—Es muy buena. —Patrick se mecía adelante y atrás, con movimientos suaves y reconfortantes, como una madre amamantando a su hijo en un balancín o una abuela al amor del fuego—. No se enfada conmigo. Siempre encuentra tiempo para mí. Es la única persona de la isla que se porta bien conmigo.

—Sí, siempre tiene esos detalles tan bonitos. Creo que tú y yo la conocemos bien. Sabemos lo amable, generosa y atenta que es.

Patrick sonrió por primera vez. Era una sonrisa muy débil, pero Cara percibió un cambio en el joven. Miró por la ventana el hogar donde se había criado. Estaba descuidado y abandonado, como él cuando era niño. A ella le habían llegado los rumores. Había visto por la isla a Paddy Kelly, su padre, antes de que falleciera. Había oído que su esposa había huido a Londres y que nadie la había vuelto a ver en Inis Mór. Había dejado atrás a un marido alcohólico y resentido, y a un hijo desconsolado. Eso había ocurrido antes de que Cara se trasladara a la isla. Cuando se instaló ahí después del accidente, visitó varias veces aquella casa. Patrick contaba once o doce años en ese entonces. Era un niño reservado al que su padre exhibía ante ella y que asentía a regañadientes cuando se le preguntaba algo. A instancias de Maura, Cara había remitido varios informes a servicios sociales, pero a veces, por muy buena voluntad que uno ponga, nada sucede, nada cambia. Ella también era joven y estaba aprendiendo. Como viuda reciente con dos hijos pequeños, bastante tenía con intentar mantenerse a flote. Por otro lado, no era la única que lo había intentado y había fracasado; también estaban Maura y la doctora De Barra. Había muchas familias felices en la isla, con vínculos sólidos y una buena vida. Pero había algunas menos afortunadas. Seamus y Cillian habían experimentado esa otra realidad. También Patrick Kelly.

Pero al menos Maura se ocupaba de él. A Cara se le encogió el corazón al pensar que ya no contaba con esa protección. Cayó en la cuenta de que Patrick y ella tenían más en común de lo que había creído posible. Ambos habían recibido las atenciones y la amabilidad de Maura cuando nadie más se interesaba por ellos. Y ambos eran marginados en su comunidad, en su propio hogar.

—Maura también cuidaba de mí, Patrick.

La expresión del muchacho cambió un poco al oír esto. Tardó un poco más en desviar la mirada.

—Pero creo que no le haría mucha ilusión saber que te has lanzado sobre Seamus Flaherty.

—¿Así se llama?

—Sí. Vivía en la isla cuando tú eras pequeño.

Asintiendo, Patrick arrebujó la sábana y la retorció y tironeó con los dedos.

—Te ha planteado una pregunta —dijo Cara—. ¿Por qué crees que a Maura le importaría que Seamus estuviera con otra mujer? No son pareja. Hace mucho tiempo que dejaron de serlo.

—Eso no es verdad.

—Yo creo que sí, Patrick.

—Pero es que los vi juntos, a él y a la señorita Conneely.

—Lo dudo.

—Fue en esa casa, que está más adelante en el camino. Esa donde casi nunca hay nadie. —Se levantó, otra vez preso de la agitación, y le faltó poco para golpearse la cabeza con el techo de la caravana. Echó a andar de un lado a otro frente a la cama. Cara notó que el suelo vibraba—. Lo vi, lo vi —repitió para sí en un susurro.

—Es la casa de Seamus.

—¿Lo ve? ¡Entonces seguro que era él! ¡Tengo razón!

Cara negó con la cabeza.

—De verdad que no lo creo. Han venido todos por el aniversario de la muerte de mi marido y se están alojando ahí. Supongo que por eso lo viste.

—No soy idiota. Sé muy bien lo que vi.

—Pero, Patrick, ¿cómo van a estar juntos? Seamus lleva diez años viviendo en Estados Unidos. En cambio, Maura siempre ha vivido aquí. No se habían visto en todo ese tiempo.

—Ella viaja mucho fuera de la isla. A lo mejor es entonces cuando se ve con él.

Cara pensó que no le faltaba razón en eso. Era verdad que Maura se iba a menudo de la isla, sobre todo desde que el hombre misterioso había aparecido en su vida. Sin embargo, dudaba que fuera para reunirse con Seamus... ¿Volar desde California para pasar un fin de semana romántico? Parecía un poco excesivo. Cara suponía que Maura quedaba con el tipo misterioso en Dublín o Galway, no porque los principales aeropuertos estuvieran allí, sino para alejarse de las miradas indiscretas. Por el motivo que fuera, sus escapadas no habían pasado inadvertidas a una mirada indiscreta en concreto.

—Patrick, ¿has estado siguiendo a Maura? —Cara contempló el jersey de su amiga en un extremo de la cama. ¿Hasta dónde llegaba el interés del chico por ella?

Patrick posó enseguida la vista en ella y la apartó con la misma rapidez. Una expresión de admisión de culpa le asomó al rostro.

—Eso no está bien, Patrick.

—Solo quiero asegurarme de que no le pase nada.

Cara movió la cabeza de un lado a otro.

—Puedes meterte en un lío por hacer esas cosas.

—Solo quiero comprobar que él no le haga daño. No me cae bien.

Cara suspiró. Empezaba a perder la paciencia con Patrick.

—No hay razón para preocuparse por Seamus. Además, como ya te he dicho, ni siquiera mantienen una relación.

—Entonces yo sé más que usted. Los vi juntos.

Cara negó con un gesto.

—¡Que sí! Hace solo dos días. Temprano por la mañana. Ella estaba saliendo de la casa de él. Iba vestida… con la misma ropa que llevaba en Derrane's la noche anterior. ¡No soy idiota, sargento! Sé lo que eso significa.

Cara guardó silencio.

Al parecer, los había visto en el mismo momento que Mamó. Y había llegado a la misma conclusión que ella.

El incidente que Seamus insistía en que no se había producido.

Cara dirigió la mirada hacia Seamus a través de la sucia ventana. Estaba en pie junto al pilar de la verja, dando pisotones para entrar en calor.

Le había mentido.

21

—Tranquilo, Patrick, no pasa nada. Lo siento.

Él la miró con furia.

—Te creo —aseguró ella con sinceridad. Sí, lo creía. El mentiroso era Seamus. Había negado con rotundidad que aquello hubiera sucedido. Volvió a mirarlo por la ventana. Observó como charlaba con Sorcha, los dos con las manos en los bolsillos y trotando en el sitio para no helarse. ¿Por qué le había mentido sobre eso? La panda se habría alegrado de saber que Maura y él habían vuelto a estar juntos. Al fin y al cabo, ninguno de los dos tenía un cónyuge o pareja a quien estuviera engañando. Bueno, para ser más exactos, Maura no estaba engañando a Seamus si él era el hombre misterioso. Cara sintió una punzada de rabia hacia su amiga. «¿Por qué tantos secretos, Maura? ¿Por qué me has dejado para que resuelva sola este enigma? ¿Es que no confiabas en mí?».

Patrick se sentó de nuevo.

Cara se volvió hacia él. El pobre chico se había obsesionado con la única persona que se había mostrado amable con él. Sabía que debía desconfiar de él por todas las pertenencias de Maura que tenía en su autocaravana y porque la espiaba, como evidenciaba el hecho de que supiera lo que llevaba y que había estado en Derrane's la noche anterior. Sin embargo, le costaba no verlo también como un patito perdido que había desarrollado una impronta con el primer rostro que había visto. La seguía a todas partes y encontraba el único consuelo para su existencia en las cosas que obtenía de ella. Por otro lado, en agradecimiento a su bondad, tal vez se avendría a proporcionarle a Cara la información que necesitaba. Aquella noticia sobre Seamus le resultaba más reveladora que el descubrimiento de que este había estado diciéndole mentiras. Le indicaba que Patrick la había seguido dos días atrás. ¿Qué había visto? ¿Qué más sabía ese chico?

Cara se echó hacia delante.

—Patrick, ¿puedo preguntarte algo?

Por toda respuesta, él se quedó mirándola.

—Me da la impresión de que has estado muy pendiente de la señorita Conneely y has estado vigilándola por toda la isla. —Eso sonaba mucho mejor que «acechándola».

—A veces.

—¿La vigilabas también esa mañana?

—Esa era mi intención, pero iba a ir a su casa. La había visto irse a casa desde Derrane's la noche anterior, así que no creía que estuviera en esa casa. Solo estaba pasando por delante porque me venía de camino. Supongo que ella había vuelto allí después de que yo me marchara a casa.

Eso encajaría con el hecho de que estuvieran guardando su relación en secreto. Nada le había impedido encaminarse de nuevo hacia la casa de los Flaherty con la pandilla al salir del pub. También le había extrañado cuando Daithí le había contado que Maura se había ido a casa. De pronto esto había cobrado más sentido.

—Me sorprendí cuando apareció —dijo Patrick—. Y me escondí tras un muro cuando los vi frente a la puerta. Pensé que a ella no le gustaría verme allí, aunque solo quería protegerla.

—Claro. ¿La seguiste cuando se marchó de la casa de los Flaherty?

—Solo un trecho corto. Ella iba en bici, demasiado rápido para mí.

—Entonces ¿no sabes adónde fue? —Cara se preguntó si fue entonces cuando Maura se encaminó hacia su casa.

—La verdad es que no. Cuando va en bici no puedo seguirle el ritmo. Así que me marché… a hacer otra cosa.

Cara intuía qué era lo que hacía Patrick cuando no iba detrás de su adorada Maura. Drogarse.

—¿Estabas colocándote, Patrick? Creía que ya lo habías dejado. Parecías estar bajo los efectos de algún estupefaciente. ¿Lo estabas?

—Por favor, no se lo diga a la señorita Conneely —le imploró, visiblemente angustiado. Cara agachó la cabeza. Sintió que su corazón, que ya estaba hecho añicos, se desmoronaba en pedazos más finos hasta quedar reducido a polvo. Comunicarle a la panda la muerte de Maura le había parecido un mal trago, pero decírselo a aquel muchacho ingenuo, que en realidad era un despreciable acosador, sería aún peor. Por lo visto, Maura era la única persona que quedaba en el mundo a quien él le importaba. Pero no le daría la noticia en ese momento. Concederle unos días más sin saberlo era el regalo más generoso que podía ofrecerle a aquel pobre desdichado—. Por favor, no se lo diga. Yo solo… No fue culpa mía.

—Patrick, ahora mismo no estoy muy interesada en repartir culpas. Me interesa más algo que me dijiste cuando paré el coche y me bajé. ¿Lo recuerdas?

El joven negó con un gesto. Volvió a alargar los dedos hacia la sábana y la estrujó con la mano, sacudiendo la cabeza de nuevo.

—Dijiste «sisea», ¿ya no te acuerdas?

Él dejó de arrugar la tela. Tenía la mirada vacía. Una vez más, meneó la cabeza en señal de negación.

—Ha habido un accidente en la isla, Patrick. Alguien fue a parar a la Guarida de la Serpiente y falleció. Ignoro qué sucedió, pero necesito saberlo. Vi a alguien en lo alto del acantilado ayer por la mañana. Alguien que podría saber algo acerca de cómo murió esa persona. Creo que entenderías que yo pensara que esa persona eras tú, ¿verdad? ¿Qué me dices?

En el exterior, las rachas de aire volvían a arreciar. Su renovada fuerza provocó que la pequeña autocaravana se balanceara de repente. Silbaba en tono menor a través de las grietas de la carrocería. Cara se sintió transportada de nuevo a la cima del precipicio, azotada por el viento, contemplando sin saberlo el cuerpo de su amiga, arropada por la bendita ignorancia. ¿Era Patrick Kelly la figura que los acechaba desde la ladera del acantilado? Era un acechador, eso había quedado claro.

—¿Eras tú el que estaba en el acantilado, Patrick?

—Hummm —dijo. Comenzó a mecerse de nuevo, esta vez tamborileando sobre la cama con los dedos. Su índice subía y bajaba a toda velocidad, como transmitiendo un mensaje de pánico en morse—. No era yo. No era yo… ¡No era yo!

—¿De verdad que no eras tú el que estaba en el acantilado, Patrick?

—No. Eso no. Yo no lo hice.

A Cara se le heló la sangre.

—¿Qué es lo que no hiciste? —preguntó, pronunciando despacio y con claridad.

Él abrió la boca para inspirar profundamente, pero solo consiguió efectuar respiraciones cortas y superficiales.

—Yo no tiré a nadie dentro… Solo vi a la persona que lo hizo. —Rompió a llorar—. Yo solo los vi… No hice nada.

Cara en puso de pie. ¿Patrick había visto cómo lanzaban el cuerpo de Maura a la Guarida de la Serpiente? ¿Había estado en la escena del crimen? ¿Era un testigo presencial?

Atravesó la caravana, que temblaba tanto como su ocupante. Se puso en cuclillas y le tocó la rodilla. Alzó la vista hacia su atormentado semblante.

—¿A quién viste, Patrick?

—No lo sé. No lo sé. Me había tomado unas p-p-pastillas. Ni siquiera me di cuenta de que había pasado de verdad hasta más tarde. M-m-me desperté… Estaba detrás de las rocas. Volví, creyendo que había sido por las pastillas. Y entonces miré hacia abajo… Apenas se veía nada, había mucha nieve y tenía miedo de que el viento me tirara desde ahí. Pero me asomé rápido. Y cuando vi una pierna entre las olas, supe que lo que había visto era real y que lo que habían tirado ahí debía de ser una persona… —Los sollozos ahogaron la mitad de las palabras que balbució después.

Cara se sentó junto a él en la sucia cama y lo abrazó por los hombros. Intentó tranquilizarlo con sonidos suaves mientras miraba el jersey arrugado de Maura al final de la cama. Él no era consciente de la magnitud de lo que había presenciado... ni de a quién había visto. Tal vez, en algún rincón de su mente, las piezas de aquel terrorífico puzle aguardaban a que las encajara, pero, de ser así, en aquel momento se contenían para protegerlo.

—Patrick —dijo Cara con delicadeza—, esto es muy importante. ¿Puedes decirme algo sobre la persona que lo hizo? ¿A quién viste?

Él movió la cabeza de un lado a otro.

—¿Sabes si era un hombre o una mujer?

—Estaba demasiado oscuro. Lo siento.

—¿Cuántos eran? ¿Podrías decirme eso?

—Solo uno. Vi la silueta de una sola persona.

—Gracias, Patrick. Eso me ayuda.

El chico se pasó la manga por el rostro para limpiarse los mocos de la nariz. Seguía estremeciéndose por los sollozos.

—Pero llamé, no los dejé ahí sin más. —Sus ojos enrojecidos se clavaron en Cara.

—¿Llamaste?

—Sí, al teléfono de emergencias. Les dije que había un cuerpo ahí y luego colgué. No les dije que era yo, porque entonces no me habrían creído y no habría venido nadie. Me quedé hasta que llegaron ustedes. Me escondí y pasé un buen rato escondido para asegurarme de que aparecieran.

—¿Y, cuando nos viste llegar, te marchaste?

Asintió enérgicamente.

—No quería que me vieran allí. Pensarían que lo había hecho yo. Nadie se creería que yo quería ayudar. Fui a la casa de la señorita Conneely y llamé a la puerta. Nunca lo hago, sabía que no le gustaría, pero me pareció que la situación era distinta, que había pasado algo grave. Pero ella no estaba. No había nadie a quien contárselo. Nadie que quisiera escucharme. Así que regresé aquí.

—Pero luego volviste a salir, ¿no? Cuando estuve a punto de atropellarte.

—No me acuerdo.

—¿Tomaste más drogas? ¿Por eso no lo recuerdas?

Él asintió y cerró los ojos.

—No quería verlo. No quería oírlo. El ruido que hacía el cuerpo mientras lo arrastraban. El chasquido cuando golpeó el agua. No paraba de oírlo. Quería sacármelo de la cabeza.

22

Cara echó a andar por el camino. Dejó atrás el muro con el enlucido cuarteado. Seamus levantó la vista.

—Ah, menos mal que has vuelto. Estábamos a punto de quedarnos pajarito.

—Os he dicho que podíais iros a casa. —Cara no consiguió reprimir un deje de crispación. Estaba disgustada. Se le antojaba de lo más innecesario que Seamus y Maura les hubieran mentido. Se sentía un poco descolocada cuando cosas que daba por sentadas resultaban ser mucho menos firmes de lo que creía.

Seamus miró a Sorcha con las cejas arqueadas. Cara llegó al final del camino de entrada y continuó andando. Los otros dos acomodaron su paso al suyo.

—El tonillo irónico sobraba —dijo Sorcha—. Nos hemos quedado porque nos preocupaba dejarte sola con ese chalado.

Cara les dirigió a los dos una fugaz mirada de reojo.

—Lo siento —dijo—. Perdonadme. Lo que pasa es que... Patrick vio a alguien despeñar el cuerpo. Oyó el impacto del cadáver de Maura contra el agua.

—¿Qué? —dijo Seamus con los ojos desorbitados—. ¿Él estuvo allí?

—Sí, fumado.

—La hostia —dijo Seamus—. Estuvo allí... ¿Qué te ha dicho que vio? ¿Alcanzó a ver al asesino?

—No, por desgracia iba demasiado puesto.

—Eso me suena a excusa —dijo Sorcha—. ¡Seguro que lo hizo él, Cars!, ¿no crees?

—Para serte sincera, no. Él no es más que… un alma perdida. Simplemente no lo veo capaz.

—¿Y no es posible que esté mintiendo? ¿Por qué iba a decirte la verdad a ti, la policía? Piénsalo bien.

—Ni siquiera está en condiciones de mantener limpia su autocaravana, Sorcha. Me parece muy improbable que se las apañara para hacer lo que hizo el asesino.

—No nos has contado esos detalles —dijo Seamus.

Cara se volvió hacia él.

—No puedo, al menos por ahora.

—Lo entiendo. —Seamus asintió con solemnidad—. Pero ¿qué más te ha dicho? ¿Tenía alguna información útil para ti?

Cara sacudió la cabeza.

—Por lo que me ha contado, apenas era consciente de su entorno. Al parecer, presenció lo ocurrido, pero creyó que no era real. Regresó poco después, cuando se le empezaba a pasar el colocón, para comprobar si lo que había visto había sucedido de verdad. Fue entonces cuando descubrió a Maura. Y nos llamó.

—¿Hizo una llamada anónima? —preguntó Seamus.

—Eso me ha dicho.

—A mí me sigue pareciendo sospechoso —dijo Sorcha—. Todo eso lo hizo solo para encubrir su crimen y que todos creyéramos que es inocente. Y la jugada le está saliendo bien: tú no crees que lo hiciera él.

—No lo sé, Sorcha.

—¿Quién más podría haber sido? —El tono de voz de Sorcha se elevó, rayando en la ansiedad—. Alguien tuvo que hacerlo. Alguien la asesinó. Y tienes a un chaval perturbado ahí mismo, delante de tus narices. ¿Cuál es el problema?

—¡El problema es que no presupongo nada! Intento basarme en pruebas sólidas. —Los labios de Cara formaron una dura línea recta.

Sorcha arrugó el entrecejo, pero se quedó callada.

Prosiguieron su penosa marcha en silencio, abstraídos en sus pensamientos. Las olas rompían a lo lejos. Oían y sentían el viento que recorría la isla como un espíritu gimiente. Cara se subió el cuello del anorak, arrepentida de haber emprendido aquella sombría peregrinación a pie. Echó una ojeada al cielo. Una nueva nevada parecía inminente.

—Anda, volvamos a la casa —dijo Seamus, rodeando a Cara con un brazo—. No olvides que no estás sola. Siempre puedes contar con nosotros.

—Gracias, Seamus —respondió ella, apoyándose en él. No había sido capaz de resistirse. Al fin y al cabo, se trataba de Seamus, el hermano menor de Cillian, y lo conocía desde niño. Era su cuñado. Un miembro de la familia. Seguía siendo el mismo, por más que le ocultara cosas. Sus motivos tendría. Ella aún lo quería.

Sorcha extendió el brazo y le dio un apretón en la mano. Una sonrisa tímida jugueteó en los labios de Cara.

—Siempre puedes contar con nosotros —repitió.

Sorcha abrió la puerta de atrás y los tres entraron en la cocina fría y vacía. Cuando Cara se apoyó en la moteada encimera de efecto mármol, la notó helada al tacto.

—Encendamos la chimenea. Esta casa es un puto desastre.

Seamus se quitó las botas con sendas patadas y, después de atravesar la sala, frotándose las manos y dando palmadas, se puso a preparar el fuego. Cara y Sorcha se quitaron los abrigos y gorros, ambas poco convencidas de que fuera lo más prudente. Cada exhalación liberaba nubecillas de vapor al aire. Cara miró el hervidor inservible. Lo que habría dado por una taza de té caliente en aquel momento. Pulsó el botón varias veces, con la esperanza de que hubiera vuelto la luz, pero no, seguían sin corriente. Daithí había prometido que llevaría una cocina de gas portátil cuando regresara de Derrane's. Esperaba que no tardara mucho. Estaba tiritando.

Sorcha se acercó al sofá para coger una colcha y, tras envolverse en ella, se acomodó en un sillón y miró a Cara.

—Pues no hemos averiguado gran cosa, ¿no? El bicho raro de Kelly vio a medias lo que pasó, pero no pudo decirte nada útil al respecto. Y nadie más vio un carajo. Estamos helados, en un estado lamentable y no hemos sacado nada en claro. ¡Yo propongo que nos quedemos aquí sentados esperando a que el psicópata venga a por nosotros! Así al menos no seguiríamos pelándonos de frío.

—Sorcha, sé fuerte —dijo Cara, agarrando otra colcha y sentándose en el sofá. Seamus, de rodillas frente al hogar, volvió la cabeza hacia ellas.

—Es un poco preocupante, Cara. Pese a estar en una isla tan pequeña, no tenemos idea de quién ha cometido esa atrocidad. Yo habría imaginado que una cosa así caería por su propio peso en un lugar como este.

Cara se encogió de hombros.

—Inis Mór no tiene muchos habitantes —dijo Sorcha, enderezando la espalda en el sillón, asaltada por una idea—. ¿No podrías…, no sé, interrogarlos a todos? Seguro que nos resultaría muy fácil desenmascarar al asesino. ¿No podrías? ¡Te ayudaríamos!

—Llegado el caso… Pero ni siquiera debería estar investigando. Me han dado instrucciones de esperar. El culpable no se marchará de la isla. Está tan atrapado como nosotros. Los agentes llegarán en cuanto cese la tormenta…

—Así que lo único que tenemos que hacer mientras tanto es evitar que nos asesinen, ¿no? —dijo Sorcha—. Qué planazo.

Seamus alargó la mano para acariciarle el brazo.

—Tranquila, Sorcha, no tengas miedo, estamos todos aquí.

—Y también estaba aquí el asesino, mirándonos por las ventanas anoche. Joder, Seamus, ¿y si decide volver a atacar? ¡Dudo que Ferdia se moleste en intentar salvarme!

—Respira hondo, Sorcha, vamos. Respira hondo. Nadie viene a por ti, nadie va a atacarte. Estamos todos aquí y, aunque Ferdia no te apoye, nosotros haremos piña contigo, ¿a que sí, Cara?

—Por supuesto.

La puerta de atrás se abrió. Seamus, Sorcha y Cara giraron la cabeza de golpe al oír el ruido. Daithí y Ferdia, cargados con termos y bandejas cubiertas de papel de aluminio, entraron a toda prisa. El olor a beicon y salchichas inundó la habitación. Un fino perfume parisino no habría levantado tanto los ánimos.

—Ya estamos aquí —anunció en voz muy alta Daithí—. Os traemos unos regalitos de la cocina de Derrane's.

—Llegáis justo a tiempo, chicos —dijo Cara—. Venga, Sorcha, estás muerta de hambre y frío. Seguro que eso hace que te encuentres aún peor.

Sacó platos y tazas mientras Daithí se encargaba de los cubiertos. Todos se sentaron a la mesa. Una vaharada de comida frita escapó cuando Daithí retiró el papel de plata. Cara notó que la tensión en el ambiente disminuía de golpe. Todos se llenaron los platos y se abalanzaron sobre la comida como lobos famélicos.

Cara le dio un mordisco a una salchicha gruesa y caliente, y notó que todos los centros del placer de su cerebro se activaban a la vez. Al instante se sintió mejor.

—Gracias por traer todo esto, Daithí. Lo necesitábamos —dijo, llevándose a los labios la taza de té humeante. Y aunque aún estaba casi hirviendo, tomó un buen trago, agradecida.

—Ha sido un placer. Además, he desenterrado el hornillo de sobremesa, así como unas cuantas linternas decentes —dijo Daithí.

—Genial —dijo Cara—. Entonces podemos volver a valernos por nosotros mismos. Gracias. Aunque será una pena no comer esto todos los días.

—Acabarías muy malacostumbrada. —Le sonrió de oreja a oreja.

—¡Dios no lo quiera!

—En fin. Ferdia me ha contado lo del visitante nocturno de anoche. —La sonrisa de Daithí se desvaneció—. Eso me da muy mala espina.

—Ya —dijo Cara, con la salchicha a medio camino de la boca—. A mí tampoco me hace muy feliz. Tenemos que asegurarnos de cerrar las puertas con llave y de que nadie se quede solo. Debemos permanecer todos alerta. Aparte de eso, no sé qué más podemos hacer ahora mismo.

—¿Qué tal tu mañana? Ferdia dice que has salido a investigar.

—Sí, ¿has averiguado algo? —preguntó el aludido.

—Más bien poca cosa.

—Eso no es del todo cierto, Cara —repuso Sorcha—. ¡Nos hemos enterado de que el chico ese, Patrick Kelly, estuvo ahí!

—¿Qué? —preguntó Daithí, dejando de comer de pronto.

—Sí, fue testigo por casualidad del momento en que tiraron el cuerpo de Maura en la Guarida de la Serpiente —dijo Cara.

—Madre mía —dijo Daithí.

—Ya. Pero, como iba puesto, no sabe muy bien qué ocurrió.

—Cara no lo considera un sospechoso. Pero ha atacado a Seamus. Para mí es el sospechoso número uno —aseveró Sorcha.

—¿Ha atacado a Seamus? —inquirió Ferdia, con un brillo de diversión en los ojos—. ¿Qué ha pasado?

—Por algún motivo extraño, se le había metido en la sesera no solo que yo estaba liado con Maura, sino que encima le ponía los cuernos. —Seamus sacudió la cabeza—. Así que ha decidido defender su honor echándose encima de mí.

—¿En serio? —dijo Ferdia, y el brillo en su mirada se atenuó—. Qué raro. ¿Qué le habrá hecho pensar eso? ¿Es verdad?

—¿Qué? —contestó Seamus, perplejo—. ¿Que si es verdad qué?

—¿Tenías un rollo con Maura?, ¿la estabas engañando…?

Seamus se quedó inmóvil, con la tostada a un palmo de la boca.

—Qué pregunta tan extraña, Ferdia. Claro que no.

—Vio a Aiden con Lexi —explicó Cara—. Al parecer, ese fue el origen del problema. —Omitió el pequeño detalle sobre el encuentro frente a la casa.

Ferdia posó la vista en Cara y luego otra vez en Seamus. El brillo se había reavivado.

—¡Qué bueno! —dijo riéndose.

—A mí no me hace ninguna gracia —replicó Seamus, tragándose el café que tenía en la boca—. Ha intentado pegarme un puñetazo.

Cara agarró el termo y se sirvió otra taza de té caliente y humeante. Acto seguido, cogió el cartón de leche abierto que estaba sobre la mesa y añadió un chorrito. Empezaba a recuperar la sensibilidad en los dedos, que se descongelaban poco a poco gracias al calor de la taza que sujetaba entre las manos. Sopló para ahuyentar el vapor. Empezaba a notar un hormigueo y punzadas en las extremidades conforme se le deshelaban los huesos.

—Pero en realidad no has corrido peligro en ningún momento, Seamus. No es más que un joven triste y confundido, y Maura (qué típico de ella) era la única que cuidaba de él.

Sorcha se puso en pie.

—Tengo los calcetines mojados. Voy a cambiármelos. Enseguida vuelvo. —Dejó atrás la mesa, se alejó trotando por el pasillo y la puerta se cerró tras ella.

Reapareció al cabo de un momento.

—Qué rápido —comentó Seamus, alzando la vista de su plato.

Cara también la miró. Se fijó en la palidez de su rostro. En su expresión aterrorizada. Tenía algo en las manos.

—¿Qué llevas ahí? —preguntó Ferdia.

—N-no lo sé —dijo ella, con los ojos muy abiertos—. Pero hay una para cada uno de nosotros.

Seamus se levantó.

—¿Qué? ¿Qué son?

—Cartas —dijo Sorcha—. Las he encontrado sobre el felpudo, debajo de la rendija del buzón. —Cara advirtió que los sobres le temblaban en las manos. Se irguió y se dirigió hacia ella.

—Déjame verlas. —Los cogió sin que Sorcha protestara. En efecto, había cinco. Todos llevaban un nombre escrito. El de cada uno de ellos.

Los demás dejaron sus cubiertos y tazas sobre la mesa.

—¿Qué hacemos? —preguntó Sorcha.

—¿Leerlas? —sugirió Ferdia. Se levantó y agarró el sobre en el que unas letras trazadas con esmero formaban el nombre Ferdia.

—Tal vez no deberías —dijo Cara.

—¿En serio? —dijo Ferdia—. Yo pienso abrir la mía. Tú haz lo que quieras.

Cara depositó sobre la mesa el resto de las cartas. Lentamente, cada uno cogió la suya. Volvieron la mirada hacia Cara. Ferdia giró la suya y deslizó el dedo bajo el borde superior del sobre para rasgarlo. Extrajo una única hoja plegada.

Frunció el entrecejo, extrañado. La desdobló.

—Ah —dijo, con una ostensible expresión de sorpresa.

—¿Qué pasa? ¿Qué dice, Ferdy? —susurró Sorcha.

Ferdia le dio la vuelta para mostrársela a todos.

Escrita en negrita y con mayúsculas grandes, había una palabra:

DEVUÉLVELO

23

Seamus, Daithí y Sorcha cogieron sus cartas, introdujeron el pulgar bajo la solapa pegada y la rompieron. Tras lanzar una mirada breve y ansiosa a Cara, Sorcha fijó de nuevo los ojos en su carta. La sargento estudió a los demás, observando como cada par de manos nerviosas sacaba la hoja del sobre y la desplegaba. Contuvo la respiración. Tras un momento de cavilación, como jueces de una competición, todos giraron sus cartas para enseñárselas a los demás.

DEVUÉLVELO

Todas contenían la misma palabra, estaban escritas con la misma letra, y destilaban la misma sensación amenazadora.

Las dejaron en el centro de la mesa, en una funesta pila. Los platos que habían atacado con voracidad solo unos momentos antes quedaron arrinconados y olvidados. Cada uno de los amigos contempló en silencio la siniestra colección. Seamus se puso en pie, se acercó a la ventana y dirigió la vista al exterior, aunque sin duda quien había echado esas cartas se había marchado hacía ya rato. A saber cuánto tiempo llevaban tiradas sobre el felpudo.

Con movimientos lentos, Cara abrió la suya. Extrajo el papel que había dentro. Lo extendió y se quedó mirándolo.

DEVUÉLVELO

Otra vez la misma palabra.

Tiró su carta sobre el montón. Seamus se apartó de la ventana y se sentó con ellos. Todos fijaron los ojos en Cara.

Daithí fue el primero en hablar.

—¿A qué narices se refiere esto?

La *garda* se volvió hacia él antes de dirigir de nuevo la mirada hacia las cartas.

—Al parecer, se trata de un mensaje de nuestro asesino.

—Caray —dijo Seamus, con los ojos desorbitados.

—Pensaba que habías dicho que no estaría interesado en nosotros, Cara —le recriminó Sorcha—. ¡Has dicho que solo le interesaba Maura!

—Pues supongo que estaba equivocada.

—¿Qué es lo que nos pide que devolvamos? —inquirió Daithí, cogiendo una carta y examinándola.

—Sospecho que se refiere al paquete. Está en el fondo de todo esto. Alguien está muy ansioso por conseguirlo, y, se trate de lo que se trate, creo es el motivo por el que mataron a Maura. Por lo visto, la persona que le hizo daño no logró hacerse con él entonces, ni tampoco más tarde, cuando registró su casa. Intuyo que este es su último intento por encontrarlo.

—Joder —dijo Sorcha.

—¿Por qué cree que lo tiene alguno de nosotros? —quiso saber Daithí.

—¡Yo no tengo nada! —chilló Sorcha, levantándose de la mesa como un resorte. Abrazándose el torso, echó a andar de un lado a otro—. ¿Por qué me han mandado una carta? ¡No tengo nada que ver con esto!

—Cállate, Sorcha, nos estás taladrando la cabeza a todos —dijo Ferdia sacudiendo la suya—. Aunque, solo para que conste, tampoco tengo en mi poder ningún paquete misterioso.

—Ni yo —dijo Seamus.

—Voy a suponer que tú tampoco, ¿no, Daithí? —dijo Cara.

—Supones bien —contestó él, bajando los ojos hacia la carta y deslizando el dedo sobre las letras.

—Pues voy a cantar bingo, porque desde luego yo tampoco

lo tengo. Ojalá lo tuviera. Es obvio que ahí está la clave de este puñetero misterio.

—Cara —dijo Daithí, haciendo girar la carta entre los dedos.

—Dime.

—¿Cómo?

—¿Cómo qué?

—¿Cómo pretende que se lo devolvamos? A ver, si uno de nosotros lo tuviera (sí, ya sé que todos lo negamos), ¿cómo se supone que debemos entregárselo? No nos ha dado instrucciones.

—Hummm —dijo Cara, sentándose de nuevo a la mesa. Escrutó los rostros pálidos y horrorizados que la rodeaban. Fue agarrando cada una de las cartas para inspeccionarlas. Aunque todas estaban escritas a mano, parecían casi idénticas. Las examinó por un lado y por el otro, pero no había nada más. Sujetó cada una frente a la ventana, a contraluz, pero no descubrió mensajes ocultos.

—Creo que solo cabe deducir —dijo Cara despacio, con el estómago encogido— que la persona que lo tiene sabrá cómo devolverlo, ¿no?

Los demás tardaron unos instantes en asimilar sus palabras y comprender lo que implicaban. Era como una instantánea que se revelaba poco a poco hasta cobrar una absoluta nitidez.

—¿Significa eso que uno de nosotros... conoce al asesino? —dijo Sorcha, casi en un susurro, aún más lívida.

—Bueno, es posible —dijo Cara—. Desde luego parece indicar que quien posee el paquete sabe lo suficiente para hacérselo llegar.

—¿Una de las personas que están sentadas a esta mesa sabe más de lo que quiere reconocer? —dijo Ferdia—. ¿Es eso? ¿Y esta... —añadió, señalando las cartas— es la prueba de que esa persona oculta algo?

—Y el asesino no sabe cuál de nosotros es esa persona —dijo Seamus—. Madre de Dios. Todos estamos en peligro.

Un silencio absoluto se apoderó del ambiente, ya de por sí bastante taciturno. Unos intercambiaban miradas furtivas, otros apartaban la vista. Los cuerpos se revolvían incómodos en las sillas.

—Tal vez estén jugando con nuestra mente, Cara —dijo Daithí— para intentar que perdamos los nervios. Fíjate en nosotros, ni siquiera somos capaces de mirarnos a los ojos. Apenas han pasado dos minutos, y ya nos estamos comportando de manera diferente.

—Sí, es una posibilidad —admitió esta, clavando la vista en cada uno de ellos, sosteniéndoles la mirada en un acto de desafío, de rebeldía contra la insidiosa fuerza que se había colado en la casa sin que nadie la invitara—. Pero ¿por qué quieren llevarnos a perder los nervios? ¿Por qué haría eso el asesino? ¿Qué ganaría con ello?

—¿Qué ganó con matar a Maura? —preguntó Daithí.

—Tienes razón. La respuesta está en ese paquete. Sea lo que sea lo que contenga.

—¿Podría tratarse de una broma? —inquirió Seamus—. ¿La obra de alguien con un sentido del humor morboso?

Cara negó con la cabeza.

—No creo que nadie más en la isla sepa lo que está pasando, aunque puede que circulen rumores vagos por ahí. Solo el asesino y nosotros estamos lo bastante informados para hacer algo así.

—Primero los ojos que viste anoche, y ahora esto. ¿Habrá dejado las cartas aquí anoche? Por eso vino, ay, Dios mío —balbució Sorcha sin dejar de lanzar miradas a los demás desde el otro lado de la mesa.

—Las hubiéramos visto esta mañana, cielo —dijo Seamus en un tono sereno—. Anda, Sorcha, siéntate otra vez. Come. Necesitamos conservar las fuerzas. No serviría de nada que nos pusiéramos enfermos. —Se levantó y le tendió la mano a Sorcha.

Ella se echó hacia atrás.

—¡No me toques! ¡Me quedaré de pie si me da la gana!

—Por el amor de Dios, Sorcha, tranquilízate —suspiró Ferdia.

—¡No! Ni se te ocurra, Ferdia Hennessy. ¡No intentes hacerme quedar como la loca! Uno de vosotros sabe algo, ¿no? Y tú, Ferdy, desapareces continuamente para hacer tus «llamadas de trabajo». ¿A qué viene eso? ¿Eh? Estás de vacaciones, es Navidad, y no eres tan importante como para que tus espectáculos y tus grupos no puedan prescindir de ti ni unos días. Yo creo que te traes algo entre manos.

Ferdia se levantó, fijando en su esposa los ojos furiosos y oscuros como agujeros negros.

—¿Como qué? —dijo con un gruñido lento y grave.

Daithí se volvió hacia él.

—Siéntate, Ferdia. Lo único que pasa es que tiene los nervios a flor de piel. Todos estamos alterados.

Ferdia se volvió hacia él, convirtiéndolo en el objeto de su ira.

—O sea que, si voy y te acuso de asesinato, a ti te resbala, ¿no?

Daithí se puso en pie y le sostuvo la mirada a Ferdia por encima de la mesa.

—Sentaos todos —dijo Cara en voz baja, pero con una firmeza fruto de sus quince años como *garda* y doce años como madre. Todos la obedecieron—. Bien. En fin, supongo que tendré que preguntároslo. —Paseó la vista por sus amigos y respiró hondo. No podía creer lo que estaba a punto de decir—. ¿Alguno de los aquí presentes tiene algo que contarme?

—No —dijo Sorcha con sequedad.

—No —contestó Ferdia.

—No —terció Seamus.

Daithí movió la cabeza de un lado a otro.

—Mi respuesta también es un no —dijo Cara.

24

El rumor de un coche que se acercaba y se paraba en el camino de entrada los arrancó a todos de sus pensamientos. Cara se levantó sujetando la taza y se dirigió hacia la ventana. El calor que emanaba del té empañó el cristal, y Cara lo limpió con la mano. Aunque no eran más que las dos de la tarde, la luz del exterior empezaba a extinguirse. Se oyó el golpe de la puerta del vehículo al cerrarse.

La figura encapuchada que se había apeado se encaminó hacia la puerta principal. Volvía a nevar. Pronto sería imposible distinguir su coche patrulla de los setos y los muros cercanos. Un pequeño remolino de nieve danzó en torno a los pies del recién llegado.

—¿Quién es? —preguntó Sorcha, con una expresión de alarma en los ojos.

Sonó el timbre.

—No lo sé —dijo Cara, volviéndose hacia su amiga—, pero los asesinos no suelen llamar al timbre.

—Ya voy yo —dijo Daithí, poniéndose en pie. Ferdia hizo ademán de levantarse también. El otro se detuvo y se volvió hacia él—. No necesito una niñera. No voy a matar a nadie ni me van a matar en el camino de aquí a la puerta. —Salió de la sala, y Ferdia se sentó de nuevo. A pesar de los intentos de Cara por tranquilizarla, Sorcha dirigió una mirada inquieta a la puerta, mordisqueándose el reborde de piel de una uña.

La *garda* regresó a la mesa y recogió las cartas.

—Las guardaré en algún sitio. —Se fue a la cocina y las metió en un cajón.

Todos oyeron un murmullo apagado de voces frente a la puerta principal, y Daithí regresó, acompañado por el conductor del coche. Todos los ojos se posaron en él. La tensión se palpaba en el ambiente; parecía cubrirlo todo, como la nieve del exterior. Cuando el recién llegado se quitó la capucha, Cara advirtió que se trataba del jefe de Maura, el director de escuela Cormac Mullen.

Era un hombre de sesenta y pocos años, con el cabello cano y ralo. Desplazó la vista por la habitación, al principio con una sonrisa, pero esta se desvaneció conforme reparaba en la ansiedad que los dominaba a todos.

—Perdón —dijo, mirando a cada uno—. ¿Interrumpo algo?

Seamus fue el primero en recobrar la compostura.

—No, no, qué va, *máistir* —dijo Seamus, irguiéndose, como si hubiera recuperado de forma instintiva las viejas costumbres de su época escolar. El director Mullen llevaba casi cuarenta años impartiendo clases en la escuela del pueblo. En cierto momento, había sido maestro tanto de Saoirse como de Cathal. Y también, hace muchos años, de Daithí, Seamus, Sorcha y Ferdia, antes de que este último partiera a Dublín para cursar la secundaria. Maura siempre decía que era un jefe estupendo.

—Llámame Cormac, Seamie. Y puedes sentarte tranquilamente, ya no estás en el colegio.

—Es un hábito muy arraigado. —Sonriendo, Seamus se sentó de nuevo, obedientemente.

—Hola, Sorcha McDonough, Ferdia Hennessy. Hacía mucho que no veníais por aquí.

Con un gruñido, Ferdia se puso a juguetear con su fritada tibia.

—Señor Mullen —dijo Sorcha—. ¿Ha venido por Maura?

Cara le lanzó una mirada de advertencia que ella ignoró.

—¿Por la señorita Conneely? No, ¿por qué? Estamos de vacaciones, la señorita Conneely tiene fiesta. —Sonrió, un poco desconcertado.

—¿Qué se le ofrece, entonces? —preguntó Seamus.

El hombre dirigió la vista hacia Cara.

—He venido para hablar con la sargento.

—Ah, ¿sí? —preguntó ella—. Usted dirá. —Rodeó la encimera y salió de la cocina. Tal vez su visita sí que estaba relacionada con Maura, después de todo.

—Al parecer, alguien ha entrado en la escuela.

—Vaya, un allanamiento. Cuénteme más. —Cara se relajó un poco. Seguramente solo le quedaban unos días, o quizá incluso horas, antes de que se corriera la voz sobre la muerte de Maura. Y la tormenta que estaba cayendo no sería nada en comparación con la que desataría la noticia en la isla.

—Ayer recibimos un aviso de nuestro sistema de alarma. Deberían habernos llamado el día anterior, que por lo visto fue cuando se produjo el problema. Pero entre la ventisca, el apagón y las fiestas, la cosa se retrasó y no se comunicaron conmigo hasta ayer a última hora.

—¿Se llevaron algo?

—No que yo haya notado, lo que resulta un poco raro. Todo parece intacto, salvo la puerta —dijo Cormac—. Me imagino que es obra de unos adolescentes que se aburrían, pero he pensado que debía informarla de todos modos.

—Ha hecho bien. Iré a echar un vistazo.

Al volante del coche patrulla, Cara siguió al destartalado Ford de quince años del director hasta el pueblo. Era un alivio para ella alejarse de la atmósfera de tensión que reinaba en la casa. Aparcaron delante de la escuela primaria, de tres aulas. El edificio blanco, con un tejado inclinado de pizarra y ventanas grandes como puertas, presentaba ese día un aspecto apagado y vacío bastante poco habitual. Apagado como el cielo, cada vez más oscuro. Por lo general un hervidero de actividad, el centro había quedado despojado de vida por la tempestad y las fiestas. El viento, que, a diferencia de la nieve, no daba tregua, agitaba con violencia las banderas de Escuelas Verdes que ondeaban en el patio. Se oía un chasquido rítmico y un golpeteo metálico hueco causados por la cuerda, que luchaba y forcejeaba con el asta.

Cormac se dirigió hacia la parte posterior del edificio, seguido por Cara; ambos con la capucha puesta. Se detuvieron frente a una puerta con cristal en la parte superior, aquella por donde salían los niños al patio a la hora del recreo. Un saliente de hormigón por encima de la entrada los resguardaba un poco de la nevada cada vez más intensa.

Cara examinó la puerta. Se fijó en las toscas marcas que habían quedado en la cerradura dañada. El instrumento del delito —una piedra— había sido abandonado en el umbral.

—¿Pasamos adentro? —preguntó Cormac—. ¿Ya ha visto todo lo que tenía que ver aquí fuera?

—Sí, entremos.

Él la guio hasta el pasillo de atrás, que estaba en penumbra. Sin las luces —y los niños, pensó Cara—, el colegio parecía un lugar muerto y turbio.

—¿Y está seguro de que no se han llevado nada? —preguntó. Su voz resonó en el corredor vacío.

—He contado los iPads, los ordenadores portátiles y el dinero para gastos menores. No falta nada. Es lo único de valor que hay. Así que, a menos que vinieran en busca de papel y lápices de cera, no se han llevado nada. Por eso doy por sentado que los responsables son adolescentes aburridos.

—Sí, parece lógico —convino Cara—. Puedo echar una ojeada por si hay algo que me llame la atención, pero sospecho que tiene razón. Es una pena que en Inis Mór no hagan falta cámaras de seguridad.

—Pues, ahora que lo dice, resulta que el sistema de alarma incluye una cámara con sensor de movimiento. No es una cámara de videovigilancia (el ángulo de visión no es muy grande y solo graba unos segundos), pero tal vez haya captado algo.

—Podría sernos útil.

—He pedido a la empresa de alarmas que me envíe las imágenes de las que disponga.

—¿Cuándo cree que las recibirá?

—Espero que pronto.

—Mándemelas en cuanto las tenga. Ahora, ¿le importa si me doy una vuelta por la escuela?

—En absoluto.

Cara se volvió a izquierda y derecha para mirar las tres aulas. Sabía que la primera era la de Maura. Daba clase a los niños más pequeños, de entre cuatro y siete años.

—¿Podemos pasar por el aula de Maura primero? —preguntó. Le costó pronunciar las palabras «aula de Maura» sabiendo que ella jamás volvería a entrar ahí, que en el futuro aquella sería el aula de otra persona. Bajó la vista a sus pies para ocultar su rostro al director.

—Por supuesto —dijo Cormac, conduciéndola hacia allí. Abrió la puerta y entraron en una sala con doce pupitres pequeños. Las paredes estaban decoradas con manualidades navideñas: muñecos de nieve de algodón y renos con borlas rojas a modo de nariz. Había banderines en forma de copos de nieve colgados de un extremo a otro del aula. Las estanterías estaban repletas de libros de colores vivos. Por doquier se veían tazas llenas de lápices de cera, palos de polos, limpiapipas multicolores y todo el material necesario para realizar trabajos artesanales. Aquella sala constituía la manifestación más perfecta de la alegría que irradiaba Maura. Cara tuvo que obligarse a traspasar el umbral.

Cormac se acercó a la pizarra interactiva.

—Este aparato es lo más caro que hay en la habitación. Y no parece que lo hayan tocado. Ella se dejó su portátil aquí, sobre la mesa. Mire que le tengo dicho que no lo haga, pero el caso es que aquí sigue. Todo está en su sitio.

—¿Me permite echar un vistazo?

—Faltaría más —dijo Cormac—, aunque no sé si le servirá para sacar algo en claro.

Cara estaba dándole vueltas a una idea. Esas cartas le habían dado que pensar. El asesino quería el paquete. Obviamente, no lo tenía. Y estaba perdiendo la paciencia hasta el punto de arriesgarse a escribir esas cartas. Sin duda Maura lo había escondido en algún lugar de la isla. No se habían llevado nada de la escuela…, pero ¿y si, en cambio, habían dejado algo ahí? El allanamiento del colegio se había producido más o menos al mismo tiempo que Maura recorría la isla buscándola a ella. Con el paquete. Cara no creía que su amiga hubiera estado por la zona del colegio…

Pero ¿y si se equivocaba? ¿Y si pasaba por ahí y decidió ocultar el paquete en el centro? Si no llevaba las llaves en ese momento, eso explicaría la necesidad de entrar por la fuerza.

La *garda* paseó la vista por el aula, intentando mirar más allá de los adornos, preguntándose dónde había puesto Maura el paquete, si era eso lo que había ocurrido. Miró por encima de la librería situada bajo la ventana. Abrió los armarios del fondo de la sala. Tal como Cormac había dicho, todo parecía estar en su lugar.

—No he podido evitar fijarme en que actúa como alguien que está buscando algo en concreto —comentó Cormac, que había observado los movimientos de Cara.

—Tengo una teoría sobre algo —dijo ella.

—Ah.

Cara dirigió su atención a la mesa de Maura. Atravesó el aula hacia ella y se sentó en la silla de la maestra. Una inspección rápida de la mesa no reveló nada sospechoso.

—¿Puedo preguntarle en qué consiste esa teoría? —inquirió Cormac, acercándose también a la mesa. Cara levantó la mirada hacia él.

—En la isla están sucediendo cosas ahora mismo, Cormac. Cosas de las que no puedo hablarle. Lo que sí puedo decirle es que sospecho que tal vez alguien dejó algún objeto aquí en vez de robar algo.

—Entiendo. Interesante —dijo. Meditó sobre ello hasta que abrió la boca como para decir algo, pero la cerró de nuevo. Cara esperó—. ¿Puedo preguntarle algo? —añadió él al cabo de un momento, cambiando de idea.

—Claro.

—No soy muy dado al cotilleo, pero ya sabe cómo es la vida en la isla. Nunca sucede nada, pero se habla mucho.

—Ya.

—Ayer me llegó un rumor. Se dice que han encontrado un cadáver en la isla.

Cara estudió el rostro franco y curioso del director. No la sorprendía del todo que hubiera oído algo. Allí resultaba imposible mantener nada en secreto, por mucha buena voluntad que se pusiera en ello. Aun así, le habría gustado que la noticia se difundiera lo menos posible hasta el final del aislamiento. Lo último que necesitaba era que el pánico se apoderara de la isla mientras todos estaban ahí atrapados.

—No sé si puedo hacer comentarios sobre eso, Cormac. —Cara no fue capaz de sostenerle la mirada. Si el hombre supiera que se trataba de una de sus colegas… No solo le afectaría a nivel personal. Aquel no era un colegio urbano grande donde la muerte de una maestra representaría sin duda una tragedia, aunque alejada de la vida cotidiana de muchas personas. La escuela primaria de la isla contaba solo con unos cincuenta alumnos, tres aulas y tres maestros, entre ellos Cormac Mullen. Cara no quería ni imaginar lo que supondría para él afrontar sus responsabilidades cuando llegara el momento de revelar la espantosa noticia—. Lo siento —añadió, disculpándose por muchas cosas.

—No pasa nada. Solo quería preguntárselo, porque me parecía algo un poco menos descabellado que las habladurías que uno suele oír. Y como ha dicho que estaban sucediendo cosas en la isla…

Cara asintió. Dirigió de nuevo la vista hacia la mesa. Quería huir de esa conversación. Lo más lejos posible. Abrió el cajón superior. Cormac y ella echaron un vistazo dentro. Había bolígrafos, notas autoadhesivas, reglas, juguetes, caramelos y toda clase de detritos de la actividad docente. Abrió el segundo, un poco más profundo. Extrajo carpetas y libros. Los hojeó todos. No halló nada que encajara en la descripción que le había proporcionado Mamó.

—Lo típico que habría esperado encontrar ahí —dijo Cormac.

Cara abrió el último cajón, el inferior y más profundo. Dentro había más libros, más carpetas con informes. Sin embargo, la pila era menos regular que la del cajón anterior. Como en el cuento de la princesa y el guisante, había algo debajo de todo que hacía bulto. Cara sacó el contenido y amontonó los libros sobre la mesa. Se quedó mirando una caja de hojalata, decorada con la caricatura de un perro con espirales en vez de ojos, en medio de un motivo de hojas de cánnabis y símbolos de la paz. No se asemejaba en nada a lo que le había descrito Mamó. Y parecía fuera de lugar. Resultaba de lo más inapropiado que estuviera ahí, guardado en un aula para niños pequeños. Cara se puso muy nerviosa. Tras enfundarse sus nuevos guantes de piel, cogió la lata.

—¿Era eso lo que buscaba, sargento? —preguntó Cormac, lleno de curiosidad, inclinándose sobre ella para contemplar aquella cajita de aspecto sospechoso.

—No —dijo Cara con el ceño fruncido—. Para nada.

Hizo fuerza con cuidado para abrir la tapa.

Y por poco se le cayó al suelo.

La caja contenía una docena o más de pastillas de muchos colores, todas con caritas sonrientes grabadas en ellas. Y, por si cabía alguna duda respecto a lo que eran, las acompañaba un trío de porros con la punta enrollada y estrecha.

25

—Esto no es de ella —barboteó Cara.

—Eso espero, desde luego, pues lo contrario comportaría una suspensión inmediata, entre otras medidas disciplinarias.

Cara clavó la mirada en Cormac.

—Le agradecería mucho que no dé parte de esto ahora mismo.

—Si he de serle sincero, sargento, es poco lo que puedo hacer sin exponerme a que me apliquen medidas disciplinarias a mí también. Guardar drogas ilegales en la mesa del aula constituye una falta grave. ¿Pretende que lo encubra? No, no, no.

—Confíe en mí, Cormac; esto no supondrá un problema para usted. Créame si le digo que no se meterá en líos, pero, por favor, guarde el secreto por el momento. En caso necesario, daré la cara por usted al cien por cien.

—¿Qué está pasando?

—No puedo decírselo, pero esto no es de ella, se lo aseguro. ¿Haría una cosa así la Maura que usted conoce? ¿Dejaría esto aquí, en un lugar tan accesible?

—No, no lo haría.

—Exacto. Maura no sería tan descuidada. Sus alumnos eran lo más importante para ella. Recuerde eso y piense en su reputación. —Drogas que parecían caramelos en un cajón sin cerrar en un aula llena de niños pequeños. Su memoria quedaría empañada si esto salía a la luz. Así pues, no era ella quien había forzado la entrada en la escuela. No había escondido el paquete ahí. Aquello no había sido más que otra fase en el intento por destruirla, por acabar con su buen nombre, con su vida. Alguien estaba empeñado en castigarla. Pero ¿por qué? ¿A qué venía ese ensañamiento contra su amiga?

Cara sacó un pañuelo de papel de la caja que estaba sobre la mesa de Maura y envolvió la lata en él. Acto seguido, volvió a envolverla antes de guardársela en el bolsillo interior del anorak.

—Deme unos días, y luego podrá tomar una decisión, ¿de acuerdo?

—Solo unos días.

—Es lo único que necesito. Bueno, eso y el material grabado por la cámara de la alarma. Por favor, en el instante en que lo reciba, hágamelo llegar, sea cual sea su calidad. Sé que la comunicación por vía electrónica resultará complicada ahora que no hay corriente, pero es de vital importancia que vea esas imágenes.

—Por supuesto. En cuanto llegue a mis manos, la avisaré.

—Es posible que esté en casa de Seamus Flaherty. Ahí no hay cobertura ni wifi, pero si me deja un recado en Derrane's, me lo pasarán.

—Así lo haré.

—Gracias, Cormac.

—Y ahora, ¿qué va a hacer?

—Voy a ver a alguien que tal vez sepa de dónde salieron esas drogas.

Cara aparcó y apagó el motor. Cuando los limpiaparabrisas pararon, empezaron a caer copos de nieve sobre el cristal. Al principio eran pocos, pero fueron aumentando, y cada nueva tanda llenaba los huecos entre ellos. Permaneció sentada en el interior del coche mientras la nieve cubría el parabrisas por completo y la luz adquiría un tono inquietante. No entendía qué estaba sucediendo en su isla. Llevaba diez años allí, una década de avances graduales y constantes. ¿Y ahora, de repente, tenía que lidiar con un asesinato? ¿Con un allanamiento y la fabricación de pruebas falsas? ¿Con cartas siniestras? Cierto, no contaba con una manera de demostrar que había sido otra persona, y no Maura, quien había colocado las drogas ahí, pero era la única explicación razonable que se le ocurría. Debía encontrar el origen de esas sustancias en la isla. Eso tal vez le revelaría algo. Miró al exterior por la ventanilla del pasajero. Contempló el sendero que conducía a la pequeña autocaravana verde y blanca. Se apeó.

Se subió la capucha. Incluso en el breve trayecto desde el coche hasta la puerta de Patrick Kelly, la nevada se había intensificado. La nieve se acumulaba sobre las ramas del árbol que se cernían sobre la caravana como garras, hasta tal punto que las más pequeñas empezaban a inclinarse bajo el peso. Cara alargó el brazo y golpeó la puerta de plástico y metal, lo que produjo un sonido reverberante. Oyó un ruido procedente del interior, pero la puerta no se abrió.

—Patrick, soy yo, la sargento Folan. Perdona que te moleste otra vez.

No obtuvo respuesta.

—Solo será un momento, no te preocupes. Quería preguntarte algo. —Llamó otra vez. Y luego otra—. No pienso marcharme hasta que me abras. —La autocaravana era tan vieja y endeble que supuso que no le costaría mucho entrar por la fuerza en caso necesario.

Golpeó de nuevo.

Por fin, le llegaron más sonidos del interior.

—Por favor, Patrick.

La puerta se abrió unos centímetros. Cara vio unos ojos familiares que la miraban desde dentro.

—¿Qué quiere?

—Déjame pasar, por favor. No te entretendré mucho rato.

La puerta se abrió de par en par, y Patrick se adentró de nuevo en su casa sin decir una palabra. Cara cruzó el umbral, alegrándose de estar por fin bajo techo. Incapaz de contenerse, examinó con una mirada rápida el interior de la autocaravana en busca de material de escritura o cualquier otra cosa que lo señalara como el autor de las cartas. Como no había nada, desterró la duda de su mente y se concentró en el motivo de su visita. Patrick había retrocedido hasta su cama. Las mantas arrugadas parecían indicar que se había recostado ahí para estar abrigado. Era esencial mejorar su situación de alojamiento. Tan pronto como se resolviera todo aquel lío, investigaría la manera de conseguirle ayuda. Y esta vez se aseguraría de que la recibiera.

—Tengo que hacerte una pregunta. Y si me dices la verdad, te prometo que no te pasará nada. Me ayudarás, y entonces podremos llegar a un acuerdo. ¿Qué te parece?

Él la contempló desde el catre, con el rostro hecho un mosaico de desconfianza y recelo.

—Depende.

—Tengo que saber de dónde sacas las drogas. Como hace años que no tienes problemas con la ley, creo que estuviste mucho tiempo sin meterte. ¿Qué ha cambiado? ¿De dónde salen las drogas que has estado consumiendo?

Él desvió la mirada hacia la ventana del fondo. De pronto, sonó un golpe sordo en el techo. Ambos alzaron la vista. Había caído algo de nieve de las ramas. Patrick permanecía callado.

Cara suspiró.

—¿Tengo razón al suponer que no habías recaído hasta hace muy poco?

El chico asintió.

Ella se llevó la mano al bolsillo interior y sacó la lata que había encontrado en el aula de Maura. Sin tocar más que los pañuelos desechables que la envolvían, la abrió. Se acercó a Patrick y le mostró lo que contenía.

—¿Te suenan?

Él volvió a asentir.

Tras envolverla de nuevo, Cara se la guardó otra vez en el bolsillo. Esa información le resultaba muy esclarecedora. Parecía indicar que aquellas drogas y las de Patrick tenían un mismo origen. Él podría decirle quién se las facilitaba.

—Yo solo quería dejar de recordar —dijo el muchacho al fin.

—Lo sé, Patrick. Te prometo que no te meterás en líos si me dices quién te las dio. Me estarás ayudando.

—Fui a verlo, y me ofreció más pastillas y yo las acepté. —Encorvó la espalda y agachó la cabeza. Inspiró de forma entrecortada—. Lo siento.

—No pasa nada, te entiendo. —Cara se sentó a los pies de la cama—. ¿A quién fuiste a ver? ¿Quién te dio la droga?

—No sé… Creo que no le gustaría que yo le dijera quién…

—Patrick, no debes tenerle miedo. Yo estoy de tu parte…

—No sé cómo se llama.

—¿Podrías describírmelo?

El temor se unió a la angustia en la expresión de Patrick.

En vez de mirar a Cara, bajó los ojos hacia el linóleo rasgado del suelo, junto a la cama.

—Es su amigo —murmuró.

—¿Cómo? —respondió Cara, confundida—. ¿Mi amigo?

—Ajá.

—¿Estás seguro?

Él hizo un gesto afirmativo.

Cara tenía muy pocos amigos. Y era evidente que no se refería a Maura. ¿Daithí? Imposible.

—¿Cuál de ellos, Patrick?

—El pijo.

Ferdia.

26

Cara enfiló con el coche el camino de entrada a la casa de los Flaherty. A pesar del viento, la nieve y las temperaturas bajo cero, Noah se encontraba delante con algunos de los actores. Un técnico caminaba en torno al grupo con una cámara que llevaba sujeta al cuerpo por medio de algún aparato. Otro miembro del equipo sostenía una jirafa de sonido por encima de sus cabezas. Noah, el sonidista y el cámara estaban enterrados bajo capas y capas de gorros de lana, chaquetas y bufandas. Los actores, menos afortunados, demostraban su entrega a su profesión afrontando el temporal con mucha menos ropa.

Cara bajó del coche y cerró de un portazo. Noah se volvió al oír el ruido y gritó «¡corten!» con un tono de irritación más que evidente.

—Siento haber estropeado la toma —dijo Cara, sin el menor deje de arrepentimiento. Mientras ellos jugaban a recrear su historia y la de sus amigos, ella la estaba viviendo de verdad. Y no podía gritar «corten» cuando las cosas se torcían.

Pasó por en medio del reparto y rodeó la casa hacia la puerta de atrás. Al entrar en la cocina, se encontró con Seamus, Ferdia y Daithí, que seguían sentados a la mesa, ahora con una botella de whisky abierta ante ellos. Observaban el rodaje a través de la ventana. Un mentiroso, un camello... y Daithí. Sus amigos.

Este último se giró hacia ella.

—¿Qué ha pasado en el colegio?

—Unos adolescentes que no tenían nada mejor que hacer, por lo visto. El señor Mullen estaba en lo cierto. —Mantuvo los ojos fijos en Ferdia, para ver si reaccionaba de alguna manera. Nada. No apartaba la mirada de los actores, al otro lado de la ventana.

—Pues vaya —dijo Daithí—. Como si no tuvieras ya bastantes comeduras de cabeza. Hablando de comeduras, tu almuerzo te espera ahí, cubierto con papel de plata. Ya debe de estar todo frío como una piedra.

Cara levantó la hoja de aluminio. La grasa se había solidificado alrededor de los otrora apetecibles beicon y salchichas. Arrugando la nariz, apartó el plato de sí.

—Buenas —dijo Seamus, mirándola por encima del hombro. Alzó su vaso—. ¿Gustas?

Cara echó un vistazo a su teléfono. Pasaban unos minutos de las tres de la tarde.

—Es un poco temprano, ¿no?

—En algún lugar del mundo son las ocho —dijo Ferdia sin darse la vuelta.

—Necesitábamos algo que nos calmara un poco los nervios —explicó Seamus.

—¿*Et tu*, Daithí? —le dijo Cara a su amigo, sorprendida.

—Adonde fueres…

Se sentó a la mesa con ellos, pero rechazó la copa que le ofrecían.

—Lo siento —dijo Daithí—. No quería ser frívolo. Es que todos estamos un poco afectados.

—Estamos atrapados aquí, mientras un psicópata anda suelto… —dijo Seamus.

—Podría estar justo aquí delante —aventuró Ferdia, señalando con su vaso al equipo que trabajaba fuera.

Daithí sacudió la cabeza.

—No lo creo. Todos se hallaban en Derrane's cuando ella desapareció. Los que no dormían para superar el desfase horario estaban bebiendo en el bar.

—Pero no es imposible —alegó Ferdia.

—Cierto, imposible no es.

Todos los ojos se volvieron hacia el exterior, fascinados por la filmación. Los actores, casi amoratados de frío, volvían a colocarse en sus marcas para repetir la escena que Cara se había cargado.

—Ojalá el que hace de mí fuera más guapo —dijo Ferdia. Volvió la cabeza hacia Seamus—. ¿Lo escogieron así a propósito? Apuesto a que sí.

Seamus suspiró.

—No, Ferdia, no fue a propósito.

Cara contempló el rostro de ambos, de perfil, con la atención puesta en sus sosias de fuera y llevándose los vasos a los labios para tomar un sorbo.

Todo había parecido tan simple cuando habían recuperado el contacto. Sus comunicaciones habían traído consigo un rayo de sol y la despreocupación de los tiempos pasados, la promesa de una época más sencilla y alegre; el recuerdo de cuando eran jóvenes y aún no había ocurrido nada malo, de cuando Ferdia no era más que un mocoso repelente y malcriado, y no un traficante de veneno. Cara aún no entendía qué se traía entre manos con eso. Sí, había conversado con él la otra noche mientras él se fumaba un canuto, pero si detenía a todos los que se permitían ese capricho, no le quedaría tiempo para nada más. Al igual que el whisky que tenían delante en ese momento, no supondría un problema en las manos adecuadas. Pero las drogas no siempre acababan en las manos adecuadas. No había más que ver al pobre Patrick.

—¿Cómo va la investigación? —preguntó Daithí—. Estábamos intentando pensar en posibles sospechosos, en quién podría haber escrito las cartas y qué podría contener el paquete.

—¿Se os ha ocurrido algo?

Daithí negó con un gesto.

—No, seguimos en blanco.

—Seamus se ha descolgado con unas teorías bastante locas —dijo Ferdia.

—No es verdad. Solo son suposiciones.

—Me sorprende que tus películas recauden dinero, viendo la manera en que funciona tu mente. Su mejor hipótesis es que un tío cualquiera vino a la isla para divertirse y luego se largó nadando, o alguna burrada por el estilo.

—¡No he dicho que eso sea lo que ha pasado, solo estaba lanzando ideas al aire!

—De eso nada; lo decías en serio. —Ferdia desplegó una gran sonrisa.

—¡No es verdad, imbécil!

Ferdia echó su silla hacia atrás y se encaró con Seamus.

—¿A quién llamas imbécil? ¿A mí? ¿En serio? —preguntó, ya sin rastro de humor en la voz.

A Seamus se le encendió el rostro, pero se quedó callado. Aunque le bullía la sangre de rabia contenida, permaneció inmóvil.

—Buen chico. Quieto. Sentado. —Tras darle un cachete suave, Ferdia dirigió de nuevo la mirada hacia el equipo de rodaje, en el exterior, y tomó otro trago de whisky.

—Dejadlo ya, chicos —dijo Daithí—. Sé que esas cartas nos han alterado, pero no podemos desahogarnos peleándonos entre nosotros.

Ferdia ignoró su comentario. Seamus, colorado por la humillación, se limitó a fruncir el ceño.

—Y ahora ¿cuál es tu siguiente paso? —le preguntó Daithí a Cara, haciendo caso omiso de los otros dos.

«Buena pregunta», pensó ella. Le dirigió una mirada furtiva a Ferdia.

—Tengo que regresar un momento a comisaría para realizar algunas gestiones. —Como revisar los antecedentes de Ferdia.

—¿Estás investigando al chaval zumbado? Esa era mi hipótesis favorita. Ya sé que según tú no es capaz de matar una mosca, pero lamento discrepar… Por la mañana te enseñaré mis moretones y me darás la razón —dijo Seamus.

—No voy a perderlo de vista.

—Bien hecho.

—Pero dudo que sea muy aficionado a escribir cartas.

—Las apariencias engañan, Cara.

—Resulta extraño ver a nuestros *Doppelgängers* en acción —dijo Ferdia, sin apartar la mirada del rodaje, aparentemente ajeno al ambiente y a las conversaciones que lo rodeaban—. Revivir escenas de nuestro pasado. ¿No dicen que eso es lo que ocurre cuando te mueres? Ves pasar tu vida ante tus ojos.

—No son nuestros *Doppelgängers* —repuso Seamus con aire desdeñoso.

—Dobles, personas que se nos parecen, ya me entiendes. Escritor tenías que ser. Te crees más listo que los demás.

—Los *Doppelgängers* son seres perversos, versiones malignas de las personas. No son simplemente dobles o gemelos. La gente suele confundir los términos.

Ferdia bebió otro sorbo de whisky, observando cómo se movía la cámara fuera.

—La actriz que interpreta a Sorcha es mona —dijo.

—¿Dónde está ella, por cierto? —preguntó Cara, paseando la mirada por la sala como si Sorcha estuviera ahí y simplemente no hubiera reparado en su presencia.

—Se ha tomado otra pastilla y se ha vuelto a acostar —dijo Ferdia.

—¿Otra pastilla? Me parece que no lo está llevando muy bien.

Ferdia se encogió de hombros.

—Yo creo que ninguno de nosotros lo lleva bien —dijo Daithí, alzando su vaso.

—Qué va —convino Seamus, alzando el suyo y entrechocándolo con el de Daithí.

Un grito apagado de «¡Y… acción!» traspasó el mísero acristalamiento único de la ventana.

—¿Alguno de vosotros ha ido a ver cómo está? —preguntó Cara.

—Seguro que está bien —dijo Ferdia.

—Creo que iré a comprobarlo.

—Tú misma.

Cara salió al pasillo. Se dirigió a la puerta principal y le echó la llave. A su espalda, la puerta de la cocina se abrió y apareció Daithí, que la cerró con suavidad tras de sí.

—¿Qué hay? —dijo Cara.

Él se pasó la mano por el cabello y se restregó la cara, exhalando un suspiro.

—¿Ha habido algún avance? —preguntó por lo bajo—. ¿Tienes alguna idea mejor de lo que está pasando? —Cara se le acercó.

—Me temo que aún no hay grandes novedades. ¿Tú estás

bien? —Le tendió la mano y le frotó el brazo—. La tensión te está pasando factura.

—Yo creo que a todos. Esos dos han estado a la greña desde que te has ido, desde que hemos recibido esas cartas tan raras. Quería haber ido a casa de Maura para arreglar la cerradura rota de la puerta de atrás, pero he preferido no dejarlos solos. A quienquiera que haya escrito esas cartas le ha salido redonda la jugada si lo que pretendía era ponernos a todos de los nervios.

—Sí —dijo Cara—. Si lo ha conseguido incluso contigo, desde luego.

—¿De verdad piensas que alguno de nosotros oculta algo sobre el tema ese del paquete? —inquirió Daithí.

—Es lo que parece creer el asesino. —Los dos que se habían quedado en la cocina ocultaban otras cosas, eso lo sabía con certeza: encuentros con Maura; trapicheos ilegales. Cara escudriñó el rostro franco y cansado de Daithí. Por un momento, se sintió tentada de revelarle lo que había descubierto sobre ellos, pero se contuvo. No le beneficiaría en nada saberlo. Además, por muy amigo suyo que fuera, no era un *garda*.

—Aprovecha que estoy aquí ahora para ir a casa de Maura. Esos dos se comportarán, sobre todo mientras Noah y los demás sigan por aquí. Creo que te haría bien salir un poco de este sitio.

—Supongo que tienes razón.

—Pronto oscurecerá, y más vale que no salgas mucho más tarde. No me gusta la idea de que andes por ahí cuando anochezca. A lo mejor podrías pedirle a Seamus o a Ferdia que te acompañen, ¿no? Así no estarías solo, y ellos descansarían el uno del otro.

—Buena idea. Ferdia me comentaba que quería ir al bar para usar el wifi una vez más, así que podríamos combinar los dos planes.

—Perfecto. Y gracias, Daithí.

—¿Por qué?

—Por ser como eres.

—¿En serio? Qué mal debe de estar la cosa para que me des las gracias por eso. —Le sonrió. Cara se inclinó hacia él y lo abrazó. A veces se le olvidaba que el hecho de que él fuera la persona más fuerte y dueña de sí misma que conocía no impedía que ocultara inseguridades tras aquella fachada estoica.

Daithí regresó a la cocina.

Cara siguió avanzando por el pasillo. Se descalzó frente a la puerta del dormitorio de Ferdia y Sorcha. Sin hacer ruido, giró el pomo y entró. Las cortinas entrecerradas y el atardecer sumían la habitación en la penumbra. Bajo unas mantas vetustas, la figura dormida de Sorcha yacía en silencio, entre inspiraciones y espiraciones suaves y rítmicas. Cara la miró. La cabellera rubia seguía recogida en un moño alborotado que se desgreñaba de forma paulatina conforme pasaba más tiempo acostada. De todo el grupo, Sorcha parecía ser quien peor sobrellevaba la situación. Sin embargo, Cara sospechaba que el origen de su estrés estaba tanto en Londres como en Inis Mór. Cara se quedó un rato sentada a los pies de la cama, contemplando a su vieja amiga. Sus palabras sobre Maura le habían dolido. Y seguía sin estar de acuerdo con ella en que Maura no la había tratado siempre con afecto. Pero resultaba evidente que Sorcha se encontraba dolida y en un estado vulnerable. Cara lo notaba, y esto la afectaba. Esperaba que las tales Stace y Lucy que había mencionado el día anterior fueran buenas amigas suyas, pues saltaba a la vista que Ferdia la estaba ayudando muy poco en aquellos momentos. Cara tiró de la manta para cubrirle los pies, pues se había destapado al moverlos. Le puso otra encima. Hacía mucho frío ahí dentro.

Se levantó y miró en derredor. El lecho estaba flanqueado por dos mesillas de aglomerado contrachapado blancas. Al fondo de la habitación, había cuatro puertas de armario a juego. Las cortinas de color melocotón y crema seguramente habían sido el último grito en alguna época. Cara se acercó a la ventana, deslizó la mano por el borde de la cortina y la apartó. La blanca superficie de la isla se extendía al otro lado. Las palabras de los actores llegaban flotando hasta esa parte de la casa, amortiguadas, ininteligibles.

Cara se dirigió hacia los armarios. Sin despegar los ojos de Sorcha, abrió el primero con cuidado. Cargadas con la ropa que nadie había tocado en décadas, las perchas de metal que colgaban de la barra estaban oxidadas, salpicadas de manchitas de color castaño rojizo, el color de su cabello. Como Sorcha no se movió, Cara le dio la espalda y escrutó la oscuridad del armario. Palpó las prendas. Revisó los zapatos deformados en la parte inferior. No había nada fuera de lugar. Examinó el estante de arriba. Había un sombrero de paja morado comido por las polillas. Lo bajó del estante, provocando una lluvia de polvo. Tosió, y Sorcha se rebulló. Cara se quedó paralizada. Esperó. La respiración suave se reanudó. Cara exhaló a su vez el aire que había estado conteniendo y devolvió el sombrero a su sitio.

Pasó al siguiente armario, que estaba repleto de ropa masculina. Sabía que Ferdia lo había inspeccionado y había tomado prestadas algunas prendas de abrigo ridículas. Pero allí tampoco vio nada raro. Lo cerró sin hacer ruido y se volvió de nuevo hacia Sorcha para asegurarse de que siguiera profundamente dormida debajo de las mantas.

Debajo.

Dirigió la vista hacia la parte de abajo de la cama. Las esquinas de unas maletas captaron su atención. Eran nuevas, en absoluto históricas. Mientras se arrodillaba, pensó que los señores Flaherty seguramente nunca habían tenido maletas propias ni habían pasado mucho tiempo fuera de la isla. Extrajo la primera maleta y la abrió sin levantarse. Contenía la ropa de Sorcha, demasiado ligera y poco práctica para la época del año. Era como si se le hubieran borrado de la memoria sus primeros veinticuatro años de vida. Cerró la maleta y volvió a colocarla en su sitio con sigilo. Había otra, presumiblemente la de Ferdia. Tiró de ella con cuidado y la abrió. Dentro había prendas más apropiadas, aunque de diseño no menos moderno. No cabía duda de que pertenecían a Ferdia. Cara la cerró y se puso en cuclillas. Tal vez estaba equivocada. Quizá le había fallado la intuición. Desplazó la mirada por el cuarto, pero, incluso en la penumbra cada vez más acusada, resultaba evidente que no quedaban muchos lugares que registrar. Empujó la maleta de Ferdia para meterla de nuevo debajo de la cama. Notó que topaba con algo. La retiró otra vez y se tumbó boca abajo para echar una ojeada debajo la cama. Había otra bolsa, más pequeña. Alargó el brazo para cogerla. Arrugó la nariz por el polvo y la suciedad que había levantado, luchando por contener las náuseas. Sus dedos tocaron la tela de la bolsa, lograron asirla y tirar de ella, sigilosa como un ratón, procurando no perturbar el sueño de la bella durmiente que yacía encima de su cabeza.

Cuando salió de debajo, Cara se incorporó y contempló la pequeña bolsa negra que tenía entre las manos. Abrió la cremallera. El sonido de cada par de dientes que se separaban era como el rugido de un león. Echó un vistazo al interior. Se encontró con una cueva de Alí Babá de estupefacientes.

Había los suficientes para narcotizar a la población entera de la isla varias veces.

Y, entre ellos, pastillas como las que había descubierto en la mesa de Maura.

27

Cara empujó las maletas grandes debajo de la cama. Sorcha se dio la vuelta y soltó un gruñido. «Y que lo digas», pensó Cara. También volvió a dejar la bolsa con drogas donde estaba. Salió de puntillas de la habitación y regresó a la cocina.

Seamus estaba solo, sentado a la mesa.

—¿Daithí y Ferdia se han ido a la casa de Maura?

—Sí, han dicho que volverían más tarde —dijo Seamus—. ¿Cómo está Sorcha?

—Dormida.

Cara se sentó.

—¿Qué sabes sobre lo que hace Ferdia en Londres?

—No mucho —dijo Seamus—. Solo lo que te conté la otra noche. Algo relacionado con bolos, música, grupos y esas cosas. ¿Por qué lo preguntas?

Cara se encogió de hombros.

—Por algo que me han dicho… ¿Crees que se dedica a otra cosa, aparte de trabajar con grupos y demás?

—¿Como qué? —inquirió Seamus, entornando los ojos.

Cara meditó lo que debía responder. ¿«Creo que Ferdia vende drogas»?

—¿Algo ilegal?

—¿En serio?

—Seguramente no es nada. Pero, ya sabes, tengo que tirar de todos los hilos.

—No he oído nada sobre eso, por si te sirve de algo.

—No pasa nada. —Cara se levantó—. Bueno, tengo que acercarme a comisaría. Regresaré lo antes posible. ¿Puedes ir comprobando que Sorcha esté bien? Y, aunque sé que no es fácil con toda esa gente ahí fuera, intenta mantener las puertas cerradas con llave.

—¿No te parece un poco peligroso ir a la comisaría sola?

—No me queda otro remedio. Ni siquiera podemos dividirnos en parejas porque somos un número impar. Y prefiero que te quedes aquí para cuidar de Sorcha mientras duerme. De todos modos, no me pasará nada. Al fin y al cabo, este es mi trabajo.

—Cierto, pero aun así… Ve con cuidado, Cars, no corras riesgos innecesarios. Yo me ocuparé de Sorcha.

—Gracias, Seamus, y no te preocupes. Estaré bien. Bueno, me marcho. Cuanto antes me vaya, antes podré regresar.

Rodeó la encimera, subiéndose la cremallera. La nieve la atacó en cuanto puso un pie fuera. A pesar de todo, el rodaje seguía adelante, aunque a Cara le importaba una mierda, pues le parecía una absoluta frivolidad en aquel momento. Se abrió paso con brusquedad entre los actores sin decir una palabra. «Corten», gritó Noah Jackson, y le lanzó una mirada asesina, pero mantuvo la boca cerrada. Cuando Cara pasó junto a Lexi, ambas se miraron. La actriz que interpretaba a su personaje sujetaba una taza de café con ambas manos, intentando mantener el frío a raya.

—Te voy a destripar el final —farfulló Cara—: no acaba bien.

En la oscura comisaría de la *garda*, la pantalla del ordenador despedía un característico brillo parpadeante de retroiluminación. El sol casi se había puesto, y las paredes parecían cerrarse en torno a Cara. El generador de reserva había cumplido con su deber y se había puesto en marcha. Aun así, Cara no había encendido las luces. No quería pregonar su presencia más de lo necesario. Necesitaba concentrarse sin interrupciones.

Fue un alivio para ella poder enchufar el cargador de su teléfono y cargarlo por completo. Y, tras reconectarse de golpe al wifi, se iluminó como una máquina del millón conforme le llegaban notificaciones y alertas de noticias. «El temporal Susan siembra el caos por el país», le informaron múltiples titulares. Se le escapó una risita amarga al leerlos. «¿En serio? No me había dado cuenta». Según el pronóstico, duraría veinticuatro horas más. No amainaría hasta el día siguiente, bien entrada la Nochevieja. Mientras contemplaba la tormenta, se preguntó qué sucedería entonces. ¿En qué situación se encontraría cuando llegara el día de Año Nuevo? No le haría falta mirarse en un espejo y ver a una pelirroja antes de nada para saber que le esperaba un año difícil.

Tras introducir el nombre de Ferdia en el sistema, estudió con detenimiento los resultados obtenidos. Reflejaban un historial delictivo nada desdeñable. Había cumplido seis meses de condena en Mountjoy, cuando tenía veinte años, por posesión con fines de distribución. Él les había asegurado que esos seis meses los había pasado cursando la carrera en Francia. Todos se habían muerto de envidia. Si hubieran sabido la verdad… Y, al parecer, Ferdia no había aprendido la lección. A intervalos regulares, añadía una nueva infracción a su lista de antecedentes policiales, cada una más grave que la anterior. En ella figuraban también incidentes violentos, varias amonestaciones y una condena por agresión: más tiempo que había pasado entre rejas sin que los demás se enteraran, pues les había hecho creer que estaba en Dublín durante los meses que no eran de verano. Cara sacudió la cabeza. El sarcástico y arrogante Ferdia no era plato del gusto de todos, pero ella jamás lo habría considerado capaz de recurrir a la violencia. Nunca le había tenido miedo. El día anterior, cuando él había regresado a la casa después de salir hecho una furia y lo habían visto perder los nervios con Sorcha, ella lo había entendido como una señal, un atisbo de la realidad que se escondía tras aquella fachada construida con tanto cuidado. Se preguntó qué le dirían sus colegas de Londres si los consultaba sobre los últimos diez años de Ferdia en la ciudad.

Alguien llamó a la puerta de la comisaría. Ella se puso en pie. Por lo visto, lo de mantener las luces apagadas no había funcionado. Cuando abrió, un rostro familiar apareció en el vano: Daithí. Con una sonrisa de alivio, Cara se sentó de nuevo.

—Buenas. ¿Puedo pasar?

Cara asintió.

—Siéntate —dijo.

Acercó una silla de una mesa vecina y se sentó frente a ella. Depositó algo sobre el escritorio. Una llave.

—He arreglado la cerradura. Me ha llevado solo un momento. He pensado que tal vez querrías tener una copia.

—Ah, perfecto. Gracias por arreglarla. —Cara cogió la llave y se la guardó en el bolsillo—. ¿Cómo te has encontrado la casa? Espero que no haya vuelto a entrar nadie.

—Estaba tal como la habías descrito, así que supongo que no.

—Mejor.

—¿Qué haces aquí? —Daithí inclinó la cabeza hacia la pantalla del ordenador—. Si no es indiscreción.

La determinación de Cara por no hablar de aquello con nadie flaqueó.

—Al parecer, nuestro viejo amigo Ferdia ha tenido sus escarceos con el tráfico de drogas a lo largo de los años.

—¿Drogas? —dijo Daithí—. ¿En serio? Ja. Eso no me lo esperaba.

—Ya. Yo tampoco. Empiezo a pensar que tal vez Sorcha tiene razón —dijo—. Quizá ha pasado demasiado tiempo. Como suele decirse, «nunca vuelvas atrás». Tal vez deberíamos habernos limitado a rememorar los viejos tiempos y luego dejarlos atrás.

—Sí, no sé. Las cosas han cambiado, eso no te lo niego.

—No comentes con nadie lo de Ferdia. Seguramente no debería habértelo contado.

—Tranquila, seré una tumba. —Daithí hizo el gesto de cerrarse los labios con una cremallera—. Tengo que irme. He dejado al capo de la droga en el pub, haciendo sus llamadas de trabajo, lo que ahora me parece de lo más sospechoso, para qué te lo voy a negar. He quedado en que regresaría con él a la casa de los Flaherty. ¿Nos vemos ahí luego?

—Sí. En cuanto acabe con esto, voy para allá.

—Genial. Hasta ahora. Y ten cuidado.

—Así lo haré.

Tras despedirse con la mano, Daithí se marchó. Cara posó de nuevo la vista en la pantalla del ordenador y meditó su siguiente paso. ¿Qué debía hacer con esa información? ¿Y con el alijo de debajo de la cama? Su teléfono emitió un tintineo en medio del reflexivo silencio. Era un mensaje de texto de Cormac Mullen, el director. Había recibido las imágenes de la cámara.

Abrió su aplicación de correo electrónico y vio como le entraba en el buzón un mensaje tras otro. Al final, apareció uno enviado por «Mullen, Cormac», con un archivo adjunto.

Cara hizo clic en el icono en la parte inferior del mensaje. Lo clicó un par de veces más, impaciente. El archivo se fue descargando despacio, *kilobyte* a *kilobyte*. Sonó el teléfono, pero ella no contestó. Mantenía los ojos fijos en el monitor del ordenador.

Se abrió un vídeo. Cara pulsó el botón para reproducirlo y se inclinó hacia la pantalla. A diferencia de la velocidad de descarga, el corazón le iba a mil por hora. Surgió una imagen de la puerta trasera de la escuela captada desde un ángulo oblicuo. Primero aparecía un contorno borroso negro que no revelaba nada y luego una persona retrocediendo, de perfil. El bucle duraba entre dos y tres segundos.

No era Ferdia.

Ni tampoco Maura, como Cara había conjeturado en un primer momento.

A pesar de la mala calidad de la grabación, no podía tratarse de nadie más. Y, en el bolsillo trasero de los vaqueros, se apreciaba un bulto cuyas proporciones le resultaban familiares. Era más o menos del tamaño de una lata pequeña. Una lata en la que cabían unos cuantos porros y pastillas.

Se llevó el dedo a los labios y mordisqueó la piel en el borde de la uña.

Un moño rubio despeinado.

Sorcha.

28

Cara se quedó contemplando la pantalla. ¿Sorcha? ¿Qué narices...?

Su móvil, que había quedado en silencio, comenzó a sonar de nuevo. Sin mirarlo, lo cogió, con los ojos aún hipnotizados por la imagen de Sorcha. ¿A qué diablos estaba jugando? Se le agolpaban tantas preguntas en la cabeza que no habría sabido por dónde empezar. El cosquilleo de las insistentes vibraciones del móvil en la palma de la mano la impulsó a bajar la mirada para ver quién la llamaba.

El apelativo de Mamó parpadeaba en la pantalla.

Cara le dio al botón Contestar.

—Hola, Mamó.

—Cara —susurró la voz de su abuela desde el otro lado de la línea—, gracias a Dios que te localizo.

—¿Qué ocurre, Mamó? —dijo Cara, poniéndose en pie—. ¿Por qué hablas tan bajo?

—Creo que ha entrado alguien en casa.

—¿Qué? —El corazón le dio un vuelco como si le hubieran aplicado una descarga con un desfibrilador.

—No te preocupes, los niños están en casa de Bríd. Estoy sola aquí, escondida en el cuarto de la tele. He arrimado el sofá a la puerta. Estoy demasiado asustada para intentar salir corriendo.

—¡Mamó, voy enseguida! —Cara rodeó la mesa a la carrera, poniéndose el anorak a toda prisa. Al salir de la comisaría, batalló con una llave que parecía haber crecido, pues se negaba a entrar en la cerradura. Obligándose a moverse con lentitud, consiguió cerrar la puerta con llave y echó a correr hacia su coche. Su casa estaba a menos de cinco minutos, que en aquel momento se le antojaron cinco horas. Arrancó marcha atrás a toda velocidad. Enfiló la calzada con un chirrido de neumáticos y encendió las luces largas para iluminar la carretera que se extendía ante ella, más oscura en la penumbra del atardecer debido al apagón.

Pasó como un rayo por delante de Derrane's y alcanzó a ver con el rabillo del ojo a Daithí y Ferdia en pie frente a la puerta. Pisó el acelerador, mientras los haces de los faros alumbraban un laberinto de caminos recubiertos de blanco. El vehículo derrapaba y patinaba sobre la nieve medio derretida y sobre la recién caída. El temor a sufrir un accidente se apoderó de Cara. Si se estrellaba, no conseguiría llegar hasta Mamó. Con un alarido de frustración, redujo la velocidad.

Al doblar la última esquina, pasó rozando el muro de piedra. Se detuvo frente a la casa y se apeó. Tuvo que agarrarse de la puerta para no caerse, pues había pisado un charco congelado. El muñeco de nieve de aquella mañana, con su bufanda demasiado apretada y la nariz de zanahoria mal colocada seguía en el patio delantero. Las sombras de la oscuridad casi absoluta arrojaban formas siniestras que transmutaban la figura oronda y jovial en un monstruo de las tinieblas.

Cara dejó la puerta del coche abierta, para evitar un ruido que pusiera sobre aviso al intruso. Quería que se largara de su casa y se alejara de su abuela. Pero antes quería ver quién era.

Abrió el maletero de la manera más silenciosa pero rápida posible y sacó una linterna grande como un ladrillo.

Se aproximó a la puerta principal. Introdujo la llave con suavidad, agradecida de que el viento hubiera amainado un poco. Entró procurando no hacer ruido. Unas lámparas de camping con potentes bombillas led alumbraban zonas del recibidor, proyectaban pequeños círculos de luz en medio de la negrura. Cara se paró y aguzó el oído. Estaba delante del espejo de la entrada. Una luz más tenue sobre la mesa del recibidor la bañaba en un brillo anaranjado ascendente que confería un aspecto grotesco a su cuello y mentón. Tenía la misma pinta que los adolescentes que se iluminaban con una linterna desde abajo para narrar cuentos de miedo. Con la diferencia de que aquello no era un cuento.

Permaneció inmóvil, escuchando, y lanzó una mirada rápida hacia el cuarto de la tele en el que sabía que Mamó estaba escondida. Le rogó a su corazón que dejara de martillearle el pecho, pues el pulso acelerado en las orejas le resultaba ensordecedor. Inspiró, contuvo el aire y exhaló despacio varias veces, contando sus respiraciones. Consiguió normalizar un poco su ritmo cardíaco. Aguzó el oído de nuevo.

Nada.

Dio un paso hacia el pasillo que conducía a la parte de atrás de la casa.

Nada.

Otro paso.

Y entonces lo oyó.

En su habitación. El sonido de la puerta de su armario al abrirse. Con sigilo. La persona que estaba ahí dentro intentaba evitar que la descubrieran. Como su alcoba se encontraba en la parte posterior de la casa y ella se había acercado en el coche desde la carretera del pueblo, el intruso seguramente no la había oído llegar.

Avanzó un par de pasos más por el pasillo, esquivando las partes del suelo que sabía que crujían. Tras años de intentar no despertar bebés, contaba con un mapa instintivo. Le llegaron más sonidos de su habitación. Allí no había lámparas de camping, solo el haz de su linterna. Barrió con él el fondo del pasillo, hasta su puerta. El rayo alumbró una mueca demoníaca en el suelo, con dientes que goteaban sangre, bajo unos ojos desquiciados. Cara gritó. Entonces su cerebro procesó lo que había visto. No era más que el payaso maligno de juguete que Cathal le había pedido con insistencia por Navidad. Lo había dejado ahí tirado.

—Joder —gimió Cara. Se hizo el silencio en su habitación. Era imposible que no hubiera alertado al intruso de su presencia.

Oyó que Mamó abría la puerta, más adelante en el pasillo.

—¿Cara? —dijo una voz aterrorizada—. ¡Virgen santa, Cara!

—¡Estoy bien, Mamó! ¡No te preocupes! ¡Vuelve a entrar!

Entonces sonó un forcejeo procedente del interior. Alguien estaba abriendo su ventana.

Cara se abalanzó hacia su dormitorio. Sin embargo, la ráfaga de aire gélido que la recibió cuando irrumpió por la puerta y el ondear de las cortinas bastaron para indicarle que la persona había huido. Se precipitó hasta la ventana y se arrojó a la oscuridad del exterior. Cayó rodando sobre el montón de nieve que había debajo. Consiguió ponerse en pie sin soltar la linterna. La desplazó a izquierda y derecha, describiendo un arco, desesperada por encontrarse tan cerca de la respuesta, de descubrir quién era el responsable de todo, quién estaba detrás de aquella pesadilla. Pero el intruso había desaparecido. Se dirigió a paso veloz hacia la tapia del jardín, tropezando con obstáculos invisibles, tambaleándose y recuperando el equilibrio. El haz de la linterna temblaba de forma mareante mientras corría, pero no revelaba nada.

Cara corrió hasta la carretera, a oscuras. Jadeando, con el aliento helado condensándose ante ella, se volvió rápidamente a uno y otro lado, buscando con la mirada. Aunque aún faltaba para que la negrura impenetrable de la noche cerrada lo envolviera todo, la penumbra del atardecer era lo bastante profunda para despojar al mundo de lo concreto y lo real, y reducirlo a ideas y recuerdos. Un ejército de lo peor que existía habría podido estar agazapado tras los muros bajos sin que ella se enterara. No veía nada.

Rugió al vacío. Gritó para desahogar su rabia, tristeza y frustración. Bramó para que el ser, el demonio que había hecho aquello percibiera su dolor, allí donde se hubiera metido, fuera cual fuese el rincón del infierno al que se había arrastrado. Que supiera que ella estaba allí, que había estado a punto de pillarlo. Y que iba a por él. Costara lo que costara.

29

Cara inspeccionó su habitación. A pesar de la falta de luz —un farol a pilas no alumbraba demasiado—, alcanzaba a ver que era como si un tornado —un tornado muy localizado— hubiera pasado por ahí, arrasándolo todo.

—¿Solo aquí? —Se volvió hacia Mamó.

—Sí, he recorrido el resto de la casa, y parece que todo está en su sitio. Como está oscuro, tal vez por la mañana descubramos algo que se me haya pasado por alto, pero no lo creo.

Cara asintió.

—¿Te encuentras bien? Has debido de pasar mucho miedo.

—La verdad es que la última media hora me ha dejado bastante tocada. Pero lo superaré. Lo superaré.

—Eso espero. Si hubiera sabido que podía pasar algo así…

—No te fustigues, no podrías haberlo previsto. Lo único que siento es haber estado todo el rato detrás del sofá y no poder decirte nada útil sobre quién era.

—Ahora no te fustigues tú, Mamó. Me alegro de que te hayas mantenido a salvo. Descuida, que ya le echaré el guante, sea quien sea. —Cara volvió a abrazar a su abuela. Ambas estaban afectadas por la experiencia.

—¿Podéis volver a casa de Bríd a pasar la noche? ¿Tiene una habitación de invitados? Prefiero que no os quedéis aquí solos, aunque estéis con Maurice y Conor. Tendré que estar yendo y viniendo para avanzar en la investigación, sobre todo ahora que el asunto se ha vuelto aún más personal. Creo que no podría concentrarme sabiendo que seguís aquí.

—Sospecho que quienquiera que haya sido no volverá, pero estoy de acuerdo, mejor no correr el riesgo. Estoy segura de que Bríd nos acogerá encantada y sé que los niños estarán felices de alojarse ahí.

—Vale, pues ¿qué te parece si llamas a Bríd mientras yo preparo las bolsas de los niños?

—Eso haré.

Mamó se dirigió hacia la cocina, donde se encontraba el teléfono fijo que, por fortuna, funcionaba independientemente de la electricidad y del wifi. Cara no quería ni imaginar qué habría ocurrido si el cable no hubiera sido lo bastante largo para llegar hasta el cuarto de la tele, desde donde Mamó la había llamado. Aunque el resto de la casa estaba intacto y su dormitorio había sido el epicentro de interés. Cara se estremeció al pensar en qué habría hecho el intruso al acabar con las manos vacías. Porque no cabía duda de lo que había ido a buscar: el escurridizo paquete. Habría comenzado a registrar las otras habitaciones y habría descubierto a Mamó, escondida en el cuarto de la tele. La habría asesinado. Esa persona no se andaba con chiquitas. A pesar de que les había hecho llegar las cartas esa mañana, no se había quedado esperando tranquilamente a que le entregaran el paquete. Además, sin duda sabía que era poco probable que Cara se lo devolviera, aunque lo tuviera en su poder. Al escuchar la voz amortiguada de su abuela en la cocina, se apoderó de ella un deseo apremiante de llorar, de dar rienda suelta a aquel miedo, aquel pavor terrible. Pero, en vez de eso, apretó los ojos y realizó una respiración tan profunda que la sintió hasta en las plantas de los pies. Tenía que seguir adelante, que perseverar en su empeño. No podía pararse a llorar. Aún no.

Se dirigió a la habitación de los niños y guardó en una mochila un pijama y una muda de ropa para cada uno. Fue entonces cuando el sentimiento de culpa la invadió. Habría deseado poder meterlo en una bolsa también. Le había parecido suficiente con que Maurice y Conor se quedaran en la casa, pero había dejado a su abuela en una situación de peligro. Solo la suerte había impedido que ocurriera una desgracia. No podía liberarse del cargo de conciencia. ¿Y si los niños hubieran estado ahí también? ¿Y si Mamó no hubiera conseguido acceder al teléfono? ¿Y si Cara no hubiera estado en la comisaría, con un wifi que funcionaba, gracias a lo cual tenía señal en el móvil? Demasiadas incógnitas. No quería que la seguridad de su familia estuviera supeditada a incógnitas.

Oyó llegar un vehículo. Se acercó a la ventana y apartó la cortina. Eran Bríd y Maurice, en su antigualla de coche. La luz interior estaba encendida, lo que le permitió vislumbrar a Saoirse y Cathal en el asiento de atrás.

Se encontró con Mamó en el recibidor. Ambas llevaban una pequeña mochila en la mano.

—Los niños están en el coche —dijo Cara.

—Sí. Bríd dice que querían verte en persona, porque han oído sin querer mi conversación telefónica con ella.

—Ay, no.

—Solo han entendido que alguien ha entrado en casa, nada más.

—Está bien. Bueno, saldré contigo a hablar con ellos.

Cara cerró la puerta principal con llave, y las dos se lanzaron a la carrera, azotadas por el viento y perseguidas por el frío. Cuando llegaron junto al coche, Mamó se despidió de ella con un breve abrazo y un beso en la mejilla.

—*Bí cúramach* —le susurró al oído, una frase que le había oído decir a los críos muchas veces, cuando se acercaban demasiado al fuego, cuando se disponían a cerrar una puerta con los deditos en el borde o cuando agitaban un ovillo de lana frente a un gato: «Ten cuidado».

—Lo tendré —respondió, también en un susurro.

Mamó rodeó el coche para subirse por el otro lado. Cathal bajó la ventanilla.

—Mami, ¿estás bien? —preguntó. Saoirse, con incertidumbre en sus grandes ojos azules, se inclinó por delante de su hermano para fijar en ella una mirada que parecía plantearle la misma pregunta.

Cara se agachó y, apoyada en el marco de la ventanilla, alargó el brazo hacia el interior. Los apretujó a los dos con un abrazo torpe. Aspiró su inocente y reconfortante aroma. Aquello era casi demasiado para ella.

—Estoy bien, cariño. —Miró primero a Cathal a los ojos, y luego a su hermana—. Todo va bien.

—¿Estás segura? —preguntó Saoirse.

—Completamente. Mejor que bien. Y, aunque no fuera así, soy la mejor *garda* en Inis Mór, así que no tienes por qué preocuparte.

—Mamá —terció Cathal—, ¿no eras la *única garda* en Inis Mór?

—¡Ahí me has pillado, chaval! —Le pellizcó la mejilla, sonriente y se vio recompensada con otra ancha sonrisa.

—Bueno, es hora de iros. Os prometo que las cosas volverán más o menos a la normalidad cuando pase la tormenta. Os dejo con Mamó. Portaos bien, y divertíos en casa de Bríd. Nos vemos por la mañana.

—Vale, mamá —gorjearon, y su buen humor le infundió ánimos a Cara.

Tras darles las gracias a Bríd y Maurice, se despidió con un gesto. Regresó a la casa, entró y cerró la puerta. Echó el cerrojo. Cogió dos de las lámparas de pilas del recibidor y enfiló el pasillo hacia su habitación. Por el camino, recogió el payaso terrorífico y lo dejó en el silencioso y vacío cuarto de Cathal.

De pie en medio de su dormitorio, miró alrededor. Colocó uno de los faroles sobre la cómoda, y el otro en la mesilla. Esto habría creado un ambiente acogedor o incluso romántico de no ser por la ropa y las cajas sacadas de su armario y tiradas por ahí, los libros desparramados por el suelo y los cajones volcados. No quedaba ni un rincón sin registrar. Aquello, más que una alcoba, parecía el escenario de un bombardeo.

Procedió a ordenar y, al mismo tiempo, a investigar, fijándose en si faltaba algo. Pero estaba segura de que no echaría nada en falta, de que quien había hecho eso buscaba el paquete. Estaba lo bastante informado para saber que era posible que Maura lo hubiera llevado ahí y se lo hubiera entregado a Cara para que lo escondiera.

Cuando había salido por la ventana hacia las tinieblas, se había ido decepcionado.

Cara dobló las prendas y las guardó de nuevo en los cajones. Devolvió los libros a los estantes. Recogió las cajas de ropa de verano que el intruso había bajado de la balda superior de su armario. Después de ordenarlas, las colocó en su sitio. Se detuvo un momento en la lúgubre media luz, mirando una de las cajas que tenía a sus pies. Se sentó en la alfombra. La caja contenía viejos álbumes de fotos de aquellos veranos. Cruzando las piernas, Cara abrió el primero. Estaba demasiado oscuro para distinguir las facciones. La historia la contemplaba desde aquellas páginas. Aquellos rostros lozanos e inocentes en la penumbra. Habría podido coger el móvil y encender la linterna, pero eso gastaría la batería, un lujo que no podía permitirse. Al menos, intentó convencerse de que esa era la razón, y no que no soportaría la visión de esas imágenes con todo detalle. ¿Qué vería en ellas, de todos modos? Sombras de personas a las que había conocido. ¿En quiénes se habían convertido? Ferdia y Sorcha estaban metidos en líos de drogas. Seamus y Maura ocultaban secretos. Le costaba no sentirse sola. El mundo que creía formado por personas que conocía y quería se le antojaba ahora poblado por extraños.

Volvió a dejar los álbumes donde estaban. No le habían ayudado con su estado de ánimo ni con su investigación. Recogió las baratijas, los recuerdos de juventud que guardaba en la misma caja y que ahora se encontraban dispersos por la habitación. Se percató de que ahí es donde debía estar su bola de nieve, la pareja de la de Maura. No le había dado por tenerla a la vista, como su amiga, pero desde luego no pensaba desprenderse de ella. Agarró su linterna y desplazó el haz por todo el cuarto. No encontró la esfera. Se volvió hacia la cama. Se puso a cuatro patas y alumbró la parte inferior del lecho. La luz se reflejó en una esfera de vidrio. Por segunda vez ese día, Cara se tumbó boca abajo y sacó algo de debajo de una cama. Sin embargo, aquel era un hallazgo más agradable. Sin duda había rodado por el suelo en una trayectoria poco elegante hasta acabar ahí. Cara se echó hacia atrás y agitó la bola. Incluso en la semioscuridad, los copos relumbraron al arremolinarse. Dos amigas, dos amigas felices. Le dio la vuelta y observó cómo los copos giraban de nuevo hasta posarse. Repitió el movimiento una y otra vez, contemplando la nieve de mentira. Sabía que Maura había intentado comunicarle algo al dejar su bola donde la había dejado. Ojalá hubiera sabido descifrar ese mensaje.

Un trino resonó por el pasillo. El teléfono estaba sonando. Cara se levantó y cogió una de las lámparas. Se encaminó hacia la cocina. La silueta del árbol de Navidad, recortada contra la ventana, apenas visible bajo la última claridad del crepúsculo, semejaba un monstruo dotado de tentáculos. El eco de los timbrazos del teléfono en la habitación oscura y vacía era como su grito alienígena. Cara se acercó al ruidoso aparato. Al advertir que aún sostenía la bola de nieve en la mano, la dejó sobre la encimera y descolgó el auricular.

—¿Diga? —contestó con una sensación extraña por no saber quién estaba al otro lado de la línea.

—Cara, soy Daithí. ¿Va todo bien? —Su voz sonaba tensa—. Ferdia y yo te hemos visto pasar a toda pastilla en el coche, y aún no has vuelto a la casa de los Flaherty.

—Todo va bien ahora…, pero he recibido una llamada de Mamó. Nos han entrado en casa. Alguien puso mi habitación patas arriba mientras Mamó estaba aquí.

—Uf, Cara, eso es terrible. ¿Se encuentra bien?

—Está disgustada pero ilesa, gracias a Dios.

—Todo está relacionado, ¿verdad?

—Sin duda. Estoy convencida de que el intruso buscaba el paquete. Que, obviamente, no está aquí.

—¿Qué narices contendrá ese paquete? Es tan extraño…

—Lo sé, Daithí. El asesino no es la única persona que quiere hacerse con él. Ojalá pudiera deducir dónde lo escondió Maura. He reconstruido sus pasos y llamado a la puerta de todas las casas que hay por el camino. Nadie ha visto ni sabe nada. No tengo indicios. No he tenido oportunidad de registrar su casa, pero todo apunta a que el asesino lo ha hecho por mí, sin éxito. No habría venido aquí si ya hubiera encontrado el paquete. He interrogado a su acosador, y dice que le perdió el rastro después de verla ese día a primera hora de la mañana. Así que no he aclarado nada por ese lado. Y creo que ella me dejó una pista, pero no consigo desentrañar qué me quería decir. —Bajó la vista hacia la esfera de cristal. La había depositado sobre un montoncito de objetos diversos que había junto al teléfono. Un montoncito como el que había en todas las casas excepto las más ordenadas. En el hogar de Maura, por ejemplo, estaba esa pila de cartas y periódicos junto a la puerta. Y había dejado la bola de nieve encima.

—¿Qué pista? —inquirió Daithí—. A lo mejor puedo ayudarte...

Cara fijó la vista en la bola de nieve y notó que una oleada de calor le subía por el cuerpo. Una idea empezaba a cobrar forma.

—¿Sabes qué? No hace falta —dijo, notando que el corazón se le aceleraba de nuevo—. Creo que se me acaba de ocurrir la solución. Tengo que dejarte.

Cara colgó, cogió las llaves de su coche y salió a toda prisa de la cocina. La pequeña esfera de cristal se quedó ahí, en la encimera de la cocina, sobre las facturas y los folletos. La lámpara de camping que tenía al lado emitía un brillo tenue a través de ella, iluminando los últimos copos sintéticos que caían con suavidad en torno a dos diminutas amigas.

30

Cara subió a su coche de un salto y salió del camino de entrada a toda velocidad. La parte de atrás del vehículo patinó sobre el hielo, y un chirrido metálico le indicó a Cara que había raspado contra el pilar al final del camino. Redujo la velocidad, frustrada de nuevo por el retraso. La idea le había venido a la mente mientras estaba en la cocina hablando con Daithí y contemplando la bola de nieve. Que descansaba sobre el montón de correo. Esa era la clave: no la bola en sí, sino lo que había debajo. Tenía que tratarse de eso. Sin duda era lo que Maura intentaba transmitirle. Sabía que se fijaría en la esfera y repararía en que no estaba en su sitio.

Aunque condujo despacio, Cara llegó a la casa de Maura en tres minutos. Agarró el armatoste de linterna, que estaba en el asiento del acompañante, y corrió hacia la puerta trasera, siguiendo el sendero que había abierto en la nieve antes. Su blancura reflejaba el resplandor de la linterna como luces de aterrizaje. Se hurgó en el bolsillo en busca de la llave que le había dado Daithí. Aunque llevaba sus nuevos guantes de piel, tenía los dedos ateridos y las yemas entumecidas. La parte de su rostro que quedaba por encima de la bufanda y por debajo del borde de la capucha estaba expuesta a temperaturas bajo cero. Si bien aún no eran las seis de la tarde, a Cara le hizo falta la linterna para meter la llave nueva en la cerradura. La apuntó hacia arriba, a través de la ventana de la parte de atrás de la casa, e iluminó la bola de nieve, que continuaba en su sitio, al otro lado de la puerta, en lo alto del montón. ¿Qué secretos guardaría? Ya dentro, cerró la puerta. Al recorrer el interior de la casa con el haz de luz, comprobó aliviada que todo estaba como en la mañana y que al parecer nadie había tocado nada desde entonces.

Con las manos enguantadas, Cara cogió con delicadeza la bola de nieve y la puso a un lado. Enfocó con la linterna la pila de debajo. Había cartas y periódicos, como ya había visto antes. Colocó la linterna sobre el alféizar de manera que alumbrara el montón de papeles mientras ella lo revisaba. Los hojeó con rapidez, buscando alguna nota. No había ninguna. Acto seguido, se puso a examinar cada elemento de la pila: dos cartas, una factura de la luz y un extracto bancario. Echó un vistazo a todas las hojas y sobres por el anverso y el reverso. Nada. También estaba la hoja informativa de la parroquia. Cara pasó las páginas a toda prisa. Nada más que noticias locales. A continuación, inspeccionó el periódico y le dio la vuelta hacia un lado y luego hacia el otro. Estaba doblado por el crucigrama, que Maura había empezado a resolver. Solo había rellenado una solución. Cara lo desplegó y revisó cada página. Otra vez nada. Volvió a doblarlo como lo había encontrado, cada vez más frustrada y menos convencida de que su destello de inspiración hubiese sido el acertado.

Recogió el montón de correspondencia, pensando que tal vez necesitaba examinarlo bajo una luz mejor. Lo que buscaba estaba ahí, pero no había sido capaz de descubrirlo. Empuñó la linterna y, tras salir de la casa, cerró la puerta con llave. Cuando giró sobre los talones, la linterna se le resbaló de la mano y cayó al suelo con un crujido sordo. Más que verlas, oyó que las pilas se alejaban rodando. Manteniendo el cúmulo de papeles en alto con una mano, Cara se agachó en la oscuridad para intentar encontrar las piezas que faltaban. Sin embargo, sus dedos solo palparon unos fríos montículos de nieve y se hundieron en ellos como en castillos de arena. No quería arriesgarse a que las cartas se mojaran y el mensaje, en caso de haberlo, se borrara, de modo que se encaminó hacia el coche para dejarlas dentro y luego regresar a por la linterna.

Avanzando con cautela, paso a paso, guiándose por el débil

reflejo de la luz en la blanca nieve, llegó hasta el coche. Tras depositar las cartas en el asiento del copiloto, volvió a cerrar la puerta. El portazo pareció retumbar a kilómetros de distancia, en la desierta lejanía. Cara alzó la vista hacia la oscura forma de la casita. El contorno del tejado se recortaba contra la luz agonizante en el cielo. Le pareció que había un pájaro acurrucado junto a la chimenea, resguardándose del viento. Sintió un escalofrío que no tenía que ver con las bajas temperaturas.

Volvió sobre sus pasos hasta la parte trasera del edificio, de nuevo con pisadas lentas y firmes, con cuidado de dónde plantaba el pie, para recuperar la linterna caída. Rodeó la casa, aún más tenebrosa ahí detrás. Se agachó con los dedos extendidos, buscando las pilas y las piezas de la linterna a tientas. Se llevó al rostro un guante mojado por la nieve para apartarse un mechón suelto, y se dejó un rastro de humedad en la mejilla. Encontró una batería. Y luego otra.

Oyó un ruido. No era el viento que soplaba entre los muros bajos de piedra, ni la intensa nevada que caía sobre los tejados ya cargados. Tampoco era el chillido de un animal. Era otra cosa. Cara giró la cabeza a derecha e izquierda, intentando determinar el origen aproximado del sonido. Se enderezó despacio, sin haber recogido del todo la linterna. Dio unos pasos hacia el costado del edificio, donde al menos alcanzaba a ver más o menos a un metro de distancia. Se detuvo. Se quedó quieta como una estatua.

A su izquierda.

Se volvió. El cobertizo.

Una silueta salió de detrás. Resultaba imposible distinguir sus rasgos.

—¿Quién anda ahí? —gritó Cara.

No obtuvo respuesta.

Ella siguió sin moverse.

—¿Quién eres? —gritó de nuevo.

Oyó que alguien rompía a llorar en la oscuridad.

Estupefacta, pero ya sin el menor temor, echó a andar hacia los gemidos lastimeros. Vislumbró un rostro ante ella.

—Patrick —dijo al ver el semblante angustiado de Patrick Kelly.

—Hace días que no la veo —gimió—. Normalmente... Normalmente, cada vez que la pierdo, vuelvo a encontrarla más tarde. ¿Dónde está? ¿Dónde está la señorita Conneely?

—Ven aquí. —Cara extendió los brazos hacia él y le tocó la mano, que estaba tan fría que casi le produjo rechazo.

—Patrick, estás helado. ¿Cuánto rato llevas aquí fuera? Estás hecho un témpano.

—Es que he estado... esperándola. —Los sollozos se reanudaron. Cara lo tomó del brazo con delicadeza y lo guio por el camino de entrada hasta su coche. Abrió la puerta del lado del pasajero, recogió los papeles y el correo que había dejado ahí hacía un minuto, colocó la pila con cuidado sobre el salpicadero, y ayudó a Patrick a sentarse. Acto seguido, cerró la puerta, se acercó al maletero y extrajo una vieja manta que guardaba ahí. Al regresar junto a él, le indicó que se envolviera en ella. Luego subió al coche.

Introdujo la llave en el contacto y arrancó. Puso la calefacción al máximo y encendió la minúscula luz de cortesía. El pobre muchacho estaba blanco como la pared.

—No debes salir con este frío, Patrick. Te pondrás enfermo.

Él se sorbió la nariz, pero no dijo nada.

—¿Te llevo a casa? —preguntó Cara. Él negó con un gesto. En realidad, ella no tenía muy claro que fuera una buena idea. La diminuta autocaravana no parecía contar con un buen radiador. Decidió quedarse con él dentro del vehículo por el momento, al menos hasta que se le pasara el frío—. ¿Me pasas eso? —preguntó, señalando el montón que había sacado de la casa de Maura. Tendría que volver a revisarlo ahí, bajo aquella luz en forma de V invertida en el interior de la cabina. Además, de ese modo le daría un respiro a Patrick para que entrara en calor sin sentirse presionado a hablar con ella o hacer ninguna otra cosa aparte de descongelarse.

Él le entregó la pila. Tras dejar el periódico apoyado contra la palanca de cambios, Cara se puso a hojear de nuevo las cartas. Aunque las veía con más claridad que antes, no descubrió en ellas nada extraño o añadido. Inspeccionó el interior de los sobres, por si llevaban algo escrito dentro. Tampoco encontró nada. Se quedó sentada unos momentos, escudriñando la oscuridad en busca de formas reconocibles en la mortaja indistinta de la noche y la nieve.

Sin duda se había equivocado. Se había precipitado en sus conclusiones, llevada por el entusiasmo. Dejó las cartas delante del diario, junto a la palanca.

—No lo hagas —dijo Patrick. Cara se volvió hacia él.

—¿Perdona?

El chico alargó una mano aterida y cogió el periódico que Cara acababa de tapar con los sobres.

—Es su letra. —Señaló la solitaria solución, rellenada a mano.

—Sí, lo es —dijo Cara.

—Le gustan los acertijos —declaró él, contemplando el crucigrama.

—Así es —convino Cara. En efecto, a Maura le encantaban los acertijos. Se le daban tan bien los crucigramas que los completaba en un pispás. En cambio, en aquel solo había resuelto una pista.

Agarró el diario de entre las manos de Patrick y examinó el pasatiempo con más atención. La única respuesta, escrita a partir de la casilla diez vertical, era EL MARIDO DESCANSA.

Cara se fijó en la pista correspondiente: «El presidente de Irlanda».

La solución no parecía encajar. Y aquel no era el típico crucigrama críptico cuyas respuestas se antojaban tan extrañas como las preguntas, sino uno común y corriente que cualquiera podía resolver. Pistas sencillas con soluciones sencillas. En cambio, aquello no tenía pies ni cabeza.

O tal vez sí. Maura no había solucionado la pista; había dejado una.

Eso era lo que quería que ella viera cuando se encontrara la bola de nieve encima del montón.

EL MARIDO DESCANSA.

Pero esto planteaba un nuevo acertijo: ¿qué demonios significaba?

31

Cara puso las luces largas de su coche. Varios pares de ojillos brillaron en las esquinas de los setos. Girando el volante, empezó a salir despacio del camino. Enfiló la carretera, aunque no tenía un destino concreto en mente. No dejaba de dar vueltas en la cabeza a esas tres palabras: EL MARIDO DESCANSA. ¿Qué querían decir? Maura pretendía que ella buscara el paquete en algún sitio, de eso estaba segura. En ese misterioso objeto residía la clave de todo. Y, a juzgar por todas las molestias que se había tomado, resultaba evidente que no quería que acabara en otras manos que las suyas.

A su lado, en el coche, Patrick se sorbía los mocos. Cara se giró un momento hacia el chico y lo vio arrebujado en la delgada manta. Tendría que ocuparse de él o no conseguiría concentrarse ni esclarecer lo que Maura intentaba decirle. Al dirigir la mirada hacia Kilronan, solo divisaba un puñado de puntos de luz, que señalaban los edificios que contaban con generador propio. Aunque no era la solución ideal, decidió llevar a Patrick a su casa y asegurarse de que disponía de algún medio de calefacción en condiciones y de que no se congelaría ahí dentro. Una vez que pasara la tormenta, podría conseguirle ayuda de verdad. Era lo que Maura habría querido. Pero, mientras tanto, debía tener las manos libres para investigar. No podía permitirse hacer de niñera en ese momento.

—¿Tienes un radiador en la autocaravana? —preguntó.

—Hay uno pequeño.

—¿Funciona?

—Sí, pero me sale muy caro.

—Tú mantenlo encendido. No te preocupes por el dinero. Ya me encargaré de eso.

Volvió a imponerse el silencio en el coche. Cara repetía en su mente las palabras EL MARIDO DESCANSA una y otra vez. Debía de referirse a Cillian. ¿A la habitación de Cillian, tal vez? ¿Estaría el paquete escondido en el cuarto en el que ella había dormido dos noches seguidas? ¿Era eso posible?

—¿Dónde está? —La lánguida voz de Patrick la sacó de su ensimismamiento.

Cara suspiró. No era lo más oportuno revelarle la noticia. Necesitaría apoyo cuando se enterara de lo sucedido.

—La veo casi todos los días. Sé por dónde se mueve en la isla, pero no la he visto por ninguna parte.

Cara redujo la velocidad. Recurrir a evasivas y distracciones parecía la única opción razonable en aquel instante.

—Por ahí anda, Patrick. Y no está bien seguir a la gente de esa manera.

—Solo cuido de ella. Eso es bueno.

—No sé qué decirte.

—¿Dónde está?

—Tú mismo la viste el otro día, delante de la casa de Seamus Flaherty, con él.

—Eso fue hace dos días. No la he vuelto a ver. Me he pateado toda la isla. Incluso regresé a la casa vacía, la del tío ese, para ver si estaba ahí. Miré por todas las ventanas, pero no estaba.

—¿Miraste por las ventanas? ¿Cuándo?

—Ayer.

—Patrick, ¿hiciste eso en plena noche?

Aunque el muchacho se quedó callado, ella lo vio asentir de reojo.

—Entonces… ¿Fuiste tú? ¿Tú eres el que estaba anoche frente a mi ventana? ¡Me pegaste un susto de muerte!

—Lo siento. La buscaba a ella.

Los ojos que había visto en la ventana eran los de Patrick, no los de un asesino que iba a por el siguiente miembro del grupo. Cara no sabía muy bien cómo reaccionar a esa información. Antes de la llegada de las cartas, esos ojos habían dotado a esa persona, fuera quien fuese, de una forma corpórea. Le habían conferido realidad. Pero no era más que Patrick y, con independencia de lo que pensaran los demás, Cara no lo veía capaz de matar a nadie. El responsable de aquello se le antojaba más lejos de su alcance que nunca, un misterio más profundo.

—La buscaba a ella —reiteró él, en una voz apenas más alta que un susurro.

—Está por aquí, lo que pasa es que no habéis coincidido. —Cara había notado que el tono de Patrick volvía a destilar ansiedad. Disminuyó la marcha hasta detener el coche y se volvió hacia él. Le tienes mucho cariño, ¿verdad?

—Sí, siempre es tan…, tan buena conmigo… —En sus palabras se mezclaban la tristeza y la esperanza—. Todo el mundo me trataba de tonto cuando era pequeño. Hasta mi padre. Los chicos del cole se portaban mal conmigo, se burlaban de que mi mamá nos hubiera dejado y me insultaban. Pero la señorita Conneely era distinta. Siempre era amable. Ella se dio cuenta de que yo no era tonto, que las letras se me liaban en la cabeza y que a mi cerebro le costaba desembrollarlas. No era culpa mía.

—¿Eres disléxico?

—Sí, esa es la palabra. Decía que por eso se me atravesaba tanto la ortografía también. Pero me ayudaba mucho y mejoré un montón. Incluso cuando ya no estaba en su clase. Pero aún no se me da bien. —Sacudió la cabeza—. Yo antes me cabreaba de mala manera. A veces les pegaba a los otros chicos, cuando no paraban de meterse conmigo. Ni siquiera entonces se enfadaba conmigo. Decía que conocía a alguien que se cabreaba como yo y que por eso sabía que no era culpa mía. Decía que yo le recordaba a él. Se cabreaba, pero ella sabía que en el fondo era buena gente.

—¿En serio? —dijo Cara, preguntándose si esa persona era real o si Maura se la había inventado para ayudar al pobre chaval.

—Eso decía. Decía que había sido su novio de joven. Que su padre le pegaba, como mi padre me pegaba a mí. Que pillaba cabreos, como yo. Por eso yo le recordaba a él. Pero decía que yo era bueno también.

Eso no era una invención. Por la descripción, se trataba de Seamus. No solo había tenido un padre horrible, sino que era el único chico con el que Maura había salido. Cara lo había visto frustrado, enfadado, cuando eran adolescentes. Maura siempre había ejercido una influencia tranquilizadora sobre él.

—Una vez le pegué sin querer —prosiguió Patrick con la voz temblorosa de emoción y casi susurrante—. Ni siquiera esa vez se enfadó. No era mi intención pegarle, pero ella trató de frenarme cuando iba a pegarle a Sean McDonough en el patio, durante el recreo… Me… dijo que eso no estaba bien, aunque fuera sin querer. Me dijo que su novio le había pegado y que ella había tenido que decirle que ya no podían ser amigos, y que a mí me diría lo mismo si no aprendía a controlar un poco la rabia.

A Cara se le heló la sangre.

No apartó la vista de la ventanilla para mirar al muchacho.

—¿Eso es verdad, Patrick? ¿Te contó todo eso?

—Se lo juro. Le juro que es verdad.

¿Maura le había confesado al pobre y maltratado Patrick Kelly que Seamus le había pegado?

Ay, Maura.

Ay, Seamus. Le costaba creerlo.

—¿Y estás seguro de que eso fue lo que dijo? ¿Que él le había hecho daño? ¿No lo estarás recordando mal porque eras un niño y ocurrió hace mucho tiempo?

Patrick, en el asiento de al lado, negó con un gesto enérgico.

—Qué va. Me puse triste cuando me lo contó. Yo no quería pegarle, fue un accidente. Pero no estoy de acuerdo con ella en lo de su novio. Yo no creo que sea nada bueno en el fondo.

Cara se había quedado sin palabras. Una tristeza profunda que le había nacido en el corazón se extendía, lenta pero segura, como una mancha de tinta, hacia sus extremidades. Aquel era tal vez el peor secreto del que se había enterado por el momento. Seamus había golpeado a Maura. Con lo enamorados que parecían… Como Cillian y ella. Sí, eran como Heathcliff y Cathy, de *Cumbres borrascosas*, unos personajes que se amaban con violencia, pero no en un sentido tan descarnado y físico. ¿Había sido un suceso aislado, como le había asegurado ella a Patrick? Por su profesión, Cara sabía que esas cosas rara vez se reducían a una sola vez. ¿Por qué no se lo había contado Maura a ella y sí a Patrick? ¿Por qué no se había confiado a ella en vez de al pobre chico corto de entendederas del que se ocupaba? Tal vez le había resultado más fácil.

—¿He dicho algo malo? —preguntó Patrick. Cara lo miró y movió la cabeza de un lado a otro.

—No —fue lo único que consiguió balbucir.

—¿Dónde está? —preguntó de nuevo, retomando su mantra lastimero. Cara sacudió la cabeza—. ¿Era ella? —inquirió él, de pronto, en un tono diferente.

Cara fijó la vista en él, pero permaneció en silencio. Entendía a qué se refería. Como un niño cuando pregunta si Papá Noel existe, no buscaba saber la verdad, sino que la mentira se hiciera realidad. Al repetir «¿dónde está?», pretendía que ella lo reconfortara asegurándole que estaba en alguna parte. Que aún existía. La respuesta a esta nueva pregunta era la que él no quería oír.

—¿Estaba en la Guarida de la Serpiente? ¿Era ella? ¿Por eso no la encuentro? —Se le quebró la voz.

—Patrick… —Cara pugnaba por encontrar las palabras.

—Si no hubiera estado colocado, habría podido salvarla. Si no hubiera sido tan débil.

—No, Patrick, no fue eso lo que sucedió.

—Habría podido salvarla.

—No, no fue así como…

—¡NO! —rugió él, llenando el coche de un dolor que un planeta entero no podría contener. El de un chico que había perdido demasiadas cosas en su vida. La fuerza de su angustia abrió la puerta. Patrick bajó de un salto. Cara se apeó a su vez y corrió hacia el otro costado del vehículo, buscando la figura del muchacho en las tinieblas, pero ya se había perdido en medio de aquella noche sin estrellas.

—No, Patrick, no habrías podido salvarla —le dijo Cara a la nada—. Ella ya estaba muerta.

32

Cara sabía que era inútil. Jamás lo encontraría en aquella oscuridad. Había dado ya dos vueltas a la isla. Incluso sin el apagón ni la tormenta, le habría costado localizarlo de noche en ese lugar.

Redujo la velocidad al pasar frente a la casa del joven. En la penumbra solo alcanzó a distinguir el árbol en forma de garra, sacudido por el viento, como la mano de una vieja arpía desesperada por aferrar la autocaravana de Patrick. Cara aparcó. La linterna seguía hecha pedazos en el asiento de atrás, sin posibilidad de arreglo. Por otro lado, había cargado su teléfono en comisaría hacía un rato, lo que le permitió utilizarlo para alumbrar el camino hasta la casa de Patrick. Echó un vistazo a las ventanas oscuras, enfocando la luz hacia el interior. No había nadie. El árbol crujió y suspiró, castigado por las ráfagas. Un grumo de nieve cayó sobre el techo de la caravana con un golpe seco.

Cara volvió sobre sus pasos hasta el coche y lo puso en marcha. Al poco rato, se encontraba cerca de la casa de los Flaherty. Tras aminorar la marcha y apagar los faros y el motor, avanzó en punto muerto hasta detenerse. Echó el freno de mano y se quedó ahí sentada, observándolos, oculta en la negrura. Seamus, Sorcha y Ferdia estaban reunidos en el salón, a la luz de las velas, medio en sombras; como las tres brujas de Macbeth al formular su conjuro maligno en torno al caldero, preparando un venenoso brebaje de secretos. Aunque Cara no estaba lo bastante cerca para ver sus expresiones, su lenguaje corporal era muy elocuente.

Nadie parecía relajado. Cada vez que uno de ellos se levantaba, alguien lo seguía. Las cartas habían sembrado la sospecha entre ellos. En vez de una pócima de ojos de lagartija y pies de rana, estaban apurando un cáliz de recelo pernicioso y dudas perversas.

Cara quitó el freno de mano y dejó rodar el coche. En aquel momento no se fiaba de sí misma. Cada fibra de su ser ansiaba irrumpir en esa casa y detenerlos a todos. Llevárselos a comisaría y encerrarlos. Sus supuestos amigos. Mientras avanzaba, miró hacia atrás y le pareció distinguir la ventana del cuarto de Cillian. Se moría de ganas de entrar ahí para registrarlo. Sin embargo, esperaría a más tarde, cuando estuviera aún más oscuro. Se colaría sin que los otros se enterasen siquiera de que estaba allí. Ella también sabía guardar secretos. A varios metros de la casa, arrancó de nuevo y se alejó por la carretera.

Mientras tomaba una curva, Cara dejó de escrutar el paisaje sombrío. De nada serviría seguir buscando a Patrick. Al reducir la velocidad se percató de que estaba al lado del cementerio. Paró y se bajó. Empezaba a acostumbrarse a las temperaturas polares, por lo que apenas dio un respingo cuando el aire gélido la azotó. Con la ayuda de la linterna de su móvil, recorrió los senderos del camposanto. Las lápidas la rodeaban, y la luz de su teléfono proyectaba un fino arco protector. Mientras los crujidos de sus pasos rompían el silencio, se sentía acompañada por los ocupantes de las tumbas.

Se dirigió hacia la esquina superior izquierda del terreno en pendiente. Se detuvo frente al último sepulcro. Con una mano enguantada, apartó la nieve que cubría la parte delantera de la placa de granito. La alumbró con su teléfono, y los cristales de cuarzo en el granito centellearon, como copos suspendidos para siempre.

CILLIAN FLAHERTY, 1988-2012
AMADO ESPOSO, PADRE E HIJO
«IN ÁR GCROÍTHE GO DEO»

«En nuestros corazones para siempre»; sencillo pero cierto. Cara se puso en cuclillas para limpiar de nieve la orilla del reborde que rodeaba la tumba y se sentó.

—Hola, cariño —musitó, con una mezcla de ternura y angustia—. Te echo de menos. Ya echo de menos a Maura. Todo es un desastre. Un completo y absoluto desastre. Pero lo ha sido desde que tú no estás. —Se abrazó el torso. Notó que la piel de las mejillas se le ponía tirante por el frío. Arrastró el pie adelante y atrás sobre unas piedras sueltas—. Mañana hará diez años. Parece mentira que haya pasado tanto tiempo. ¿Te acuerdas de la última noche que estuvimos juntos? Nos sentamos frente a la tele después de despachar el pavo de Navidad que quedaba. ¿Lo recuerdas? Los niños por fin se habían acostado. Y nos tomamos una copa de vino, tú y yo solos en el sofá, mientras veíamos alguna comedia romántica bobalicona. Me dijiste que estabas pensando salir en el pesquero con Seamus en Nochevieja. Que podríais ganar mucho dinero vendiendo pescado fresco a los restaurantes de Galway y alrededores para Año Nuevo. Que eso nos ayudaría a pagar los gastos navideños, todos esos juguetes que les habíamos comprado a Saoirse y Cathal. Me preguntaste si me parecía bien, y yo dije: «Claro, cariño». Trabajabas muy duro por nuestra pequeña familia. Cuando te despediste de mí la noche siguiente, me besaste y me dijiste «Te quiero». Fueron tus últimas palabras para mí. Si hubiera sabido que no ibas a regresar, me habría encadenado a ti. Te habría obligado a quedarte o me habría ido al fondo del mar contigo.

Una de las cabras salvajes que pastaban en un prado a lo lejos soltó su balido ahogado, una voz lastimera que a Cara siempre le daba la impresión de que el animal estaba sufriendo. Una segunda cabra respondió, y los berridos se superpusieron en la lejanía, detrás de Cara. Estaba temblando. Había llegado el momento de tomar una decisión: ir a pie en busca de Patrick y cerciorarse de que estaba bien, o volver atrás y registrar la habitación de Cillian.

Ella quería buscar el paquete. Quería llegar al fondo de todo ese asunto. Ponerle punto final. Pero le preocupaba Patrick. ¿Cómo debía de sentirse en aquel instante? Allí sentada en la lápida de Cillian, reflexionando sobre la mayor pérdida que había sufrido, supo que él estaba experimentando eso mismo. Sin embargo, a diferencia de ella, no tenía a nadie más, nadie que lo ayudara a rehacer su vida. Para él, Maura lo era todo. Cara se temía lo peor. No podía abandonarlo en aquellos momentos.

Por otro lado, estando tan cerca de la prueba final y decisiva, ¿podía permitirse perder tiempo en la búsqueda posiblemente infructuosa de alguien que con toda seguridad no quería que lo encontraran? Hasta donde ella sabía, el asesino podía estar preparando su siguiente crimen. ¿Acaso no debía dar prioridad a esta contingencia?

—¡Joder! —gritó Cara en la noche. La palabra resonó en el vacío. Era una decisión imposible. Tenía que haber otra opción. Necesitaba ayuda, y solo había una persona capaz de brindársela: Daithí. Podía pedirle que buscara a Patrick. Seguro que lo haría.

Cara regresó a paso veloz a su coche, subió de un salto y arrancó en dirección a Kilronan. Siguió el discreto resplandor de Derrane's, que la guiaba hacia el pueblo como un faro. Cuando estacionó delante del pub, no la sorprendió encontrarse unos cuantos vehículos aparcados ahí. Los isleños, hartos de estar sin electricidad, habían optado por salir y, como polillas en torno a una llama, se habían reunido en un local con corriente. Un brillo cálido se derramaba desde las ventanas. Cara se acercó y echó una ojeada. Vio a los sospechosos habituales en el interior, y a algunas otras personas. No tenía ganas de tratar con ninguno de ellos. Si Cormac Mullen había oído algún rumor, sin duda se había corrido la voz. Esta vez, si entraba en el pub, no reinaría el silencio, sino que la asediarían a preguntas. No estaba de humor. Por otro lado, no le quedaba otro remedio si quería hablar con Daithí. Aunque a él no lo veía. En ese momento no parecía haber nadie detrás de la barra. Debía de estar en la trastienda, reponiendo un barril o algo por el estilo. Cara observó a los bebedores un rato más. Contempló las llamas que danzaban en la chimenea. Se sentía como el pequeño Tim o la niña de los fósforos; una criatura desamparada que se había quedado fuera, en el frío. Al tocar el cristal, notó que no estaba helado. Los dedos no se le quedaron pegados.

Tras respirar hondo, empujó la puerta para abrirla.

Su primera sensación fue de alivio. La agradable temperatura del pub la arropó como una manta. Sin embargo, el consuelo le duró poco. Varios ojos se posaron en ella.

—Anda, mira quién se asoma por aquí —oyó decir a alguien en un rincón.

—¿Es verdad? —preguntó un viejo sentado en un taburete frente a la barra.

Rostros airados y asustados la miraban desde todas las mesas, bancos y recovecos del pub. El miedo y el rencor acumulados empezaban a emerger como un genio de la lámpara, estirando los músculos entumecidos. Cara se dirigió hacia la barra sin responder. Reconoció algunas caras amigables en torno a la mesa más próxima: Noah y un par de miembros de su equipo. Aiden y Lexi.

—Les han llegado rumores sobre un cadáver —le susurró Noah.

—¿Quién es? —le preguntó el anciano.

La señora Powell, madre del propietario del supermercado, se le acercó y la miró. Aunque su expresión no era hostil, sus palabras destilaban preocupación.

—Me han dicho que ha aparecido una persona muerta en la isla —dijo—. ¿Es cierto?

—Yo también lo he oído —terció una amiga desde una mesa cercana—. ¿Quién se ha muerto, sargento? Díganoslo, queremos saber la verdad.

El nivel de ruido se disparó, pues todos se pusieron a hablar a la vez.

Cara se aclaró la garganta.

—Por favor, tranquilícense. Los rumores y las especulaciones, sobre todo en un momento como este, solo sirven para empeorar las cosas.

—Usted es *garda*, no política. Responda a la puñetera pregunta —bramó otra voz entre el gentío.

Cara decidió que proporcionarles información en la dosis justa podía resultar útil.

—Vale, sí, se ha producido un accidente, pero como isleños saben que estas cosas pasan. La vida es dura aquí. A veces ocurren desgracias.

—Ahórrese los discursos sobre lo dura que es la vida aquí; llevamos soportándola desde que nacimos.

—¿Y quién es esta gente, estos forasteros? —preguntó alguien entre la multitud. Era Tomás, el caminante con el que se había encontrado la primera noche de tormenta. Estaba mirando la mesa de Noah con un aire tan poco cordial como el otro día.

Cara percibió preocupación en los ojos de Noah.

—Tomás, solo son visitantes en la isla. Turistas.

—¡A mí no me lo parecen! Y ahora se ha muerto alguien. ¿Pretende que creamos que no es más que una extraña casualidad? Nos toma por tontos, sargento.

—Tiene razón, no se trata de turistas comunes y corrientes. Él es el director de cine Noah Jackson. —Señaló al hombre—. Y ellos pertenecen a su equipo de rodaje. Están aquí con Seamus Flaherty, a quienes todos ustedes conocen. No tienen por qué preocuparse.

—Yo también he oído lo del cadáver —dijo una voz al fondo.

—¿Es Maura Conneely? —inquirió Cáit Óg, en medio de la muchedumbre—. ¿Por eso andaba usted haciendo preguntas sobre ella esta mañana? ¿Se ha muerto Maura?

—A mí también me ha preguntado por Maura —intervino un vecino de Cáit Óg—. ¿Es Maura Conneely?

—Por el momento no puedo decirles nada más.

Cara dio media vuelta para marcharse. No tenía tiempo para discutir. Se encaminó hacia el extremo de la barra y levantó la parte articulada con bisagras para ir en busca de Daithí. Que los aldeanos enfurecidos la persiguieran con antorchas y horcas si querían.

—¡Eh, vuelva aquí! —gritó una voz.

—¡Merecemos respuestas, Cara Folan! —exigió otro isleño indignado.

Cara dejó caer el extremo de la barra. El golpe estrepitoso los hizo callar a todos.

—Sargento Folan, para ustedes —dijo en medio de aquel silencio cargado de estupefacción—. Y ya les daré más información cuando lo considere oportuno. Buenas noches. —Abrió de un empujón la puerta de detrás de la barra y la dejó oscilando tras de sí. Ya sufriría las consecuencias más tarde. Pero en aquel momento le importaba un pito—. ¡Daithí! —llamó. Echó un vistazo en las bodegas. No había el menor rastro de él. Recorrió el pasillo hasta los espacios habitables, en la parte trasera del edificio—. ¿Daithí? Soy Cara. Necesito que me hagas un favor.

Asomó la cabeza por la puerta de la cocina. Aunque las luces estaban encendidas, no había nadie. Había platos y vasos junto al fregadero, y los olores de una cena reciente flotaban en el aire. A Cara le rugieron las tripas mientras se preguntaba cuándo había comido por última vez. El viento de fuera hacía traquetear la ventana del fondo y ululaba a través de ella. Retrocedió, giró sobre los talones y cruzó el pasillo hasta el salón.

—¡Daithí! —gritó de nuevo. Llamó a la puerta y entró—. Daithí, ¿estás ahí?

Estaba ahí dentro. Y también Courtney, entre sus brazos. Ambos se volvieron y clavaron la vista en ella, como adolescentes pillados por el párroco, con las mejillas teñidas de rojo por la mezcla de su momento íntimo con aquella irrupción inesperada.

—Uy —dijo Cara, paralizada en el sitio como los otros dos. Se recuperó de la impresión antes que ellos y dio media vuelta. Salió a toda prisa de la habitación, regresó a paso veloz por el pasillo y atravesó una puerta lateral para evitar a la multitud contrariada del pub. Una vez en la calle, oyó a su espalda que Daithí la llamaba con voz débil. Ella siguió andando. Así que Daithí y Courtney… Y no parecía algo nuevo. Más secretos. Había pensado que Daithí era distinto.

Se paró en medio de la calzada. Las ventanas de Derrane's proyectaban un reducido halo de luz alrededor del establecimiento. Los árboles a los que había ido a parar su gorra el otro día montaban guardia. No se molestó en alzar la vista para comprobar si seguía ahí.

—Cara.

Daithí había salido. Se encontraba de pie en el camino, mirándola.

Sujetaba algo en la mano, con el brazo extendido hacia ella. Cara se acercó.

Su teléfono. Sin duda se le había caído en su huida precipitada.

—Ah, gracias —dijo en tono inexpresivo. No le venían más palabras. Lo cogió.

—Estaba en el suelo del recibidor.

—Ajá.

Daithí se quedó callado y muy quieto. Cara bajó la mirada a su móvil.

—¿O sea que es eso? —consiguió murmurar al fin.

—¿De qué hablas?

—No te hagas el tonto.

—¿Que si estoy saliendo con Courtney? ¿Es eso lo que me estás preguntando?

—Pues claro.

—¿Te importa?

Ella no supo cómo responder a esa pregunta.

—Estaba harto de esperar, Cara. No podía seguir así.

—¿Así cómo?

—Ya sabes. Viviendo a la sombra de Cillian, sabiendo que no estaba a su altura, que no era lo bastante bueno.

—Yo no…

—No hace falta que te justifiques. No es culpa tuya. Cillian era casi perfecto, por eso lo quería como a un hermano. Pero no puedo seguir esperando a que me quieras como algo más que a un hermano. Es triste, pero la vida sigue.

—No era mi intención… —Cara notó que el depósito estaba vacío. La luz roja llevaba un rato parpadeando, pero no fue hasta ese momento que el combustible se le agotó. Tras dirigirle una mirada a Daithí, caminó hasta su coche y abrió la puerta.

—Cara, espera —dijo Daithí, aproximándose. Ella se volvió hacia él. Vislumbró a Courtney, junto a la puerta. Subió al coche, giró la llave en el contacto y arrancó.

33

Cara conducía por las oscuras carreteras de la isla. No tenía motivos para estar enfadada con Daithí, pero lo estaba. Él habría debido tenerle la confianza suficiente para contarle lo de Courtney. O para hablarle de lo que sentía. La tensión entre ambos había permanecido latente durante mucho tiempo. Ninguno de los dos se había atrevido a dar el siguiente paso. O al menos eso era lo que Cara creía. Al parecer, Daithí no se había percatado de que ella compartía sus sentimientos. Y ahora estaba con Courtney. Resultaba que, salvando las distancias, él también guardaba secretos. Él también le había mentido. La mentira por omisión contaba.

Cara siguió conduciendo. Advirtió que había puesto rumbo a la casa de los Flaherty. Y también a la autocaravana vacía de Patrick Kelly. Había salido tan deprisa huyendo de Daithí que se le había olvidado por completo la razón por la que había ido hasta ahí. Así que volvía a encontrarse en el punto de partida, en la tesitura de decidir entre averiguar el paradero del joven que podía representar un peligro para sí mismo o buscar la que podía ser la prueba decisiva en aquel caso.

Tendría que hacer ambas cosas.

Primero trataría de encontrar el paquete, lo que luego le permitiría seguir la pista de Patrick sin distracciones. Además, con un poco de suerte, él habría regresado a casa cuando ella fuera a echar un vistazo. Sabía que estaba intentando justificar de forma racional lo que tenía ganas de hacer primero. Pero, en realidad, alegó para sus adentros, ambas tareas eran esenciales. Una vocecilla le insistía en que regresara para pedirle ayuda a Daithí, pero ella la ignoró. No le apetecía hablar con él en ese momento.

Pasó con el coche por delante de la casa de los Flaherty y luego de la de Kelly. El resplandor de las velas titilaba tras las ventanas de la primera, mientras que las de la segunda seguían a oscuras. Aparcó y bajó del vehículo. Tendría que recorrer ese trecho a pie. No quería ponerlos sobre aviso con el ruido del motor.

Por el camino, pasó de nuevo por la autocaravana. Cabía la posibilidad de que Patrick careciera de velas o linternas y estuviera dentro, en penumbra. Aporreó la puerta y miró por las ventanas. Nada. Prosiguió la marcha hacia el hogar de los Flaherty.

Caminaba a través de la negrura, sin apenas ver dónde pisaba. No encendió su linterna, por si acaso. Resbaló y estuvo a punto de perder el equilibrio varias veces. Llegó a la casa de Seamus. Permaneció inmóvil, pues sabía que no necesitaba esconderse tras un árbol, una tapia o cualquier otro objeto; en aquel momento le bastaba con la noche. Avanzó con el mayor sigilo posible por el camino de entrada, rezando porque las endebles ventanas de un solo acristalamiento no la delataran dejando que el sonido de sus pasos alertara a los ocupantes. Ahora los veía con claridad. Seamus, con los párpados caídos, daba cabezadas, luchando por no quedarse dormido en el sofá. Sorcha estaba hecha un ovillo en uno de los sillones con una copa en una mano y un libro en la otra. Cara lo reconoció como *Is Mise An tOileán*, las memorias de Seamus. Ferdia, en la otra butaca, tomaba sorbos de whisky mientras contemplaba el fuego. Cara se sintió como Patrick, como una mirona que los espiaba a hurtadillas. Advirtió que Ferdia observaba con disimulo a Seamus, a quien se le cerraban los ojos en su batalla contra el sueño. También captó las miradas fugaces que Sorcha lanzaba a los otros dos por encima del libro cuando pensaba que estaban distraídos. Era como la versión sutil de un duelo a la mexicana.

Cayó en la cuenta de que tenía un problema. ¿Cómo entraría en la casa? La puerta trasera se abría a la cocina, donde estaban todos, y no quería que se enteraran de que estaba allí. Dirigió la vista hacia la izquierda de la fachada, donde se encontraban los dormitorios. Tal vez podía abrir una ventana con una palanca y colarse por ahí. La habitación de Cillian sería ideal. Sin embargo, se detuvo frente a la puerta principal. Algo en su interior la animó a intentarlo. Alargó la mano hacia el picaporte y, sin prisas y de la manera más discreta posible, lo apretó hacia abajo. El pestillo se abrió con un chasquido. No le habían echado llave a la puerta. ¿Cuántas veces les había repetido que la cerraran? Y, aunque no lo hubiera hecho, ¿acaso el miedo no era motivación suficiente? Al fin y al cabo, era la única casa cuyos ocupantes sabían la verdad, que un asesino andaba suelto.

Cara cruzó el umbral y dio gracias al cielo de que la moqueta amortiguara el sonido de sus pisadas. Una lámpara de camping led constituía la única fuente de iluminación en el recibidor. Cerró la puerta tras de sí con las dos manos, lenta y cuidadosamente.

Miró hacia la cocina, a la derecha. Bajo la puerta, un tenue resplandor anaranjado formaba una franja estrecha. Estaba bien cerrada, para evitar que escapara el calor. Aún hacía bastante frío en aquella parte de la casa. Cara se alegró de ello por primera vez, pues, con un poco de suerte, mantendría a los demás alejados de aquella zona del edificio, lo que le daría tiempo para buscar.

Se encaminó hacia el cuarto de Cillian.

Abrió la puerta y entró. Decidió inspeccionar la cama primero. Parecía lógico empezar por ahí. Se arrodilló, se inclinó y alumbró la parte de abajo con su teléfono. Nada. Metió las manos bajo el colchón y las deslizó hacia los lados como si nadara, palpando con los dedos por si había algo. Tampoco encontró nada ahí. A lo mejor Maura se refería al dormitorio en general, no al lugar concreto donde dormía. Se enderezó y enfocó la estantería con la linterna. No vio nada fuera de lugar; ni raro o inusual.

De pronto, se paró en seco y se volvió hacia donde estaba el pasillo.

¿Había oído el ruido de una puerta al abrirse?

Aguzó el oído con toda su concentración. Unos pasos. No cabía duda de que sonaban pasos.

Alguien se aproximaba. Y ella no podía estar segura de que no entraría allí. Giró sobre los talones. ¿Dónde debía esconderse? Tenía que decidirlo cuanto antes. ¿Bajo la cama, o en el armario? La cama. Esa era la pista: ahí debajo estaría a salvo. Se echó al suelo y rodó hasta quedar acurrucada contra la pared.

Justo a tiempo. La puerta se abrió.

34

Quienquiera que fuese, no llevaba linterna. Aquel débil atisbo de luz parecía proceder de una vela, en todo caso. El cuarto estaba oscuro, como un agujero negro que lo absorbía todo. Mientras contenía la respiración, Cara no veía más que contornos borrosos, sombras desdibujadas. Oyó que la persona se movía por la habitación, sacando libros de la estantería y volviéndolos a colocar en su sitio. Abrió y cerró el cajón del escritorio con más fuerza de la necesaria. Luego, las puertas del armario. Buscaba algo sin descanso, repitiendo muchos de los movimientos que Cara acababa de hacer.

¿Cuánto tardaría en mirar bajo la cama?

A Cara el corazón le latía con tanta fuerza que le extrañó que el suelo no vibrara.

Entonces los pies regresaron junto a la cama. Lo notó por la cercanía de los sonidos y de la silueta que a duras penas se adivinaba al tenue resplandor de la vela.

Un golpe sordo. La persona se había puesto de rodillas. Cara notó que el colchón que tenía encima temblaba ligeramente mientras el individuo lo registraba. Al igual que ella, no encontraría nada. Y después, echaría una ojeada debajo. Ni siquiera el brillo mortecino de la vela bastaría para protegerla.

Ocultarse ahí había sido un error. Al menos en el armario habría estado de pie y tendría la opción de luchar o huir.

Ahí debajo, estaba acorralada, atrapada sin salida.

El colchón dejó de moverse. La búsqueda estaba a punto de terminar. La persona había escudriñado todos los rincones donde ella no había podido mirar. Solo quedaba un lugar.

Cara se armó de valor. Había llegado el momento. El buscador estaba a punto de descubrirla. Su único consuelo residía en que por fin sabría quién era.

El contorno difuso de dos manos bajó hasta la moqueta. Comenzó a doblar los codos para inclinarse y echar un vistazo.

De pronto, se oyó una voz procedente del otro extremo del pasillo.

—¿Ferdia? —Era Sorcha, que llamaba a su marido desde la cocina. Recelosa por haberlo perdido de vista durante tanto rato, había acudido en su busca.

Ferdia.

—Mierda. —La voz de él sonó a unos treinta centímetros de Cara, mientras se incorporaba sobre las rodillas.

Se oyó al hombre arrastrarse, y los muelles de la cama crujieron cuando se apoyó en ella para levantarse.

Acto seguido, Ferdia salió de la habitación. Con las manos vacías.

De modo que era él quien buscaba el paquete. Cara se quedó inmóvil en el suelo, paralizada por la cascada de implicaciones. Ferdia era el buscador. ¿Significaba eso que también había escrito las cartas? ¿Y significaba esto a su vez que era...?

Cara se desbloqueó. Una descarga de adrenalina la impulsó a salir de debajo de la cama. Tenía que largarse. No podía permitir que la descubrieran. Se le había concedido un aplazamiento en el último momento, pero ¿cuánto tardaría él en regresar? Se detuvo ante la puerta del dormitorio y se asomó al exterior. Ferdia no estaba. La puerta de la cocina permanecía cerrada. Se abalanzó hacia la entrada principal con el corazón a mil. Aflojó el paso y abrió la puerta con delicadeza, como si dispusiera de todo el tiempo del mundo. En el momento en que la cerraba, oyó que la de la cocina volvía a abrirse. Se arrimó a la fachada de la casa, entregándose a la oscuridad.

Ferdia. Había estado buscando el paquete. Haciendo lo mismo que ella había hecho unos minutos antes. Resultaba evidente que, como ella, había estado esperando el momento oportuno. Seamus dormía, Sorcha parecía absorta en la lectura de las memorias y a saber dónde estaba Cara. ¿Había sido él quien había roto la cerradura de Maura y había revuelto sus cosas? ¿Por eso se había presentado esa primera mañana en su casa con aquel atuendo ridículo, no para buscar a Maura, sino el paquete? ¿Y había sido él quien se había colado en su hogar, aterrorizado a Mamó y puesto su habitación patas arriba? ¿Había sido mucho menos cuidadoso con sus pertenencias que con las de Maura? Cara sintió que la rabia crecía en su interior. ¿Cómo se había atrevido Ferdia a hacerle pasar ese mal trago a su abuela? Le vinieron ganas de arrancar la puerta principal de las bisagras, entrar en tromba y pegarle una paliza. Ya no se conformaba con detenerlo; merecía algo peor.

Se apartó de la pared y comenzó a moverse alrededor de la casa. No vio más que a Sorcha y al durmiente Seamus en la cocina. Ferdia había vuelto a desaparecer. Cara caminó lo más deprisa que podía sin caerse hasta la ventana de la habitación de Cillian. Le daba igual que la oyeran. Pero no vislumbró el brillo de una vela. El dormitorio estaba desierto. Continuó avanzando a lo largo del contorno del edificio. Tampoco había nadie en el cuarto del final, el de Ferdia y Sorcha. Siguió adelante hasta la parte trasera de la casa. El resplandor delator de la siguiente ventana —la del dormitorio de Seamus— le indicó dónde se encontraba Ferdia.

Se deslizó, pegada a la pared y echó una ojeada al interior, manteniéndose lo más apartada y protegida posible por las sombras. Ferdia estaba escarbando entre las cosas de Seamus, como había hecho con las de Cillian. Examinó el armario y el escritorio. Hurgó en las maletas de Seamus.

Seguía buscando.

Así que estaba equivocada: el paquete no estaba en la habitación de Cillian, puesto que ni Ferdia ni ella lo habían encontrado. No era ese el mensaje que Maura había intentado transmitirle. Cara sintió una punzada de desesperación. La confusión le resultaba insoportable. Tenía ganas de gritar, de desgarrar el aire de la noche con un alarido de frustración. Sin embargo, guardó silencio.

Permaneció arropada por las tinieblas, observando a Ferdia, esperando que el helor nocturno le adormeciera el dolor.

Empezó a percatarse de algo.

Ferdia no podía ser quien había allanado su hogar. Lo había visto en Kilronan con Daithí cuando había pasado en coche por delante del pub camino de su casa para socorrer a Mamó.

¿Qué significaba eso? Cuantas más cosas descubría, menos entendía.

¿Había dos personas buscando el paquete?

35

En la penumbra, observó como la silueta de Ferdia registraba metódicamente la habitación de Seamus. No encontraba nada. Se notaba que su frustración era cada vez mayor. Cuando comenzó a devolver las cosas a su sitio, dejó de ser tan cuidadoso. Cerró el armario de un portazo. A Cara le llegaron palabrotas amortiguadas a través del delgado cristal.

Cara se apartó de la casa y se arrimó a la pared del cobertizo de la turba. Desde ahí se abarcaba todo el cuarto de Seamus, y ella sabía que las sombras la hacían invisible. Se sentía como la espectadora solitaria de un espectáculo de terror.

Lo vio antes que Ferdia. Si hubiera estado entre el público de una pantomima, habría gritado «¡Detrás de ti!».

La puerta se abrió.

Seamus, soñoliento, entró en el dormitorio, vela en mano. Bajo el tenue resplandor doble, tardó unos instantes en percatarse de lo que ocurría, de que había alguien más ahí. De que ese alguien era Ferdia.

Y entonces se despabiló del todo.

Al instante, Cara oyó sus voces descompuestas. Seamus le gritaba a Ferdia. Este aumento del volumen le permitió captar algunas palabras…, todas ellas en irlandés. Al no estar ella presente, se habían pasado a su lengua materna.

Mientras Seamus daba rienda suelta a su furia, Ferdia se limitaba a mirarlo en silencio. Luego dijo algo que Cara no llegó a distinguir. Vio que Seamus sacudía la cabeza y que Ferdia avanzaba un paso, cerrando la distancia entre ambos. Quedaron cara a cara, con los puños apretados y ocupando cada vez más espacio, como pavorreales, sacando pecho y con las piernas separadas y los pies plantados con firmeza.

Cara oyó esa frase que todo el mundo conocía, «le do thoil», por favor, como en la última discusión que habían mantenido, la noche anterior, frente a la puerta trasera. El tono era de ira. Tal vez ella había oído mal, y él no había dicho *le do thoil*, sino alguna otra expresión que sonaba parecida a «por favor».

Algo se movió. Cara dirigió la mirada hacia la puerta, situada detrás de ellos. Se abrió de nuevo. Seamus se volvió.

Era Sorcha.

Como marionetas a las que les hubieran cortado los hilos, los dos destensaron los músculos y se echaron hacia atrás. Ferdia le dio la espalda a medias a Seamus, que se giró hacia Sorcha, con el brazo extendido hacia ella. Cara sabía que, aunque no alcanzaba a verle el rostro, el hombre había desplegado una de sus encantadoras sonrisas. Sorcha no parecía muy convencida. Dirigió la vista a Ferdia antes de posarla de nuevo en Seamus. Cara se preguntó qué mentiras estaría contándole. Cómo estaría justificando la discusión a voces. Ferdia, sin molestarse en corroborar su versión, se acercó a la ventana. Cara retrocedió para adentrarse aún más en las sombras, aunque sabía que Ferdia no podía verla. Él tendió la mirada hacia la noche. Justo en dirección a donde se encontraba Cara. Tuvo que forzarse a quedarse quieta, a no ceder al impulso de ocultarse, pues entonces sí que la avistaría. Cualquier movimiento delataría su presencia.

Conteniendo la respiración y aferrada a la pared del cobertizo, Cara no movió un músculo. Advirtió que Sorcha salía de la habitación. Seamus la siguió, pero se detuvo en el vano de la puerta, sin dar un paso más, hasta que Ferdia giró en redondo y caminó hacia él. Entonces se marcharon los dos.

Cara se tomó un momento para exhalar y relajarse, como habían hecho Ferdia y Seamus.

¿Qué acababa de ver? ¿En qué acababa de participar?

Aunque su teoría sobre la pista había resultado errónea, confiaba en que conseguiría descifrarla. No obstante, la importancia de esto palidecía en comparación con lo que había descubierto: Ferdia buscaba el paquete.

Si no hubiera sabido que la persona que había puesto su habitación patas arriba no podía ser él, ¿lo habría detenido por asesinato en ese momento? Solo de pensarlo, se quedó sin aliento. ¿Las cartas iban dirigidas a él? Por otro lado, el hecho de que hubiera otra persona buscando no lo eximía de culpa automáticamente. Solo enmarañaba aún más las cosas.

Emprendió el camino de vuelta en torno a la casa, rodeando la habitación de en medio, alejándose, apartándose de los ojos de sus ocupantes. Cuanto más averiguaba, menos entendía. No estaba más cerca de comprender qué le había sucedido a Maura. Al parecer, lo único que había conseguido era sustituir los sólidos y firmes cimientos de su mundo por placas tectónicas que se deslizaban y chocaban entre sí provocando terremotos a cada momento.

Lanzó una última mirada a la casa. Sus tres amigos volvían a estar donde antes, en los sillones y el sofá, frente al fuego, instalados en una tregua recelosa, vigilante y suspicaz. Cara avanzó por el camino de entrada, procurando no hacer ruido, como cuando había llegado. Salió a la carretera. Había llegado el momento de reanudar la búsqueda de Patrick. La había pospuesto por seguir una pista. Una pista que había malinterpretado, una posibilidad que ni siquiera se había planteado por lo segura que estaba de haber dado con la solución. Encontraría a Patrick, aunque tardara toda la noche. Se lo llevaría a casa, lo haría entrar en calor y lo alojaría en la habitación de invitados. Se sentaría con él. Le llevaba dos días de ventaja con el duelo. Contaba con el apoyo de Mamó, Daithí y los demás. Y, aun así, el dolor le resultaba insoportable. Seguía siendo reciente y atroz, como si alguien la hubiera apuñalado en el vientre. Sin duda aquel pobre muchacho confundido estaba aún más afectado. Estos pensamientos la incitaron a avivar el paso. Comenzó a sacudirse de encima la autocompasión que había estado alimentando en su interior. Si ella se sentía sola, ¿cómo debía de sentirse Patrick? Ella tenía a Mamó y los niños, esa unidad perfecta que nada podía empañar. En cambio, Patrick no tenía a nadie.

Notó que ahora pisaba con mayor seguridad en la negrura absoluta. Empezaba a acostumbrarse a ella, y sus otros sentidos se agudizaban. Sus oídos interpretaban la información transmitida a través del eco de sus pies, lo que le infundía más confianza para internarse en lo desconocido. Su olfato le revelaba la presencia de aulagas y brezos a lo largo de los muros de piedra, bajo la nieve, lo que la ayudaba a mantener un rumbo recto.

Se paró a olfatear el aire. Respiró hondo. El almizcleño aroma de los setos le llenó los pulmones. Reanudó la marcha, en dirección a su coche, que estaba un poco más allá de la casa de Patrick. Tal vez se pasaría de nuevo por su caravana para comprobar si había llegado. A lo mejor a la tercera iba la vencida.

Se detuvo frente a la oscura tapia trasera de la ruinosa vivienda familiar. Recorrió con la vista el sendero que conducía hasta la casa. Se encontraba aún demasiado retirada para distinguir su contorno al final del prado. Y, aunque suponía que ya no había peligro en usar la linterna de su teléfono —se había alejado lo suficiente de la casa de los Flaherty para que no la vieran—, fue un ruido lo que la puso sobre aviso.

El crujido de una rama. Una que se resentía bajo un peso considerable.

Arrancó a correr. Avanzó cerca de un metro antes de tropezar con un obstáculo oculto bajo la nieve reciente. Cara se desplomó. Como sus manos reaccionaron con demasiada lentitud para salvarla, se golpeó la cabeza contra el suelo. Vio un destello intenso ante sus ojos, se le escapó un gemido, pero consiguió ponerse de rodillas, levantarse y seguir corriendo. El corazón le martilleaba el pecho. Sus pies martilleaban el sendero.

Se frenó a medio camino. Apuntó con su linterna por encima de la autocaravana, a las nudosas ramas que se cernían sobre ella. La mano de la vieja arpía había conseguido su propósito. Se había cobrado su presa. Cara lo vio. Vio su silueta oscilante, recortada contra el cielo. Comprendió que era demasiado tarde.

Patrick había muerto.

36

—¿Pueden cuidar de ella? No debería quedarse sola esta noche, con esta contusión en la cabeza.

Cara oía la voz de la doctora De Barra, pero parecía proceder de muy lejos. Daithí asentía, abrazándola por los hombros, sobre los que le habían puesto una manta, aunque ella no recordaba en qué momento. Ni siquiera creía necesitarla. No notaba el frío. No sentía nada. Había perdido la sensibilidad.

La ayuda no se había hecho esperar. Cara había corrido a avisar al vecino más cercano antes de regresar a la casa de los Kelly. Los bomberos voluntarios de la isla habían acudido y ayudado a bajar el cuerpo. Cuando aparecieron, retuvieron a Cara, que intentaba una y otra vez acercarse a Patrick. Aunque saltaba a la vista que había muerto, ella estaba desesperada por llegar hasta él. Luego se había presentado la doctora De Barra. Cara no estaba segura de cuándo. En un momento no estaba allí, y al momento siguiente reconocía el cuerpo de Patrick, que los hombres habían tendido al final del sendero. De Barra había sacudido la cabeza y suspirado mientras lo examinaba. Luego se había dirigido a Cara y había echado un vistazo al golpe en su frente. Acto seguido, Daithí estaba junto a ella, rodeándole los hombros con el brazo y hablando con la médica.

—Sí, estaremos pendientes de ella. Gracias por venir, doctora.

—No hay de qué, es mi trabajo.

Daithí bajó la vista hacia Cara.

—Vamos, te llevaré a casa de los Flaherty. Todos cuidaremos de ti. —A pesar de cuanto había visto y de cuanto sabía de sus amigos, Cara no se resistió. No le pidió a Daithí que la dejara en paz o que la llevara a otro sitio. Regresó caminando con él por la carretera como una niña obediente. Volvió a la casa que había estado espiando hacía menos de una hora. No mencionó que, antes de eso, lo había pillado con Courtney. En ese momento no había espacio en su mente más que para un pensamiento: «Patrick ha muerto por culpa mía». Su empecinamiento por descubrir al asesino de Maura la había llevado a buscar la pista en vez de a Patrick. Lo más probable era que él hubiera estado en la autocaravana todo el rato, escondiéndose de ella. Si no hubiera tomado esa decisión, impulsada por su ansia de averiguar quién le había hecho aquello a su mejor amiga, quizá habría encontrado a Patrick a tiempo. Un bombero le entregó una nota que había hallado en el bolsillo de la chaqueta de Patrick. Iba dirigida a ella: la sargento Folan. Estaba garabateada con pulso vacilante en un trozo de papel.

Estoi triste sin la señorita Coneely. Era la unica que yo le importaba. Siento no haber visto quien lo izo. Siento no aver podido ayudar.

Tenía razón en una cosa: Maura era la única persona a quien él le importaba de verdad. Ni siquiera Cara, con sus ínfulas de buena persona y sus ideas para ayudarlo, había estado ahí cuando la necesitaba. Daithí la guiaba por el camino de entrada a casa de Seamus. Cuando, al rodear el edificio hacia la puerta de atrás, ella vio por la ventana a sus tres amigos arrellanados en el sofá y las butacas, no se sentía tan resuelta y poderosa como antes. Estaba tan abatida como ellos. A quién quería engañar.

—Vamos, todo irá bien. —Tras darle un apretón, Daithí giró el picaporte de la puerta trasera. Cuando entraron en la cocina, los demás alzaron la mirada, sorprendidos de verlos.

—Hola, chicos… —Seamus se puso en pie—. ¿Sabéis qué está ocurriendo? Nos ha parecido ver a los bombe… —Se interrumpió al fijarse en Cara. Atravesó la habitación a paso veloz—.

Cara, ¿estás bien? ¿Qué te ha pasado en la cabeza…? —Desplazó la vista de ella a Daithí, que la condujo hasta el sofá—. ¿Qué sucede?

Ferdia y Sorcha la observaban, preocupados.

—Patrick Kelly se ha suicidado —explicó Daithí—. Y Cara se ha caído. No se ha hecho daño, la doctora De Barra le ha echado un vistazo.

—Dios santo —dijo Sorcha. Se levantó, tomó a Cara de la mano y la ayudó a sentarse. Se volvió hacia Ferdia—. Tráele un whisky, Ferdy.

—Enseguida. —Ferdia se puso en pie, cogió un vaso para Cara y le sirvió una buena cantidad. Cara tomó un sorbo y notó que el líquido le quemaba la garganta al bajar. Sin embargo, ni siquiera aquel fuego bastó para reanimarla. Seamus se sentó en un sillón, con la consternación pintada en el rostro. Daithí y Sorcha se acomodaron a ambos lados de Cara. Sorcha le acarició la fría mano.

—¿Qué ha pasado? —preguntó Seamus.

Cara volvió la cabeza hacia él.

—Se…, se ha enterado de que Maura ha muerto —dijo despacio. Sacudió la cabeza e inspiró a fondo—. Ella era la única persona que se preocupaba por el chico. Solo por eso la noticia habría sido un duro golpe para él. Pero es que, para colmo, estuvo ahí. Oyó como el asesino despeñaba a Maura. Se sentía culpable por estar demasiado colocado para entender lo que sucedía… o para salvarla. Intenté explicarle que ya estaba muerta en ese momento… Debería haberme esforzado más por localizarlo, por hacérselo comprender.

—Cara, no te tortures —dijo Seamus—. Era un muchacho con problemas. Ya lo sabes.

—Seamus tiene razón —terció Sorcha—. Estaba jodido desde hace mucho tiempo por culpa de sus padres de mierda. Aunque lo hubieras encontrado y se lo hubieras dicho, no habrías resuelto sus problemas.

—Estoy con ellos, Cara —dijo Ferdia.

Cara lo miró, y la invadieron las náuseas por el despreocupado desdén con que se refería al pobre Patrick. Él, el hombre que le había facilitado esas drogas. Y a saber qué otra cosa se traía entre manos. Tampoco podía mirar a Seamus a los ojos. La terrible historia sobre el joven Seamus y Maura la perseguiría durante mucho tiempo. ¿Por qué lo había perdonado ella? Cara estaba indignada. Decepcionada. Desconsolada. Sin embargo, en ese momento sentía que se había caído de su atalaya moral. Se había precipitado hasta el fondo y ya no tenía derecho a juzgar a nadie. Agachó la cabeza. Se encogió de hombros.

—Cara, eres una bellísima persona —dijo Daithí—, y hasta las mejores personas del mundo se equivocan a veces. No puedes exigirte acertar al cien por cien el ciento por ciento de las veces. Eso te llevaría a la locura. Es imposible. A veces suceden cosas malas.

Ella notó que se le arrasaban los ojos en lágrimas. Los últimos días habían sido una pesadilla. Nada la había preparado para aquel caos espantoso y desenfrenado. Había pensado que perder a Cillian años atrás había sido lo peor que podía pasarle. Y, en cierto modo, siempre lo sería. Pero la manera en que habían muerto Maura y Patrick…, lo que había descubierto sobre aquellas personas que habían sido tan queridas para ella… Se sentía como una participante en un experimento o un retorcido programa de telerrealidad. Nada era real. Nada era lo que parecía. Si se alejaba lo suficiente de allí, podría derribar la fachada engañosa que la rodeaba. Si querían que se sintiera aún más sola —cosa que no habría creído posible—, lo habían logrado. Tenía la sensación de que, si rompía a gritar en ese instante, nadie la oiría. En vez de ello, se quedó clavada en el sofá, contemplando el fuego. Perdida.

Seamus se levantó para volver a servirles whisky a todos. Cara lo observó mientras iba de un amigo a otro. Sorcha le tendió su vaso con una sonrisa triste. Los tres a los que había espiado por las ventanas tenían los ojos un poco vidriosos y se movían con mayor lentitud, acusando los efectos del alcohol que habían consumido a lo largo de la tarde. Recordó lo que Seamus había dicho antes sobre los *Doppelgängers*, cuando Ferdia se había referido así a los actores y el otro lo había corregido, pues el término tenía connotaciones malignas. De hecho, Ferdia estaba en lo cierto, pero no respecto a quiénes eran los *Doppelgängers*. Eran ellos. Cada uno de ellos era malvado.

Cara miró como Daithí se levantaba y se iba a echar el cerrojo a la puerta trasera. A continuación, pasó al recibidor e hizo lo mismo con la puerta principal. Tal vez él no merecía el calificativo de *Doppelgänger*. Aplicárselo seguramente era injusto. En realidad, él no le había mentido. No obstante, continuaba resentida. Y, lo que era aún peor, tenía la sensación de que no lo conocía tan bien como creía. Eso era lo que más le dolía.

—Chicos, ¿podemos tener más cuidado con las puertas? —dijo cuando regresó a la sala—. Ya sé que por lo general no es necesario aquí, pero mantengámoslas cerradas con llave, ¿vale?

—Pero ya no hay peligro, ¿no? —dijo Sorcha, dirigiendo la vista hacia Daithí, no sin antes lanzar una mirada fugaz a Cara.

—¿Cómo dices? —contestó Daithí.

—Él lo hizo, ¿no? Es lo más probable —dijo Sorcha, posando los ojos en los demás en busca de apoyo—. Así que ya no hay de qué preocuparse, ¿no?

—Sí, seguramente —convino Seamus—. Nos has dicho que estaba obsesionado, ¿no, Cara? Y yo mismo he visto como se le cruzaban los cables.

—Acaba de morir, y no creo que... —empezó a protestar Cara.

—No eres inspectora, Cara —murmuró Ferdia.

—Puede que no, pero tampoco idiota —espetó ella, fulminándolo con la mirada.

—No creo que Ferdia esté insinuando que lo seas —repuso Seamus—. Creo que solo está diciendo que, al no tener la formación necesaria, tal vez se te hayan escapado detalles. Seguro que el chaval tenía su lado bueno, y tal vez no fue culpa suya, pero a veces, si anda como un pato y grazna como un pato...

—¿Por qué te lo tomas todo tan a la ligera, Seamus?

—Perdona, Cars. No pretendía ser irrespetuoso.

—¿Quién puede haber sido, si no? ¿Y por qué? —preguntó Ferdia de nuevo, inexpresivo, esta vez sin comentarios de listillo ni sonrisas de autosuficiencia—. Sin duda fue alguien con un motivo para matar a Maura, y él era el único. El chico tenía un motivo. No veo que hayas elaborado una extensa lista de posibles sospechosos.

—No sé... —titubeó ella.

—Vamos, Cara —dijo Seamus—. Piensa en los hechos. Era un joven extraño obsesionado con Maura. —Comenzó a enumerar con los dedos—. La seguía a todas partes, reconoció que estaba en el lugar donde despeñaron su cuerpo, y además iba puesto. Luego va y se mata por los sentimientos de culpa y pérdida. Yo por lo menos dormiré más tranquilo esta noche.

—¿Y qué me dices de las cartas? —inquirió Cara—. Tú lo viste el otro día. ¿Lo crees capaz de hacer algo así? Además, el chaval tenía una dislexia galopante. ¿Te enseño su nota de suicidio?

—¡Las cartas no eran precisamente *Guerra y paz*, Cara! Y, como bien dices, ha escrito una nota de suicidio. Le gustaba comunicarse por carta. Eso reafirma mi convicción.

Clavó la vista en él.

—Yo también estoy convencida, Cara —intervino Sorcha—. Es lo único que tiene sentido.

Cara se quedó callada. No podía rebatir ese argumento. Sí que tenía sentido. Sobre el papel. Para alguien que no hubiera pasado mucho rato con el chaval, que no hubiera percibido su angustia, su ingenuidad. Pero ¿cómo podía estar segura de que él no la engañaba, o de que aquello no había sido un terrible accidente? No lo sabía. Y, sin el apoyo total de Galway, no tenía manera de averiguarlo con certeza. Su intuición sobre Patrick Kelly carecía de valor. Sería ridiculizada en un tribunal. Ya la habían desestimado en aquel juicio paralelo.

—Creo que será mejor que nos concentremos en lo de mañana, por el momento —dijo Daithí.

—¿Lo de mañana? —dijo Sorcha. Cara, Ferdia y Seamus lo miraron, desconcertados.

—Sí. El aniversario de Cillian. La Nochevieja. ¿Es que ya nadie se acuerda? —contestó—. Es la razón por la que estáis todos aquí.

37

Cara fregó los cacharros del desayuno con agua tibia hervida en el hornillo de camping que Daithí les había prestado. La luz que se colaba por el cristal esmerilado de la puerta trasera confería una cualidad distinta a la mañana, más luminosa, menos gris. Ferdia, más solícito que de costumbre, secaba los cacharros.

—Madre mía, qué dolor de cabeza —dijo—. ¿Por qué bebimos tanto whisky anoche?

—Creo que fuiste sobre todo tú —dijo Cara, pasándole un plato mojado—. A mí me duele por otras razones.

Sorcha entró por la puerta de atrás, acompañada por una racha de aire gélido. Dio unas patadas en el suelo para quitarse la nieve de las botas. A continuación, dejó un cubo lleno de turba sobre el felpudo y se descalzó.

—¿Qué tal la cabeza, Cara? Me refiero al golpe. Apenas bebiste anoche, a diferencia de los demás. Bueno, supongo que a ti tampoco debería incluirte, Daithí. —Se volvió hacia el aludido, que estaba apurando su café en la mesa del desayuno y alzó la taza a manera de saludo.

—Le prometí a la doctora De Barra que le echaría un ojo.

Sorcha se acercó a Cara y le retiró delicadamente el cabello de la cara con sus fríos dedos. En la sien derecha tenía un feo chichón y un cardenal morado oscuro.

—Ay —dijo Sorcha, crispando el gesto solo de verlo.

—No es tan terrible. Y se me está pasando el dolor de cabeza.

Seamus alzó la vista de la chimenea, que estaba dejando a punto para el día. Tenía el rostro pálido. Le sonrió a Cara, pero no dijo nada. Ella terminó de lavar el último plato y, tras quitar el tapón del fregadero, se secó las manos con una toalla.

Recogió el cubo de turba.

—Ya lo llevo yo —le dijo a Sorcha con una sonrisa.

Atravesó la sala y lo depositó junto al hogar.

—Aquí tienes.

—Gracias.

—¿Cómo lo llevas? —preguntó Cara—. Lo digo por el día que es y todo eso.

Seamus cogió unas briquetas de turba y las añadió al montón. Estaba preparando un buen fuego para que estuviera listo cuando regresaran del cementerio. Asintió, pero no levantó la mirada hacia ella.

—Siempre es un día duro —respondió, sin dejar de manipular los bloques de turba—. Ya sé que es la primera vez que lo pasamos juntos... Estoy seguro de que también ha sido duro para ti todos estos años.

—Fácil no es, no. —Con un suspiro, se volvió hacia el retrato de Cillian que estaba en la pared.

—¿Llevarás a los niños a ver su tumba?

—Por lo general vamos al día siguiente, o en Año Nuevo, para convertirlo en una experiencia positiva para ellos. Dentro de lo que cabe, claro. Los llevo allí, y nos ponemos a charlar con Cillian sobre nuestros sueños y esperanzas para el año que empieza.

Seamus la miró.

—Qué bonito.

—Sí, me ha ayudado a que lo vean más como una celebración.

—Bueno, eso es lo que intentaremos hacer hoy, montar una celebración en su honor.

—Eso haremos.

—Exacto —dijo Sorcha desde el centro de la habitación—. ¿Nos adecentamos y luego nos ponemos en marcha para presentar nuestros respetos al hombre?

Daithí echó su silla hacia atrás y se puso en pie.

—Sí, vamos a prepararnos.

Tras guardar el último plato, Ferdia dobló el paño de cocina. Seamus se levantó de delante de la chimenea y se sacudió el polvo de las manos. Rodeó el sofá para reunirse con Sorcha junto a la puerta de la cocina.

Cara los contemplaba a todos. ¿Esas manos que acababa de limpiarse después de dejar lista la chimenea le habían pegado una paliza a su amiga tiempo atrás? ¿A cuántas personas vulnerables les había proporcionado drogas Ferdia? Qué poco le había costado a Sorcha mostrar preocupación al examinar su herida hacía un rato. ¿Dónde había quedado ese atisbo de humanidad cuando había ido a esconder drogas en el lugar de trabajo de su amiga para incriminarla? Pero los esfuerzos de Cara fueron inútiles. No conseguía sentir rabia o pena al observar a aquel atajo de indeseables. Tenía la sensación de que el suelo bajo sus pies era temporal, y las paredes que la rodeaban, opcionales. Era como una batería descargada. Por más que le daba al contacto, no conseguía volver a la vida. Salvo por Seamus, que estaba taciturno —lo que resultaba comprensible en el aniversario del fallecimiento de su hermano a causa de un accidente que él había presenciado—, percibía una actitud distinta en los demás. Parecían más animados. ¿Era porque creían que Patrick era el responsable o por el pronóstico de que la tormenta empezaría a amainar esa tarde? Pronto podrían volver a salir los barcos, y también los aviones. La pequeña Inis Mór se reincorporaría al resto del mundo. Tal vez eran ambas cosas las que habían teñido esa mañana de un desenfado extraño y casi inapropiado.

Se reunieron de nuevo frente a la puerta de la casa veinte minutos después, todos bien abrigados. Cara llevaba el viejo violín de Seamus, y Sorcha unas flores secas que había traído desde Londres para depositarlas en la tumba. Al verlas, a Cara le vinieron a la memoria los pétalos blancos que había encontrado en los bolsillos de Maura, las bolsas de pastor. Ahuyentó este recuerdo. No quería pensar en ello en aquel momento. Ferdia salió de la cocina con una caja de galletas en las manos.

—¿Qué es eso, Ferdia? —preguntó Sorcha.

—Galletas Jaffa —respondió él.

—Ya veo que son galletas Jaffa, pero ¿por qué las llevas? ¿No puedes esperar a picar algo más tarde?

—Son para Cillian.

—¿Perdona?

—Eran sus favoritas.

—Es verdad. —Cara sonrió. Extendió el brazo hacia Ferdia y le tocó la mano—. Le encantaban.

—He pensado que…, en fin —titubeó Ferdia con una media sonrisa—, que tal vez le gustarían.

Cara le sonrió a su vez y notó que le asomaban lágrimas por las comisuras de los ojos. Respiró hondo.

—Bueno. Venga, vámonos.

Daithí abrió la puerta principal y salieron en fila. La luz era un poco menos plomiza esa mañana. Seguía sin divisarse ni una pequeña porción de cielo azul, pero la capa de nubes, más delgada y menos densa, dejaba pasar algo más de claridad. El temporal empezaba a dar muestras de debilidad. El viento también había perdido agresividad. Al llegar al final del camino de entrada, podían elegir la ruta, pues no tenían que sortear las ráfagas para llegar del punto A al B. Habían decidido ir a pie, como cuando vagaban por la isla, de niños. Querían tomarse su tiempo y recordar a Cillian por el camino.

—¡Cielo santo, ahí están las Siete Iglesias…! —dijo Sorcha con una risita, caminando del brazo de Cara, mientras se aproximaban a las ruinas de un grupo de viejas iglesias. Solo permanecían en pie dos de ellas, sin techo, entre restos de viviendas de siglos de antigüedad. En ese momento todo estaba oculto por la nieve. Bajo el manto blanco, un intrincado laberinto de sepulcros sin nombre y escalones de piedra cubrían el terreno. Cruces celtas y lápidas redondeadas se alzaban torcidas. Era el lugar perfecto para pasar una soleada tarde de verano con un poco de intimidad—. ¿Te estás sonrojando, Cara Folan? ¡Haces bien! ¡Fue donde os disteis vuestro primer beso!

—¡Madre mía! —se rio Cara—. ¡No puedo creer que te acuerdes de eso!

—¿Cómo olvidarlo? —intervino Ferdia—. ¡Llevabais meses suspirando el uno por el otro! ¿Por qué creéis que os dejamos aquí solos, entre las ruinas sombrías… y recónditas? ¿Hummm?

—¿Qué? ¡No me lo creo!

Seamus se detuvo frente a la entrada a las iglesias y le dedicó una gran sonrisa a Cara.

—Pues créetelo.

—Ay, Señor… —Cara se sintió abrumada por los recuerdos de aquella época remota. Sentía a Cillian muy cerca. Los dos tenían quince años. El sol les calentaba la piel, y el amor, el resto de su ser. Cara notaba el bronceado brazo de Cillian junto al suyo mientras estaban recostados contra un muro más antiguo que el tiempo. El momento se le antojaba atemporal: los dos solos; el silencio, interrumpido solo por los pájaros; mariposas que revoloteaban y se perseguían; una nube solitaria que surcaba el cielo perezosamente, sin prisas; y la mano de Cillian, que se alargaba muy despacio hacia la suya. Ella había dejado que se la tomara. Y fue como si hubiesen capturado rayos del sol en sus palmas unidas, que irradiaban el calor suficiente para mantener la vida en un planeta.

38

Seamus se agachó para retirar la nieve con la mano, como había hecho Cara la noche anterior. Y había sido solo la noche anterior, aunque parecía haber pasado mucho tiempo.

CILLIAN FLAHERTY, 1988-2012
AMADO ESPOSO, PADRE E HIJO
«IN ÁR GCROÍTHE GO DEO»

Cara volvió a leer las palabras. Amado. Tan amado.

—Deberíamos haber añadido «hermano», Seamus. Lo siento. Esposo, padre, hijo y hermano.

—No, Cara, no me pidas perdón por una cosa así. —Desechando su preocupación con un gesto, sacudió la cabeza esbozando una sonrisa nostálgica.

Sorcha colocó las flores secas al pie de la lápida. Con sus apagados tonos de rosa y naranja, y sus hojas doradas, resultaban apropiadas para la ocasión. Cillian representaba eso para ellos: un recuerdo hermoso, pero un recuerdo, al fin y al cabo.

—Vaya, ahora me siento un poco ridículo —dijo Ferdia con las galletas en las manos.

—¿Y si nos las comemos? —sugirió Daithí.

—A la salud de Cillian —dijo Seamus.

—Muy buena idea.

Ferdia rasgó un lado de la caja de cartón, sacó las galletas de chocolate y naranja envueltas en celofán y procedió a repartirlas. Se quedaron de pie alrededor del sepulcro, galleta en mano.

—Ahora solo nos falta una taza de té —dijo Cara—. Nada le gustaba más que el té con pastitas.

—Otra vez será —dijo Seamus—. ¡Al ataque! —Despachó la galleta con dos bocados y luego se pasó la lengua por los labios—. No me acordaba de lo ricas que están las galletas Jaffa. ¡En California no hay! Cill, entiendo perfectamente que fueran tus favoritas. —Se oyó un murmullo de aprobación en torno a la tumba mientras todos engullían las golosinas.

Ferdia le alargó el paquete a Seamus.

—Ten, coge otra, tío.

Cara abrió el estuche del violín. La tumba de Cillian era la última de la fila del fondo del cementerio. Se encontraba en la esquina formada por dos muros bajos. Quitó la nieve acumulada sobre la tapia paralela al sepulcro y se sentó en ella. Apoyó el estuche en la pared de atrás. Con lentitud, deslizó el arco sobre las cuerdas, y una nota grave y nítida vibró en medio del intenso silencio. Alzó la vista hacia los demás y retiró el arco, con una gran sonrisa, antes de arrancarse a tocar *Always Look on the Bright Side of Life*. Los demás tardaron un poco en reaccionar, pero entonces rompieron a reír. Sorcha comenzó a cantar, y los otros la siguieron, incluido Ferdia, que aún tenía la boca medio llena de galleta.

—¡Por Dios, Ferdy, cierra la boca! —dijo Sorcha soltando una carcajada. Él obedeció con una sonrisita.

Cuando Cara concluyó la melodía, la panda prorrumpió en aplausos. Seamus se aclaró la garganta, y todos los ojos se posaron en él.

—Bueno, me gustaría decir unas palabras. —Se pasó las manos por el cabello y se quedó callado un momento, mientras ponía en orden sus pensamientos—. Conmemorar esta fecha no se ha vuelto más fácil. ¡Pero ha sido estupendo reír, cantar y comer galletas con vosotros! Creo que mi hermano mayor se estará riendo también, allá donde esté. Lo echo de menos. Sé que

vosotros también, mucho. Y esta semana… Bueno, no hay palabras para describir lo ocurrido, ¿no? Nuestra querida Maura…
—Se le entrecortó la voz. Bajó la vista a sus pies, sacudiendo la cabeza. Ferdia dio un paso hacia él y lo abrazó, también con la respiración agitada por la emoción. Habían declarado una tregua. El extraño embrujo que esa mañana parecía ejercer sobre ellos la había hecho posible.

Sin embargo, Cara, en lugar de la calidez de la reconciliación, sintió que la fuerza del encantamiento empezaba a menguar. Notaba que la batería muerta de su valor y su convicción buscaba una chispa. La víspera, aquellos dos andaban a la greña, y ahora se abrazaban. Aquella escena que habría debido parecerle emotiva y liberadora, se le antojaba fuera de lugar. Mientras los miraba, su resentimiento aumentaba, como si despertara de un sueño. Aun así, mantuvo la sonrisa triste, sin mover un músculo.

Daithí se arrimó y le rodeó los hombros con el brazo. Estrechándola contra sí, le besó la coronilla.

—Lo siento —susurró.

—Ay, Daithí, no —respondió ella, también en susurros—. Tú eres el único que no tiene que disculparse.

Seamus, Ferdia y Sorcha los observaban. Cara, a su vez, paseó la vista por cada uno de ellos. Entre aquellas sepulturas coronadas de nieve, contempló a Seamus, con su apuesto rostro de chico de la casa de al lado, el atractivo anguloso y moreno de Ferdia, la belleza rubia trigueña de Sorcha. Todos la miraban ocultos detrás de una máscara. Ninguno de ellos sentía pena o remordimientos por nada.

—¿Emprendemos el regreso? Ha sido maravilloso —dijo Seamus—. Es la mañana de la víspera de Año Nuevo más feliz que he pasado desde que perdimos a Cillian. Gracias a todos. Ha sido una semana horrible, pero me alegro de que hayamos venido. Sigamos adelante con el plan de pegarnos un banquete de la hostia, beber vino a mansalva y hablar de Cillian durante todo el día. También podemos homenajear a Maura.

—Sí, secundo la moción —convino Sorcha. Ferdia asintió.

—Creo que nos hará bien a todos —dijo Daithí.

Seamus se volvió para dirigir una mirada solemne a la tumba.

—Cillian, no dejaré que pase tanto tiempo antes de venir a verte. Descansa en paz, hermano. Te quiero.

Ferdia dio un paso al frente y tocó la parte superior de la lápida.

—Descansa en paz, amigo —dijo.

Daithí y Sorcha guardaron silencio unos instantes antes de dar media vuelta. Todos excepto Cara empezaron a alejarse. Seamus volvió la vista hacia ella.

—¿Vienes, Cara? ¿Te encuentras bien?

Ella hizo un gesto afirmativo.

—Sí, no te preocupes, estoy bien. Solo quiero estar un par de minutos con él. A solas. ¿Te parece bien?

Seamus retrocedió y la atrajo hacia sí en un abrazo. Ella tuvo que hacer un esfuerzo por no tensar los músculos.

—Claro, eso ni se pregunta.

Cara asintió.

—Te esperamos en el supermercado —dijo Sorcha—. Vamos a comprar los manjares.

—Sí, nos vemos ahí.

Los demás sonrieron y, tras agitar la mano a modo de saludo, se encaminaron a la salida del cementerio. Cara escuchó sus voces alegres, que se alejaban en dirección a Kilronan. Se quedó ahí de pie durante largo rato, hasta que dejó de oírlos. Entonces se dirigió a Cillian.

—Creo que esta vez no me equivoco, Cillian. —Se acercó a la tumba y tocó la lápida en el mismo lugar que Ferdia—. ¿Has oído lo que te han dicho? «Descansa en paz. Descansa».

EL MARIDO DESCANSA.

39

Cara contempló la sepultura. ¿Dónde estaba? ¿Dónde lo había escondido Maura? El paquete, el escurridizo, valioso y codiciado paquete. Aún no había empezado a nevar cuando ella había pasado por ahí, camino de regreso a casa desde el hogar de Cara. Cuando había tenido la sensatez de esconderlo. O tal vez no había sido muy sensata. Si se lo hubiera entregado al asesino, seguiría viva. A Cara no le cabía la menor duda. Por lo tanto, fuera lo que fuese lo que contenía, Maura había considerado que valía la pena arriesgarse por ello.

Se encontraba cerca. Caminó de un lado a otro frente a la tumba. Pisó fuerte en el sendero para combatir el frío que le hacía compañía tras la marcha de sus amigos.

Vale. Así que no nevaba, pero llovía. Y hacía viento. La tormenta aún no se había enfriado lo suficiente. Así que, ¿dónde había podido dejarlo Maura, de modo que estuviera a salvo y oculto a la vez? No había muchas opciones. Por un momento, Cara dudó de sí misma. Había vuelto a equivocarse.

No, no, no. Debía estar ahí. Estaba segura de ello.

Se fijó en la pendiente del túmulo. ¿Tendría que ponerse a cavar? ¿Era posible?

No. Eso no le cuadraba. Desplazó la vista hacia arriba y alrededor. El estuche del violín apoyado en la tapia de detrás de la tumba captó su atención.

Tras echar un vistazo rápido por encima del hombro —para

asegurarse de que seguía sola—, subió a paso veloz a lo alto del túmulo. Apoyada en la losa de granito, inspeccionó el estrecho espacio que había detrás, entre ella y el muro. Solo había un poco de nieve. Y parte de ella parecía ser la que Seamus y ella habían quitado de la lápida. Era un recoveco bastante resguardado. Sin embargo, nada le llamó la atención de entrada. No veía más que hierba rala y maleza.

De hecho, no se trataba de una maleza cualquiera. Estaba formada por plantas que le resultaban familiares. Unas flores silvestres que conocía bien.

Ahí, detrás de la sepultura de Cillian, crecía un puñado de bolsas de pastor, la flor que había descubierto en el bolsillo de Maura. Era lo único que llevaba ahí: una flor silvestre con vainas diminutas en forma de corazón. Esta vez su teoría había resultado acertada. Estaba donde Maura quería.

Pero ahí no había nada. Cara giró la piedra sepulcral ligeramente hacia un lado, hundió la mano en la hierba y palpó el húmedo interior. Nada. Se puso de rodillas sin importarle la nieve que cubría el suelo. Al instante se le caló el pantalón, y notó la gélida humedad en la piel. Apoyó una mano en la tapia para hurgar más a fondo detrás de la tumba. Seguía sin encontrar nada. La piedra del muro bailó por no estar fijada con argamasa, y Cara soltó una palabrota, pues su aspereza le había raspado la mano.

Se puso en cuclillas y se sopló en la palma fría y dolorida.

Miró el muro. Se enderezó de golpe, como si algo le hubiera explotado en el estómago.

Le dio un empujoncito a la piedra, que se movió de nuevo. A continuación, empezó a tirar de ella, en vez de empujarla. Se le aceleró el corazón. La piedra se salió de su hueco.

Y ahí, embutido en el centro del muro, había algo envuelto en un pañuelo de seda gris y rosa que Cara reconoció, pues pertenecía a Maura. Introdujo la mano, sin sentir ya los raspones y arañazos, y lo sacó con cuidado. Las dimensiones coincidían con los cálculos aproximados de Mamó. Sus dedos comenzaron a forcejear con los nudos del pañuelo. Cuando las esquinas se soltaron, dejaron al descubierto el envoltorio de papel marrón que Mamó le había descrito también.

Lo había encontrado.

La causa de todas aquellas atrocidades, de aquel horror. Una descarga de adrenalina la recorrió.

Se dio la vuelta y tendió la mirada sobre el cementerio, aquel mar gris de lápidas de granito y piedra caliza y, por encima de las tapias que las protegían, la extensión de isla que había más allá, en busca de otras personas. No había nadie. Estaba completamente sola. Aguzó el oído por si alguna voz delataba que alguien se acercaba, pero no. No había peligro.

Sentada en el borde bajo de la sepultura, extendió las piernas, se colocó el paquete en el regazo y procedió a desenvolverlo.

Se quedó mirando lo que contenía.

Una libreta.

Una vieja libreta de tapa negra. Maltratada, con las esquinas dobladas. Cara le dio vueltas entre las manos. ¿Eso era todo?

La abrió por la primera página y vio el encabezamiento escrito a mano.

Is Mise An tOileán – Seamus Flaherty

¿Las memorias de Seamus? Pero ¿qué demonios…?

Hojeó el cuaderno. El texto entero estaba manuscrito y en irlandés. Parecía un borrador original. ¿Era eso posible? ¿De verdad podía tratarse de la primera versión, la que había nacido como un diario de verdad, según Seamus?

¿Por qué narices había muerto gente por eso?

Entonces reparó en algo.

Algo verde que sobresalía de entre las páginas, hacia el final de la libreta. Cara la abrió por ahí. Era un ramito de bolsas de pastor. Ah, Maura, astuta hasta el final. Había sembrado el camino de referencias a su amistad para guiarla, para ayudarla a llegar hasta ahí.

Cara echó un vistazo a la página. ¿Qué quería Maura que encontrara? ¿Qué intentaba decirle? Estaba todo en irlandés, pero no le hizo falta dominar el idioma para reconocer una palabra en particular. Una palabra que se repetía por toda la página. Aunque, en realidad, no era una palabra, sino un nombre: Cillian.

En cada uno de los párrafos que Maura había marcado.

Cara se quedó mirando las líneas escritas. Deslizó los dedos por ellas, deteniéndolos sobre cada mención a Cillian. Entonces cerró la libreta de golpe. En piloto automático, la envolvió de nuevo en el papel y el pañuelo de Maura. Se irguió, la guardó en el bolsillo en la parte frontal del estuche del violín, detrás de las partituras. Tras echar una última ojeada alrededor para cerciorarse de que estaba sola, cerró la cremallera del estuche y lo recogió. Sabía lo que tenía que hacer.

40

Cara se detuvo frente a la comisaría de la *garda*. Se dio unas palmaditas en el anorak para comprobar que llevaba las radios escondidas en el bolsillo interior. Sabía que estaban ahí, pues las había metido hacía solo un momento cuando estaba dentro, pero la cabeza le daba vueltas por culpa de todos los pensamientos y revelaciones que se arremolinaban en ella y se turnaban para atraer su atención, aportando cada uno una brizna de claridad. Tendió la mirada sobre el mar, hacia el horizonte. Contempló las relajantes olas, las nubes menos oscuras. Y, aunque no estaba segura al cien por cien, le pareció divisar a lo lejos un diminuto claro azul que se aproximaba.

Echó a andar hacia el supermercado. Por el camino, se cruzó con Noah y un par de actores. Este se detuvo.

—¡Hola, Cara! —la saludó, sonriente—. Acabo de ver a Seamus. ¡Gracias por la invitación! ¡Nos vemos luego!

—Sí, gracias —terció Aiden—. Se agradece un poco de fiesta.

—Nos vemos luego —dijo Lexi, con una sonrisa. Se despidió con un gesto, y los tres reanudaron la marcha.

—Genial —respondió Cara, agitando la mano también. Por lo visto, Seamus los había invitado a la celebración de Nochevieja. Repasó la idea que estaba cobrando forma en su mente. ¿Funcionaría aunque ellos también estuvieran ahí? Ya se encargaría de que funcionara. Dobló la esquina y se dirigió a la entrada del supermercado. Los clientes que salían se apartaron más de lo habitual al verla. Cara divisó a Sorcha en la caja y se encaminó hacia ella. Otra persona la esquivó dando un rodeo exagerado.

—¿Y a esa qué le pasa?

—Supongo que es por la *piseog* —respondió Cara.

—¡Pero si no son más que las dos del mediodía! Si fueran las once cincuenta y cinco de la noche, tendría un pase, pero…

—¿Tendría un pase?

—Bueno, claro que no, pero ya me entiendes.

Cara asintió.

—Eh, hola, nos has encontrado. —Seamus se unió a ellos con dos bolsas de la compra repletas de comida y botellas de vino. Ferdia y Daithí llegaron tras él, también cargados de víveres.

—¿Habéis invitado a Noah y su equipo?

—Sí, nos hemos encontrado con ellos y habría sido una descortesía no invitarlos. ¿Hemos hecho mal?

—Eh…, no.

—Además —dijo Seamus desplegando una sonrisa—, eso significa que por fin irás a una fiesta de Año Nuevo donde la gente no saldrá corriendo despavorida a medianoche al ver tu pelo rojo. Será una delicia, ¿a que sí?

—Sospecho que encontrarán alguna excusa para huir de mí a medianoche de todos modos.

Un lugareño los pasó de largo, guardando una distancia considerable. Todas las miradas estaban puestas en ellos mientras se dirigían a la salida.

—¿Lo veis? —dijo ella.

—Estoy de acuerdo, Cara. —Ferdia la abrazó por los hombros—. Esto de la *piseog* es una chorrada. Los nativos están muy equivocados al creer que traes mal fario en Año Nuevo.

—Gracias, Ferdia.

—¡En realidad, traes mal fario todo el año! —dijo con una carcajada. Sorcha le propinó un codazo en el costado.

—Ya está bien —siseó.

—Venga —dijo Daithí, colocándose al frente para encabezar la marcha—. Que estas bolsas pesan lo suyo. Vámonos a casa.

—A sus órdenes —dijo Seamus.

Por el camino de regreso, el ambiente entre ellos, ya bastante alegre durante el desayuno, se tornó más bullicioso. Todos estaban eufóricos. El sonido desacostumbrado de conversaciones animadas y risas resonaba en los senderos mientras caminaban. Era como en los viejos tiempos, salvo por las evidentes ausencias. Sin embargo, por alguna razón, en aquel momento era como si las dos personas que faltaban se hubieran marchado solo durante un rato y fueran a volver más tarde. Y tal vez estaban ahí, en espíritu, pensó Cara. Velando por todos.

Sorcha volvió la vista hacia Cara, que caminaba detrás de ella junto a Daithí.

—La tormenta se está calmando, ¿no? —dijo con un brillo de esperanza danzándole en los ojos.

—No hay duda de que empieza a amainar —convino Cara.

Seamus, que avanzaba el primero, miró por encima del hombro.

—Según el pronóstico, cesará hacia la hora del almuerzo.

—¡Ah, estupendo! Espero que salgan barcos mañana. ¿Tú qué opinas, Cara? ¿Restablecerán el servicio mañana?

—Tal vez —contestó ella—. No estoy segura. —«Y no —añadió para sus adentros—, no pasa nada. No me ofende tu ansia por largarte. Seguro que no es nada personal».

—Saldrá un barco —aseveró Ferdia. Sorcha lo miró.

—¿Estás seguro?

—Sip.

—Yo no lo tengo tan claro, Ferdia —dijo Daithí—. En primer lugar, aunque esté previsto que el temporal remita a la hora del almuerzo, se supone que habrá un último coletazo y el tiempo empeorará de nuevo por la tarde. Además, yo no confiaría demasiado en que los ferris funcionen en día de Año Nuevo.

—Ya veremos —dijo Ferdia.

—¿Tú también te marcharás si hay barcos, Seamus? —preguntó Sorcha.

—Noah, el equipo y yo todavía tenemos que rodar algunas escenas, así que nos quedaremos un poco más.

Cara miró a Daithí de soslayo y le posó la mano en el brazo para que aminorara el paso. Se rezagaron poco a poco, incrementando la distancia que los separaba de los demás. La cháchara sobre la filmación, la tormenta y la isla llegaba flotando hasta sus oídos en un rumor confuso.

—¿Estás bien? —preguntó él.

—Sí.

—Supongo que deberíamos hablar.

—Tienes razón, deberíamos. Pero ahora no. No quería que nos quedáramos atrás para eso.

—Ah, ¿no?

—No. Oye… —Hizo una pausa y contempló a los tres que avanzaban por delante. Prestó atención un momento para comprobar hasta qué punto llegaba a distinguir sus palabras y ajustó el volumen de su voz en consecuencia—. Necesito que me hagas un favor —dijo por lo bajo.

—Claro —respondió él con expresión desconcertada. Cara se llevó la mano al bolsillo interior, sacó una de las radios y la metió con rapidez en el bolsillo del abrigo de Daithí.

—Es una radio policial —susurró—. Llevo otra aquí. —Se dio unas palmaditas en el anorak.

—Pero ¿qué…? —Su desconcierto aumentó.

—Escúchame. Más tarde, te haré una señal con la cabeza. En ese momento, necesito que te inventes una excusa, como que acabas de recordar que habías dicho que repondrías los barriles en Derrane's, pero que se te había olvidado con todo el follón. Algo así. Dirás que tienes que ir ahí de inmediato, por ser esta la noche que es y toda la pesca.

—Vale…

—Pero quiero que, en vez de eso, vayas al puerto y busques un sitio desde donde puedas ver lo que pasa sin que nadie te vea. Creo que cerca de los escalones de la Pensión del Puerto encontrarás un lugar adecuado. Y siento mucho pedirte que vayas ahí con este frío tan horroroso, pero de verdad que es muy importante para mí.

—Cara, ¿de qué va todo esto?

—Ya te lo explicaré más tarde. Te lo prometo.

—¿Y qué se supone que debo hacer una vez que esté ahí?

—Mantenerte alerta y contactar conmigo por radio, ¿entendido?

—¿Alerta a qué, Cara?

—A si alguien intenta huir.

41

—¡Cierra la puerta, Ferdia! ¿Quieres que muramos congelados? —gritó Seamus por encima del parloteo de la multitud en torno a la mesa del comedor. Ferdia, obediente, cerró la puerta trasera—. ¿Qué hacías, a todo esto? —preguntó Seamus.

—Nada. —Ferdia agarró una botella de vino y la llevó a donde estaban los demás. Tras llenarse la copa, la dejó sobre la mesa.

Noah apartó su plato a un lado, cogió la botella y vertió vino en las copas que tenía cerca. Le dijo algo a Seamus, y los dos se rieron. Cara no había pillado la gracia, pues las palabras habían quedado ahogadas bajo el ruido de la conversación y las carcajadas. Vio que le alargaba la botella a Seamus, que a su vez la hizo circular por la mesa alargada para que se sirvieran los demás. Habían secado con trapos una vieja mesa de jardín y la habían llevado dentro a fin de que hubiera sitio para todos. Tapada con el mantel, apenas se adivinaba su procedencia, salvo por el ligero olor a humedad que flotaba en el aire. Sorcha y ella habían reunido todas las velas y lámparas de camping que habían encontrado para iluminar la sala. El cálido brillo de las velas —apiñadas sobre las estanterías, cerca de la chimenea, en todos los rincones y recovecos libres de materiales inflamables— confería a la habitación un ambiente acogedor, como de restaurante situado bajo el nivel de la calle. Aunque eran cerca de las nueve de la noche, parecían las dos de la madrugada, debido a la tenue claridad que aportaban las llamas parpadeantes. Daithí estaba en el otro extremo de la mesa, frente a Lexi. Captó la mirada de Cara y arqueó las cejas con expresión inquisitiva. Ella negó con un gesto. «Aún no», pensó. Él le dedicó una inclinación de cabeza apenas perceptible antes de devolver su atención a Lexi y seguir charlando. Cara se volvió hacia el miembro del equipo que estaba sentado a su izquierda. ¿Alex, se llamaba? No recordaba gran cosa de él salvo que era el técnico de sonido. Estaba hablando de algo relacionado con su trabajo, pero Cara ya había desconectado hacía unos minutos. Él no se había enterado o le daba igual. Ferdia, a su derecha, daba golpecitos en el suelo con el pie sin parar. Además, jugueteaba con sus cubiertos. Empezaba a resultar de lo más irritante. Ella dirigió la vista hacia Sorcha. Estaba encorvada sobre su plato vacío, con el mentón apoyado en la mano y los ojos brillantes. A Cara le pareció oírla decir «oh, qué fascinante» una y otra vez. El blanco de sus coqueterías era el actor que encarnaba a Ferdia en la película. Pero a Cara no le pasaron inadvertidas las miradas fugaces de soslayo que le lanzaba a su marido de verdad para comprobar si la observaba. La decepcionó ver el numerito que estaba montando Sorcha. Aquella mañana le había parecido que Ferdia y ella se llevaban mejor.

—¿Puedo retirar tu plato? —Sonriente, Cara hizo ademán de coger el plato ya vacío que Alex, el técnico de sonido, tenía delante. El cuchillo y el tenedor repiquetearon cuando lo levantó.

—Gracias, estaba todo delicioso —dijo él, también con una sonrisa.

—Oye —dijo Seamus desde el otro lado de la mesa—, no hagas eso. Sorcha y tú habéis cocinado, así que nos toca recoger a los hombres. —Se volvió y comenzó a juntar los platos que tenía a mano.

—¿Podéis ayudar un poco, Daithí, Ferdia?

—¡Yo también me apunto! —saltó Noah, levantándose y poniéndose a apilar los platos cercanos—. Muchas gracias por la fantástica cena y por invitarnos. Ha sido una experiencia muy especial para nosotros participar en los festejos de esta noche y dar la bienvenida al nuevo año en vuestra agradable compañía.

—Dejó los platos sobre la mesa para coger su copa. El vino que contenía estuvo a punto de derramarse cuando la alzó con un pulso inestable, fruto de la abundante ingestión de dicho líquido—. ¡A vuestra salud!

Esto provocó un coro de exclamaciones de entusiasmo, y el melodioso tintineo de las copas al entrechocar vibró en el aire. Seamus se puso en pie, también con la copa en la mano. Noah se sentó. El escritor paseó la vista por la mesa.

—Solo quiero decir que han sido un aniversario y una semana muy duros. Alzo mi copa por los amigos ausentes. —Hizo una pausa, y el silencio se apoderó del grupo—. También alzo mi copa por los nuevos amigos. Y ahora, os dedico a todos un brindis tradicional en irlandés: *Go raibh do ghloine lán go deo. Go raibh láidir go breá an dion thar do cheann. Go raibh tú í Neamh leathúair roimh a bhfuil fhios ag an Diabhal go bhfuair tú bás.*

—Qué bonito —dijo Alex, volviéndose hacia Cara—. ¿Qué significa?

—No se lo preguntes a ella —dijo Ferdia—. Es un desastre que no habla el idioma local. Por eso la gente de aquí no la aprecia.

—¿No era por el cabello rojo? —preguntó Noah.

—No, eso es solo en Nochevieja. El resto del tiempo es porque es un incordio de forastera.

—Anda, cierra la boca, Ferdia, gracias —dijo Cara, dándole con el codo en el costado—. Seamus, ¿podrías traducírnoslo?

—Faltaría más, *mó stór*. Significa: «Que tu copa esté siempre llena. Que el techo sobre tu cabeza sea siempre fuerte. Y... —Sonrió, levantando aún más la copa—. ¡Que pases media hora en el cielo antes de que el diablo se entere de que te has muerto!».

Los presentes prorrumpieron de nuevo en gritos de aprobación, aporreando la mesa y entrechocando las copas otra vez. Alguien bramó «¡Claro que sí, hostia!» desde el otro extremo de la mesa.

—Tengo que aprendérmelo —dijo Alex.

—Ella también —terció Ferdia.

—Joder, Ferdia, ya está bien de chincharme. Para un poco.

—*Gabh mo leithscéal!* —Lo que significaba «usted perdone». Cara había oído a Maura comentar la expresión una vez. Su traducción literal era «Acepta mi media historia», lo que a algunos les hacía mucha gracia. Se ofrecían medias verdades a cambio de la indulgencia. En ese momento, el ambiente estaba cargado de medias historias, medias verdades. Excusas. Mentiras. Asesinato.

Cara respiró hondo. Fijó la mirada en Daithí desde la otra punta de la mesa y, en cuanto sus ojos se encontraron, asintió de forma apenas perceptible. Él se levantó, echando la silla hacia atrás con un chirrido. Los demás se quedaron callados y alzaron la vista, como esperando otro brindis.

—Vaya por Dios. —Se recogió el puño de la camisa, como si llevara un reloj debajo—. ¿Alguien tiene hora?

Seamus se volvió hacia él.

—Creo que son como las nueve y cuarto. ¿Por qué?

—Me he olvidado de los barriles… Le he prometido a Courtney que los repondría. Justo esta noche que el pub debe de estar petado. Espero que no se le haya acabado todavía la cerveza. —Daithí se apartó de la mesa y se encaminó hacia la puerta de atrás.

—Venga, Daithí, no puedes irte. —Sorcha parecía disgustada.

—Volveré. Lo prometo —aseguró él—. Guardadme algo de postre.

—Es tiramisú otra vez.

—Pues con más razón todavía. Disculpadme todos. —Dicho esto, se escabulló por la puerta trasera y desapareció.

—¿Ya son las nueve y cuarto? —inquirió Ferdia. Se puso en pie, pero volvió a sentarse enseguida.

—Venga, échanos una mano —dijo Seamus, que empezaba a recoger los platos junto con Noah. Con un gran esfuerzo, Sorcha se separó del Ferdia de mentira y procedió a reunir todo lo necesario para el postre. Cara y ella habían preparado el doble de cantidad para los nuevos invitados.

—¿Tocarás algo para los chicos más tarde, Cara? —La voz de Seamus arrancó a Cara de su ensimismamiento.

—Perdona, ¿qué?

—Seamus me comentaba que tocas el violín de maravilla —aclaró Noah.

—Ah, exagera. En realidad, nunca he estudiado música.

—No le hagas ni caso, Noah. ¡Cuando me marché de aquí hace una década, sonaba como si estuviera matando musarañas! Pero ha mejorado muchísimo.

—Basta, Seamus, o conseguirás que me sonroje. Lo que pasa es que, como Ferdia ha señalado tan amablemente, no soy la persona más popular de la isla, así que tengo tiempo de sobra para practicar. He aprendido mucho con vídeos de YouTube.

—Pues entonces tienes que tocar algo —dijo él.

—Ya veremos. Tal vez luego. —Cara sonrió al ver su cara de ilusión. Desplazó la vista por los rostros alegres que la rodeaban. Sorcha, en la cabecera de la mesa ampliada, repartía boles con el postre, que los invitados cogían con manos ávidas.

—A ti te he puesto más —la oyó decirle al objeto de sus atenciones. Sin duda Ferdia lo había oído también, pues sacudió la cabeza y murmuró «Qué bochorno» para sí.

—Sabes que está actuando así por ti, ¿no? —dijo Cara.

Ferdia se giró hacia ella.

—¿Lo has notado?

—Sería difícil no notarlo.

—Pues por mí puede seguir así toda la noche. Me la suda.

Cara posó la vista en él, pero no dijo nada. Miró de nuevo a Sorcha.

—Sorcha —la llamó.

—¿Sí, reina?

—Creo que te interesaría saber que Ferdia dice que se la sudan tus flirteos. Así que puedes dejarlo estar.

Las conversaciones en torno a la mesa cesaron. A Lexi se le escapó una risa nerviosa.

—¿De qué vas, Cara? —le susurró Seamus con los dientes apretados—. ¿Por qué pones en evidencia así a Sorcha?

Ferdia contemplaba a Cara con fijeza, inexpresivo.

—Se está poniendo en evidencia ella sola, no me necesita a mí para eso.

Sorcha, ligeramente boquiabierta, clavó los ojos llorosos en ella. Dejó caer el cucharón, que salpicó de nata y bizcocho a quienes la rodeaban.

—No seas borde, Cara.

—Lo siento, Sorcha. Ha sido un poco rastrero por mi parte. ¿Maura se portaba así contigo, Sorcha? ¿Te trataba así de mal cuando erais niñas? —Se dirigió a Seamus—. ¿Alguna vez viste que Maura maltratara a Sorcha? ¿Aunque solo fuera una vez?

Seamus, tan atónito por la actitud de Cara como todos los demás, la observaba, incómodo.

—¿Y bien? —insistió la *garda*.

—Em…, no. La verdad es que no.

—¿Y tú, Ferdia? ¿La viste maltratarla?

—No —dijo Ferdia, sin despegar la mirada de ella.

—Pero sí creo que te hizo daño, Sorcha. Creo que eso es verdad. Pero fue hace mucho menos tiempo de lo que insinuabas. ¿Qué te hizo esa persona a quien no habías visto en diez años para enfurecerte hasta el punto de intentar hundir su carrera?

—Yo nunca…

—Tengo imágenes de ti colándote en la escuela para dejar drogas en el aula de Maura. No pierdas el tiempo negándolo.

—¿Qué? —jadeó Seamus, volviendo los ojos hacia la cabecera de la mesa. Todos los demás siguieron su ejemplo.

—Sí, colocó una lata con drogas en el aula de Maura. No fueron adolescentes aburridos los que allanaron la escuela. Siento haberos mentido a todos sobre eso. Supongo que el director iba a recibir un chivatazo anónimo cuando llegara el momento oportuno, ¿verdad, Sorcha? No te molestes en responder…

—Yo jamás… —empezó a protestar Sorcha, pero su palidez y el pavor en su mirada la desmentían.

—¿QUE HICISTE QUÉ? —rugió Ferdia, desprendiéndose de su máscara de serenidad. Se levantó, volcando la silla. Alex, técnico de sonido, y Noah, al otro lado de la mesa, se echaron hacia atrás, asustados.

Cara alargó la mano y la posó sobre la de Ferdia.

Escudriñó su rostro crispado de ira. Él bajó los ojos hacia ella, pero fue como si no la viera.

—Tú tampoco estás para dar lecciones de moralidad a nadie, Ferdia. Además, lo hizo solo por ti. Fue como sus intentos de ponerte celoso con Daithí y su espectáculo de esta noche. Estaba

dispuesta a todo con tal de provocarte los mismos celos y disgus-
tos que tú le provocaste a ella, ¿me equivoco?

Ferdia miró a Cara con hostilidad, conteniendo la andanada
de furia que había estado a punto de descargar sobre su esposa.

Cara se puso en pie y empujó la silla hacia atrás.

—¿Cuánto tiempo hacía que estabais liados Maura y tú?

42

—En realidad, no hace falta que respondas. Creo que ya sé la respuesta. ¿Unos dieciocho meses? Yo diría que sí. Todo comenzó cuando regresaste a Inis Mór para esparcir las cenizas de tu madre, ¿no?

—Yo... no... Es decir, nosotros... —balbució Ferdia. La rabia de unos momentos atrás se había esfumado.

—No gastes saliva en historias o mentiras, Ferdia. No desperdicies tus energías. —Cara se alejó unos pasos de la mesa. Como planetas en órbita en torno a un sol, todos, incluido Ferdia, giraron con ella—. En principio, parecía que el hombre secreto de Maura era Seamus. Era algo que tenía sentido. Nuestros desventurados amantes. ¿Acaso no estaban destinados a acabar juntos? Pero ¿por qué habría ella de guardar su relación en secreto? Todos habríamos estado encantados de saber que volvían a ser pareja. Y ¿de verdad cogía él aviones desde California para verla? Para ser sinceros, parecía bastante improbable... Solo se nos antojaba posible porque la desinformación eficaz se basa en eso: en nuestras suposiciones irreflexivas, nuestros deseos de que las cosas sean de cierta manera.

—¿Creíais que volvíamos a estar juntos? —dijo Seamus—. Pues no, para nada.

—Durante un breve tiempo, parecía una teoría razonable —dijo Cara, mirando a Seamus—. No te preocupes, ahora sé la verdad. —Retrocedió otro paso para apartarse de la mesa. Ferdia, como un compañero de baile, la imitó. La sargento notó todas las miradas puestas en ella. Varias bocas habían quedado abiertas de par en par. Le pareció ver que un miembro del equipo de rodaje los grababa con un teléfono, pero le dio igual. Estaba concentrada en lo que tenía que hacer—. Me planteé una pregunta: ¿por qué guarda secretos la gente? Porque necesitan ocultarle información a la gente. Tienen algo que perder. Maura sabía que no habríamos visto con buenos ojos que estuviera enredada con un hombre casado. Habría puesto en peligro nuestra amistad. Es evidente que compró la moto que le vendiste, que tu matrimonio estaba en las últimas, o alguna otra trola. De lo contrario, dudo mucho que se hubiera liado contigo. Tenía demasiado sentido común para eso, a pesar de todo. —Se volvió hacia Sorcha, que parecía paralizada, como si ella fuera el objeto de las revelaciones—. Sorcha, quiero pedirte disculpas. Tenías razón. Maura siempre me pareció perfecta, y la habría defendido hasta las últimas consecuencias. Pero no debería haberte hecho eso, por más mentiras que le contara Ferdia, como creo que hizo. Maura era buena persona, pero cometió un error. Aunque por desgracia no está aquí para confirmarlo, creo que te pediría perdón por lo afectada que estás.

—Gracias, Cara —murmuró Sorcha.

—¿Cómo te enteraste? —preguntó Cara con delicadeza.

Sorcha permaneció en silencio un momento. Uno de los operadores de cámara soltó una risita, propinándole un golpecito con el codo al tipo que tenía al lado y simulando el gesto de meter la mano en una bolsa de palomitas. Cara le lanzó una mirada fulminante.

Sorcha dirigió la vista hacia Ferdia y luego la bajó hacia el tiramisú desparramado sobre la mesa.

—Revisé su móvil. Había estado comportándose otra vez como cuando me había engañado.

—¿Así que Maura no fue la primera?

Sorcha negó con la cabeza.

—¡Yo la quería! —barboteó Ferdia, con un centelleo de indignada superioridad moral en los ojos negros.

—Se suponía que debías querer a tu esposa —espetó Cara.

—Zorra mojigata —le espetó Ferdia, pegándole una patada a su silla, que salió despedida por el suelo con gran estrépito. Seamus y Noah se levantaron. Cara se volvió hacia ellos y les indicó por señas que volvieran a sentarse.

—Al parecer, tu mentira se ha hecho realidad, Ferdia. Salta a la vista que tu aventura ha llevado tu matrimonio al borde de la ruptura. Los dos habéis estado como el perro y el gato desde que llegasteis. Lo que me lleva a preguntarme para qué habéis venido. Tú —dijo, dirigiéndose de nuevo a Sorcha— has dejado claro que tus amigos están en Londres, no en Inis Mór. Has regresado para vengarte, ¿verdad? En cuanto a ti, Ferdia, creo que volviste para convencer a Maura de que no te dejara. Ella me confesó que no era feliz con su amante misterioso. Que le preocupaba que no fuera trigo limpio. Y sospecho que no se refería solo a vuestro matrimonio.

Ferdia entornó los párpados.

—¿De qué estás hablando?

—Creo que lo decía por el alijo de drogas que escondiste bajo la cama, en vuestro cuarto.

—¡No tengo drogas escondidas en ningún sitio! —Ferdia alzó las manos y puso los ojos en blanco.

—Bueno, es cierto que ya no las tienes. Hace un rato las he sacado y las he llevado fuera para guardarlas en el coche patrulla. Documentadas y fotografiadas para cuando lleguen mis refuerzos mañana.

—¿Qué? Pero no…

—¿No qué, Ferdia? ¿No necesitas drogas o no quieres que me lleve tu alijo? Aún no he desentrañado ese pequeño misterio. ¿Para qué necesitas una cantidad de narcóticos que bastaría para matar a todos los hombres, mujeres y niños de esta isla?

Ferdia se quedó inmóvil, mirando a Cara con odio, pero no abrió la boca.

—Lo que no es un misterio es lo que Maura empezaba a pensar de ti. Tal vez al principio tuvo un momento de debilidad y se dejó convencer de que lo tuyo con Sorcha estaba muerto. Pero en el momento en que se hubiera olido que estabas metido en algo ilegal…, habría huido de ti como de la peste. Estaba rompiendo contigo, ¿verdad? Así era Maura. Podía equivocarse, pero en cuanto se daba cuenta, enmendaba su error, como cuando dejó a Seamus porque él le pegó. ¿Verdad que sí, Seamus?

El aludido palideció en el acto.

—Yo jamás... No le...

Cara negó con la cabeza.

—No te molestes en negarlo, Seamus. Ella nunca me lo contó, supongo que porque no quería darle demasiada importancia, pero no se conformó con la situación: terminó contigo. No te perdonó. Esta es otra de las razones por las que, cuando lo descubrí, me pareció mucho más probable que tú no fueras su amante secreto. Resultó que no erais nuestros Romeo y Julieta, después de todo. Maura tenía tropiezos, pero, a diferencia de los demás, aprendía de ellos. Cuando rompió contigo, Ferdia, ya no había vuelta atrás.

»¿Eso te enfureció? Sorcha me ha contado que hacía muchos años que Maura te gustaba, desde que éramos críos. Que Sorcha se sentía como plato de segunda mesa. ¿Te cabreaste por haberla cagado cuando por fin se te había presentado la oportunidad después de tantos años? Tenías tantos motivos para estar enfadado...

»Y todos te hemos visto montar en cólera. ¿Quién iba a imaginar que el tranquilo y despreocupado Ferdia podía perder los papeles de ese modo? Cuando volviste la otra noche, después de enterarte de que Maura había fallecido, apenas eras capaz de contener la rabia. Estabas tan enrabietado que le pregunté a Sorcha si se sentía a salvo contigo en la casa. Y he consultado tu ficha policial. Un par de condenas por agresión, y varias por delitos relacionados con las drogas. Tienes antecedentes, Ferdia Hennessy. Lo que me lleva a hacerte una sola pregunta:

»¿Estabas tan enfadado con ella que la mataste, Ferdia?

43

—Oh, Ferdia, ¿no habrás sido capaz? —jadeó Sorcha.

—¡Claro que no! —gruñó él, resoplando por la nariz—. ¡Esto es absurdo! No le hice nada a Maura.

—Entonces ¿no perdiste los estribos cuando ella te dejó? —preguntó Cara.

—Te equivocas, ella no me dejó. De hecho, yo iba a dejarla a ella. Empezaba a hartarme de tantos viajes a Dublín y a Galway. Salía caro. Además, ¿por qué iba a desperdiciar energías cabreándome con ella? Tampoco me importaba tanto. Era un divertimento, una conquista pendiente desde hacía mucho tiempo.

—¡Hace un momento asegurabas que la querías!

—Estaba jugando la baza de la compasión —masculló Ferdia.

—Ya veo —dijo Cara.

Esta vez, Ferdia dirigió el baile dando un paso hacia la cocina, y Cara lo siguió. Rápido, rápido, lento.

—De todos modos, aunque estuviéramos enamorados, o hubiéramos roto o lo que fuera, eso no demostraría una mierda, sargento. De la ruptura al asesinato hay un buen trecho.

—¿Dónde estabas la mañana que ella desapareció? —inquirió Cara con una máscara de imperturbabilidad.

—¿Qué?

—Te he hecho una pregunta sencilla.

—Estaba aquí, durmiendo.

—¿Hay alguien que pueda corroborarlo?

—Sí, Sorcha. Esa noche no había tomado pastillas.

—No, Sorcha no. En ese momento estaba en la escuela, colocando pruebas falsas. No se encontraba en vuestra cama, cosa que sabrías si hubieras estado ahí.

—No lo sabía, estaba dormido.

—Llamé a vuestra puerta esa mañana, a esa hora, y nadie contestó. ¿Seguro que estabas dormido?

—¡Sí! ¿Y qué pasa con Seamus? También dormía en ese momento, ¿por qué no lo interrogas a él?

—¡A mí no me metas! —gritó Seamus—. Yo sí la quería, payaso.

—¿La querías tanto que le pegaste? Pues vaya demostración de amor.

—¡Éramos muy jóvenes y sabes perfectamente que fue un estúpido malentendido!

—Ah, ¿sí? —espetó Ferdia—. Sé muchas cosas, Seamus Flaherty, así que más vale que te sientes y cierres el pico. Sé que la buena de la sargento dijo hace unos días que la policía suele sospechar de la pareja de la víctima, sobre todo si ha mostrado comportamientos violentos. ¡Por eso me está señalando a mí! —Ferdia, con una vehemencia furiosa, se volvió hacia Cara y apuntó a Seamus con el dedo—. Dime una cosa, Cara: ¿por qué no estás investigando a este gilipollas? Encaja en el perfil tanto como yo.

—Porque a él la víctima no lo ha dejado hace poco, porque no tenía una enorme cantidad de drogas ocultas por aquí y porque su historial policial no es más largo que su brazo… —Cara iba enumerando las razones con la mano derecha, tocándose un dedo distinto cada vez que exponía un hecho demoledor.

—Nada de eso significa nada.

—Y no fue él quien registró la habitación de Cillian y la suya propia anoche, supongo que en busca del dichoso paquete.

Ferdia se quedó callado. Su agresividad disminuyó ligeramente, y su rápido parpadeo le indicó a Cara que lo había tomado por sorpresa. Pugnaba por encontrar una respuesta. Ella se le adelantó.

—Sí, yo estaba debajo de la cama. Por poco me pillas.

A Ferdia se le desorbitaron los ojos al oír esta revelación.

—Esas cartas nos indicaban que el asesino quería el paquete —prosiguió Cara—, y tú, Ferdia, lo querías también.

—Qué va. Ni por asomo. No es lo que parece. Estás tergiversando las cosas.

—Explícamelo, entonces.

Ferdia retrocedió otro paso. Miró por encima del hombro hacia la puerta trasera y posó de nuevo los ojos en Cara. Dirigió la vista a Sorcha y luego a Seamus.

Se oyó un sonido procedente del bolsillo de Ferdia. Él introdujo la mano enseguida y sacó un buscapersonas.

—Vuelven los noventa —farfulló Aiden desde la mesa. Cara lo hizo callar con una mirada gélida.

—¿Has recibido un mensaje? —preguntó.

—Lo habrá mandado su gente —dijo Sorcha.

—¿Su gente? —inquirió Cara.

—Ajá. Los de las drogas. En realidad, les tiene miedo.

—¡Tú cállate, guarra! —le endilgó Ferdia, guardándose con brusquedad el busca en el bolsillo y echando otro vistazo hacia atrás—. No fui yo —aseveró—. Yo no maté a Maura.

—Demuéstralo —le dijo Cara—. Explícame por qué estoy tergiversando las cosas.

—Lo haré. —Dio otro paso hacia atrás—. Pero antes tengo que hacer una cosa.

Sonó un chisporroteo y un pitido. La radio que ella llevaba escondida en el bolsillo había cobrado vida.

—*Cara, Cara, ¿me recibes?* —chirrió la voz robótica de Daithí a través del aparato. Ferdia aprovechó la distracción para echar a correr hacia la puerta trasera y desaparecer. Cara se lanzó a perseguirlo, pero se detuvo cuando Daithí habló de nuevo—. *Cara, ¿me oyes? Algo muy raro está sucediendo aquí.*

44

—¿Qué ocurre, Daithí? —le gritó Cara al altavoz mientras salía a paso veloz por la puerta de atrás, seguida por la mirada atónita de quienes estaban sentados a la mesa.

—*Hay gente, mucha gente. Tienes que venir lo más rápido que puedas.*

Cara corrió alrededor de la casa hasta detenerse junto a su coche. A Ferdia ya lo habían engullido las tinieblas de la noche. Ella se fijó en el maletero. Estaba abierto. Había una piedra tirada en el suelo. Ferdia había recuperado sus pertenencias.

—Mierda —bramó Cara, descargando su frustración con una patada a la rueda de atrás. Por fortuna, había tomado varias fotos del alijo y realizado un informe detallado de la incautación. Apartó la piedra y se apresuró a cerrar el maletero lo mejor que pudo. Subió al coche de un salto y arrancó a toda mecha por el camino de acceso, derrapando sobre el hielo.

Circulando a por lo menos el doble del límite de velocidad en la isla y con un control precario del vehículo, voló en dirección a Kilronan. Sin embargo, tuvo que aminorar la marcha a medida que se aproximaba al pueblo. Como un rebaño de ovejas obstruyendo el paso por una carretera comarcal, hordas de jóvenes abarrotaban las calles. Jóvenes de juerga. Las calles estaban atestadas de ellos. De hecho, resplandecían, porque cada uno de ellos iba equipado no solo con linternas, sino con un batiburrillo de accesorios fluorescentes: varas de luz, cintas para la cabeza, pulseras e incluso, en algunos casos, trajes luminosos de cuerpo entero. Parecían alienígenas radiantes.

Cara paró el coche y se apeó.

—¿Quién narices sois? —les gritó a los que tenía más cerca. Una chica con tubos fosforescentes entrelazados con las trenzas y un maquillaje en tecnicolor salpicado de abalorios la miró con ojos soñadores. A pesar de las temperaturas bajo cero, iba en manga corta y minifalda.

—Estamos yendo a la fiesta. Por Año Nuevo. Únete a nosotros, todo el mundo es bienvenido —aseguró con una gran sonrisa.

—Me cago en la leche —contestó Cara, subiendo de nuevo a su coche. Dando acelerones ruidosos y pegando manotazos al claxon, consiguió avanzar poco a poco entre la muchedumbre. Pues de una muchedumbre se trataba. Mientras conducía, intentó calcular a cuánta gente estaba adelantando. Le dio la impresión de que eran cientos, todos ellos jóvenes y animados.

Llegó al puerto.

Bajó de un salto y se llevó la radio a la boca.

—¿Dónde estás, Daithí? ¿Y qué coño está pasando?

—*Estoy al lado del muelle. Intenta encontrarme entre el gentío. Busca el ferry azul.*

Estirando el cuello, se abrió camino a empujones.

—¡Abran paso, abran paso! —Sus voces caían en saco roto mientras intentaba caminar a contracorriente. Al final, la multitud clareó lo suficiente para permitirle divisar a Daithí. Estaba de pie junto a un hombre que tenía toda la pinta de un capitán de barco. Se acercó corriendo a ellos.

—Daithí, ¿qué pasa aquí? —preguntó, mientras empezaba a sonar un ritmo apagado y lejano. Se volvió. Procedía de Dún Aengus, las ruinas del acantilado, situadas en el punto más alto de la isla. Se oía un pum, pum, pum tenue e ininterrumpido. De pronto, se encendieron unas luces que iluminaban las nubes y el mar con destellos estroboscópicos.

—Lo siento, Cara. Por lo visto han organizado una *rave* de Nochevieja. Caitlín, de la Pensión del Puerto, me ha dicho que varios chavales han desembarcado hace un par de horas, cuando el temporal ha amainado. Ella creía que todo el equipo que habían traído era para la película de Seamus, pero han montado esto.

Una *rave* en Dún Aengus. Las ruinas daban al Atlántico, al borde de una pared vertical de cien metros de altura. Originalmente un fuerte de forma circular, la mitad del edificio había ido cayéndose al mar a lo largo de los siglos. A Cara no se le ocurría un escenario más espectacular (o peligroso) para una fiesta ilegal. Daithí se volvió hacia el hombre que tenía al lado.

—Aquí el capitán Smyth te explicará el resto.

—Yo solo voy a donde me mandan —dijo este.

—Me ha dicho que habían fletado su barco.

El capitán asintió.

—¿Quiénes? —preguntó Cara—. ¿Ha tenido algo que ver un tal Ferdia Hennessy?

—Sip, él era uno de ellos.

Cara por fin comprendió para qué era el gigantesco alijo de drogas. Y por qué Ferdia se había mostrado tan seguro de que al día siguiente saldrían barcos de la isla. Él los había fletado. Claro. Bueno, eso significaba que ahora sabría dónde encontrarlo: ahí arriba, en las ruinas, en el borde del mundo.

45

—¿Puedes quedarte aquí, Daithí? Necesito que te asegures de que nadie se vaya a ningún sitio. Ni siquiera esta gente.

—La salida está programada para mañana a las seis de la mañana —dijo el capitán.

—Usted saldrá cuando yo se lo diga. Como se le ocurra hacer otra cosa, lo denunciaré y le retirarán la licencia.

El hombre alzó las manos.

—Tranquila. Ya me ha quedado claro. No hace falta sacar la artillería pesada. Es usted quien tendrá que lidiar con doscientos chavales resacosos y hechos polvo varados en su isla. A mí, plin.

Daithí la tomó del brazo y la apartó del capitán. Los últimos juerguistas habían dejado atrás el embarcadero y subían por la ladera hacia las luces y el ruido. El viento empezaba a arreciar, tal como Daithí le había dicho que estaba previsto. Los botes más pequeños volvían a cabecear y dar bandazos en la bahía. La cabellera de Cara comenzó a danzar al ritmo del aire. Se lo recogió por detrás de las orejas y se lo sujetó con la mano mientras miraba el severo rostro de Daithí.

—Cara, ¿a qué viene todo esto?

—No puedo explicártelo ahora mismo. Tengo que ir a buscar a Ferdia. Es algo que no puede esperar. —Alzó la vista hacia Dún Aengus.

—Estaré lo más atento posible aquí, te lo prometo —dijo Daithí—, pero... Oye, mantenme informado.

Cara alargó la mano y le dio un apretón en el brazo.

—Descuida. Pero tú procura que nadie salga de esta isla, ¿vale?

Daithí asintió.

—Haré todo cuanto esté en mi mano.

Cara giró sobre los talones y echó a correr. El cielo estaba despejado por primera vez desde hacía días, lo que la ayudaba a pisar con cuidado en la penumbra. La luna, que se había convertido en una desconocida para ellos, había vuelto a salir, y sus nítidos rayos se reflejaban en la nieve y las rocas. La isla brillaba en la oscuridad.

A las afueras del pueblo, alcanzó a los rezagados del grupo. Riendo, bebiendo y fumando, caminaban con mucha parsimonia hacia Dún Aengus. Cara se sintió acorralada entre toda aquella gente que invadía los angostos caminos de la isla, hombro con hombro. Durante los últimos cuatro días apenas había visto otra cosa que el rostro de sus cuatro amigos y los extensos espacios abiertos de una isla tranquila. Aquel cambio tan repentino y radical, ese universo alternativo en el que parecía haber despertado, la desorientaba. El rítmico pum, pum de los graves se oía más fuerte. Estaba mareada.

Las ruinas del fuerte se encontraban al final de un sendero serpenteante y pedregoso que se tornaba cada vez más empinado conforme uno ascendía. Los chicos, con sus tonos chillones y sus luces que oscilaban arriba y abajo y hacia los lados como luciérnagas multicolores en la oscuridad, se movían por el terreno como cabras salvajes, y solo los más embriagados resbalaban o tropezaban. Sus risueños amigos los sujetaban antes de que se dieran de bruces y los ayudaban a recuperar el equilibrio. El viento soplaba con más fuerza a mayor altura, y a pesar del gentío que la protegía como un cortavientos, Cara notaba sus embates.

Se detuvo a medio camino y dejó que los juerguistas pasaran por su lado como un río que corría cuesta arriba. Se volvió y tendió la mirada hacia la costa. El mar, aunque no tan embravecido como antes, estaba picado y revuelto. Vivo y airado. Parecía avivar el ritmo desenfrenado de la música. Los ojos se le fueron a la línea del litoral, hacia la entrante en cuyo fondo sabía que se ocultaba la Guarida de la Serpiente, donde había comenzado aquel horror y la historia de Maura había llegado a su fin. Pues bien, esa noche se escribiría el epílogo. Cara cerraría las tapas del libro.

Devolvió su atención al camino y reanudó el ascenso. Los rezagados la habían adelantado y llegado a lo alto del sendero. Estaban atravesando la brecha en la muralla exterior de piedra gris hacia el primer semicírculo del fuerte. La música electrónica retumbaba, invadiendo todo el espacio que rodeaba a Cara como si estuviera dotado de corporeidad. Unos haces de luz blanca procedentes del interior del fuerte centelleaban y se entrecruzaban en el cielo. Ella sentía las vibraciones bajo los pies a cada paso. Tras coronar el camino, pasó por la abertura. Delante de ella bailaban los que no cabían en la fortaleza propiamente dicha. La multitud ondeaba como un mar sobre la tierra, impulsados por el contundente ritmo del bajo y el dominio del viento. Focos destellantes dispersos en la base de los muros de dos metros de altura del fuerte iluminaban la escena. A través de una entrada rectangular en la muralla interior, Cara vio una muchedumbre aún más densa que se movía al unísono, al tiempo que una retícula de luz estroboscópica se derramaba por encima de los muros. Aquel baluarte, construido como protección, albergaba esa noche una fiesta espectacular. La única nota discordante la ponía el olor a diésel de los generadores que se respiraba en el aire cuando las rachas soplaban desde el mar hacia la tierra. Aunque a nadie parecía importarle.

Cara apretó el paso, oteando aquella masa humana en busca de Ferdia, fijándose en cada rostro extático por si era el suyo. Las vibraciones le estremecían los huesos desde los pies hasta el cráneo, pasando por el pecho. La música estaba tan alta que su mente tenía que gritar para que ella oyera sus pensamientos.

Cruzó el hueco hacia el corazón del fuerte. Las paredes se curvaban en torno a ella y los confinaban a todos. Aparte de la abertura por donde había entrado, la única salida era la orilla del acantilado, con sus cien metros de caída hasta el mar.

Aquello era un maremágnum de ruido, humo y luces. Los

jaraneros estaban todos de cara al DJ, que se encontraba encima de una peña que se alzaba al borde del abismo, con el océano como telón de fondo. Era un escenario natural perfecto. Las olas, a su espalda, parecían parte del espectáculo, como si, al igual que las luces, estuvieran programadas para romper al compás de aquellos ritmos frenéticos. Había una estructura temporal montada en torno al DJ, y las luces parpadeantes que giraban como derviches desorientaban aún más a Cara. No veía la necesidad de estimulantes químicos; el ambiente por sí solo ya alteraba bastante la mente. El calor que irradiaban los focos y el gentío había fundido la nieve de la pista, y los muros lucían el poco blanco que quedaba como estolas de armiño.

Escrutó la multitud con todo el detenimiento posible. Buscaba entre los bailarines algún rasgo familiar en medio de aquella situación tan desaforadamente poco familiar. La música se aceleró. El volumen aumentó. La muchedumbre profirió un rugido de entusiasmo. Cara notó que el pulso le latía más deprisa. La gente bailaba sin parar. Algunos desprendían vaharadas de vapor, debido al calor corporal en contacto con aquel aire tan frío, con el viento gélido que los azotaba desde el océano. La luna competía en espectacularidad con el juego de luces. El tempo se incrementó aún más. Cara notaba la tensión en sus células y le imploraba al bajo que aflojara y las librara de aquella presión. La multitud gritaba, presa de un éxtasis torturado.

Y, pam, después de arrancarle un jadeo al público inyectándole una dosis de adrenalina en el pecho colectivo, el DJ se arrancó con un nuevo ritmo, una voz femenina rompió a cantar, y los focos comenzaron a lanzar destellos breves y rápidos. Cara lo veía todo como en una película a la que le faltaban los fotogramas alternos. Todos parecían moverse de manera entrecortada. Se desplazaban de aquí a allá de golpe, sin pasar por los puntos intermedios.

Avistó a Ferdia. Estaba a la izquierda de la plataforma del DJ. Su silueta oscura se recortaba contra el mar. La luz estroboscópica confería a sus movimientos una discontinuidad robótica. Aparecía y desaparecía con los resplandores intermitentes. Se encaminó hacia él, zigzagueando entre los asistentes fascinados y boquiabiertos. El hipnótico espectáculo luminoso convertía cada paso en una pesadilla convulsiva.

Cerca de él, una figura salió de entre las sombras de los muros del fuerte. Y, como todos los demás, se movía de forma espasmódica en aquella luz destellante.

Era Seamus.

Ferdia también lo vio. Cara comenzó a andar más deprisa. Apartaba a los bailarines de su camino a empujones, desesperada. Mientras se aproximaba, advirtió que Ferdia y Seamus estaban ya frente a frente.

Y muy cerca del borde.

Cien metros por encima del fin.

Y aunque no alcanzaba a oírlos a causa del estruendo de la música, sus semblantes, sus puños y las chispas que saltaban entre ellos hablaban por sí mismos. Destilaban ira, rabia.

Mientras se abría paso al final de la muchedumbre, Cara vio que Ferdia lanzaba un puñetazo. Seamus cayó hacia atrás, sobre la gente.

—¡Parad! —gritó, pero su voz quedó engullida al instante. El corazón le iba a mil por hora. Seamus se levantó y empezó a ejecutar un tipo de baile muy distinto alrededor de Ferdia.

Cara salió expulsada de la aglomeración, dando traspiés, por detrás de los altavoces y del DJ, que miraba a sus amigos con fijeza.

—¡Parad! —aulló de nuevo. Como el ruido era un poco menos atronador tras la fila de altavoces, esta vez la oyeron. Ambos se volvieron hacia ella, sorprendidos por su súbita aparición. Entonces la expresión de Seamus cambió. Cara adivinó sus intenciones. Había visto una oportunidad en la distracción que ella había causado. Asestó otro golpe que pilló desprevenido a Ferdia y lo hizo retroceder.

Hacia el borde.

Ferdia agitó los brazos. Sus pies patinaron sobre el hielo del suelo. Abrió mucho los ojos al tomar conciencia de la terrible realidad. Sabía lo que iba a ocurrir. Cara se abalanzó hacia él, alargando las manos con la esperanza de sujetarlo a tiempo. Sus dedos se rozaron. Solo los separaba el grosor de un cabello.

Y entonces él cayó.

Preso de la gravedad, como si un demonio lo arrastrara al infierno, se precipitó en el vacío.

Cara se tambaleó en el borde. No contaba con su propio impulso, que también la atraía hacia la orilla. Arqueó el cuerpo por encima, lo que le permitió ver a Ferdia, que se hacía cada vez más pequeño.

La gravedad quería cobrarse a su segunda víctima.

Cien metros la reclamaban a gritos.

46

Cara notó un tirón hacia atrás que por poco le dislocó el brazo. Alguien la apartó del borde del precipicio. Al haberse invertido el sentido del impulso, trastabilló de espaldas hacia el gentío, y chocó con Seamus, su salvador, que retrocedía sin soltarle el brazo. Los dos se desplomaron en el frío y duro suelo. En lo alto del acantilado. Vivos. No estaban despeñándose. Ni muriendo.

Se quedaron ahí tumbados uno encima del otro, con la respiración agitada, horrorizados. Cara resollaba, Seamus sollozaba. El suelo vibraba.

—Yo no quería… No era mi intención. Dios mío. Ferdia, mi amigo… Mi amigo. ¿Qué es lo que he hecho? —gimió Seamus, tan cerca de los oídos de Cara, que ella escuchaba cada uno de sus lamentos. Se dio la vuelta y lo abrazó, apretándolo contra sí—. Estaba muy enfadado porque me había matado a Maura, a mi Maura. Yo todavía la quería, Cara. Siempre la he querido. —Tragó saliva, jadeando, con el cuerpo estremeciéndose entre los brazos de ella—. No quería tirarlo, te lo juro, te lo juro. Ay, Cara…

—Te creo, Seamus, te creo —susurró ella, pero la música, que seguía sonando, ahogó sus palabras. Lo estrechó con fuerza y alzó la vista al cielo. Observó la luna atlántica que resplandecía en medio del azul marino más oscuro. Los focos proyectaban sus haces por encima de sus cabezas. Cara sentía la masa humana que se movía a su espalda en perfecta sincronía, ajena a lo que había sucedido. Contemplando las estrellas, se acordó de una Nochevieja muy similar a aquella, diez años atrás. Una noche en la que el mar estaba igual de embravecido. Otra noche en la que Seamus y ella habían perdido a un ser querido. También notó que las lágrimas le asomaban a los ojos. Apretó un poco más a Seamus, que también la atrajo hacia sí. Los dos permanecieron ahí tendidos, llorando una vez más bajo la impasible mirada de una luna indiferente y fría.

47

Descendieron desde Dún Aengus por la acusada cuesta, tomados de la mano. Dejaron atrás a los jóvenes juerguistas, poseídos por el ritmo y estados de conciencia alterados. Ninguno de los dos habló hasta que llegaron a la carretera y se encaminaron hacia la casa.

—Decidí seguirlo después de que tú te marcharas —empezó a explicarse Seamus en voz baja—. No quería que escapara. Si se marchaba de la isla, tal vez nunca pagaría por lo que había hecho. No soportaba la idea de que se fuera de rositas.

—No pasa nada, Seamus; te entiendo.

—Yo no quería que se cayera… Yo solo… —Seamus sacudió la cabeza—. Ay, Señor… ¿Qué va a pasar? —Inspiró una gran bocanada de aire y se pasó el brazo por el rostro.

—Ahora vamos a regresar a la casa. No te preocupes, yo me encargaré de todo.

—Gracias, Cara. Siento mucho que esto haya ocurrido. Y en esta fecha, para colmo.

Cara le dio un apretón en la mano.

—Me parece increíble que le hiciera eso a Maura —dijo con el aliento tembloroso, aún embargado por los sentimientos.

Cara sacudió la cabeza.

—A mí también. Supongo que no era su intención. Que no lo hizo a propósito. Que la rabia simplemente se apoderó de él.

A Seamus se le agitó de nuevo la respiración. Cara lo comprendía. Imaginar a Maura acongojada, indefensa, era terrible. Inconcebible. Atrajo a Seamus hacia sí.

Caminaron en silencio durante unos minutos más, hasta que Cara habló de nuevo.

—¿Has dejado a Sorcha en la casa? Tendremos que contárselo.

Seamus se paró en seco y se volvió hacia ella, con el rostro pálido.

—Se ha marchado.

—¿Qué?

—Tú y… Ferdia os habíais ido. Noah y su gente se han largado justo después. No querían quedarse ni un minuto más. Entonces Sorcha ha entrado en su habitación a toda prisa, ha metido sus cosas en su maleta de cualquier manera y se ha ido corriendo. Es entonces cuando yo he decidido salir en busca de Ferdia. Temía que todos fueran a escapar.

—Mierda. —Cara se llevó la mano al bolsillo y sacó la radio. Cuando pulsó el botón, el aparato se activó con un chirrido.

—Daithí, soy yo.

—¿*Va todo bien?* —crepitó su voz.

—No, la verdad es que no. Necesito pedirte un par de cosas. En primer lugar, que te pongas en contacto con tus compañeros voluntarios de la RNLI y les notifiques que hay un cuerpo en el agua. Se ha despeñado desde Dún Aengus. Déjales claro que se trata solo de una operación de rescate.

—¿*Conozco a esa persona que deben buscar?*

Cara se quedó callada. Respiró hondo.

—Es Ferdia —le respondió al auricular. Este permaneció en silencio un momento antes de cobrar vida de nuevo.

—¿*Estás segura?*

—Sí. Ya te lo contaré todo en la casa.

—*Joder. Está bien.*

—Tengo que pedirte otro favor. Necesito que busques a Sorcha. Debe de estar a punto de llegar, si es que no está ahí ya. Intentará conseguir que alguien la saque de la isla. Quiero que la lleves de vuelta a la casa.

—¿*Y si ella no quiere?*

—Tienes mi permiso para obligarla.

—*Porque me lo pides tú, Cara, pero hacer las cosas por la fuerza no es mi estilo.*

—Tranquilo, Daithí. Creo que, cuando te lo explique todo, no te sentirás tan culpable.

—*Y, si la encuentro, ¿seguro que quieres que regrese a la casa? Entonces no habrá nadie vigilando el puerto.*

—No pasa nada, eso ya no importa.

La casa estaba sumida en la oscuridad total cuando llegaron. Cara temía que las velas que habían dejado encendidas por todo el salón hubieran ocasionado un incendio, pero el edificio seguía en pie. Entraron por la puerta trasera. La luna, que se colaba por las ventanas próximas a la chimenea, inundaba la estancia de un resplandor espectral. Las brasas aún brillaban en el hogar, pero estaban a punto de apagarse. Un conjunto de velas colocadas en la librería se había derretido del todo, y la cera había goteado por un lado del mueble. Aún flotaban en el aire los aromas de una buena comida. Volvía a dar la impresión de que el salón había quedado congelado en un instante del tiempo. Cara paseó la vista alrededor. Hasta hacía muy poco, el lugar había estado repleto de personas que compartían conversaciones, risas, manjares y vino. Ahora estaba desierto. Sobre la mesa habían quedado platos con postres a medio comer y copas de vino abandonadas. Cara recordó que, en su primera velada ahí, Seamus había comparado la casa con el Mary Celeste, el misterioso barco abandonado. Al desplazar la mirada por la sala, sintió un escalofrío. Oía las voces de sus amigos, de cuando eran adolescentes risueños e inocentes. Y oía sus voces actuales, maduras, resabiadas, corrompidas. No le había hecho ilusión la idea de regresar a aquella casa, plagada de recuerdos dolorosos. Se había autoconvencido de que ese día, el décimo aniversario de la muerte de Cillian, sería el momento indicado para conjurar esos fantasmas, pero no habían conseguido más que fabricar otros. No quería volver a ese lugar nunca más. Había llegado la hora de echar la llave y marcharse de ahí para siempre.

Seamus cruzó la habitación para tirar unos leños al fuego. Cuando empezaron a prender, añadió un poco de turba. Cara fue a buscar unas velas a la cocina y las encendió. Colocó algunas en la mesa de la cocina, entre los platos abandonados de la cena, y puso otras en torno a la chimenea. El sitio recuperó una pequeña parte del ambiente cálido y acogedor de antes.

Tras regresar a la mesa, Cara recogió las copas que Seamus y ella habían usado, y agarró la botella en la que aún quedaba algo de vino tinto. Se acercó al hogar y llenó las copas. Le pasó una a Seamus, que estaba sentado en una butaca, contemplando con mirada ausente como crecían las llamas. Él la aceptó y despachó la mitad de un trago. Cara cogió el estuche de su violín, que estaba apoyado en la pared, rodeó el sofá y lo depositó sobre la mesilla de centro antes de sentarse.

—Todo irá bien —aseguró, tomando un sorbo, consciente de la escasa convicción con que lo había dicho. Claro que las cosas no irían bien. Ya nunca irían bien. Tras dejar su copa sobre la mesilla, abrió el estuche con cuidado y sacó el instrumento y el arco. Se los llevó al hombro. Pero entonces, con un prolongado suspiro, los bajó de nuevo sin tocar una nota, y los guardó. No existía una melodía lo bastante triste para expresar su desconsuelo—. Todo irá bien —repitió, en un tono aún menos convincente.

—No sé qué decirte —repuso Seamus en un medio susurro—. He perdido a mis más antiguos amigos. Voy a cancelar el rodaje. No puedo seguir aquí. Y aunque pudiera, no quiero ver esa película. Sin Maura, sin Fer... —Incapaz de pronunciar el nombre, se limitó a negar con la cabeza. Volvieron a brotarle las lágrimas. Apuró su copa mientras se las enjugaba.

—Tal vez no —convino Cara. Seamus se llenó la copa hasta arriba y le ofreció más. Ella sacudió la cabeza—. No te pases. Para alguien que ha asistido a reuniones de Alcohólicos Anónimos, has estado empinando bastante el codo esta semana.

—Os dije que era solo para hacer contactos.

—También dijiste que no bebías mucho. La verdad es que me preocupas. Debes de estar en estado de shock.

Él dejó la copa sobre la mesilla, se retrepó en su asiento y fijó la vista en ella.

—¿Es muy grande el lío en el que estoy metido, Cara? ¿Podré irme mañana? De verdad que no quiero quedarme ni un día más aquí.

—No lo sé. Mis jefes llegarán por la mañana, y el asunto pasará a sus manos. Intercederé por ti y tal vez podamos solucionarlo…

—Gracias.

—Seguramente debería marcharme contigo.

—Tú estarás bien aquí, Cara. No te preocupes.

—Nuestra querida Maura ha muerto. El responsable fue Ferdia…, no tan querido, pero amigo mío de todos modos. Menuda carta de recomendación. Eso me complicará bastante la vida.

—Lo siento.

Ella se encogió de hombros.

—No tienes por qué. No es culpa tuya.

Seamus miró la luna a través de la ventana. Se oía a lo lejos el pum, pum, pum de la *rave*, que continuaba como si nada hubiera ocurrido. Seamus consultó su reloj.

—Se hace tarde.

—¿Qué hora es?

—Las once y veinticinco.

—Me parece que no hace falta que esperemos hasta las doce y un minuto para saber que va a ser un año bastante nefasto. Y no por mi color de pelo.

—Cara, no estés triste. —Seamus la miró, apesadumbrado.

Los dos volvieron la cabeza al oír que se abría la puerta trasera. Sorcha entró con cara avinagrada, arrastrando su maleta. Daithí apareció tras ella. La racha de aire helado que irrumpió por la puerta recorrió el salón y apagó las velas que estaban sobre la mesa. Las llamas de las que se encontraban junto al fuego parpadearon, pero siguieron encendidas.

—Bueno, ¿de qué va esto, eh? —espetó Sorcha—. Estaba a punto de pirarme de este pedrusco dejado de la mano de Dios, pero me habéis traído a rastras de vuelta a este sitio. ¿Tú también me odias, Cara? ¿Es eso?

—Ya está bien, Sorcha —le dijo Daithí con voz suave pero firme, cargada de sobreentendidos.

—¿Quieres sentarte? —Cara señaló el sillón desocupado, al otro lado del hogar.

—Eso suena más como una orden que como una pregunta.

—Sorcha, por favor, deja a un lado el orgullo. Tenemos algo que decirte.

La interpelada abrió la boca para replicar, pero cambió de idea. Se sentó en la butaca que le habían indicado, y Daithí le entregó una copa de vino. Ella alzó la vista hacia él, sorprendida. Aceptó la copa sin hacer preguntas. Tras dirigir una mirada rápida a Seamus, la posó de nuevo en Cara. Daithí se sentó junto a esta, en el sofá.

—¿De qué se trata? ¿Qué ha pasado? —Sorcha los miró alternadamente. Luego, se llevó la copa a los labios y tomó un trago con cara de resignación—. O tal vez debería preguntar qué más ha pasado. Descubrir que una tiene un marido asesino ya es bastante malo, ¿no os parece? Dudo mucho que vayáis a darme una noticia aún peor.

Cara inspiró a fondo.

—Sé que vuestra relación no pasaba por un buen momento, pero aun así… Mira, Sorcha, no es nada fácil para mí decirte esto. Ferdia ha muerto.

—¿Qué?

—Se ha producido un accidente —dijo Seamus.

Sorcha se quedó mirándolos, atónita.

—No… No me lo creo —consiguió balbucir, sin apartar los ojos de Cara.

—Pues créetelo. Y no te hagas la sorprendida. Es lo que habías planeado desde el principio, ¿o no?

48

A Sorcha se le desorbitaron los ojos, arrasados en lágrimas. Abrió la boca y la cerró de nuevo, esperando a que su cerebro procesara lo que acababa de oír.

—¿Lo que había planeado? ¿De qué hablas? Yo no quería que muriera —jadeó. Se giró con brusquedad para mirar a Daithí y a Seamus antes de volverse de nuevo hacia Cara—. ¿Cómo puedes decir una cosa así?

El semblante de Seamus y Daithí reflejaba una estupefacción parecida.

—Vale —dijo Cara, alzando las manos mientras se reclinaba en el sofá—. Tienes razón, no lo habías planeado así exactamente. Creo que es un rasgo recurrente en todo este colosal desastre: nadie supo prever el resultado de su plan. No querías que muriera Ferdia. Ni Maura. Pero los dos han muerto. Y creo que te darás cuenta de que los dos seguirían vivos si no hubieras urdido tu pequeña venganza.

—¿Qué demonios estás diciendo, Cara? —farfulló Daithí cuando recuperó la voz.

Ella movió la cabeza de un lado a otro.

—Confía en mí, Daithí. No te preocupes.

Sorcha se levantó, dirigiendo la vista hacia la puerta trasera.

—No todo lo que ha pasado es culpa mía. ¿De qué vas?

—Puedo explicártelo, si tienes la amabilidad de sentarte otra vez. No te molestes en intentar huir. No llegarías muy lejos.

La aludida tomó asiento de nuevo y encorvó la espalda.

—Como he mencionado durante la cena, colocaste drogas en el aula para meter a Maura en líos. Pero eso fue solo la primera parte del plan. También necesitabas arruinarle la vida a Ferdia.

Sorcha desplazó la mirada por la sala y la posó en Daithí y Seamus. Tras titubear unos instantes, suspiró.

—Sí, quería vengarme. Y, después de lo que me hicieron, Cara, tú también querrías.

—No estoy tan segura.

—¡Ja! Eso es porque para ti todo ha sido perfecto. —Sorcha alzó las manos con exasperación—. El marido perfecto, los hijos perfectos, la amiga del alma perfecta. ¿Y yo qué tengo? Nada. Solo quería casarme con Ferdia y llevar una vida tranquila. No era demasiado pedir. —Se arrellanó en la butaca, con el rostro medio en sombras a causa del resplandor de la lumbre—. Me engañó desde el primer día, se negaba a sentar la cabeza y buscar un trabajo decente. Empezó a juntarse con esa gente del mundo de la droga y se endeudó con ellos. Se creía más listo y pensaba que podría ganar pasta sin darles su parte del pastel. El idiota de Ferdia. Se olieron la tostada, claro. Después de pegarle una paliza, lo obligaron a seguir trabajando para ellos. No conseguía pagarles lo que les debía. La deuda se fue haciendo más y más grande. Era terrible. Los últimos años han sido espantosos. Pero yo aguantaba, sin apartarme de su lado, sin fallarle jamás. ¿Y cuál fue mi recompensa? Que él regresara aquí el año pasado y se liara con Maura. Perfecto, Maura. Estupenda decisión.

—Siento que pasaras por todo eso, Sorcha. De verdad.

Esta se sorbió la nariz y giró la cara, que quedó del todo oculta a la luz.

—Me da igual lo que creas que hice —murmuró—. Yo no los maté.

—No, directamente no. Pero encendiste la mecha.

Sorcha clavó los ojos en ella.

—No entiendo cómo. En serio, me parece ridículo.

—Por desgracia, no lo es. La parte de tu plan orientada a castigar a Ferdia fue lo que lo desencadenó todo. Ibas a destapar sus actividades ilegales, ¿verdad? Para que le metieran un puro por traficar.

Sorcha no lo confirmó, pero tampoco lo desmintió.

—Sospecho que también querías destruir su relación —continuó Cara—. Por eso no acudiste directamente a mí para delatarlo. En vez de ello, decidiste matar dos pájaros de un tiro. Ibas a abrirle los ojos a Maura sobre las malas mañas de Ferdia para que rompieran y también para que él tuviera problemas con la ley… Sabías que lo primero que haría ella sería contármelo a mí, indignada y desilusionada con él. Por más que la calificaras de mala persona, sabías que en realidad no lo era, que haría lo correcto sin el menor asomo de duda. Por favor, corrígeme si crees que me equivoco.

Sorcha continuó en silencio.

—¿Estás segura de lo que dices, Cara? —preguntó Daithí.

—Desde luego. Verás… —Se inclinó hacia delante, mirándolo—. Desde el principio me pareció extraño que la velada en Derrane's acabara tan pronto. Según tú, Daithí, os despedisteis a las once y media de la noche, y entonces Maura se fue a casa. Tú mismo la acompañaste hasta allí. —Se levantó para coger una briqueta nueva de turba y echarla al fuego. Avivándolo con un atizador, siguió hablando con la vista fija en las llamas—. ¿Hacía diez años que no os veíais y decidisteis recogeros tan temprano? —Sacudiendo la cabeza, Cara se encogió de hombros—. Parecía muy impropio de nuestra panda, sobre todo después de haber estado tanto tiempo sin vernos. Más tarde, cuando averigüé algunas cosas, pensé que tal vez todo formaba parte de una treta para despistarnos a todos respecto a los amoríos de Maura y Seamus. Porque lo cierto es que ella regresó aquí a escondidas más tarde, para que no nos enterásemos. ¿Acaso no la vieron dos personas a la mañana siguiente, delante de la puerta, llevando la misma ropa que el día anterior? El paseo de la vergüenza de toda la vida. Todo parecía encajar. Lo único que me faltaba era una razón para que Maura mantuviera en secreto su relación con Seamus. Todos habríamos estado encantados de saber que estaban juntos.

»Pero entonces descubrí que en realidad el amante misterioso era Ferdia, por lo que tenía que haber otro motivo para que dierais por terminada la velada a esas horas. ¿Te acuerdas de que Ferdia y tú visitasteis a Maura la tarde del día que llegasteis a la isla, y que ella os contó que el gato del vecino le había estropeado el rúter del wifi? Creo que en ese momento Ferdia llevaba algo consigo, algo que no se atrevía a dejar aquí. Y sabía que estaría a buen recaudo con Maura. Más tarde, en el pub, hablaste un momento con ella. Le dijiste que sabías lo suyo con Ferdia. Le contaste unas cuantas verdades sobre él. Le revelaste que ese paquete que tan inocentemente había accedido a guardar contenía drogas y que al tenerlo en su casa estaba poniendo en peligro su trabajo, su libertad, todo. Por supuesto, Maura tuvo que marcharse de inmediato para deshacerse de él. Debía de estar muy alterada. Tú sabías que reaccionaría así y que iría a verme lo antes posible. Y entonces la vida de Ferdia se convertiría en un infierno. Eso es lo que esperabas que sucediera, ¿a que sí?

Sorcha la fulminó con la mirada. Alzó su copa y tomó un sorbo, sin despegar la vista de ella en ningún momento. Cuando la bajó de nuevo, tenía los labios teñidos de color rojo sangre por el vino.

—Yo diría que nada de eso me convierte en responsable de su muerte —declaró de forma pausada.

—Porque, a pesar de que lo tenías todo planeado al milímetro, cometiste un error.

49

Cara caminaba de un lado a otro frente al fuego.

—¿Un error? ¿Qué error?

—El paquete. —La *garda* se detuvo y miró a Sorcha—. No contenía drogas.

—¿Cómo que no?

—Como lo oyes.

—Entonces ¿qué había dentro? —preguntó Daithí con expresión tensa.

Cara se detuvo, se volvió hacia la mesilla de centro y se puso de rodillas. En la penumbra, alargó los brazos y abrió el bolsillo del estuche del violín en que guardaba las partituras. Sacó el paquete. Sorcha, Daithí y Seamus se inclinaron hacia ella. En cuclillas, Cara procedió a desenvolverlo con cuidado. Primero, desanudó el pañuelo y lo dejó caer sobre su regazo, revelando la segunda capa, de papel de estraza viejo y arrugado. Al retirarlo, dejó al descubierto la libreta, gastada y maltratada, en todo su vulgar esplendor.

—Dios santo —exclamó Seamus, que lo había reconocido a pesar de la insuficiente claridad—. Cara, ¿dónde la has encontrado? Llevo años buscándola. —Hizo ademán de coger la libreta, pero Cara la apartó.

—¿Qué es? —Sorcha posó la mirada en Seamus y luego en Cara.

—Las memorias de Seamus —respondió esta. Se volvió hacia

Seamus—. Son las originales, ¿verdad? La primera versión escrita a mano en irlandés.

—Pues tiene toda la pinta. —Seamus se adelantó hasta el borde de su asiento. Con los brazos y las manos temblorosas, parecía estar conteniéndose a duras penas para no arrebatársela—. Pero para confirmarlo necesitaría echarle un vistazo… ¿Me permites? —Tendió la mano de nuevo.

Haciendo caso omiso de su petición, Cara se levantó y se puso a hojearlo.

—Al principio, creí que era un diario. Pero, si no recuerdo mal, dijiste que fue así como nació el libro, así que todo cuadraría.

—Sí, así fue. Era un diario íntimo —dijo en un tono significativo.

—No entiendo nada —dijo Daithí—. El paquete que has estado buscando…, ese objeto misterioso que llevó a Ferdia a tal extremo de desesperación que mató a Maura por él…, ¿eran las memorias de Seamus? Pero ¿por qué?

—Os lo explicaré.

Cara se dio la vuelta y miró directamente al inquieto Seamus.

—Y el primer pequeño detalle que me gustaría aclarar es que no fue Ferdia quien mató a Maura, ¿verdad, Seamus?

50

—¡No entiendo por qué me lo preguntas a mí! Al parecer, la que tiene todas las respuestas eres tú. —Seamus se reclinó en su sillón, cruzando las piernas y los brazos. Giró unos grados para desviar la vista del fuego y de Cara.

—Todas, no, pero sí bastantes. ¿Queréis que os exponga algunas más?

—Haz lo que te dé la gana —dijo Seamus.

—Está bien. Retrocederé hasta… Empezaré por el principio. Aquella noche en el pub. —Fijó los ojos en Sorcha—. Fue entonces cuando pusiste en marcha tu plan de venganza. Mantuviste aquella conversación indiscreta con Maura, que salió pitando para comprobar si de verdad tenía drogas en casa. Pero, en cambio, encontró esto. —Le pegó una palmada a la libreta—. Y se pasó la noche en vela, leyéndolo, sin tomarse siquiera un descanso para cambiarse de ropa. Como era una mujer inteligente, sin duda se preguntaba qué tenía de especial ese cuaderno para que Ferdia lo dejara a su cuidado y tú creyeras que era un paquete con drogas. Se sentó a leer. Y leyó algo que la conmocionó.

»Se encaró contigo, Seamus, para pedirte explicaciones. Fue entonces cuando mi *mamó* y Patrick la vieron aquí, delante de tu puerta. No acababa de salir de tu casa después de pasar la noche en ella a escondidas. No, vino después de leer esto. —Cara sujetó las memorias contra su pecho. Sus dedos juagueteaban con la bolsa de pastor que aún sobresalía de entre sus páginas—. Pero te subestimó, ¿verdad? A pesar de ese episodio de tu pasado, Maura veía el lado bueno de todo el mundo, siempre. No se imaginó que estaba corriendo un riesgo al venir. Sin embargo, debió de ver algo en tu reacción que la llevó a comprender que se había equivocado del todo al juzgar la situación. Puso tierra de por medio y fue a buscarme. Yo no estaba, así que habló con Mamó. Estoy segura de que intentó llamarme, pero todos sabemos lo que pasa en esta isla con la cobertura. Como yo andaba dando vueltas por ahí, no me habría entrado ninguna llamada. No quiso dejarle el paquete a Mamó para no ponerla en peligro. Pero también sabía que llevárselo de vuelta a su casa habría sido lo más previsible y que tú llegarías a la misma conclusión. Necesitaba esconderlo en algún sitio porque no le cabía duda de que irías a por ella. Para llegar a su casa tenía que pasar por el cementerio, que es donde ha estado el paquete desde que ella lo escondió allí.

—¿Estaba en el cementerio? —dijo Daithí—. ¿Por eso te quedaste un rato más cuando nosotros nos marchamos?

—Sip. Estaba ahí desde el principio. El bueno de Cillian, confiable incluso después de muerto, estaba guardándolo para Maura. Para mí. Ignoro si después se fue directa a casa o si me buscó de nuevo. No sé qué ocurrió, pero cuando llegó, tenía prisa. No se tomó un momento para guardar su bicicleta, sino que la dejó apoyada contra la pared antes de entrar a la carrera. Sabía que tenía que idear un modo de hacerme llegar una pista. Una pista que te pasara inadvertida a ti, pero no a mí. Por eso eligió la bola de nieve.

—¿Bola de nieve? —Seamus la miró sin comprender.

—¿Lo ves? Ni siquiera sabes de qué hablo. Qué astuta, Maura. Me guio hasta un montón de papeles entre los que di con una segunda pista, esta vez disimulada en un crucigrama, por si tú la encontrabas por casualidad. No podía escribir «la escondí en el cementerio», sin más. Si crees que me equivoco en algún detalle, no dudes en interrumpirme, Seamus.

Aguardó, brindándole la oportunidad de decir algo, pero él permaneció callado.

—Vale, pues interpretaré tu silencio como una señal de que voy por buen camino. Llegaste a su casa. Supongo que al principio intentaste engatusarla con tu encanto, pero ella no se dejó convencer. Se negó a revelarte el paradero de las memorias. Me pregunto con qué rapidez se descontroló la situación. ¿Cuánto tardaste en salirte de tus casillas? ¿Cuál fue la gota que colmó el vaso, Seamus? ¿Qué te impulsó a arremeter contra ella finalmente?

El interpelado se puso en pie y señaló a Cara con el dedo.

—¡No digas tonterías! Aquí el escritor soy yo, no tú. Menuda sarta de disparates. ¿Que yo maté a Maura? ¿En serio? Has perdido la cabeza por completo. Hace unas horas, el responsable era Ferdia. Luego, pasó a ser culpa de Sorcha. ¿Y ahora el malo soy yo? ¿A quién le toca después, a Daithí? Así ya estaremos todos. O ahora resultará que Maura se suicidó, ¿no? Se ató sola y se arrojó a la Guarida de la Serpiente, ¿no?

—Creo que debo aclarar que nunca creí de verdad que el asesino fuera Ferdia. Le pregunté si estaba lo bastante furioso para acabar con ella, pero no lo acusé explícitamente en ningún momento. Si no nos hubiera sorprendido a todos al marcharse corriendo para vender sus drogas, tal como le había ordenado su banda de camellos (y si tú no te hubieras asegurado de impedir que siguiera negándolo), yo habría dejado claro ese punto.

—Entonces ¿por qué lo señalaste, para empezar? ¿Qué pretendes conseguir, Cara? Sé que estos últimos días han sido muy duros, pero creo que se te ha ido la olla. —Seamus sacudió la cabeza. Se volvió hacia los demás, levantando cejas y manos como para pedirles su apoyo.

—¿Que qué quería conseguir? —dijo Cara, sin apartar su atención de Seamus—. Que pensaras que me había colado, eso quería. Que te confiaras y creyeras que estabas a punto de salirte con la tuya. Esperaba que esa confianza te hiciera bajar la guardia y meter la pata.

—¿Qué? —Con aire desafiante, Seamus dio un paso hacia ella—. No he hecho nada, así que no podía meter la pata en nada.

—Discrepo. De hecho, acabas de meterla.

—¿Cómo?

—Justo hace un momento, has mencionado que Maura estaba atada. Yo nunca os di esa información.

—Joder que no.

—Pues no. Daithí lo sabía porque estuvo allí conmigo. Pero tampoco la compartió con vosotros porque eso habría sido poco profesional.

—Pero…

—Daithí, ¿se lo has comentado a alguien?

—A nadie.

—Dudo mucho que la doctora De Barra te lo dijera… La única otra persona que lo sabía fue la que ató a Maura. Lo que nos lleva muy oportunamente a lo que sucedió después de que la mataras.

—¡Oh, por Dios santo!

—Déjala terminar —dijo Sorcha, deslizándose hacia delante en la butaca con el entrecejo fruncido.

—Sí, yo también quiero oírlo —terció Daithí—. Y haz el favor de sentarte otra vez. —Seamus contempló por unos instantes al otro hombre, más corpulento que él, antes de obedecer, aunque se quedó sentado en el borde del asiento.

—Gracias, chicos. En fin…, ¿por dónde iba? Ah, sí. Habías perdido los estribos con Maura y la habías asesinado. Tenías que disimular los resultados de tu arranque de ira, así que pusiste a trabajar tu cerebrito de escritor y te inventaste una historia. Tenías que contarnos un relato que desviara la atención de ti. Sabías que un crimen pasional te convertiría en el principal sospechoso, sobre todo si Maura o Cillian me habían hablado alguna vez de la violencia que ella había sufrido a tus manos en el pasado. No me habían dicho nada, por si te interesa saberlo. Guardaron tu secreto para que no te odiara. Qué buenos eran. Y qué mal enfocada estaba esa bondad. Bueno, ¿qué idea se te ocurrió? ¿Un robo con violencia que había acabado mal? ¿Qué suceso te imaginaste? La ataste y la amordazaste para que pareciera cualquier cosa menos un crimen pasional espontáneo. Seguro que te pusiste furioso cuando te enteraste después de que tenía un pequeño acosador. Patrick habría sido el chivo expiatorio ideal. Y la historia de Maura habría tenido un final redondo y sin cabos sueltos.

»Sin embargo, cambiaste de idea. Abandonaste ese plan. Eso me tuvo muy confundida durante un tiempo. ¿El asesino la había atado después de que muriera? ¿La había tirado ya cadáver a la Guarida de la Serpiente? ¿Qué sentido tenía eso? Entonces me acordé de que habías dicho que escribir el final de una película era lo más difícil. Me pregunto cuánto tiempo tardaste en darte cuenta de que ese robo falso era una idea estúpida. ¿Fue cuando te costó abrirle la boca, que tenía cerrada con fuerza a causa del *rigor mortis*? ¿Fue en ese instante, o cuando le ataste los brazos rígidos entre sí? ¿Te percataste entonces de que estabas intentando escribir el final de una peli, pese a que aquello era la vida real? En un momento en que remitió el pánico, comprendiste que la poli registraría esa casa en busca de pruebas forenses y que tu simulacro de robo violento se vendría abajo como un castillo de naipes. Así que, en vez de ello, optaste por dejarte de complicaciones. La tiraste al mar con la esperanza de que se la llevara la corriente, de que su cuerpo se viera arrastrado por esos canales subterráneos hacia mar abierto y se perdiera para siempre. Por desgracia para ti, el mar fue un cómplice traicionero. Tenía otros planes. Nadie iba a abandonar esta isla, ni siquiera Maura.

»Bueno, ¿voy bien? ¿No me he dejado nada en el tintero? ¿Puedo pasar ya a las conclusiones?

—Date el gustazo —se mofó Seamus, con los labios torcidos en una sonrisa burlona.

—Gracias, eso haré. Esa noche, mi primera noche aquí después de regresar de Galway, tú te comportabas con toda naturalidad, como si nada hubiera pasado, mientras Maura yacía boca arriba en alguna parte de su casa, esperando a que volvieras para escenificar tu pequeña historia. ¿Pensabas en eso durante la cena? ¿Te vino a la mente la idea mientras nos agasajabas con tus anécdotas sobre Hollywood? ¿Nos aseguraste que no querías beber mucho porque estabas en Alcohólicos Anónimos, cuando en realidad solo intentabas permanecer sobrio para la tarea que acometerías más tarde, cuando los demás estuviéramos dormidos? Has bebido un montón desde entonces, pues te despojaste de esa máscara en cuanto ya no la necesitabas.

»Cuando te encontré en ese sillón a las seis de la mañana… te abracé y noté que estabas helado. Me diste mucha pena. Te estreché entre mis brazos mientras llorabas. Pero en realidad estabas muerto de frío porque acababas de regresar después de despeñarla en la Guarida de la Serpiente, ¿verdad? Por eso llorabas. Por ti y por el nuevo desastre que habías provocado.

51

—Dios, Cara —dijo Daithí—. ¿Estás segura?

Ella asintió.

—Me temo que sí.

—No son más que fantasías —masculló Seamus.

—¿Por qué gira todo alrededor de las memorias? —preguntó Daithí—. Eso no lo has explicado.

—Sí, ¿cómo es que han resultado tan letales las estúpidas memorias de Seamus? —convino Sorcha—. ¿Por qué le dio tanta rabia que Maura las leyera?

—¡No me «dio rabia»! ¡Cara se lo está inventando todo! Está desesperada. Sus jefes llegan mañana y quiere tener algo que enseñarles. No me convertirás en tu cabeza de turco, Cara Folan —dijo Seamus, poniéndose en pie y abalanzándose hacia la libreta. Cara se echó hacia atrás.

Daithí se levantó de un salto y dio un paso hacia Seamus, que reculó.

Tras lanzarle una mirada, Cara se puso a hojear el cuaderno.

—Bueno, ¿qué tiene de especial esta libreta roñosa? Lo sé, esa ha sido mi primera pregunta también. Hasta que me fijé en esta página, marcada con la bolsa de pastor. Como con la bola de nieve, Maura me señaló el camino con objetos que significaban mucho para nosotras. Cuando abrí el cuaderno por aquí, vi una palabra que reconocí. Bueno, más que una palabra, un nombre, «Cillian». El nombre de mi querido esposo.

—Dame eso —espetó Seamus—. Ya te leeré yo la página marcada, porque tú no puedes, y te demostraré que no hay nada siniestro, ¡solo mis putas memorias!

—Muy bien, pues. Lee, por favor —Cara le alargó la libreta. Mirando a Daithí de reojo, Seamus dio un paso hacia ella y la cogió.

Tras recorrer la página con la vista, la alzó hacia Cara.

—Adelante —lo animó ella.

Seamus se sentó y comenzó a leer.

—«31 de diciembre de 2012. Estamos de nuevo en el mar. Es Nochevieja. Cillian ha querido que saliéramos a pescar. Conoce a los dueños de todos los restaurantes de Galway. Sabe que nos pagarán un extra por el pescado que les llevemos, por todas las reservas que tienen para Año Nuevo. De familias normales, no como la nuestra. Familias que salen a almorzar juntas. Nosotros nunca íbamos a restaurantes de postín por Año Nuevo. Ni en ninguna otra fecha. Siempre nos sentábamos a esa mesa de madera, en la cocina con armarios amarillos, intentando no mirarnos a los ojos. Intentando no llorar. Todos los días la misma tortura, comida tras comida. No queríamos provocarlo para que no nos pegara...».

Seamus hizo una pausa y levantó la mirada hacia Cara.

—Sí, está bien. Continúa —dijo ella.

Seamus bajó de nuevo los ojos.

—«Esta noche, Cillian quiere pescar en vez de ir de fiesta. Ahora tiene hijos que mantener. Pero no está podrido por dentro, como yo. Los puñetazos le dejaron moretones, pero no cicatrices. Sabe cómo querer a sus críos. La rabia que yo siento está siempre ahí, en alguna parte, por más que me esfuerzo en disimularla.

»Veo las luces de Kilronan por encima del agua. Ojalá estuviera ahí, en el pub, con Ferdy y Sorcha. Y sobre todo con Maura. Pero estoy aquí, con mi hermano, a quien quiero. Y él me quiere a mí. Pero el mar está picado. No me gusta. Se lo digo a Cillian, pero él solo se ríe. Me dice que vaya a la cabina y compruebe los indicadores. Hago lo que me pide. Siempre lo hago. Porque Cillian sabe más que yo. Siempre ha sabido más. Cuando nuestro padre se enfadaba, él sabía cuál era el mejor sitio donde escondernos, cuándo era el mejor momento para salir. Entro en la cabina y compruebo los indicadores. Una ola golpea el costado del barco y por poco me caigo al suelo. Entonces salgo. Y veo que estoy solo. Me agarro de la barandilla justo cuando otra ola nos embiste y el barco da un bandazo. Busco con la mirada, pero estoy en un barco pequeño en la inmensidad del mar abierto. Solo cabe una explicación. Lo llamo a gritos. ¡Cillian! Corro a popa. Miro por encima de la borda. Vuelvo a gritar su nombre. ¡Cillian! ¡Cillian! Pero la noche y el mar están oscuros y callados». Cara, por favor, no quiero seguir leyendo.

—Vale, puedes dejarlo aquí.

Con un suspiro, Seamus cerró la libreta.

Cara, que estaba de pie cerca de él, se agachó de golpe para arrebatársela.

—¡Eh! —exclamó Seamus. Lo había pillado desprevenido—. ¡Es mía, devuélvemela!

Sin hacerle caso, Cara la abrió de nuevo por la página marcada.

—Lo más gracioso, Seamus, es que me parece que no has traducido muy bien ese fragmento. Ni por asomo. Creo que se te está oxidando el irlandés, puesto que te pasas todo el día hablando inglés en California. Creo que el texto dice algo muy, muy distinto.

52

—¿Y tú cómo lo sabes?

—Buena pregunta: ¿cómo lo sé? —Cara posó la vista en la página antes de fijarla de nuevo en Seamus—. Para mí no es más que una jerigonza incomprensible, ¿verdad?

Bajó la mirada hacia el hombre, sentado en su butaca, y luego hacia el violín, que descansaba sobre la mesilla. Se inclinó un momento para deslizar los dedos sobre las cuerdas con restos de colofonia. Con el rabillo del ojo, vislumbró los rostros pálidos y estupefactos de Daithí y Sorcha. Punteó las cuerdas y las oyó vibrar mientras lanzaban al aire aquellos componentes básicos de la música.

—Te impresionó lo mucho que había mejorado con el violín, ¿no, Seamus?

—¿Qué? Ahora sí que se te ha ido la pinza del todo.

—Pero es cierto, ¿no?

—Sí —respondió él despacio, con recelo.

—Te dije que era porque disponía de mucho tiempo libre para practicar.

—¿Y por qué me sales con eso ahora?

—¿Que por qué? Porque no solo me he dedicado a aprender a tocar el violín. —Cara reanudó sus idas y venidas, libreta en mano. Tocó la flor silvestre que hacía las veces de marcapáginas y miró a Seamus otra vez. Abrió de nuevo el cuaderno por la página en la que él describía cómo Cillian había caído al agua y se había ahogado, en medio de una tormenta, en un accidente que le había arrebatado a ella el amor de su vida y a sus hijos un padre perfecto—. Por las tardes, después de guardar el violín, una vez finalizada la sesión de práctica, me ponía con los libros y las apps. Estaba aprendiendo otra cosa. Por fin estaba siguiendo el consejo de Daithí y Maura. Había comprendido que tenían razón. Tal vez mi tozudez era parte de mi problema de integración en esta isla. A lo mejor debía hacer algo para demostrar mi buena voluntad a los isleños. Quería sorprender a todo el mundo… Verás, he aprendido irlandés. Yo sola. Ahora puedo entenderlo, hablarlo y, ¿sabes qué más?, leerlo.

Seamus se levantó como un resorte y se arrojó sobre Cara para intentar coger la libreta. Ella lo esquivó inclinándose a la izquierda, pero dio un traspié hacia atrás y estuvo a punto de caer en la chimenea. Sorcha soltó un chillido. Daithí estaba en pie segundos después que Seamus. Se lanzó por encima de la mesilla con tal brusquedad que la resquebrajó y destrozó el violín, agarró al otro y tiró de él hacia atrás.

—¡Devuélvemelo! —rugió Seamus, forcejeando para soltarse de los brazos de Daithí—. ¡Devuélvemelo! ¡No tienes derecho a fisgonear en mi diario! ¡Ningún derecho!

—Temas de derechos aparte, ¿leemos otra vez ese pasaje para ver cuánto he avanzado? ¿Te parece bien? —Bajó la vista a la página—. «31 de diciembre de 2012». —Levantó los ojos hacia ellos—. Bueno, mejor nos saltamos la parte sobre la familia… Sí, sigo a partir de aquí: «… Ahora mismo estamos en el agua. Veo las luces de Kilronan brillar a lo lejos. Quisiera estar en el pub, con Ferdy y Sorcha. Y sobre todo con Maura. Pero estoy aquí, con mi hermano, a quien quiero. Y él me quiere a mí. Pero está enfadado conmigo. Nunca había visto a Cillian enfadado. El impulsivo de los dos soy yo. El que tiene mal genio. Sabe lo que le hice a Maura. Me vio pegarle. Está muy cabreado conmigo. Dice que, como no tenga cuidado, me volveré como nuestro padre.

»Pero el mar está agitado, no me gusta. Se lo digo a Cillian, pero no me hace caso. Le pido que no me compare con nuestro padre. No soy para nada como él. Me pregunta en qué soy distinto, qué diferencia hay entre los golpes que le di a Maura en la cara y los que le daba papá a mamá. Yo le grito que es diferente porque yo lo hice sin querer y le pedí perdón. Porque no lo volveré a hacer. Y él se ríe. Idiota, dice, ¿te crees que papá no le decía lo mismo a mamá al principio? Claro que se lo decía. Y, a diferencia de Maura, mamá le dio una oportunidad. Y ya ves cómo acabó. Cillian dice que admira a Maura por dejarme, por no perdonarme. Y entonces noto que me invade esa energía demoníaca, que me recorre el cuerpo hasta los puños y la cabeza. Embisto contra Cillian. Lo golpeo. Igual que papá. Lo golpeo, y él intenta frenarme. Consigo pegarle un puñetazo, y se queda aturdido. Se tambalea hacia atrás, y el barco traicionero da un bandazo y él se tambalea otra vez. Está sangrando. Tiene un ojo ensangrentado. Alza las manos y dice que no tenemos que resolver las cosas así, que no tenemos que ser como papá. Pero yo no lo escucho. No puedo. Lo golpeo de nuevo. Un puñetazo con toda la fuerza del odio que siento hacia el mundo. Le doy la espalda y vuelvo a la cabina. Ahí dentro, con la respiración acelerada, compruebo los indicadores. Estoy temblando y mi respiración empieza a volver a la normalidad y echo otro vistazo a los indicadores. Una ola golpea el costado del barco y por poco me caigo al suelo. Me doy cuenta de lo que he hecho. De la terrible estupidez que he cometido. Tengo que arreglar las cosas. Salgo de la cabina. Y estoy solo. No veo a Cillian. Me agarro a la barandilla cuando otra ola acomete el barco, que se bambolea. Estoy solo. Busco con la mirada, pero es un barco pequeño en medio de la inmensidad del mar abierto. Hay sangre en el cabrestante. También en el botalón de acero, a la altura de la cabeza. Debe de haber rebotado contra ella después de mi último puñetazo. Debe de haber caído al agua, mareado y sangrando, sin posibilidades de salvarse. Corro hacia la popa. Miro por encima de la borda. Grito su nombre otra vez. ¡Cillian! ¡Cillian! Pero en la noche y el mar no veo más que negrura».

Cara miró a Seamus, que se había quedado callado.

—Ay, Seamus, ¿cómo pudiste...? —dijo Sorcha, llevándose la mano a la boca.

—Quién fue a hablar —espetó él.

—Ah, pero aún no he terminado —dijo Cara.

—¿Hay más? —preguntó Daithí.

—Me temo que sí —respondió ella. Clavó los ojos en Seamus antes de seguir leyendo—. «Está herido. Por mi culpa. Se ha caído por la borda, herido, en la oscuridad de la noche. Si llamo a la guardia costera ahora y lo encuentran con vida, me denunciarán. Él les dirá lo que le he hecho. ¿Cómo hago para no acabar en prisión? Aunque no creo que consigan encontrarlo con vida. Hace mucho frío y está herido. Los hombres de las islas Aran no aprendemos a nadar, por superstición. Creemos que, si aprendiéramos, perderíamos el miedo, la prudencia frente a los peligros del mar. Si espero un poco antes de llamar a la guardia costera, seguro que ya no habrá ninguna posibilidad...».

Todos se quedaron mirando a Seamus.

—Abandonaste a Cillian para que muriese —dijo Cara con una voz tan serena como turbulento era el mar. Mantenía la serenidad porque eso era lo que Cillian necesitaba en ese momento. Tenía que seguir adelante hasta el final.

Daithí soltó a Seamus, como si de pronto quemara al tacto. Fijó la vista en él como si se hubiera roto un encantamiento y su horrible rostro se mostrara por primera vez ante él.

—¿Esperaste antes de llamar a los guardacostas? —A Daithí le costaba hablar—. Tu propio hermano estaba herido, en el agua, ¿y decidiste esperar por miedo a meterte en problemas? Joder, Seamus, ¿qué reacción de mierda es esa? ¡Tendrías que haber llamado a los guardacostas, haberte tirado al agua, haber hecho algo! Era mi mejor amigo... —Se le quebró la voz y rompió a llorar.

Seamus lo agarró de la mano.

—Pero no tenía la menor oportunidad —aseguró suplicante—. Era imposible que sobreviviera, tanto si los llamaba como si no.

—Lo dejaste morir —dijo Daithí muy despacio, intentando controlar el temblor de su voz—. Te cruzaste de brazos...

Seamus le soltó la mano y se volvió hacia Cara.

—Seguro que tú me entiendes, ¿verdad, Cara? Sabes que lo quería. No le habría gustado que mi vida se fuera al garete...

—Estoy segura de que tampoco le gustó que le pegaras ese puñetazo que acabó con él en el agua. No habría muerto si no lo hubieras atacado —señaló Cara.

Seamus guardó silencio.

—Mataste a Cillian. Mataste a tu hermano. A mi esposo. Y, lo que es aún peor, no aprendiste nada de ello. Volviste a perder los estribos, ¿verdad? La historia se repitió cuando mataste a Maura.

53

Seamus lanzó una mirada disimulada a la parte de la sala que ocupaba la cocina, que estaba a oscuras. Daithí dio otro paso hacia él. A la tenue luz de las velas, Cara vio detrás de Seamus, en la pared, los retratos enmarcados de Cillian y él cuando eran niños. Rostros inocentes, risueños, que no sabían nada de la vida ni estaban preparados para lo que esta les deparaba. Y la vida no había tenido miramientos. El joven Seamus, sonriente y pecoso, al lado del Seamus adulto, corrompido y resabiado. Le rompía el corazón verlos.

Con una violencia repentina, Seamus tomó la ofensiva. Propulsó de una patada la mesilla rota contra Cara, que saltó para esquivarla. Y arrancó a correr hacia la puerta trasera. Hacia las tinieblas.

—¡Alto! —gritó Cara y salió disparada como una flecha tras él.

Daithí saltó por encima del sofá y se lanzó en persecución de Seamus. Recortado contra la luz de la luna que se filtraba por el cristal esmerilado de la puerta, le hizo un placaje cuando estaba cerca de la encimera de la cocina. Cayeron al suelo con gran estrépito. Cara oyó que a Daithí se le escapaba el aire y que Seamus, debajo de él, soltaba un gemido de dolor.

Sorcha profirió un aullido.

Cara se volvió hacia ella.

—Cállate, Sorcha, por el amor de… —Algo detrás de su amiga captó su atención. Las cortinas. Y, debajo, la vela, en el suelo. Había caído ahí cuando Seamus le había pegado la patada a la mesilla—. ¡Fuego! —gritó.

Daithí y Seamus se pusieron en pie con dificultad. Sorcha se dio la vuelta.

—¡Dios mío!

De repente, aquel espacio oscuro se llenó de luz. El papel pintado medio despegado, los estantes polvorientos, el estampado anticuado del viejo sofá, todo estaba iluminado por las llamas. Y entonces las llamas hablaron. Se oyeron crepitaciones y un rugido cuando las fibras sintéticas de las cortinas empezaron a derretirse en una lluvia de gotas candentes. La moqueta tomó el fogoso relevo con entusiasmo. Treinta segundos escasos después de que Seamus volcara la vela, todo aquel rincón de la sala estaba ardiendo.

—¡Todos fuera! —chilló Cara.

Daithí agarró a Seamus del cuello de la camisa y lo arrastró hasta la puerta de atrás. Cara corrió hacia el fondo y tomó a la paralizada Sorcha de la mano.

—¡Venga, Sorcha, vamos, tenemos que salir de aquí!

El aire empezaba a llenarse de humo. Cara tosió. Su amiga se volvió a mirarla con los ojos desorbitados.

—Yo solo quería devolverles el daño que me habían hecho ellos a mí. No quería que murieran.

—¡Ahora no es buen momento! —Cara la atrapó por la muñeca y tiró de ella. Al doblar la esquina de la encimera, el sofá prendió con una voracidad inusitada, y lo último que Cara vio de la estancia fueron las fotos de Cillian y Seamus justo antes de que las devoraran las llamas.

54

Encerrado en el coche patrulla, Seamus miraba al frente, ajeno al incendio devastador que ardía fuera. Las furiosas llamas se reflejaban en las ventanillas del vehículo. Cara, Sorcha y Daithí observaban cómo el fuego consumía la casa mientras notaban el calor de las llamas y el frío de la brisa del atardecer.

—Hay que ir a una casa vecina para llamar a los bomberos —dijo Daithí.

—Por mí, que quede reducida a cenizas —dijo Cara, con el rostro bañado en el resplandor anaranjado.

—Cara, te arrepentirás. Estoy seguro de que eso es lo que sientes ahora mismo, pero no creo que sea lo que quieres en el fondo.

Ella alzó la mirada hacia él.

—Ah, ¿no?

Daithí sacudió la cabeza. Todos se giraron al oír una sirena. Divisaron las luces azules parpadeantes del pequeño coche de bomberos de la isla. La visión de unas llamas que se elevaban contra el cielo nocturno en una isla sin corriente eléctrica los había alertado más deprisa que la tecnología.

—Vamos —dijo ella—. Será mejor que nos quitemos de en medio. —Subieron al coche. Sorcha se apretujó en la parte delantera con Daithí y Cara. Salieron marcha atrás del camino de acceso. Cara aparcó unos pocos metros más adelante, junto a la carretera.

Contemplaron las llamaradas que ascendían a gran altura.

Si el edificio quedaba arrasado, pensó Cara, ella no lo lamentaría. Era un hogar azotado por la mala suerte, plagado de funestos recuerdos. Lo único bueno que había salido de ahí —Cillian— había dejado de existir hacía mucho tiempo.

—¿Conseguirán salvarla? —preguntó Seamus desde atrás con una vocecilla débil.

—Lo dudo —dijo Cara. Le pareció ver por el retrovisor que Seamus se relajaba un poco, pero tal vez eran solo imaginaciones suyas—. Dudo que la salven o que rescaten algo de su interior. Me alegro de no haber soltado esto en ningún momento.

Alzó la libreta con las memorias para que Seamus pudiera verla desde atrás. Esta vez, su reacción no dejó lugar a equívocos. Se hundió en el asiento. Sus esperanzas de salir impune de aquello se habían desmoronado.

—Tan tonta no soy, Seamus. Aquí está la clave de todo. Y el problema no residía solo en la verdad que contenían sus páginas, sino en lo que Ferdia había decidido hacer con ella. Ahí dentro has dicho que llevabas años buscándola. Eso no es del todo cierto, ¿verdad? Creo que sabías exactamente dónde estaba. Sería más preciso decir que llevas años intentando recuperarla.

»La última pieza de este endemoniado rompecabezas... Ferdia te estaba haciendo chantaje. Cuando discutisteis, creí que le decías «por favor», *le do thoil*, pero eso no tenía sentido. Resulta que hay una palabra que se pronuncia de manera muy parecida a *le do thoil*: *dúmhál*. *Do thoil*. *Dúmhál*. Aún estoy aprendiendo y mi oído se confunde a veces. Pero sin duda los tres sabéis lo que significa esa palabra: chantaje. Seguramente él estaba enterado de lo que contabas en tus memorias. ¿Se lo dijiste? Los dos erais uña y carne en aquella época. Pero las relaciones cambian. Creo que en el fondo no estabais tan unidos como pensabais.

»Así que, cuando agrediste a Maura hace tres días para intentar recobrar la libreta, no solo querías proteger tu reputación y tu libertad. Si lograbas hacerte con ella, también podrías impedir que Ferdia dejara de extorsionarte. Por eso fuiste tú quien escribió esas cartas, para intentar averiguar dónde estaba cuando no fuiste capaz de encontrarla. Querías dar con ella antes que Ferdia.

A nuestras espaldas, los dos estabais embarcados en una carrera por recuperarla. Ambos os jugabais mucho: tú querías mantener tu crimen en secreto, mientras que él necesitaba saldar sus deudas con los traficantes. Sabía que, si las memorias caían en tus manos antes que en las suyas, no le darías un céntimo.

Seamus agachó la cabeza y se pasó las manos por el cabello.

—Es hora de que lo reconozcas, Seamus.

—Tal vez sí —dijo él con un suspiro tenue—. Tal vez sí. —Se volvió para mirar su hogar en llamas. Los bomberos voluntarios corrían alrededor del edificio, blandiendo los primeros arcos de agua como látigos de domador para intentar aplacar a la bestia enfurecida. La luz azul del coche parpadeaba y destellaba como las luces estroboscópicas en la *rave*—. No mucho después de…, del fallecimiento de Cillian…, pensé en entregarme. El sentimiento de culpa era insoportable. Le pedí consejo a Ferdia. Era mi mejor amigo. Dejé que leyera la confesión de mi cobardía en todo su esplendor. Le hizo gracia. Me dijo que pasara página y me olvidara de ello. Le hice caso y lo intenté. Reescribí las memorias y me inventé ese final aséptico, como si con ello pudiera cambiar la realidad. Y, para sorpresa de todos, empezó a venderse muy bien. Comprendí que debía destruir el original, pero para entonces Ferdia necesitaba dinero y había visto en él un medio de conseguirlo. Lo robó antes de que yo tuviera oportunidad de quemarlo. Y así comenzó una década insufrible. Me exigía dinero en efectivo a carretadas. ¿De verdad crees que podía permitirse alquilar ese piso en Londres, Sorcha? ¿En serio no te pareció sospechoso?

—Supuse que era dinero de la droga.

—No era un camello tan importante. Me chupaba la sangre. Yo escribía guiones malos como churros, sin un ápice de integridad, solo para seguir ganando dinero con el que comprar su discreción. Y encima me aseguraba que era el bueno de la película, que habría podido cobrarles un pastón a los periódicos por la historia, pero en vez de ello estaba dejando que le pagara yo para salvar mi reputación y mi libertad. Disfrutaba torturándome. Pero todo cambió este año. Él estaba más desesperado. Los traficantes lo presionaban cada vez más para que liquidara su deuda. Incluso tenía miedo. Al fin alguien había conseguido intimidar a Ferdia Hennessy, célebre por su pasotismo. Quería librarse de esa situación. Y también quería regresar aquí para estar con Maura. Dejar atrás esa vida. Lo siento, Sorcha. —Seamus la miró y movió la cabeza de un lado a otro.

—Tranquilo. Lo nuestro se estaba yendo a la mierda de todos modos —dijo Sorcha con tristeza y lágrimas resbalándole por las mejillas.

—El caso es que todo eso dio lugar a una conversación que mantuvimos hace unos meses —prosiguió Seamus en tono pesaroso—. Vi una oportunidad y quise aprovecharla. Me ofrecí a pagar toda su deuda, si a cambio él me devolvía las memorias. Estaba tan desesperado que accedió. Acordamos concretar el trato aquí, esta semana. Le pedimos a Sorcha que te mandara un correo electrónico sobre la organización del aniversario. Yo te llamé unas semanas después… Ya estaba todo arreglado.

—¿Qué? —Cara puso la cara larga—. ¿El reencuentro de todos aquí para recordar a Cillian esta semana… fue un plan urdido por vosotros dos para llevar a cabo vuestros sucios tejemanejes? Pero ¿cómo pudisteis caer tan bajo?

—Queríamos realizar la transacción en terreno neutral, en un lugar del que no fuera fácil escapar con rapidez. Ninguno de los dos confiaba en que el otro no intentara estafarlo. Es penoso, Cara, lo sé. Me sentía tan agobiado…, tan perdido sin Cillian… Jamás imaginé que las cosas se torcerían así… Yo solo quería que Maura me dijera dónde lo había escondido. Nada más. Si me lo hubiera dicho, las cosas habrían vuelto a ser como en los últimos diez años. Pero no atendía a razones. Me insistía en que debía confesar la verdad. Me enfadé. Es que se negaba a escucharme…

Seamus prorrumpió en sollozos. Cara oyó a lo lejos las campanadas de una iglesia. Formaban un dúo discordante con el llanto de Seamus. Echó un vistazo al reloj en el salpicadero. Era medianoche.

—Feliz Año Nuevo a todos. Vaya, Seamus, al parecer la superstición ha resultado ser cierta, al menos en tu caso. Por culpa de esta pelirroja, te espera un año muy muy malo.

Epílogo

Cara elevó el rostro hacia el sol invernal. Cerró los ojos y sintió sus caricias en las mejillas. Entonces notó la calidez de un brazo que le rodeaba los hombros. Se volvió hacia la izquierda y abrió los párpados. Daithí la miraba con una gran sonrisa. Le dio un beso en la coronilla.

—¿Estás bien? —preguntó.

—Pues la verdad es que no. Pero lo estaré. Es lo que ambos habrían querido.

Bajaron la vista hacia la tumba reciente que tenían a sus pies, sobre la que se alzaba una pequeña cruz de madera con una placa de latón.

MAURA CONNEELY, 1988-2022
«I NGRÁSTA AN GHRÁ GO DEO»

En la gracia del amor para siempre.

Cara suspiró. Dirigió la mirada a la esquina superior del cementerio, donde reposaba Cillian. Se alegró de ver un poco de verde entre las losas de granito en vez de aquel manto blanco. El sol les había devuelto la isla. Volvían a ser visibles las carreteras, los muros y las ruinas; los paisajes familiares, los puntos de referencia, sus lugares favoritos. La gente volvía a salir de sus casas, a recorrer los caminos, a saludarse unos a otros. Empezaron a retomar sus actividades habituales. El mar, arrepentido, permanecía tranquilo como acto de contrición, avergonzado por los excesos cometidos durante el temporal.

Cara abrió su bolso y hurgó en los bolsillos interiores hasta que sacó algo. Sosteniéndolo a contraluz, contempló cómo la purpurina descendía en su interior hasta asentarse.

—¿Por qué llevas eso? —le preguntó Daithí.

—Es un recordatorio.

Esto pareció desconcertarlo.

—Un recordatorio de los buenos tiempos que pasamos juntas, del afecto que nos teníamos, de cómo, incluso después de morir, me ayudó. —Cara se arrodilló junto a la sepultura y depositó la pequeña bola de nieve entre las flores que habían brotado hacía solo una semana, apoyándola con cuidado en la base de la lápida. Observó los copos que caían flotando a los pies de las dos pequeñas amigas atrapadas para siempre en su interior. «Yo también te quiero, tía», pensó Cara al recordar las últimas palabras que Maura le había dirigido, en el mensaje de vídeo. Unas últimas palabras que destilaban amor. Como las que le había dicho Cillian. Qué suerte tenía de que personas tan maravillosas hubieran formado parte de su vida. Habían partido demasiado pronto. En su honor, llevaría una vida llena de amor. No de odio.

Tomó la mano de Daithí y se la llevó a los labios para besarla. Sonriéndole, él alzó los dedos entrelazados de ambos y le plantó un beso en la mano a su vez. Echaron a andar hacia la verja del cementerio.

—¿Estás seguro de que Courtney no me odia? —preguntó Cara.

Daithí se rio.

—Seguro. Si tuviera que odiar a alguien, debería odiarme a mí. Resulta que tenía novio en Nueva York y decidió echar una cana al aire antes de regresar. Me dijo que sabía que yo estaba libre y sin compromiso, pese a mis protestas. Sabía que no había peligro de que me enamorara de ella. Así que su cana al aire fui yo.

—¡Qué barbaridad! ¿No te sientes utilizado? —dijo Cara, soltando una carcajada.

—Uy sí, pobre de mí —respondió Daithí con una risa profunda y grave.

Llegaron frente a las puertas. Cara advirtió que un vecino pasaba por delante con una expresión severa. ¿Era un gesto de desaprobación por haberlos pillado riéndose en el camposanto? Cuando se acercó, Cara vio que se trataba de Tomás, su mayor detractor, y se preparó para lo peor.

—¿Es usted, sargento Folan? —Tomás miró en su dirección con los párpados entornados. No tenía el ceño fruncido por la desaprobación, sino porque el sol le daba en los ojos. A Cara la sorprendió este cambio de actitud.

—Inspectora interina Folan —lo corrigió Daithí.

—Ah, inspectora —dijo Tomás, asintiendo con admiración. Tosió y se aclaró la garganta—. Solo quería decirle…, a propósito de todo ese lío con Flaherty…, que era un desgraciado como su padre. Nos tenía engañados a todos. Un isleño, nada menos. —Sacudió la cabeza—. Todos hemos aprendido algo de esta historia tan lamentable. —Retrocedió un paso y giró sobre los talones para proseguir su camino—. Gracias, inspectora.

—Solo he cumplido con mi deber —dijo Cara—. Pero no hay de qué. *Slán*, Tomás.

El hombre se quedó mirándola unos instantes. Daithí le dio un apretón en la mano.

—*Slán*, Cara.

Carta de Tríona

Querido lector:

Te estoy inmensamente agradecida por leer *Tormenta de nieve*. Significa mucho para mí. Si te ha gustado y quieres mantenerte al tanto de mis publicaciones, puedes suscribirte en el siguiente enlace. No compartiremos con nadie tu dirección de correo electrónico y podrás darte de baja cuando quieras.

www.bookouture.com/triona-walsh

Me encantó trabajar en este libro. Fue una gozada escribir sobre la fascinante isla de Inis Mór, sus increíbles paisajes y su místico pasado. Todos los escenarios son lugares reales, desde la asombrosa poza natural de la Guarida de la Serpiente (*Pol na bPéist*) hasta el espectacular fuerte de Dún Aengus, construido al borde del acantilado. Me he tumbado boca abajo para asomarme por ese borde hacia el Atlántico, cien metros más abajo. ¡Una experiencia tan aterradora como impresionante! Es una isla extraordinaria situada en el fin del mundo. También disfruté mucho al escribir sobre Cara. La tormenta que se desata en torno a ella solo es comparable con la que ruge en su interior cuando le arrebatan de golpe todo aquello en lo que confiaba y creía. Pienso que todos hemos vivido momentos en los que lo que pensábamos que era verdad ha resultado no serlo. Por fortuna, en general son momentos menos dramáticos que los que vive Cara. Y aunque sufre pérdidas terribles, al menos su historia concluye con una nota de esperanza, al empezar a reconstruir su vida al lado del maravilloso Daithí. Me parece que serán muy felices juntos.

Espero que te haya gustado *Tormenta de nieve*. Si es así, te agradecería mucho que escribieras una reseña. Me interesa mucho conocer tu opinión, y sería muy útil para ayudar a los nuevos lectores a descubrir mis libros.

Me encanta recibir noticias de mis lectores. Puedes ponerte en contacto conmigo a través de mi página de Facebook, Twitter, Goodreads o mi página web.

Gracias,

TRÍONA

Agradecimientos

No podría iniciar este apartado sin expresar mi enorme agradecimiento a Christina, mi editora. Apostó por mí y creyó en este libro desde su concepción. Como escritora, resulta difícil mantener a raya la inseguridad y la ansiedad creativa, por lo que el entusiasmo y el apoyo constantes de Christina, además de sus conocimientos, han resultado vitales para mí.

A todo el equipo de Bookouture: ha sido un honor trabajar con vosotros.

Gracias a Eileen Casey, por la motivación que me transmitió como profesora de escritura. No habría llegado hasta aquí si no hubiera asistido a tus clases. A Louise Phillips, por demostrarme que el sueño era posible, y a toda la pandilla de escritores del sábado por la mañana en la biblioteca Lucan, sobre todo a Joan, que sé que habría disfrutado este momento. Se te echa mucho de menos.

A Cait, Joe, Niamh y Siobhan, por los miles de palabras escritas por mí que habéis leído; las cervezas y los cafés que hemos tomado juntos; los consejos sobre gramática y voces narrativas. Por los ánimos y la alegría compartida por los éxitos, y por el consuelo mutuo tras las desilusiones. ¡Gracias!

A Kevin, mi primer compañero de escritura, que sigue siéndolo. Llevamos mucho tiempo con esto. ¡Creo que vamos progresando! Y al grupo de escritores del Segundo Lunes. Sois geniales. Gracias a todos por vuestros comentarios y vuestro apoyo.

Lisa y Ruth…, podría dedicaros una sección de agradecimientos entera solo a vosotras. Creo que no sería exagerado decir que no habría llegado hasta aquí si no hubierais sido mis compañeras de viaje. Sois dos mujeres verdaderamente excepcionales.

Gracias a John Walsh y a la familia ampliada de Doire Press.

A Kate Dempsey y Maeve O'Sullivan, dos divas con las que lo pasé de maravilla recorriendo el país con nuestras boas de plumas. Siempre me habéis brindado un apoyo a toda prueba y sois también unas escritoras inspiradoras.

A mis padres, Tom y Pat. ¡Las palabras no os hacen justicia! Sois brillantes en todos los aspectos, además de mis más valiosos primeros lectores. ¡Gracias por aguantar todos los correos electrónicos cargados de ansiedad! A mis hermanos Ciarán, Dara y Garry, por el interés que mostráis y los ánimos que me dais siempre. Y Betty, las palabras de aliento que me brindaste durante aquel desayuno en The Square significan mucho para mí.

Gracias a los otros miembros de la familia Walsh, cuyo apoyo siempre he agradecido.

Quiero dedicar un recuerdo a mi suegra Anne, gran amante de los libros. Me habría encantado compartir este instante con ella. Gracias a Owen y a las familias O'Malley y Cassidy. Gracias a Deirdre por su ayuda con las *cúpla focail* que incluyo en estas páginas (¡cualquier error que se haya colado es culpa mía al cien por cien!).

A Lea Boyne, que ha leído mi obra y me ha animado y apoyado: ¡tu entusiasmo ha sido muy importante para mí! Gracias a Kathy M. y los Cody, Elaine Fortune, Orlaith McGlade, Lisa Burke, Bernardine Waters, Sheila Spillane, Sara Nolan, Sinead Murrell, Blathnaid Nolan, The Crop Tarts y a todas las personas que me han ayudado y alentado a lo largo del camino.

Gracias al Irish Writers Centre por invitarme dos veces a participar en la Feria de la Novela del IWC. Su fe en mí me ha ayudado a seguir adelante cuando las cosas se ponían difíciles.

A los auténticos isleños de Inis Mór, que son verdaderamente acogedores y amables. Su isla es uno de los lugares más bellos y extraordinarios de Irlanda.

Y a mi esposo Dan y mis hijos Harry, Charlie, Ruby y Lily:

sin vosotros este libro no existiría. Habéis soportado interminables conversaciones sobre la trama, os he acorralado muchas veces para que escribáis opiniones y habéis sobrellevado la convivencia con una esposa y madre muy distraída. ¡Todo esto se queda corto para expresar lo geniales que sois!

Y, por último, a mis gatos Bob, Maggie y Zuzu, cuyas constantes exigencias para que les abriera la puerta y les diera de comer me salvaron de pasar demasiado tiempo sentada escribiendo.